मेघवाहन

मेघवाहन

निर्मल कुमार

वाणी प्रकाशन ग्रुप

भारतीय ज्ञानपीठ

वाणी प्रकाशन : भारतीय ज्ञानपीठ की पुस्तकों के एकमात्र प्रकाशक एवं वितरक

सजिल्द पहला संस्करण : 2003
सजिल्द दूसरा संस्करण : 2005
सजिल्द तीसरा संस्करण : 2025

लोकोदय ग्रन्थमाला : ग्रन्थांक 716

वाणी प्रकाशन ग्रुप

4695, 21-ए, दरियागंज, नयी दिल्ली-110 002
फ़ोन : 011-23273167, 23275710
ईमेल : sales@vaniprakashan.in

मेघवाहन
(उपन्यास)
निर्मल कुमार

ISBN : 978-93-6287-595-2

मूल्य : **395**

मुद्रक : *सिटी प्रेस, दिल्ली-110 095 में मुद्रित*

MEGHVAHAN (Novel) ***by*** **Nirmal Kumar**

प्रिय श्रीद को

प्रिय श्रीद! अभी तुम प्रतिबिम्ब हो अपनी आत्मा के
बड़े होते-होते, अव्यक्त आत्मा को व्यक्त से अलग करके,
संसार दोनों को एक-दूसरे का आवरण बनाने लगेगा
तुम आत्मा और स्वयं की मैत्री को प्रपंच मत बनने देना
इनकी मैत्री तो मनुष्य को नर से नारायण बनाती है।

नरनारायण ही मनुष्य जीवन का स्वप्न और लक्ष्य है
इसी स्वप्न को साकार करने हेतु पूर्वजों ने एक संस्कृति रची थी
गंगा की तरह, उसे भी मैला कर दिया है उनकी सन्तान ने
तुम उस स्वप्न को साकार करके, मनु की सन्तान से कहना–
राजनीतिक स्वतन्त्रता लक्ष्य नहीं, पृष्ठभूमि है स्वतन्त्रता की।

युवराज खारवेल का राजतिलक था। वीरों के वीर, वृषभ जैसे कन्धोंवाले खारवेल नगरवासियों की आँखों के तारे थे। वे इतने सुन्दर, बाँके और सजीले थे कि उन्हें देखकर लगता था मानो कलिंग के बूढ़े मेघवाहन राजवंश में द्वार तोड़कर वसन्त घुस आया हो।

कलिंग के स्वर्णिम युग का आरम्भ हो रहा था। कलिंगवासियों के अपार उत्साह से प्रेरित हो मानो प्रकृति अपने अनुचरों के साथ उत्सव में सम्मिलित होने आ गयी थी। उल्लास से भरी समुद्र की लहरें अनेक आकाशगंगाएँ रच देने को मचल रही थीं। अँधेरे में चमकती दूधिया लहरें ऊपर और फिर और ऊपर उठतीं। लहरों के इस बालहठ को सारी रात अविचलित आकाशगंगा, विस्मृत-सी तकती रही।

नीले काजल जैसे आकाश पर तारे राजमाता के केशजाल में जड़े हीरों की तरह दमक रहे थे। कुछ वर्ष पूर्व राजमाता के घने काले केशों में सफेद केशों की एक पट्टी उभर आयी थी। ऐसा लगता था मानो चतुर चितेरे काल ने राजमाता के केशों पर आकाशगंगा का ही चित्र उकेर दिया था।

सागर तट पर जमा भीड़ के कण्ठ से बीच-बीच में तुमुल घोष उठता, 'नमो अरिहन्ता!' राजतिलक के बाद, रात्रि के समय समुद्र के किनारे उत्सव आयोजित था। महाराज खारवेल उत्सव में पधार चुके थे। साथ थीं उनकी रानी, बंगदेश की राजकुमारी दृष्टि। उनकी आँखें हिरणी की आँखों जैसी बड़ी थीं, और युवा मोर के लम्बे परों जैसे केश थे। उनकी नाजुक-सी छवि एक अत्यन्त क्षीण कटि पर सधी हुई थी। उनके अंगों का उन्माद और चपलता देख आश्चर्य होता कि इतनी पतली कमर में इतनी बिजलियाँ विधाता ने कैसे भर दी थीं। रानी दृष्टि का रूप गुलाबी परिधानों में खूब खिल रहा था। उनके विशाल और उन्नत उरोज फीके बैंगनी रंग की मलमल की कंचुकी से बँधे थे। हीरक मुकुट में नौ अनमोल रत्न जड़े थे, जिनसे नौ रंगों का प्रकाश निकल रहा था। मगध की रानियों के रत्नभण्डार भी रानी दृष्टि के इन अनमोल नौ रत्नों के आगे निर्धन लगते थे।

स्वर्ण और ताम्र के मिश्रित वर्णवाले महाराज खारवेल बहुत लम्बे थे, जो सभी को दूर से ही दिख रहे थे। भुर्ज काष्ठ से बने कागज की रंग-बिरंगी लालटेनें बाँस के खम्भों पर जगह-जगह लगी थीं। खारवेल ने अपना बलिष्ठ दायाँ हाथ बड़ी कोमलता से रानी दृष्टि के दायें कन्धे पर रखा हुआ था। ऐसा लगता था कि उन्हें रानी प्राणों की तरह प्रिय हैं।

तभी एक मधुर किन्तु दृढ़ नारी स्वर सुनाई दिया, ''रुक जाइए नरेश! आपके समक्ष ही वह परम पावन स्थल है, जहाँ कभी कलिंगजिन खड़े थे। सागर का जल उनके चरण पखारकर रेत के गड्ढों में थोड़ा-सा जमा हो जाता था। पर्वतों के वीर कहते हैं कि वह चरणामृत मधु से भी मीठा था।''

ये शब्द उत्तरी कलिंग की जनजाति की राजकुमारी सरस्वती के थे, जो खारवेल के सामने खड़ी थीं। ''यही वह स्थल है हमारे देवता कलिंगजिन का। राजाओं के राजा! यहाँ आपको भी सर झुकाना होगा, ताकि आपका यश उस सितारे की तरह बढ़े जो चन्द्रमा का मित्र है। हमारे पर्वतों में वह कन्दरा है, जहाँ उस सितारे का जन्म हुआ था। किंवदन्ती है कि वह हमारी जनजाति का पूर्वज था और उसने चन्द्रमा से मैत्री की थी। आप समस्त कलिंग के राजा हैं, नगरवासियों के और हम जैसे वनवासियों के। मैं अपने पिता की ओर से यह मंगलकामना लायी हूँ कि आपका यश भी चन्द्रमा की तरह बढ़े।''

खारवेल ने मुस्कुराते हुए पूछा, ''तुम कैसे जानती हो राजकुमारी कि यही वह स्थल है? ऐसा तो नहीं लगता कि तुमने तीन शताब्दियाँ देखी हों?''

''नहीं महाराज!'' सरस्वती ने कहा, ''तीन शताब्दियाँ तो नहीं देखीं मैंने! किन्तु मुझमें एक आत्मा है, जो काल से पुरानी है।''

महाराज हँसने लगे और महारानी भी। तभी मुनि भद्रबाहु (द्वितीय) ने कहा, ''सरस्वती सत्य कह रही है राजन्! यही वह स्थल है, जिसे कलिंगजिन के चरणों ने पवित्र किया था।''

हजारों वर्ष पूर्व कलिंगजिन की मूर्ति समुद्र से देवताओं के वरदान की तरह प्रकट हुई थी। सोलह फुट ऊँची, काले संगमरमर की वह भव्य प्रतिमा मनुष्य के हाथों की रचना नहीं लगती थी। काला संगमरमर आस-पास कहीं भी उपलब्ध नहीं था। मूर्ति किसी भी प्रचलित शैली में नहीं तराशी गयी थी। मूर्ति के मुखमण्डल पर ही नहीं, अंग-अंग में सर्वथा विपरीत भाव परस्पर ऐसे घुलमिल गये थे कि विश्वास करना कठिन था कि कोई कलाकार प्राकृतिक भावों के पार योगमाया के उस लोक में पहुँचा होगा, जो भावों से परे है, जहाँ कोई दिव्य, रहस्यमय भंगिमा प्रकट होती है और प्रकृति के तल पर उतरते-उतरते अनेक भावों में बदल जाती है। एक ओर तो उल्लास के अतिरेक से मूर्ति का अंग-अंग खिला जा रहा था, दूसरी ओर बर्फ

से ढँके हिमालय की तरह अंग शान्त और ध्यानमग्न लगते थे। एक ओर तो देखनेवाले को मूर्ति परममित्र जैसी लगती थी, दूसरी ओर लगता था जो किसी का मीत नहीं हो सकता, ऐसा निर्मोही योगी है कलिंगजिन! एक ओर तो कलिंगजिन के अंग कामदेव के अंगों की तरह विलास-कामना से मचलते लगते थे और दूसरी ओर उदयगिरि के ग्रीष्म ऋतु में तपते पत्थरों की तरह स्पन्दनहीन।

जो कोई प्रेम-भरी दृष्टि से कलिंगजिन को देखता उसे वे प्रेमी नजर आते। जो उन्हें प्रथम अरिहन्त समझ श्रद्धा से उनकी पूजा करता, उसे वे वही आदि जिनेन्द्र लगते, जो वे थे। किंवदन्ती थी कि प्रागैतिहासिक काल में जब कलिंग में भीषण अकाल पड़ा था तो आदि जिनेन्द्र की चिरकुमारी पुत्रियाँ ब्राह्मी और सुन्दरी समुद्र से प्रकट हुई थीं, और यह मूर्ति उन्होंने कलिंग के राजा को दी थी। लोगों का विश्वास था कि इस मूर्ति को स्वयं ब्रह्मा ने अपने हाथों से बनाया था। यह मान्यता मगध के शुंगवंशीय राजघराने में भी उतनी ही प्रचलित थी जितनी कलिंग और मगध की जनता में।

अब वह मूर्ति मगध के चौक में शोभित थी। मगध की कुमारियाँ उसकी उपासना इच्छित वर की कामना से करती थीं। प्रतिवर्ष एक विशाल मेला मगध के चौक में लगता था, जहाँ भारतवर्ष के अनेक प्रान्तों से कुमारियाँ और सुहागिनें, बच्चे और पुरुष आते थे।

कलिंग जनजाति की भोली बालाएँ कलिंगजिन को ही अपना अमर प्रेमी मान, उस मेले में उसे एक नजर देखने के लिए हजारों की संख्या में आया करती थीं। कलिंगजिन उनकी चाहों के उत्तर में कुछ ऐसे मुस्कुराता था कि प्रत्येक बाला को लगता मानो वह केवल उसका प्रेमी है। बच्चे उसे ऐसी श्रद्धा से देखते मानो वही वह प्राचीन योद्धा था जिसने राक्षसों से पृथ्वी को कई बार मुक्त किया था। उनकी भोली नजरों को कलिंगजिन सिर से पैर तक दिव्य शस्त्रों से सुसज्जित नजर आता। कलिंग देश में कथाएँ प्रसिद्ध थीं पर्वतों से लेकर समुद्र तट तक बसे लोगों में, तरह-तरह की कथाएँ। और प्रत्येक कथा में कलिंगजिन की आकृति अलग थी। उनकी बातें सुनकर किसी को भी विश्वास हो जाता कि तरह-तरह के अद्भुत कारनामे कलिंगजिन ने किये थे। कुछ जादू से भरे थे और कुछ अपूर्व शक्ति से।

महाराज और महारानी ने उस स्थान पर प्रणाम किया और लाखों की उस भीड़ के कण्ठ से जयध्वनि निकली, 'जय कलिंगजिन!' यह ध्वनि लहरों और हवाओं के शोर को चीरती हुई ऊपर चली गयी। लोगों के शीश पर कलशों में पवित्र जल था, जिसे उन्होंने उस स्थल पर डाल दिया। लहरें आयीं और उस जल को ले गयीं। मानो वरुण देव सहमत हो गये थे उनकी हवि सुदूर मगध में खड़े कलिंगजिन तक पहुँचा देने को।

जिस घड़ी यह समारोह कलिंग में हो रहा था, कलिंगजिन मगध के चौक में खड़ा सैनिकों और नागरिकों को आपाद कण्ठ आनन्द और विश्वास से भर रहा था। यह वह स्थल था जहाँ सभी सामाजिक समारोह होते थे, मेले लगते थे और सैनिक कदमताल करते थे। उसकी वह चितचोर मुस्कुराहट, जो अभिन्न थी और हरजाई भी, अब अपने मगध प्रेमियों को बेहाल किये हुए थी।

"मगध के आक्रमण को पचास वर्ष से अधिक हो गये राजन्! उसे अन्तिम आक्रमण मत समझिए। उस अक्षम्य अपराध को कलिंगवासी कभी क्षमा नहीं करेंगे," सरस्वती ने कहा। "हम कलिंगवासी चैन से नहीं बैठेंगे, जब तक आप मगध से हमारी मूर्ति वापस नहीं लाएँगे।" भुर्जपत्रों की कन्दीलों में जलता प्रकाश सरस्वती के भावावेग से तप्त मुख पर पड़ रहा था। यद्यपि वह धीर-गम्भीर थी, किन्तु ऐसा लगता था, मानो उसके स्नायुओं से निकलकर निरन्तर जीवन्त भाव उसके आनन पर चल रहे थे। वे भाव उसके सुन्दर श्याम वर्ण पर शक्तिपीठों की तरह दीप्त थे। उसके गाल भावावेश में तपाये ताँबे जैसे हो गये थे। आँखें बाघिन की आँखों की तरह चमक रही थीं। एक क्षण को खारवेल को लगा मानो उसकी आँखों में उसे उत्तरी कलिंग के पूरे वनप्रान्त के, उपत्यकाओं और अल्हड़ झरनों के दर्शन हो गये। उसकी आँखों में एक सुन्दर स्त्री होने का भाव नहीं था। उसकी आँखें अव्यक्तिगत थीं। जैसे वन की सारी गतिशीलता और रहस्य उन दो आँखों में भरी हुई थी। उसके पीन, उन्नत, कठोर पयोधर विद्रोह से भरे थे। उनकी कोमल कठोरता पर क्षण भर को खारवेल की दृष्टि ठिठक गयी और वह आश्चर्य से भर गया, यह कैसी पूर्णता थी, जो विधाता ने उसके अंग-प्रत्यंग को सहज ही दे दी थी।

"हमारी आशाएँ और सपने मुरझा गये हैं, यशस्वी मेघवाहन महाराज!" एक वृद्ध योद्धा बोला, "आपने महाराज को वचन दिया था उनकी मृत्यु-शैया पर। आज़ शपथ लीजिए जनता के बीच कि आप हमारे सपनों और आशाओं को फिर से हरा करेंगे।"

"आप जानते हैं कि कलिंगजिन ही हमारी शक्ति है। वह हमारा जीवित देवता है। उसके बिना हम कुछ नहीं कर सकते। हम कब तक एक पराजित जाति का लज्जाजनक जीवन जीते रहेंगे? क्या आपकी इच्छा नहीं होती कि आपकी प्रजा अपनी सुवासित आशाओं और सुन्दर सपनों के साथ जिए?" सरस्वती वर्षा ऋतु में वन में भर आयी नदी की तरह आवेग में बोली।

"मैंने ऐसा कभी नहीं कहा।" खारवेल बोला, "मैं प्रण करता हूँ अपने देश की समस्त माताओं, सुन्दरियों, वृद्धाओं, बच्चों और पुरुषों के समक्ष कि मैं कलिंगजिन को वापस लाऊँगा। यदि न ला सका तो सभी देशवासियों के समक्ष अपनी इन दोनों भुजाओं को तोड़ दूँगा।"

एक तुमुल नाद से भीड़ ने इस प्रण का स्वागत किया। खारवेल ने अपनी दायीं भुजा उठाकर उन्हें चुप हो जाने का संकेत दिया और कहा, "मुझे सुनो मेरे देशवासियो! एक निवेदन करना है। सभी प्रण लें कि कोई भी कलिंगवासी मूर्ति के न होने के कारण स्वयं को अनाथ नहीं कहेगा। कलिंगजिन तुम सबके हृदयों में भी हैं। क्या पाँच शताब्दी पूर्व ज्ञानी महावीर ने नहीं कहा था? और क्या सुननेवाला अपने युग का सर्वश्रेष्ठ विद्वान गौतम नहीं था कि ईश्वर प्रत्येक आत्मा के भीतर रहता है और आत्मा स्वयं ही एक सोया हुआ ईश्वर है? तुम सब प्रण करो कि कलिंगजिन की मूर्ति की शरण लेने के बजाय तुम सब अपनी-अपनी आत्मा में छिपे प्रकाश की शरण लोगे। वह प्रकाश ही सनातन कलिंगजिन है, जो सदा से था और सदा रहेगा। मुझे बहादुर कलिंग के बेटों की आवश्यकता है, क्योंकि मुझे प्रतिशोध लेना है उस नरसंहार का, जो मगधराज अशोक ने कलिंग की पवित्र भूमि पर किया था। मुझे उस अपमान का प्रतिशोध लेना है जिससे वहशी मगध सेना ने हमारे पूर्वजों का अभिषेक किया था। मुझे मगध से कहना है कि वह इतना सक्षम नहीं है कि कलिंग का उचित अभिषेक कर सके। छिछली भावुकता से जर्जर कलिंग की जनता के दम पर मैं ऐसा नहीं कर सकता। वे लोग कुछ नहीं कर सकते जिनकी शक्ति एक मूर्ति में समायी हुई है, जो उस शक्ति को नहीं जानते जो उनकी आत्मा में सो रही है; जो उनके हृदय में अजर-अमर है, जिसका कोई नाश नहीं कर सकता।"

ये शब्द भीड़ की अगली पंक्तियों ने पिछली पंक्तियों से कहे। रात के गहराते-गहराते ये शब्द लाखों की उस भीड़ में प्रत्येक ने सुने। यही प्राचीन कलिंग विधि थी राजाओं और ज्ञानियों का संवाद जन-जन तक पहुँचाने की। खारवेल का विचार बहुत नया था और भीड़ को आसानी से पच नहीं रहा था। कुछ लोगों को इस विचार में मगध के योगी पातंजलि के शब्द सुनाई पड़ रहे थे। कुछ को श्रमणवाद में ब्रह्मवाद घुसा हुआ महसूस हो रहा था। उन्हें यह विचार निर्ग्रन्थ मुनियों के विचारों से भिन्न लग रहा था।

किन्तु यह विचार उनके राजा ने व्यक्त किया था। अतः उन्हें इसमें ईश्वरेच्छा का आभास भी हो रहा था। उन्हें विश्वास था कि यह एक व्यक्ति खारवेल की वाणी नहीं हो सकती। शायद तीर्थंकर ही संकेत कर रहा था कि जिन्हें श्रमण और ब्राह्मण विचारों में विरोध दिख रहा था, वे संशयशील मस्तिष्क थे। जिन्होंने सच्ची साधना की थी उन्होंने पाया कि सत्य के खुले आलोक में दोनों विचार मात्र दो अन्दाज थे—एक ही सत्य को व्यक्त करने के।

जनता के हृदय में बालरवि की तरह सहज विश्वास उदित हो रहा था। क्योंकि यह विचार कलिंग के प्रथम नागरिक ने व्यक्त किये थे। उस स्थल पर जिसे और पवित्र नहीं किया जा सकता था, क्योंकि शताब्दियों तक वहाँ अचल खड़े रहकर

कलिंगजिन ने उसे पहले ही पवित्र कर दिया था।

भुर्ज की ताजा छाल से मण्डित दीपों के प्रकाश में समूह-नृत्य प्रारम्भ हो गया। मुनिजन भद्रबाहु (द्वितीय) के पीछे-पीछे, नागरिकों को आमोद-प्रमोद के लिए स्वतन्त्रता देने के उद्देश्य से तपोवन को लौट गये थे। भीड़ समुद्र-तट छोड़ नगर के विशाल प्रांगण में आ गयी थी। घरों की छतों, चौबारों और छज्जों पर कोमलांगियों ने कतारों में घी के दीये जला रखे थे। समुद्र-तट प्रांगण से दिख रहा था। सान्ध्य-कर्मों से निवृत्त होकर लोग प्रांगण में इकट्ठे हो रहे थे।

नर्तकों, वाद्यवृन्द जनों, गायकों और अभिनेताओं के समूह कलिंग के पुरी, गंजम, कटक आदि जनपदों से आये हुए थे। कलिंग के दो विशाल नगर, तोशाली और समापा, होड़ लगाये हुए थे एक-दूसरे से उत्सव को जीत लेने की। जनजातियों के गायक और नर्तक, गहन बनों, झरनों और प्रकृति के आँचल में पले और सरल प्रेम से सुवासित, उद्गारों से भरे अपने हृदयों के साथ पहले ही आ चुके थे। नगर के कलाकार भी कुछ आ चुके थे, कुछ आ रहे थे। उनकी कला में प्रकृति की उन्मुक्तता नहीं थी, तो भी कोई कमी नहीं थी। उनमें शास्त्रीय संगीत और नृत्य की गरिमा के साथ एक विद्वत् परम्परा का ओज था। वत्सराज उदयन जैसे अनेक विद्वान कलाकारों ने शास्त्रीय कलाओं को सरस्वती के चरण-स्पर्श करने की क्षमता दे रखी थी। सातकर्णी के कलाकार भी कलिंग के राजा के लिए, अपने राजा की शुभकामनाएँ लिये उपस्थित थे। यूनानी कलाकारों और नटों का एक दल उन दिनों कलिंग के शहरों और गाँवों में अपनी कला का प्रदर्शन करता हुआ भ्रमण कर रहा था। कुछ धन कमाने का अवसर देख वे भी उत्सव में सम्मिलित हो गये थे।

आधी रात होते-होते महारानी दृष्टि की पलकें थकान से बोझिल होने लगीं। काजल से कजराये विशाल नेत्रों में निद्रा देवी और कामदेव ने अरुण रेखाएँ डाल दी थीं। किन्तु नागरिकों की अप्रसन्नता का भय उन्हें अपना आसन छोड़कर जाने नहीं दे रहा था। उन्होंने कुर्सी की पीठ पर अपना थका शीश टिका दिया। उन्हें थका और बेचैन देख प्रधानमन्त्री उनके निकट आये और बोले, "मेघवाहन महारानी! कृपया कुछ देर के लिए सम्राज्ञी-शिविर में विश्राम कर लें।"

महारानी ने महाराज की ओर देखा, और उनके नेत्रों में सहमति देख वे उठीं। फिर अपनी सोलह कुमारी सखी-परिचारिकाओं के साथ चल दीं। प्रधानमन्त्री राजकला के सिद्धहस्त खिलाड़ी थे। महारानी को विश्राम के लिए भेजने के पीछे उनके दो उद्देश्य थे। एक तो वह उनकी दृष्टि में एक शुभचिन्तक मित्र बनकर रहना चाहते थे, लेकिन उनका दूसरा उद्देश्य जरा गहरा था। उन्होंने खारवेल के भाषण पर जनता की उत्साहविहीन प्रतिक्रिया को देख लिया था और यह उनके लिए चिन्ता का विषय बन चुकी थी। वे खारवेल और सरस्वती को निर्विघ्न एक दूसरे से बात करने और

निकट आने का अवसर देना चाहते थे।

प्रधानमन्त्री खारवेल और सरस्वती के बीच विवाह की योजना मन ही मन बना चुके थे। वे चाहते थे सरस्वती खारवेल की दूसरी रानी बने। सरस्वती अत्यन्त साहसी थी। उसमें लोगों का नेतृत्व करने की अद्‍भुत क्षमता थी—यही गुण प्रधानमन्त्री की अनुभवी आँखों ने देख लिया था। यदि सरस्वती खारवेल के विचारों से सहमत हो जाए तो जनजातियाँ खारवेल के साथ हो जाएँगी। जनजातियाँ ही कलिंगवासियों में सर्वाधिक रूढ़िवादी थीं। वे राजा के पक्ष में हो गयीं तो सभ्य नागरिकों को राजा के पक्ष में करना कठिन नहीं होगा।

जनजातियों की राजकुमारी सरस्वती पहले ही राजा के दायीं ओर बैठी हुई थी। प्रधानमन्त्री महारानी को उनके शिविर तक पहुँचाकर लौट आये थे। वे दोनों से बोले, "कैसा अद्‍भुत संगम है महाराज! आप दोनों को साथ देखकर ऐसा लगता है कि विधि ने ही यह संगम रचा है। आर्य और आर्येतर संस्कृतियों का संगम रचने की अभिलाषा जैन मुनियों के हृदयों में शताब्दियों से पल रही है। आर्येतर भारतीयों ने जिस ईश्वर को यक्ष रूप में जाना था, उसे ही आर्य मुनियों ने आत्मा के रूप में देखा। दोनों में अन्तर ही कहाँ है? आप दोनों को साथ देखकर जैन मुनियों का यह सपना पूरा हुआ-सा लगता है।"

बिजली की-सी तेजी से सरस्वती की आँखें प्रधानमन्त्री की ओर उठीं। उन्हें भय हुआ कि राजकुमारी उनका उद्देश्य न जान ले। किन्तु सरस्वती की तेज नजरें हट गयीं और वह विचारों में खो गयी। अब वह मधुवर्णी प्रतिमा-सी लग रही थी। गुमसुम, विचारों में खोयी, जिसकी नजरें नर्तकों पर टिकी हुई थीं। खारवेल को उसकी एकाग्रता मुग्ध कर रही थी। उसे राजा के साथ होने की न संज्ञा थी न गर्व। वह एक वन-फूल की तरह लग रही थी जो वीराने में खिला, जिसे किसी के द्वारा सराहे जाने की कामना नहीं थी, न कोई मलाल था। वह हीनता और श्रेष्ठता ग्रन्थियों से सर्वथा मुक्त थी। उसकी यह स्वतन्त्र छवि देख खारवेल के हृदय में एक नस धड़कने लगी। वह उसकी ओर झुका और बोला, "वीर पर्वतवासियों की राजकुमारी को नृत्य शायद अच्छा नहीं लग रहा है?"

लाज की एक लालिमा सरस्वती के सुन्दर मुख पर आयी। वह बोली, "क्षमा करें महाराज! मैं सचमुच विचारों में खो गयी थी।" लाज विद्युत की तरह आयी थी और उसी तेजी से जा चुकी थी। अब वह धीर और संयत थी, अपने नन्हे हृदय में एक तूफान समेटे, जो उस आरोह और अवरोह से कम नहीं था जो सामने समुद्र की लहरों में हो रहा था। तूफान समुद्र की तरह स्वयं ही अपनी हद नहीं तोड़ रहा था, यद्यपि उसका आवेग किसी असाधारण तूफान से कम नहीं था।

"क्या मैं जान सकता हूँ कि कौन-सा धृष्ट विचार है जो शहद जैसी स्निग्ध

राजकुमारी के मस्तिष्क पर बैठ गया है?'' खारवेल ने पूछा।

''कोई खास विचार नहीं है, महाराज। मैं आपके भाषण पर सोच रही थी। आपके विद्वत्तापूर्ण शब्द मेरी समझ में नहीं आये थे। अब धीरे-धीरे आ रहे हैं।''

राजा, जो अपने विचारों के प्रति जनता का निरुत्साह देख कुछ हतप्रभ हो गया था, राजकुमारी के शब्द सुन ऐसा महसूस करने लगा मानो समुद्र की सारी शक्ति उसकी धमनियों में भर आयी थी। वह बोला, ''विधुमुखी राजकुमारी! मैं कोई नयी बात नहीं कह रहा था। न वह मुझ अकेले का कोई अनोखा विचार था। मैं वही कह रहा था जो हमारे अर्हन्तों ने, तीर्थंकरों ने कहा है। क्या तीर्थंकरों ने जनता से यह नहीं कहा था कि हम तुम्हें कोई ग्रन्थ नहीं देते जिसमें धर्म संगृहीत हो, क्योंकि धर्म किसी ग्रन्थ में संगृहीत नहीं किया जा सकता। धर्म तो प्रतिपल ताजा और चिर नूतन है। मनुष्य का काम तो सिर्फ इतना है कि मस्तिष्क और हृदय में असत्य, ईर्ष्या, द्वेष और पाप की ग्रन्थियाँ न बनने दे। जिनके हृदय और मस्तिष्क स्वतन्त्र रहते हैं, उनमें धर्म स्वतः ही अज्ञात स्रोतों से प्रकट होता रहता है। माली पौधों को साफ रखता है, झाड़-झंखाड़ नहीं उगने देता। वह पौधों पर बाहर से लाये फूल नहीं चिपकाता। फूल तो टहनी के भीतर से निकलते हैं। इसी तरह सत्य भी सच्चे और साफ हृदय से आप ही जन्म लेता है। कलिंगजिन कैसे प्रसन्न हो सकते हैं यह देखकर कि अपने हृदय की ग्रन्थियाँ तो मनुष्य खोले नहीं, और सारा विश्वास उनकी मूर्ति में रख दे। भले ही ब्रह्मा ने उस मूर्ति को तराशा हो। वह मूर्ति शक्तिदायिनी तो तभी होगी, जब ग्रन्थियाँ खोल लेने से सभी हृदयों में कलिंगजिन प्रकट हो जाएँगे। मूर्ति तो मात्र एक अनुकृति है, उस सौन्दर्य की जो केवल आत्मा में जन्म ले सकता है और कहीं नहीं। जो मनुष्य एक मूर्ति से प्रेरित होता है, क्या यह उसका कर्तव्य नहीं है कि वह उस सौन्दर्य का उद्‌गम अपने हृदय में भी खोजे?''

''रुक जाइए राजन्!'' अनुनय करते हुए राजकुमारी की सुभग नासिका में झुर्रियाँ पड़ गयीं। ''आपके विचार तेज बादलों की तरह चल रहे हैं। मेरी मन्द बुद्धि का चन्द्रमा उनके साथ नहीं चल पा रहा है। गत वर्ष वर्षा ऋतु में मैं अपनी कुमारी-परिचारिका सखियों के साथ कुमारी पर्वत पर मुनि भद्रबाहु के दर्शनार्थ गयी थी। उन्होंने कहा था कि फसलों को जन्म देनेवाली चिर-प्रसविनी माता ही सरस्वती हैं। वे ही कुमारियों के हृदय में निवास करती हैं। अज्ञान के ताने-बाने ने इस देवी को एक कम्बल से ढँक रखा है। वह कम्बल केवल सच्चे प्रेम से हटता है। उसे ही कुमारियों को हटाना है। देवी सरस्वती आप ही जग जाएँगी। क्या यही बात आप दूसरे ढंग से नहीं कह रहे हैं?''

खारवेल का हृदय यह सुन आन्तरिक उल्लास से भर गया। प्रशंसा भरी नजरों से सरस्वती को निहारता हुआ वह बोला, ''मैं जो कठिन शब्दों में कह रहा था, वह

आपने सरल शब्दों में कह दिया। लोग आपको इस राज्य का सबसे श्रेष्ठ धनुर्धर कहते हैं। आप इतनी विदुषी भी हैं, यह तो मुझसे किसी ने नहीं कहा था। अच्छा हुआ जो नहीं कहा, अन्यथा मेरे जानने के लिए कुछ भी न रह जाता।''

उसके शब्द सुन सरस्वती के आनन के पोर-पोर को खोलती हुई एक मुक्त मुस्कुराहट आयी और दोनों हँसने लगे।

सरस्वती की आँखों में आँखें डालकर खारवेल बोला, ''आपकी मैत्री से मैं धन्य हो गया राजकुमारी!''

फिर लाज का एक लाल-सा घूँघट सरस्वती की कमनीय त्वचा पर आया। उसके हटते ही बात पलटने के इरादे से वह बोली, ''और सब तो ठीक है, किन्तु बातों ही बातों में आप मेरा अधिकार छीने लिये जा रहे हैं।''

''कौन-सा अधिकार राजकुमारी?''

''आपके साथ नृत्य करने का,'' सरस्वती एक शरारत-भरी मुस्कान के साथ बोली। ''हम वनवासी हैं महाराज! हमारे संगीतकार झरने हैं और वनों में चलती हवाएँ हैं जो बाँसों के झुरमुटों में कोई अलग राग अलापती हैं तो साल के वन में कोई और।'' उसने अपने संगीतकारों को इशारा किया। ''पता नहीं यह धुन आपको अच्छी भी लगेगी या नहीं?''

खारवेल बोला, ''आप तो सर से पैर तक संगीत हैं राजकुमारी। अभागा ही होगा जो आपके संगीत पर नाच न सके।''

जनजाति की पर्वतीय धुन बजने लगी। खारवेल को आश्चर्य हुआ, यह धुन उसने कई बार सुनी थी, किन्तु आज पहली बार इसे सुनकर उसके हृदय में एक हूक-सी उठी थी।

''वह देखिए राजन्!'' सरस्वती बोली। ''पर्वतों के लड़कों और लड़कियों की टोली नाचने के लिए उतर आयी है। अब मैं कैसे न नाचूँ।'' दो लड़के आये जो सरस्वती को ले गये और दो लड़कियाँ आयीं जो खारवेल को हाथ से पकड़कर ले गयीं। प्रधानमन्त्री ने आँखों ही आँखों में महाराज को निःशंक हो नाचने का संकेत दिया, क्योंकि खारवेल कुछ असमंजस में था कि राजतिलक की पहली ही रात को उसका नाचना क्या शोभनीय होगा।

राजा के पैर फिर भी ठिठक रहे थे। यह देख प्रधानमन्त्री बोले, ''राजन्! कलिंग राज्य की यह एक प्राचीन परम्परा है। कलिंग के राजा कलिंगजिन के सभी उत्सवों में जनजातियों के साथ मिलकर नाचते रहे हैं। नृत्य समारोहों की इस परम्परा में आप एक और विस्तार जोड़ दीजिए राजन्, राजतिलक की पहली रात्रि को अपनी प्रजा के साथ नाचकर। आप इतिहास रचने के लिए जनमे हैं मेघवाहन खारवेल, इतिहास को दोहराने के लिए नहीं।''

प्रधानमन्त्री के इन चतुर और सुन्दर शब्दों ने खारवेल का सारा संकोच छीन लिया। महारानी भी महाराज के नाचने की सूचना पाकर अपने शिविर से निकल आयीं, महाराज का नाच देखने के लिए। वे जानती थीं कि महाराज नृत्य और संगीत के प्रसिद्ध ज्ञाता हैं, किन्तु उन्होंने पहले कभी भी उन्हें किसी पर्वतीय धुन पर नाचते हुए नहीं देखा था।

महारानी ने देखा, स्वर्ण और ताम्र के मिश्रित वर्णवाले अपने राजा को नाचते हुए और वे हँसने लगीं। अपने असाधारण रूप से ऊँचे कद को अन्य नर्तकों के समान करने के लिए उन्होंने शरीर झुका रखा था, जो उन्हें कुछ हास्यास्पद बना रहा था। उन्होंने अपना मुकुट छोड़ जनजातियों की पगड़ी पहन रखी थी।

महारानी अपनी कुमारी सखियों को छोड़ तेजी से आगे बढ़ीं और महाराज के समीप जा उनके कान में बोलीं, "प्रकृति ने जो ऊँचाई दी है, उसे झुकाकर आप अच्छे नहीं लग रहे हैं महाराज!"

महाराज ने महारानी को भी नृत्य में खींच लिया। वे भी पर्वतीय बालाओं द्वारा कमर में बाँहें डालकर बनाई गयी कड़ी में जुड़ गयीं। जनजातियों की मृदंगों और नगाड़ों की थाप पर महाराज को एक सिद्ध नर्तक की तरह नाचते देख लोग आश्चर्य में पड़ गये। युवतियों और युवकों को महाराज का नृत्य बहुत भाया। कुछ वृद्ध सभासद थे जिन्हें अपने राजा का साधारण लोगों की तरह नाचना अच्छा नहीं लग रहा था। किन्तु वे मौन थे। कुछ सम्भ्रान्त नागरिकों को राजा का जंगलियों के साथ थिरकना अशोभनीय लग रहा था और वे नाक-भौं सिकोड़ रहे थे। किन्तु खारवेल पर इसका कोई असर नहीं था। वह युवा था और मस्त होकर नाच रहा था। वह भूल गया था उस क्षण कि वह राजा है। कोई नहीं जानता था उसकी यही सरलता वनवासियों को मोहे लिये जा रही थी। उस रात का वही नृत्य था जिसने वीर जनजातियों के हृदयों में उसके लिए प्राण न्यौछावर करने की साध जगा दी थी।

उसकी वीरता, पौरुष और सौन्दर्य सरस्वती का हृदय नहीं जीत पाये थे। किन्तु नृत्य के उन क्षणों में, जब जंगली धुनों की लय में उन दोनों के हृदय धड़क रहे थे, कोई कोयल सरस्वती के हृदय से उड़कर खारवेल के हृदय में जा बैठी। कितना वैभव था राजा के हृदय में, यह सरस्वती को तभी पता चला, जब संगीत की एक ही धुन दोनों के हृदय में एक साथ बजने लगी। राजा के रत्न-भण्डार का लोभहीन सरस्वती पर कोई प्रभाव नहीं था। किन्तु खारवेल के हृदय का वैभव देख सरस्वती के मन की कोयल बौरा गयी। अब उसके लिए कठिन हो गया राजा की आँखों में पहले जैसी बेबाकी से देखना, क्योंकि अब उसका हृदय उसे छोड़ खारवेल से जा मिला था। अब जब भी वह राजा को देखती तो चाहत उसकी आँखों को धुँधला देती, और लाल डोरे न जाने कहाँ से नयनों में उतर आते। वह दृढ़ता से

उन्हें निकालने की चेष्टा करती पर वे निकल नहीं रहे थे। नीलकमल जैसी उसकी आँखों की वह पहलेवाली रौनक किसी भी तरह नहीं लौट रही थी। हृदय के हाथों एक ही रात में उसका यह हाल होगा, इसकी उम्मीद सरस्वती को न थी। थोड़ी भी आशंका होती तो वह कुछ अपना बचाव तो करती। बिना कुछ लिये-दिये ही उसका सब कुछ लुट चुका था।

ये पर्वतीय जनजातिवाले भी अनोखे हैं। जो भी करते हैं पूरी लगन से। अब जब उससे बिन पूछे, सरस्वती के मन की कोयल उड़कर किसी और डाल पर जा बैठी, तो अब किसी के किये कुछ नहीं हो सकता था।

प्रधानमन्त्री के मन की मुराद जैसे पूरी हो गयी थी। इतनी जल्दी उसकी योजना रंग ले आएगी, उसे भी मालूम नहीं था। किन्तु यहाँ उसका अभिमान भूल कर रहा था। योजना तो किसी और की थी जो किसी को अपनी सूरत नहीं दिखाता। प्रधानमन्त्री को क्या पता था कि वह किसी अज्ञात खिलाड़ी का केवल एक मोहरा था। एक ऐसे खिलाड़ी का जिसे किसी ने कभी खेलते हुए नहीं देखा, न जाना, न पहचाना।

महारानी दृष्टि अभिज्ञ थीं। उन्हें पता नहीं था उस आत्मीयता का जो उनके स्वामी और पर्वत की राजकुमारी के बीच स्थापित हो चुकी थी।

पिछले राजा वक्रदेव एक लम्बी बीमारी से मरे थे। अन्त का अनुमान पहले ही लग गया था। फिर भी यह एक दुखद अन्त था, क्योंकि वे अभी अपेक्षाकृत युवा थे। हूणों से लड़ते हुए वह तीर जो उनके सीने में लगा था मध्य-एशिया के किसी कबीलाई विष में बुझाया हुआ था, जिसकी काट भारत के वैद्य नहीं ढूँढ़ पाये थे। उनकी विद्या जीवनदायिनी आयुर्वेदिक विद्या थी। उन्हें जीवनहारी काले-जादू और विषों की तोड़ नहीं आती थी। कुछ ज्ञाताओं का कहना था कि हूण साँप और बिच्छू के विषों को एक गुप्त अनुपात में मिलाने की काली विद्या जानते थे। भारतीय ऋषियों ने काली विद्या जानने का निषेध किया था। इस कारण उसका उपचार भी नहीं जाना जा सका, क्योंकि कारण जाने बिना निदान नहीं जाना जा सकता था।

मरने से पहले राजा वक्रदेव ने कलिंगजिन की मूर्ति वापस लाने की खारवेल से शपथ लिवायी थी। कलिंगवासियों का प्राचीन शत्रु था मगध, जो बुरे दिनों में उनकी मूर्ति छीनकर ले गया था। हर कलिंगवासी के हृदय में प्रथम कामना थी, देवप्रतिमा कलिंगजिन को वापस लाना।

मृत्यु से पन्द्रह दिन पहले वैद्यों ने घोषणा कर दी थी कि मृत्यु निकट है, और उपचार से टाली नहीं जा सकती। प्रधानमन्त्री जिनसेन, मुनि भद्रबाहु और प्रमुख

सभासदों से परामर्श करके ऐसी तैयारी कर चुके थे कि यदि किसी भी दिन अचानक राजतिलक करना पड़ जाये तो कोई परेशानी न हो।

केवल छः माह पूर्व एक भयानक चक्रवाती तूफान आधे शहर को तबाह कर गया था। नगर के विशाल द्वारों और दीवारों को तोड़कर समुद्री तूफान हवेलियों और महलों में भी घुस आया था। भद्रबाहु अपने युग के प्रसिद्ध द्रष्टा थे। उन्होंने केवल प्रधानमन्त्री को यह बात तूफान के समय बतायी थी कि राजा एक वर्ष के भीतर मर जाएँगे। उन्होंने समुचित तैयारी कराने के उद्देश्य से यह रहस्य प्रकट किया था, ताकि शत्रु राजा की अकाल मृत्यु का लाभ न उठा सकें।

जब से नन्दवंश का राजा नन्दिवर्धन कलिंगजिन की मूर्ति बलात् मगध ले गया था, तब से कलिंग के आकाश पर दुखों के बादल मँडराने लगे थे। अनेक आपदाएँ कलिंग पर आ पड़ी थीं, मानो कलिंग का भाग्य ही मूर्ति के अपहरण के साथ लुप्त हो गया था। शताब्दियों से घटनाएँ इतनी प्रतिकूल हो रही थीं, कलिंग के विरुद्ध कि वे विद्वान भी, जो अन्धविश्वासी नहीं थे, हारकर अन्धविश्वासी हो चले थे। सबसे पहली प्रतिकूल घटना थी अशोक का आक्रमण, जिसमें डेढ़ लाख कलिंग के लोग मारे गये थे और डेढ़ लाख को बन्दी बनाकर मगध की सेना ले गयी थी। यद्यपि महाभारत काल से भारतीय अपने बन्दियों के साथ मानवीय व्यवहार करने के नियम मानते आ रहे थे, तथापि विदेशी हमलावरों से मिले कटु अनुभवों ने उनके आचरण को आंशिक रूप से भ्रष्ट कर दिया था। अशोक की आज्ञा न होने पर भी, कुछ सैनिकों के हृदयों में विकृत इच्छाएँ जग गयी थीं। युद्धबन्दी उनके घोड़ों से बँधे हुए थे। फिर भी यात्रा में उन्होंने घोड़े दौड़ाए थे, शीघ्र पाटलिपुत्र पहुँचने की लालसा में। युद्धबन्दी असहाय, बँधे हुए, भागते घोड़ों द्वारा घसीटे गये थे। सड़कों से छिलकर और पत्थरों से टकराकर हजारों युद्धबन्दी पाटलिपुत्र पहुँचने से पहले ही मर गये थे। जो बचे थे उन्हें बर्बर मध्य-एशियाई जातियों की रणनीति का अनुसरण करनेवाले, अशोक के कुछ सैन्य अधिकारियों ने यन्त्रणा देकर मार डाला था। सूचना प्राप्त होने पर अशोक ने उन सैन्य अधिकारियों को दण्ड दिया, किन्तु उससे मरे हुए लोग तो वापस नहीं आते।

हृदय-परिवर्तन के बाद अशोक ने बचे हुए सभी युद्धबन्दियों को छोड़ दिया था। किन्तु उनमें से कितने घर लौट पाये थे! अधिकांश तो इतने जर्जर हो चुके थे कि मार्ग में ही उनकी जीवनलीला समाप्त हो गयी। अशोक जैसे धर्मज्ञों की दया भी भुक्तभोगियों तक कम ही पहुँच पाती है, क्योंकि धर्मज्ञ राजाओं के सभी अधिकारी धर्मज्ञ नहीं होते। बहुत से अभिमानी, लोभी और क्रूर होते हैं।

कलिंग की बहुत-सी रूपसी कन्याओं को मगध के अधिकारी बलात् ले गये थे। यद्यपि अशोक ने इसकी मनाही की थी।

पराजय से मिले दुःख कलिंगवासियों के लिए कम नहीं थे। ऊपर से प्रकृति भी रुष्ट हो गयी। पराजितों को प्रकृति भी क्षमा नहीं करती। दो बार भयानक तूफानों ने कलिंग के नगरों और ग्रामों को उजाड़ा था। युद्धों के बाद महामारियों ने लाखों को मृत्यु का ग्रास बनाया था।

सम्राट चन्द्रगुप्त मौर्य ने जैन मुनि बन जाने के बाद कलिंग में आकर तपस्या की थी। उन्होंने जनता को उपदेश दिया था कि 'पहले हृदय में छिपे कलिंगजिन को जगाओ फिर उनमें विश्वास करो। मूर्ति को केवल आत्मा की सुप्त स्मृति को जगाने का साधन समझो। जो मनुष्य ऐसा नहीं करते सृष्टि की शक्तियाँ, जैसे हवा और समुद्र भी उन्हें अपने विरुद्ध चलती महसूस होने लगती हैं।' किन्तु उनका उपदेश बहुत दार्शनिक था और कलिंगवासियों के पल्ले नहीं पड़ा था। कलिंगजिन की मूर्ति पाने के बाद कलिंगवासी अपने सारे सुख-दुःख, सपने और आशाएँ कलिंगजिन के ऊपर छोड़ देने के अभ्यस्त हो चुके थे।

2

राजतिलक के बाद मुनिवर भद्रबाहु कुमारी पर्वत स्थित अपनी तपोभूमि को लौट गये थे। खारवेल के भाषण से बहुत से नागरिक क्षुब्ध हो गये थे। उन्होंने जाकर भद्रबाहु के समक्ष अपने प्रश्न रखे। भद्रबाहु का उत्तर था, "तीर्थंकरों ने धर्मशास्त्र नहीं दिये। तीर्थंकरों की मान्यता थी कि हर मनुष्य को प्रकाश के लिए अपने अनुभवों, विचारों और भावनाओं में उतरना है। इस कारण प्रत्येक मनुष्य की प्रकाशयात्रा दूसरे मनुष्य से भिन्न है। हर मनुष्य का सत्य-अन्वेषण अनोखा है। किसी भी गुरु को, चाहे वह कितना ही महान हो, दूसरों का पथ निर्धारित करने का अधिकार नहीं है। गुरु केवल यह बता सकता है कि असत्य से सत्य में, असुन्दर से सुन्दर में, अशिव से शुभ और शिव में और घृणा से प्रेम में ले जानेवाले पुल उसने कैसे बनाये। किन्तु पुल सबको नये बनाने पड़ते हैं। मनुष्य को सर्वप्रथम सम्यक् चरित्र का अभ्यास करना चाहिए। सम्यक् चरित्रवाले व्यक्ति को ही वस्तुओं और मनुष्यों का सही स्वरूप नजर आता है। यही सम्यक् दर्शन है। जो ईर्ष्या, द्वेष, घृणा, हिंसा या भय से ग्रस्त हैं उस आत्मा को सम्यक् दर्शन हो ही नहीं सकता। जिसे सम्यक् दर्शन नहीं होता, उसे सत्य का अनुभव नहीं होता। सत्य का सहज

अनुभव ही सम्यक् ज्ञान है।

"तीर्थंकरों ने एक मौलिक बात कही थी। उन्होंने कहा था कि सत्य को जान लेने के बाद भी सत्य में विश्वास करने से अन्तर्यात्रा रुक जाती है। यह ध्यान रखना है कि अन्तर्यात्रा कभी रुकने म पाए। यह तभी सम्भव है, जब मनुष्य सत्य को जानकर भी उसमें विश्वास न करे। तब एक अद्‌भुत अनुभव होता है। मनुष्य जान जाता है कि आन्तरिक यात्रा में अनेक तल हैं। जिस सत्य में हम विश्वास करने लगते हैं वह निम्न तल को प्रकाशित करनेवाला सत्य है। सत्य के उस प्रकाश को लेकर यदि हम ऊपर के तल पर जाएँगे तो हमें सब उल्टा नजर आएगा, क्योंकि वहाँ सत्य का स्वरूप ही बदल जाता है। उसे देखने के लिए प्रकाश भी दूसरी तरह का चाहिए।

"यदि मनुष्य अपने विश्वास रूपी यन्त्र को किसी सत्य से न जोड़े तो यह यन्त्र साफ रहता है। तब विश्वास के साफ शीशे में ऊँचे तल का सत्य भी प्रतिबिम्बित हो जाता है। मस्तिष्क के विश्वास रूपी यन्त्र को किसी झूठ से मत बाँधो, यह सब कहते हैं। तीर्थंकर कहते हैं कि इसे सत्य से भी मत बाँधो। विश्वास रूपी यन्त्र यदि साफ और स्वतन्त्र रहे तो सत्य इसमें हर क्षण प्रकट होता रहेगा।

"तीर्थंकरों ने कहा था कि हर आदत बाँधती है। बुरी आदत तो बाँधती ही है, अच्छी आदत भी आत्मा को बाँधती है और उसे स्वतन्त्र कर्म नहीं करने देती। मनुष्य की आत्मा और कर्म-शक्ति को उसकी आदतें, उसके पूर्व जन्मों की आदतें, पूर्वजों की आदतें और मनुष्य जाति की आदतें एक अजगर की तरह जकड़े हुए हैं। जब तक मनुष्य इस अजगर के पाश से मुक्त नहीं होगा, वह स्वतन्त्र कर्म कर ही नहीं सकता। स्वतन्त्र कर्म पाश नहीं बनता। उससे कर्मबन्ध नहीं होता। ऐसी आत्मा में सत्य सक्रिय होकर कर्म करता है, उस व्यक्ति का अभिमान कर्म नहीं करता।"

भद्रबाहु स्वामी ने अन्त में जिज्ञासुओं से कहा, "मेरी सम्मति में महाराज खारवेल ने कोई ऐसी बात नहीं कही जो सत्य के विरुद्ध हो।"

उनके उत्तर से जिज्ञासु शान्त न हुए। उनका एक प्रतिनिधि मण्डल महारानी के पास पहुँचा और उनसे निवेदन किया कि वे उनकी शंका का समाधान करने की व्यवस्था करें। महाराज से कहें कि वे एक धर्म-सभा बुलाएँ और उसमें भारत के प्रमुख विद्वान आमन्त्रित हों। उनके समक्ष महाराज का भाषण चर्चा के लिए रखा जाए।

उन दिनों बंगाल और कलिंग में जैन धर्म बहुत प्रबल था। महारानी दृष्टि बंगाल की थीं, जहाँ तीर्थंकर महावीर ने तीन प्रमुख स्थानों पर प्रवचन दिये थे। उन स्थानों का नामकरण भी जनता ने महावीर के ही तीन नामों को लेकर कर दिया था—वर्द्धमान, वीरभूमि और सिंहभूमि। लोग चाहते थे कि धर्म-चर्चा के लिए महारानी

अपने मायके से भी विद्वानों को बुलाएँ।

सभा बुलायी गयी। उस सभा में समस्त भारत से विद्वान आये, जिनमें तीन प्रमुख थे—कुमारनन्दी, कुन्दकुन्दाचार्य और काल्काचार्य। कुमारनन्दी उत्तर भारत के जैन आचार्यों में प्रमुख थे। उनका गुरुकुल मथुरा में था। उनके साथ ही उनके अद्‌भुत मेधा से सम्पन्न शिष्य कुन्दकुन्दाचार्य भी पधारे। काल्काचार्य मालवा क्षेत्र के जैन आचार्यों में सर्वाधिक ज्ञानी माने जाते थे।

धर्म-चर्चा सात दिनों तक चलती रही। इस चर्चा के बीच पहली बार भद्रबाहु स्वामी को धर्मशास्त्रों का अभाव अखरा। प्राचीनकाल से ही जैनाचार्य सजग थे कि वे जिज्ञासुओं के मस्तिष्कों को सत्य से भी न बाँधें, क्योंकि यदि सत्य से मस्तिष्क बँध गया तो आत्मा को सत्य का अनुभव नहीं होगा। और सत्य अनुभव करने की वस्तु है, बौद्धिक वाद-विवाद की नहीं। किन्तु अब भद्रबाहु स्वामी समझ रहे थे कि तीर्थंकरों की वाणी को ज्यों का त्यों, प्रसंग सहित, समय और स्थान का उल्लेख करते हुए, लिपिबद्ध कर लेना चाहिए। किन्तु विडम्बना यह थी कि तेईस तीर्थंकरों के वास्तविक शब्द किसी पुस्तक में भी संगृहीत नहीं थे। अन्तिम तीर्थंकर महावीर की वाणी 'द्वादशांग वाणी' कहलाती थी, जिसके ग्यारह अंग लुप्त हो चुके थे। किसी को भी यह पता नहीं था कि उन ग्यारह अंगों के विषय क्या थे।

अन्य आचार्यों को भी अनुभव हुआ कि उनकी स्मृति और श्रुति इतनी प्रबल नहीं थी कि भगवान महावीर की सम्पूर्ण वाणी को धारण कर सकते। जो तीर्थंकर की सम्पूर्ण वाणी को कानों में धारण कर उसकी सहायता से सत्य का अनुभव आत्मा में कर सके, उसे श्रुतकेवली कहते हैं। ऐसे अन्तिम श्रुतकेवली भद्रबाहु (प्रथम) थे। उसके बाद कोई भी श्रुतकेवली नहीं हुआ था। कोई भी श्रुतकेवली नहीं था, जो बता सकता कि भगवान की वाणी के लुप्त ग्यारह अंग किन विषयों पर थे। भद्रबाहु (प्रथम) का देहावसान हुए 250 वर्ष बीत चुके थे।

जो भी आचार्य धर्मसभा में आये उनका ज्ञान भगवान महावीर की वाणी के बारहवें अंग तक ही सीमित था। भद्रबाहु स्वामी और अन्य आचार्यों ने निर्णय लिया इस बारहवें अंग को लिपिबद्ध कर लेने का, क्योंकि डर था कि यह लिखी न गयी तो कुछ समय बाद यह भी खो जाएगी। अतः इस वाणी को लिपिबद्ध करने का काम एक मुनिसंघ को सौंप दिया गया।

आचार्यों का मत बना कि जब जिनवाणी के ग्यारह अंग ही खो गये और कोई श्रुतकेवली नहीं है, ऐसी परिस्थिति में कलिंगजिन ही एकमात्र प्रामाणिक साक्ष्य रह गये हैं आदि जिनेन्द्र के। ब्रह्मा द्वारा रचित कलिंगजिन किसी भी वर्तमान आचार्य के शब्दों की अपेक्षा तीर्थंकरों के सच्चे प्रतिरूप हैं। शब्द, स्पर्श, रूप तीनों तन्मात्राएँ हैं। ये माध्यम सत्य के हैं। कलिंगजिन स्पर्श और रूप दो तन्मात्राओं में आदि जिनेन्द्र

की दिव्य अभिव्यक्ति हैं। वे किसी भी वर्तमान आचार्य के शब्दों की अपेक्षा सत्य के अधिक निकट हैं।

यह तय हुआ कि खारवेल कलिंगजिन को वापस लाना अपना प्रमुख ध्येय बनाएँ। यह भी तय हुआ कि खारवेल के शब्द धर्मानुकूल थे, किन्तु जनता की समझ से परे थे। खारवेल ने एक अत्यन्त ऊँचे स्तर का सत्य जनता के आगे प्रकट कर दिया था, किन्तु जनता का मस्तिष्क उस उच्च स्तर पर चिन्तन नहीं करता जिस पर चिन्तन किये बिना मस्तिष्क इस सत्य के अर्थ उल्टे ही लगाएगा और उलझ जाएगा। सौन्दर्य से आत्मीयता स्थापित कर लेना सत्य को जान लेना है। कलिंगजिन के दिव्य सौन्दर्य से जनसाधारण आत्मीयता स्थापित कर सकते हैं। इस तरह कलिंगजिन का दर्शन जनता को सौन्दर्यबोध के माध्यम से सत्यबोध करा सकता है।

आचार्यों ने विनम्रता और सत्यवादिता का संयम धारण करके यह सत्य स्वीकार कर लिया था कि तीर्थंकरों की वाणी विस्मृति के गर्त में लुप्त हो चुकी थी। केवल एक अंग तीर्थंकर महावीर की वाणी का बचा रह गया था। किन्तु आचार्यों की यह सत्यवादिता लोगों को नहीं भायी। यह स्वीकार करते ही कि उन्हें सत्य विदित नहीं था, और वे केवल सत्यपथ के राही थे, आचार्य जनता की नजरों से गिर गये। जनता यह कटु सत्य सुनने को तैयार नहीं थी कि उनके आचार्यों को भी सत्य विदित नहीं था, और वे उन्हें सत्य वाक्यों में उतारकर नहीं दे सकते थे। जनता उन सच्चे आचार्यों और मुनियों में श्रद्धा खोकर, उन पण्डितों और आचार्यों में श्रद्धा रखने लगी जो ताल ठोंककर यह बता रहे थे कि वे सत्यपथ के अनन्त राही नहीं, सत्य के ज्ञाता थे।

3

धर्मसभा के बाद, खारवेल कलिंगजिन के दर्शन के लिए व्यग्र हो गया। वह बालपन से इस रहस्यमय और आश्चर्यजनक मूर्ति के विषय में सुनता आ रहा था, जो कभी समुद्र तट पर खड़ी थी और शत्रुओं से कलिंग की रक्षा कर रही थी। उस मूर्ति ने कलिंगवासियों को अनेक शताब्दियों तक प्रेरणा दी थी कि कैसे सभी जीवों के प्रति करुणा को धर्म मानकर निर्भय होकर रहा जा सकता है। उसने उन्हें सिखाया था

कि क्यों और कैसे अहिंसा वीरों का शस्त्र है। ऐसे थे अभयमुद्रा, वरदहस्त कलिंगजिन! दुष्ट, क्रूर और नीच लोगों को कलिंगजिन एक निर्मम, हृदयहीन या पाहन-हृदय, काला योद्धा लगता था, जिसका कभी जन्म हुआ न मृत्यु। एक योद्धा जो अँधेरे और प्रकाश की तरह अमर था। कलिंग पर आक्रमण करने के उद्देश्य से आये समुद्री सैनिकों को, वह एक सरपट भागते काले अश्व पर बैठा दीखता था। उन्होंने जो कथाएँ लौटकर अपने देशवासियों को सुनायी थीं, उनके अनुसार प्रत्येक सैनिक इस रात्रि-देवता को अपने सामने घोड़े पर सरपट आते देखता था। उसकी गति विद्युत की तरह तीव्र थी और हमलावर सैनिक भय से सुन्न पड़ जाता था। कुछ शत्रु सैनिक उसे मृत्यु का देवता कहते थे, क्योंकि उसके सामने पड़ते ही वीर हृदयों का रक्त भी धमनियों में रुक जाता था। उनका शरीर ठण्डा पड़ जाता था और हाथ-पैर बँध जाते थे। किन्तु वही कलिंगजिन प्रेमी हृदयों को कलियाँ बिखरेती मुस्कुराहट का धनी, प्रेम का देवता नजर आता था। तूफान में भटके जहाजियों को वह तूफान से भी शक्तिशाली देवता लगता, जो अपने अपार बल से तूफान को निष्क्रिय कर उन्हें भाग निकलने का मौका दे देता था। कितने ही जहाजियों ने शपथपूर्वक कहा था कि वे जब चक्रवाती तूफान में घिर गये थे तो उन्होंने साक्षात देखा था, समुद्र की तरह ही विशाल कलिंगजिन को अपनी ओर तैरकर आते। मानो एक तूफानग्रस्त समुद्र के सीने पर दूसरा समुद्र विपरीत दिशा में बढ़ा चला आ रहा हो। कुछ जहाजियों का दावा था कि उन्होंने अपनी आँखों के सामने देखा था, कैसे आजानबाहु कलिंगजिन ने उनके संकटग्रस्त जहाज को खिलौने की तरह उठाकर सुरक्षित दिशा की ओर मोड़ दिया था।

प्रेमी युगल कलिंगजिन को छूते तो उनकी उँगलियों को लगता मानो वे प्रेम-स्पर्श के रहस्य से सहसा परिचित हो गये। उनकी समझ में आ जाता कि क्यों कुछ ज्ञानियों ने इन्द्रियों को और प्रवृत्ति-मार्ग को भी मुक्तिपथ कहा है।

पवित्र कलिंगजिन को छूना निषिद्ध था, किन्तु उन्हें छूने का पागलपन हर युवा प्रेमी पर सवार हो जाता। उन्हें छूकर, उन्हें विश्वास हो जाता कि उनका प्रेम सफल होगा। धनवान व्यापारी रोम, यूनान और मिस्र की अपनी सफल व्यापारी-यात्राओं से लौटते हुए, जो हीरे, मोती और अमूल्य रत्न कलिंगजिन के चरणों में अर्पित करते, उन्हें चोर और लुटेरे भी छूते नहीं थे। वह सम्पदा वहीं पड़ी रहती थी जब तक पुजारी उसे उठाकर नैवेद्य-गृह में जमा नहीं कर देते थे। इस धन से एक विशाल औषधालय, अनाथगृह और विधवाश्रम चलते थे। दूर-दूर के देशों में प्रसिद्ध था कि जिस किसी ने भी कलिंगजिन को चढ़ा नैवेद्य चुराने की चेष्टा की, उसे या तो वरुण देव ने लहरों में बहा दिया या इन्द्रदेव ने विद्युत प्रहार से समाप्त कर दिया। बूढ़े लोग कहते थे कि अकाल, महामारी और आक्रमण कलिंगजिन के रहते कलिंग का रास्ता

भूल गये थे।

यद्यपि कलिंगजिन पत्थर की मूर्ति थी, लोग उन्हें जीवित महामानव और पृथ्वी पर मनुष्यों की तरह रहनेवाला ईश्वर मानकर पूजते थे। जब से नन्दिवर्धन उस मूर्ति को मगध ले गया था, कलिंगवासी स्वयं को अनाथ महसूस करने लगे थे। धर्मसभा के बाद खारवेल के अभियान में और तीव्रता आ गयी। वह जान गया कि केवल जनसाधारण ही नहीं, मुनिजन भी उस गहरे मानसिक लगाव का आदर करते थे, जो कलिंगवासी कलिंगजिन के प्रति महसूस करते थे। वे यह तथ्य स्वीकार करते थे कि कलिंगजिन का उनके स्वास्थ्य और सुख-चैन से अटूट सम्बद्ध है।

राजतिलक के बाद खारवेल ने पहला राज्यादेश जो प्रसारित किया, वह यह था कि तूफान से टूटे सभी सार्वजनिक और निजी भवनों, उद्यानों, मार्गों और नगरद्वारों का जीर्णोद्धार राजकोष से किया जाएगा। इस आदेश के प्रसारित होने के एक सप्ताह बाद ही विदेशों से रत्नों का व्यापार करनेवाले व्यापारियों का प्रतिनिधिमण्डल खारवेल से मिला। व्यापारियों ने आग्रह किया कि जीर्णोद्धार के काम में जो भी धन लगे, वह राजकोष से न लिया जाए। व्यापारी स्वयं राष्ट्र की यह सेवा करना चाहते थे।

पूरे कलिंगदेश में निर्माण कार्य जोर-शोर से शुरू हो गया। वास्तुशास्त्री और शिल्पी तोशाली, कटक, भुवनेश्वर आदि नगरों को अत्यधिक आधुनिक एवं भव्य सूरत देने के काम में जुट गये। अशोक से युद्ध के बाद, उस नर-संहार के बाद कलिंगवासी धनी होने लगे थे। कलिंगवासी स्वयं चकित थे इस विचित्र संयोग पर। कुछ का कहना था कि उन्हें मिले दुःख की भरपाई कर रहे थे भगवान। वास्तविकता यह थी कि युद्ध में प्रियजन एक-दूसरे से बिछुड़ गये थे और भीषण रक्तपात ने लोगों का मोहभंग कर दिया था। आमोद-प्रमोद के लिए लोगों के मन में कोई उमंग नहीं बची थी। मानव-हृदय सन्नाटे से भर गया था। ऐसी दशा में सभी लोग स्वतः ही परिश्रम की ओर झुक गये थे। परिश्रम एकमात्र आश्रय रह गया, जिसमें लोगों की सारी ऊर्जा को खपा लेने की क्षमता थी। परिश्रम उन्हें दुःखभरी स्मृतियों से दूर रखता था। परिश्रम उन्हें अतीत से खींचकर वर्तमान में जीने का मार्ग दे रहा था।

इतने परिश्रम का फल यह हुआ कि कलिंगवासी धनवान हो गये। मध्यमवर्ग भी मगध के मध्यमवर्ग की अपेक्षा कहीं अधिक सम्पन्न हो गया। यद्यपि कलिंग से लूटकर मगध के सैनिक अपार सम्पत्ति ले आये थे, किन्तु लूटमार के धन से कोई धनवान हुआ है क्या? शनैः-शनैः उनका धन क्षीण होने लगा, क्योंकि कठोर परिश्रम ही धन का एकमात्र अक्षय स्रोत है।

जीर्णोद्धार का कार्य जब पूरा हो गया तो कलिंग के वैभव की प्रसिद्धि दूर-दूर तक फैलने लगी। कलिंग उस युग का सर्वाधिक आधुनिक, समृद्ध और सुन्दर राज्य

बन गया।

खारवेल को उत्सवों का शौक था। जीर्णोद्धार की खुशी में उसने एक महोत्सव आयोजित किया, जिसमें आने का निमन्त्रण उसने भारत के सभी राज्यों में उनके शासकों, प्रसिद्ध कलाकारों, साहित्यकारों और विद्वानों को भेजा। भारत के गण्यमान्य लोगों के अलावा कुछ विदेशी भी महोत्सव में आये, जिनमें तक्षशिला का यूनानी शासक, येरुशलम, साइप्रस, फिलीस्तीन के शासक व प्रतिष्ठित प्रतिनिधि भी सम्मिलित हुए। सिन्ध के विद्याधर शासक स्वयं पधारे। सातवाहन शासक सिमुक भी आये। मगध को निमन्त्रण नहीं भेजा गया क्योंकि कलिंग की राजसभा ने मगध को क्षमा नहीं किया।

राजसभा में जन प्रतिनिधियों ने अशोक के पौत्र सम्प्रति के प्रति तो आभार प्रकट किया, क्योंकि उसने अपने दादा द्वारा कलिंगवासियों को दिये गये घावों पर मरहम लगाने का अथक प्रयत्न किया था, किन्तु उसका श्रेय मगध के वर्तमान शासकों को देने से इनकार कर दिया। सम्प्रति का मौर्यवंश पराजित हो चुका था और अब मगध पर शुंगवंश का राज्य था। सम्प्रति को सम्मानित करने का कारण एक और भी था। वह था धर्म की समानता। सम्प्रति भी कलिंगवासियों की तरह जैन था और उसने अपना पूरा जीवन जैन धर्म को भारत में प्रचारित करने में लगाया था।

किन्तु मगधराज वसुमित्र शुंग निमन्त्रण न मिलने से निरुत्साहित होनेवालों में से नहीं थे। उन्होंने कलिंग की शक्ति की थाह लेने के लिए राजकुमार बृहस्पति मित्र शुंग को छद्मवेश में कलिंग भेजा। वसुमित्र शुंग को भय था कि जो कलिंगवासी सम्प्रति के अनेक उपकारों के बाद भी कलिंग को क्षमा नहीं कर पाये थे, अवश्य ही मगध से बदला लेने की योजना बना रहे होंगे। अभी तक मगध को कभी भी कलिंग से खतरा नहीं हुआ था। किन्तु खारवेल के एक वर्ष के शासन में शुंगराज ने कलिंग की सैन्यशक्ति के सम्बन्ध में बहुत-सी अविश्वसनीय कहानियाँ सुनी थीं। वह यथार्थ जानना चाहता था, और यथार्थ जानने के लिए युवराज से अधिक विश्वसनीय माध्यम और क्या हो सकता था?

एक युवा जैन ब्रह्मचारी के रूप में युवराज बृहस्पति मित्र शुंग ने कलिंग-महोत्सव में भाग लिया। छद्मवेष युवराज को दक्षता और विद्वत्ता के कारण आचार्य भद्रबाहु का विश्वासपात्र होने का सौभाग्य भी मिल गया। यद्यपि भद्रबाहु अपने शिष्यों से सेवा की अपेक्षा नहीं करते थे, तथापि कोई ब्रह्मचारी उनकी सुविधा के लिए श्रद्धावश सेवा करने लगता तो वे उसे रोकते नहीं थे। युवराज उनकी पुस्तकों, मोरपंखी और कमण्डल के रखरखाव और सफाई का काम करने लगे। आचार्य सूखी घास पर सोते थे। घास प्रति सप्ताह बदली जाती थी। घास बदलने का काम भी शुंग युवराज ने

अपने ऊपर ले लिया। इससे युवराज को उन सभी मन्त्रणाओं में उपस्थित रहने का अवसर मिल गया जो आचार्य भद्रबाहु और खारवेल के बीच हुईं। व्यक्तिगत सेवा से प्रेम उत्पन्न होना स्वाभाविक ही है। आचार्य के हृदय में छद्मवेषधारी युवराज के प्रति स्नेह के अंकुर फूट आये।

जाती हुई शीत ऋतु की अन्तिम सुबहों में से एक सुबह थी। आनेवाले वसन्त की अगवानी के लिए, कुमारी पर्वत पर पीले जंगली फूल जगह-जगह खिल आये थे। वसन्त की निःशब्द आहट हवाओं में महसूस होने लगी थी। युवा संन्यासियों की यह ऋतु बहुत कठिन परीक्षा लेती थी। उनके हृदय एक रहस्यमयी अग्नि में जलने लगे थे। जब वह सुबह की धूप को पीले फूलों के वर्ण में पिघलते देखते तो उनके हृदयों को विचित्र कामनाएँ मथने लगतीं। घाटियाँ, उपत्यकाएँ और चरागाह रंगबिरंगी तितलियों से भर गये थे। चाँदनी रातों में आम्रमंजरियों में कुहुकती कोयलों की पुकार सुन उनके अन्तःकरण आम्र-मंजरी की मदमाती गन्ध से बौराने लगते। शीत और वसन्त के मिले-जुले निवाच के बीच, उनकी ध्यानमग्न आँखों के आगे प्रकृति बार-बार एक अल्हड़ किशोरी का रूप धर नृत्य करने लगती। एक ऐसी ऋतु जो अभ्यस्त योगियों के ध्यान को भी भंग करने लगी थी, ब्रह्मचारी का छद्मवेष धारण करनेवाले बृहस्पति मित्र शुंग के लिए असह्य हो गयी। मन पर मँडराते संकट की इस घड़ी में शुंग युवराज की दृष्टि एक दिन सरस्वती पर पड़ी, जो मुनि भद्रबाहु का मंगलमय उपदेश सुनने कुमारी पर्वत पर आयी थी। सरस्वती के रूप में तपस्विनियों का तेज और क्षत्राणियों का आत्मविश्वास था। ऐसी रूपसी को देखते ही उसके हृदय में चाहत की अग्नि सुलगने लगी, और नेत्रों में वासना के लाल डोरे उभर आये। सरस्वती को भी इस जैन ब्रह्मचारी की प्रणय-निवेदन से भरी नजरों का अर्थ समझने में ज्यादा देर नहीं लगी।

बृहस्पतिमित्र की आँखों का अन्दाज अन्य युवा साधकों से भिन्न था। अन्य साधक अपनी चोर दृष्टि पकड़े जाने पर ससंज्ञ और सचेत हो जाते थे और उनके नेत्र झुक जाते थे। किन्तु बृहस्पतिमित्र शुंग ने सरस्वती के जान लेने पर भी न तो नजरें हटायीं, न उसके हाव-भाव में अपराध-भावना का कोई चिह्न प्रकट हुआ। ब्रह्मचारी-आचरण के सर्वथा विपरीत, उल्टे उसकी दृष्टि का साहस बढ़ गया। स्पष्ट था कि वह कामिनियों से आँखें मिलाने का अभ्यस्त था। आखिर सरस्वती को ही लम्बी पलकों से सुशोभित अपनी कोयल जैसी काली आँखें झुकानी पड़ गयीं, क्योंकि यह युवा ब्रह्मचारी अत्यन्त ही ढीठ था।

सातवाहन राजा सिमुक भी उस दिन मुनि भद्रबाहु की सभा में उपस्थित था। भद्रबाहु अपने प्रवचन में क्षमा को अध्यात्मिक जीवन की प्रथम सीढ़ी बताकर अपने कथन की व्याख्या कर रहे थे। सिमुक ने कहा, "मुनिवर! लाख यत्न करके भी मैं

मगध के प्रति अपनी घृणा पर विजय प्राप्त नहीं कर सका। मुझे लगता है कि कलिंग में हुए नरसंहार के लिए मैं मगध को कभी क्षमा नहीं कर सकूँगा। मुझे मगध के वर्तमान शुंग राजघराने से भी घृणा है, क्योंकि इस वंश ने जैनों और बौद्धों के प्रति अत्याचार किया है।''

सरस्वती ने सिमुक की बात काटी, ''आप भागवत धर्म में आस्था रखते हैं राजन् और शुंग भी। क्या इस समानता से आपके हृदय में शुंगवंश के प्रति स्नेह उत्पन्न नहीं होता?''

सिमुक ने उत्तर दिया, ''पर्वत की राजकुमारी! सबसे बड़ा धर्म तो मानवता है। यदि मेरे लौकिक सम्प्रदाय को माननेवाले मानव धर्म का हनन करें तो उनसे स्नेह करना तो ऐसा ही है जैसे किसी हिंसक पशु का आलिंगन करना।''

खारवेल ने उसी समय सभा में प्रवेश किया। उसने सिमुक के वचन सुने और बोला, ''अति उत्तम, मित्र सिमुक! इस सुन्दर वचन के लिए मेरा साधुवाद स्वीकार करें। यह विचार आप जैसी स्वतन्त्र और निष्पक्ष आत्मा को ही शोभा देता है। निस्सन्देह हम सर्वप्रथम मनुष्य हैं। कोई भी अन्य बन्धन मनुष्यता के बन्धन से अधिक श्रद्धा का विषय नहीं हो सकता।''

भद्रबाहु ने तभी अपनी धीर-गम्भीर वाणी में कहा, ''आप दोनों राजाओं के उद्गार सुनकर मैं प्रसन्न हूँ। कोई भी सम्बन्ध मनुष्यता के सम्बन्ध से अधिक स्वतन्त्र और निःस्वार्थ नहीं हो सकता। जो लोग साम्प्रदायिक बन्धन को महत्त्व देते हैं, वे धर्म को नहीं जानते। धर्म का बन्धन कोई बन्धन नहीं है। यह तो स्वार्थजन्य बन्धनों को खोलनेवाला अनोखा बन्धन है। सम्प्रदाय का बन्धन स्वार्थ प्रेरित हो सकता है, धर्म का बन्धन नहीं। वीरो और वीरांगनाओ! यह जान लो कि धर्म आत्मा में सोये प्रेम को जगाने का एक मार्ग है। इससे अधिक कुछ नहीं। मुख्य वस्तु आत्मा में जगा प्रेम है। सभी जीवों के प्रति करुणा प्रेम का प्रथम चरण है। धर्मों में विभिन्नता होना स्वाभाविक है, क्योंकि विभिन्न क्षेत्रों में रहनेवाले मनुष्यों का स्वभाव उन क्षेत्रों से प्रभावित होता है और भिन्न होता है। वे अपने स्वभाव के अनुकूल धर्म चुनते हैं। किन्तु इस विभिन्नता के होते हुए भी धर्म का सार एक ही है। धर्म का एक ही उद्देश्य है—व्यक्ति को ऐसे अनुशासित करना कि आत्मा में छिपा प्रेम का निर्झर आप ही प्रवाहित होने लगे।''

चर्चा उच्च स्तर पर आ गयी थी, और सरस्वती आहत महसूस कर रही थी अपनी शंका के कारण जो उसने सिमुक से बात करते हुए प्रकट की थी। उसे लग रहा था कि विद्वानों की उस सभा में उसने संसारी विचार प्रकट कर दिये थे। कुन्दकुन्दाचार्य ने उसकी पीड़ा का अनुभव किया और बोले, ''हे मुनिवर! आपकी आज्ञा से मैं यह कहना चाहूँगा कि राजकुमारी सरस्वती का प्रश्न उच्च भावों के

आवेग में अनुत्तरित रह गया है। राजकुमारी का प्रश्न लौकिक जगत के सन्दर्भ में अर्थपूर्ण है। महाराज सिमुक की मगध से घृणा का कोई व्यक्तिगत कारण अवश्य होगा। अपने मित्र के प्रति निःस्वार्थ प्रेम, मित्र के शत्रु के प्रति घृणा को जन्म नहीं देता।''

सभा पर कुछ क्षणों के लिए एक चुप्पी छा गयी। विद्वानों के कान सिमुक के उत्तर की बाट जोहने लगे। अनिच्छापूर्वक सिमुक बोला, ''आप सत्य कह रहे हैं मनस्वी-योगी कुन्दकुन्दाचार्य। एक व्यक्तिगत कारण मेरे हृदय में शुंगों के प्रति घृणा को जन्म देता है, यद्यपि हमारा सम्प्रदाय एक है। कारण यह है कि मगध के शासक हम सातवाहनों को निम्नवर्णवाले भागवत समझते हैं। हमारी धमनियों में नागवंश की राजकुमारियों का रक्त है। उनका मत है कि हमारे पूर्वजों का पौरुष नागवंश की रमणियों के रक्त से मिलकर दूषित हो गया है। शुंग मानते हैं कि वे वैदिक ऋषि कश्यप की सन्तान हैं। उनका मानना है कि उनके वंश में प्राचीन काल से किसी भी हीन वंश की स्त्री ने प्रवेश नहीं किया, अतः वह ब्राह्मणों में भी पूज्य हैं। मेरे विचार से वे झूठ बोल रहे हैं। अपने राजा बृहद्रथ की छल से हत्या करके उसका राज्य हड़पने वाला पुष्यमित्र शुंग ऋषि कश्यप जैसे सात्त्विक ब्राह्मण का वंशज नहीं हो सकता।''

यह सुनकर बृहस्पतिमित्र शुंग अपने को न रोक सका और बोला, ''आप त्रुटि कर रहे हैं राजन्! पुष्यमित्र ने सेना के समक्ष, भरे चौक में राजा का वध किया था। यह अत्यन्त साहस का कर्म था। इसे छल नहीं कहा जा सकता। यह कर्म कश्यप ऋषि की सन्तान ही कर सकती है, संकर-वर्ण का कोई योद्धा नहीं।''

मित्र का अपमान होता देख, खारवेल का हाथ अपनी रत्नजड़ित कटार पर गया। वह आवेश में बोला, ''अरिहन्ता की सौगन्ध! तुम ब्रह्मचारी न होते तो तुम्हें इस धृष्टता के लिए प्राणों से हाथ धोना पड़ता।''

''धर्मसभा में क्रोध तुम्हें शोभा नहीं देता खारवेल।'' मुनि भद्रबाहु बोले, ''तुम्हारी अरिहन्ता की सौगन्ध खाने की आदत भी तुम्हारे कुलदेवता को अच्छी नहीं लगेगी।''

बृहस्पतिमित्र शुंग की आँखें अंगारे उगल रही थीं और होठ क्रोध में काँप रहे थे। वह बोला, ''क्या कर लोगे तुम? मेरी हत्या करोगे? एक ब्रह्मचारी की हत्या? यदि यह दुस्साहस करोगे तो भी यह अपराध सरलता से नहीं कर पाओगे। मैं बंगदेशीय उन जैन साधुओं की तरह निर्विरोध नहीं मरूँगा, जिनकी हत्या पुष्यमित्र ने ताम्रलिप्ति नगर में की थी।''

''चिन्ता मत करो! मैं तुम्हें तुम्हारे गौरव के अनुकूल मृत्यु दूँगा,'' खारवेल ने कहा।

बृहस्पतिमित्र बोला, "मैं सम्राट चन्द्रगुप्त की परम्परा का एक योद्धा साधु हूँ। धमकी को अनसुना कर देना मेरे लिए सम्भव नहीं है।"

"तुम दोनों मात्र क्षुद्र अभिमान के लिए युद्ध पर उतारू हो गये!" भद्रबाहु स्वामी बोले, "मुझे खेद है कि कुमारी पर्वत पर तुम्हारा आना व्यर्थ ही गया। मैं तुम दोनों की कोई सेवा न कर सका।"

बृहस्पतिमित्र बोला, "क्षमा करें गुरुवर! मैं मुनि नहीं हूँ। अभी तो मैं केवल एक ब्रह्मचारी हूँ। अभी तो मैं धर्म के चौराहे पर खड़ा इन अनेक मार्गों को देख रहा हूँ। जब मैं निर्णयपूर्वक किसी एक मार्ग पर चरण रख दूँगा तो मैं उस मार्ग के अनुशासन का निष्ठा से पालन करूँगा—यह मेरा वचन है।"

सरस्वती ने पूछा, "फिर तुम कुमारीपर्वत पर एक साधु के वेश में कैसे रह रहे हो?"

"जिस तरह कुन्दकुन्दाचार्य रह रहे हैं, और अन्य सैकड़ों युवक रह रहे हैं। मैं ब्रह्मचारी वेश में रह रहा हूँ राजकुमारी! आप जानती हैं कि कुछ मुनि श्वेत वस्त्र धारण करते हैं। कदाचित् इस कारण आपको भ्रम हुआ कि मैं मुनि हूँ। महामुनि भद्रबाहु ने यह तपोवन श्रावकों के लिए भी खोल दिया है। मैं तो फिर भी एक ब्रह्मचारी हूँ।"

सरस्वती ने विद्युत की तरह एक भेदती नजर से बृहस्पतिमित्र को एक क्षण देखा और बोली, "निस्सन्देह! आप एक ब्रह्मचारी हैं मान्यवर!"

सरस्वती के वाक्य से बृहस्पतिमित्र को अपना छद्मवेश फटता हुआ-सा लगा। अपना आत्मविश्वास लौटा लाने के लिए कुन्दकुन्दाचार्य की ओर घूमकर वह बोला, "कुन्दकुन्दाचार्य, आप प्रकाण्ड विद्वान हैं। कृपया बताएँ कि वो युवाजन जो अनिश्चित से चौराहों पर भटक रहे हैं, क्या उन्हें आचार्य भद्रबाहु की शरण में आने का अधिकार नहीं है?"

कुन्दकुन्दाचार्य बोले, "चौराहों पर भटकी हुई आत्माओं को तो आचार्य भद्रबाहु के मार्ग-निर्देशन की सर्वाधिक आवश्यकता है।"

आचार्य भद्रबाहु बोले, "श्रावको और श्रमणो! इसमें किसी को संशय नहीं होना चाहिए कि मैं आप दोनों की सम्यक् भाव से सेवा करूँगा। यह तपोवन सभी के लिए खुला है। पूज्य भद्रबाहु (प्रथम) ने यह तपोवन सभी श्रावकों और श्रमणों के लिए खोला था। उनके शिष्यों में चन्द्रगुप्त और चाणक्य उस समय भी थे जब वे मोक्ष-पुरुषार्थ नहीं, अर्थ-पुरुषार्थ को सिद्ध करने में लगे हुए थे। एक मुनि का तपोवन केवल मोक्ष-मार्गियों के लिए नहीं होता। उनके लिए भी होता है जो राजकाज और व्यापार को धर्मानुसार चलाना चाहते हैं। नास्तिकों के लिए भी यह तपोवन खुला है, यदि वे दुराग्रही नहीं हैं। यदि सत्य-अन्वेषण में उनका सामना नास्तिकता

से हो गया है और वे इससे आगे जाने को तैयार हैं और नास्तिकता को अपने अभिमान का मुकुट नहीं बनाना चाहते। उद्देश्य सिर्फ एक है—जो भी अज्ञान की ग्रन्थियाँ खोलना चाहते हैं उनकी सहायता करना।

"किन्तु हम अपने विषय से आगे निकल आये हैं। हमें लौटकर अपने विषय पर आना होगा। हम यहाँ इस तपोवन के उद्देश्यों पर चर्चा हेतु एकत्रित नहीं हुए हैं। हम इन दो राजाओं को अपने भविष्य का मार्ग चुनने में सहायता देने हेतु एकत्रित हुए हैं।"

खारवेल को बृहस्पतिमित्र के उत्तर से आवेश आ गया था। किन्तु भद्रबाहु की शीतल निर्झर की तरह बहती वाणी ने उसे शान्त कर दिया। उसने मुस्कुराते हुए बृहस्पतिमित्र से कहा, "कश्यप या किसी अन्य ऋषि के वंशज के रक्त से अपनी तलवार रँगने की खारवेल कामना नहीं करता। जिस दिन तुम्हारा चौराहे पर भटकना रुक जाए, और तुम प्रवृत्ति मार्ग पर चलने का निर्णय करो, उस दिन याद कर लेना कि तुमने एक हिसाब समय से पूर्व खोल लिया था, जो हम दोनों को बन्द करना है।"

बृहस्पतिमित्र ने इस बार संयम नहीं खोया। वह वीरोचित संवाद के पथ पर आवेश में दूर निकल आया था। सरस्वती की तीव्र नजरों से उसे भेद खुल जाने का पर्याप्त भय मिल चुका था। यह वन-रूपसी बहुत खतरनाक थी। इसकी उपस्थिति में कोई भी जोखिम उठाना उचित नहीं था। उसने खारवेल को कोई उत्तर नहीं दिया।

चुप्पी छा गयी। सिमुक ने चुप्पी तोड़ी। वह बोला, "आचार्य, मैंने निर्णय किया है कि यदि खारवेल कलिंगजिन को वापस लाने के लिए मगध पर आक्रमण करते हैं तो मैं उनका साथ दूँगा।"

सरस्वती ने प्रश्न किया, "किस तरह? क्या आप अपनी सेना लेकर हमारी सहायता के लिए आएँगे?"

"नहीं!" सिमुक ने उत्तर दिया। "जब खारवेल मगध से युद्ध करने के लिए जाएँगे तो मैं सुनिश्चित करूँगा कि कलिंग के अन्य शत्रु, जैसे मूषिक राज्य और कृष्णा नदी के पार के राज्य कलिंग पर आक्रमण न कर सकें।"

"तुम्हारी यह सहायता प्रशंसनीय होगी सिमुक!" खारवेल बोला। किन्तु उसके स्वर से स्पष्ट था कि उसका ध्यान कहीं और था। कारण यह था कि इस बीच उसकी दृष्टि एक क्षण को सरस्वती की दृष्टि से मिली थी और दोनों को लगा था जैसे दोनों एक-दूसरे से एकान्त में वार्ता करना चाह रहे थे।

4

दिन का शेष भाग खारवेल ने सिमुक को अपने देश के कुछ दर्शनीय स्थल दिखाने में बिताया। रात को दोनों भोजन के उपरान्त वन के बीच बने आखेट-भवन के दो भिन्न हिस्सों में विश्राम हेतु चले गये।

लगभग अर्धरात्रि के समय खारवेल अपने कक्ष से निकला और वन के दूसरे भाग में बने लकड़ी के एक बँगले की ओर चल दिया। उसने अपने अंगरक्षकों को वहीं छोड़ दिया और अपने अश्व नीलमणि पर अकेला ही बँगले की ओर गया। वहाँ राजकुमारी सरस्वती विश्राम कर रही थीं। द्वार खुला हुआ था और सरस्वती खिड़की के पास बैठी थीं। पूर्ण चन्द्र की चाँदनी अपना पूरा लालित्य सरस्वती के कमनीय मुख पर बिखेर रही थी। आकाश पर कुछ झीने सफेद बादल थे।

सरस्वती ने अपनी सखी परिचारिकाओं को विश्राम करने का परामर्श दिया, और अब केवल वे दोनों रह गये।

खारवेल ने कहा, ''राजकुमारी, यह दिन काटने और इस घड़ी की प्रतीक्षा करने में तो जैसे युग बीत गये।''

''राजन्, आपसे एकान्त में बात करने के लिए मन न जाने क्यों व्याकुल था।'' सरस्वती ने कहा।

दोनों बैठ गये। दोनों को पता नहीं था कि बृहस्पतिमित्र पहले से ही बरामदे में गमलों के बीच छिपा हुआ बैठा था। वह दक्षिण दिशा में छिपा था, जहाँ बँगले का साया पड़ रहा था और जहाँ आम के बड़े-बड़े पेड़ थे जिनके साये में वह पूरी तरह छिप गया था।

सरस्वती बोली, ''मेरी राय में हमें सिमुक की सहायता पर बहुत भरोसा नहीं करना चाहिए। मगध पर आक्रमण हमें अपने बलबूते पर ही करना होगा।''

''यह सत्य है, किन्तु हमारे पास मगध की शक्ति की कोई सूचना नहीं है। हमने अपनी सैन्य शक्ति पाँच गुना बढ़ा ली है, किन्तु कह नहीं सकता यह मगध को हराने के लिए पर्याप्त है या नहीं।''

सरस्वती बोली, ''एक राजा के मुख से सुनने पर यह वाक्य बहुत ही विचित्र लग रहा है। कौन-सा पैमाना है शक्ति आँकने का सिवा युद्ध के? कब तक आप युद्ध को टालते रहेंगे? दो वर्ष तो राज्य के जीर्णोद्धार में सुखपूर्वक बीत गये। जनता की आशा और उमंग चारों ओर निर्माण होता देख नव किसलयों की तरह अंकुरित होती रही। अब वे किसी भी दिन आपको याद दिला देंगे आपके प्रण की। उन्हें कलिंगजिन चाहिए महाराज! आपने देर कर दी तो उनका प्रेम सूखकर आपके प्रति

घृणा में बदल जाएगा।''

''मैं जानता हूँ। मैं यह भी जानता हूँ कि यदि हम शुंगों के हाथों पराजित हो गये, तो इस बार की पराजय कलिंग को नष्ट कर देगी। मुझे विजय चाहिए, सिर्फ विजय। विजय से कम कुछ नहीं। विजय मेरे राष्ट्र की औषधि है, व्यसन नहीं। हमें अकारण पराजय दी गयी है, क्योंकि हमने मगध का कुछ नहीं बिगाड़ा था। निर्दोष हृदय को मिली पराजय निर्दोष हृदय के लिए बहुत घातक होती है। मन में बहुत गहराई तक उतर जाता है अकारण मिली पराजय का दुःख। विजय ही कलिंगवासियों को निराशा और अवसाद से मुक्ति दे सकती है।''

सरस्वती बोली, ''क्या आपको कलिंग के दो लाख सैनिकों की निष्ठा और देशभक्ति पर सन्देह है? या आप उन्हें अच्छे योद्धा नहीं समझते?''

''नहीं, हमारे सैनिक किसी भी देश के सैनिकों से श्रेष्ठ हैं।''

सरस्वती एक क्षण रुककर बोली, ''क्षमा करें महाराज! मैं इतिहास के किसी योद्धा का नाम नहीं जानती, जिसने इतनी वीर सेना के होते हुए युद्ध कल पर टाला हो।''

''मुझे समझने की चेष्टा करें राजकुमारी,'' खारवेल बोला, ''हमारे गुप्तचर पर्याप्त सूचना नहीं ला सके हैं। युद्ध से पहले मैं मगध को अपनी आँखों से देखना चाहता हूँ। मैं मगध की जनता की मनोदशा और मगधराज्य की सैन्यशक्ति को जानना चाहता हूँ। शुंगों से पहले मगध पर जैन शासक सम्प्रति शासन कर चुके हैं। अशोक के हृदय-परिवर्तन के बाद मगधवासियों को कलिंग के रक्त-स्नान का पश्चात्ताप भी हुआ था। यद्यपि शुंग संकीर्ण मनोवृत्ति के हैं, किन्तु मुझे विश्वास है कि वे कलिंग के प्रति अपनी जनता में जगी उदारता और करुणा का दमन नहीं कर पाये होंगे। जनसाधारण की चेतना जितना प्रकाश एक बार पा लेती है, उसे नहीं त्यागती। अत्याचार भी उससे वह प्रकाश नहीं छीन सकता। किन्तु मैं अपनी आँखों से देखना चाहता हूँ कि मेरा अनुमान कितना सही है।''

सरस्वती कुछ देर सोचती रही। फिर बोली, ''चलो, मैं और तुम दोनों मगध चलते हैं। किन्तु हमारा जाना गुप्त रहना चाहिए। तुम्हारी अनुपस्थिति में एक नकली खारवेल गद्दी पर होना चाहिए, जिससे मगध का शुंगवंश कोई सुराग न लगा सके।'' बोलते-बोलते सरस्वती लजा गयी। उसे आश्चर्य हुआ यह देखकर कि अनायास ही वह औपचारिकता छोड़ 'आप' से 'तुम' पर उतर आयी थी। खारवेल उठकर सरस्वती के पास आ गया और उसे आलिंगन में लेकर बोला, ''कितने मधुर होते हैं वे क्षण, जब मेरे और तुम्हारे बीच न राजा होता है न राजकुमारी। मेरी चिरसखी, तुम्हारे ऋण से मैं कभी उऋण नहीं हो सकता। जब मैं थका, तुमने मुझे सहारा दिया, जब मैं निराश हुआ, तुम आशा बनकर मेरे सामने आयीं। जब भी मैं कमजोर हुआ, तुम

शक्ति बन गयीं।'' उसकी ठुड्डी पकड़ मुँह ऊपर उठाते हुए वह बोला, ''और जब मेरे हृदय में कामना प्रचण्ड हो गयी तो तुम एक किशोरी-कलिका की तरह लजा गयीं।'' उसने सरस्वती के होठ चूम लिये और उसे प्रगाढ़ आलिंगन में बाँध लिया।

''प्राणेश्वर!'' सरस्वती बोली, ''मुझे चण्डिका से नारी बनाया। यह चमत्कार महादेव के सिवा कौन कर सकता है! तुम मेरे महादेव हो खारवेल!''

''मेरी बात क्यों नहीं मान लेतीं तुम?''

''कौन-सी बात नहीं मानी? तुम्हारी इच्छापूर्ति तो मेरा सौभाग्य है। यदि तुम मुझसे प्रसन्न नहीं हो तो त्रिभुवन का राज्य भी मेरे लिए कम है। तुम्हारे आनन पर हर्ष न देखूँ तो मेरे लिए न स्वर्ग में शान्ति है न धरती पर खुशी।''

''यदि तुम मेरी बात मानती हो तो मुझसे विवाह क्यों नहीं कर लेतीं?''

''विवाह मेरे पंख तोड़ देगा। मेरे प्राणपति! क्या बिना विवाह के मैं तुम्हें दुल्हन नहीं लगती। वनदेवी मेरी माता है और पर्वत पिता। जैसे वन में फूल खिलते हैं जो किसी महल की शोभा नहीं बढ़ाते, ऐसी ही मैं भी हूँ। विवाह करने से सभ्यता मुझे अपने पाश में जकड़ लेगी। मैं उस कबीले की हूँ जिसकी स्त्रियाँ जीवन भर प्रेम निभाती हैं। हम विवाह की औपचारिकता को नहीं मानते। क्या एक-दूसरे को दिया गुप्त वचन पर्याप्त नहीं होता? क्या वचन तभी सत्य होता है जब दूसरों के सामने दिया जाए? मुझे तो लगता है कि दूसरों के सामने यदि तुम्हें मैं प्रेम का वचन दूँगी तो मेरे वचन से कोई चिड़िया उड़ जाएगी। एक फीका वचन लेकर क्या करोगे तुम? बिना वचन के मैं तुम्हारी हूँ और सदा तुम्हारी रहूँगी। सच जानो प्रियतम, हमारे कबीले में अपने प्रेमी को धोखा देना लड़की का अक्षम्य अपराध माना जाता है। हत्या को भी हमारे लोग इतना बुरा नहीं मानते, जितना प्रेमी का हृदय तोड़ देने को। मुझसे विवाह करके मुझे पिंजरे में कैद मत करो। मेरे राजा, मेरा दम घुट जाएगा।''

खारवेल ने उसके कन्धे पर हाथ रखा और वे भीतर जाने लगे। ''चलो अब ऐसी बातें नहीं करेंगे। इस तरह तो सारी रात हाथों से निकल जाएगी।''

''चाँद कैसे देख रहा है तुम्हें प्रियतम।''

''यह मुझे नहीं तुम्हें देख रहा है। देख नहीं रहा है, अचम्भित है कि धरा पर कौन-सी मिट्टी निकल आयी, जिससे तुम सरीखी सुन्दरियाँ बनने लगीं।''

कोयल आम्रमंजरी में गाने लगी। खारवेल बोला, ''सुनो प्रियतमे! कोयल का गीत सुनो।''

सरस्वती बोली, ''यह गीत तुम्हीं ने लिखा होगा। आदि युग में तुम्हीं वह गीतकार रहे होंगे, जिसका गीत आज तक कोयल गाती फिरती है।''

खारवेल बोला, ''मेरी कोई भी बात मुझे अब अपनी नहीं लगती। मुझे लगता

है यह हवा भी तुम्हें छूने के बाद मुझे छूती है।''

विष, मदिरा और अमृत से भरे सरस्वती के नयन अलसा गये थे। वह फुसफुसायी, ''तुम्हारी बातें मुझे सुनाई नहीं पड़ रही हैं, मेरे साजन! अब बातें मत करो। कुछ देर कुछ मत बोलो।''

5

बृहस्पतिमित्र शीघ्र ही मगध लौट गया। खारवेल और सरस्वती के मगध आने की बात उसने गुप्तचरों को बता दी। गुप्तचर उन्हें ढूँढ़-ढूँढ़कर हैरान हो गये और छः महीने निकल गये। वास्तविकता यह थी कि खारवेल मगध नहीं जा सका। बृहस्पतिमित्र शुंग ने अनुमान लगाया कि यह अवश्य खारवेल की कोई चाल होगी। उसने और सरस्वती ने जानबूझकर यह चर्चा उस रात की होगी, ताकि यदि कोई गुप्तचर सुन रहा हो तो उसकी सूचना मगध को गलत दिशा में लगा दे। अवश्य ही उसने किसी साधारण व्यक्ति को मगध भेजा होगा, जो अब तक सूचना एकत्रित करके मगध से कलिंग लौट चुका होगा।

पतझड़ की एक दोपहर एक वृद्ध कुबड़ा गायक और एक नर्तकी पाटलिपुत्र की सड़कों पर अपने संगीत और नृत्य से लोगों का मनोरंजन कर रहे थे। नर्तकी की वेशभूषा मध्य एशिया के बंजारों की थी। गायक के वस्त्र भी उसी क्षेत्र के थे। वे दोनों जिस भाषा में परस्पर बात कर रहे थे, वह भारत की किसी भी भाषा से मेल नहीं खाती थी। उनके गीत की धुन गोबी रेगिस्तान में रहनेवाले कबीलों की धुन थी। लड़की डफ लिये नाच रही थी जो अबीसिनिया की नर्तकियाँ अपने हाथ में लिये रखती हैं। बूढ़े गायक की आवाज आयु के कारण कुछ खरखरी थी। उसका गीत प्रेम का गीत नहीं था। उसके गीत से भूत-प्रेतों और दन्तकथाओं का वातावरण सजीव हो गया था। उसका गीत सुनने के लिए लोग अधिक देर तक नहीं रुक पाते थे। गीत जो भाव उनके हृदयों में जगाता, वह शीघ्र ही उन्हें कहीं और चल देने को प्रेरित करने लगता था। लड़की श्यामवर्णा थी और चेहरे पर चित्रकारी के कारण आकर्षक नहीं लग रही थी।

इसी तरह नाचते-गाते मेघवाहन खारवेल और सरस्वती एक दिन राजगृह पहुँचे, और वहाँ सड़कों पर नाचते-गाते रहे। शाम ढले वे प्रसिद्ध राजसी चौक में

पहुँचे, जहाँ कलिंगजिन खुले आकाश के नीचे स्थापित थे। चाँद साँझ ढले ही निकल आया था, हालाँकि चाँदनी नहीं थी, क्योंकि दिन का प्रकाश अभी विदा नहीं हुआ था।

खारवेल को लगा कलिंगजिन ने उसे कनखियों से देखा और उनके होठों के पत्थर किसी फूल की पंखुड़ियों की तरह मुस्कुराहट में खिले। खारवेल के हृदय को एक अन्धविश्वास ने गुदगुदाया कि कलिंगजिन उसे पहचान कर, पहचान की मुस्कुराहट मुस्कराये थे। विचित्र था यह अन्धविश्वास, जो किसी भी तर्क-आश्रित विश्वास से ज्यादा उजाला लिये हुए था। इस अन्धविश्वास में न अन्धता थी, न यह बुद्धि का मार्ग रोक रहा था। यह अन्धविश्वास शायद विश्वास से आगे की मंजिल था, जहाँ से गुजरे बिना आत्मा विश्वास की जंजीरों से मुक्त नहीं होती। इस मंजिल से गुजरकर आत्मा विश्वास और विचार से मुक्त होकर सहज हो जाती है, और उस स्तर पर आ जाती है जहाँ संशय होता ही नहीं। आत्मा को न विश्वास की जरूरत रहती है, न विचार की।

उसके हृदय में आँसुओं का एक समुद्र-सा उमड़ा। उसे लगा कि ये उसकी प्रजा के आँसू थे जो उसके हृदय में ज्वार-भाटे की तरह उठ रहे थे। ये आँसू उमड़-उमड़कर कलिंगजिन के चरणों का प्रक्षालन करना चाहते थे। उसे लगा कलिंगजिन ने कोई विशिष्ट बात एक मुद्रा के द्वारा व्यक्त की, जिसे वह समझ नहीं सका।

देर तक वह अवाक् कलिंगजिन को देखता रहा। इस बीच रात का अँधेरा घना हो गया और झुटपुटे में फीके लगते चाँद की चाँदनी रात की स्याही पर चमकने लगी। बहुत देर तक वह टकटकी लगाये कलिंगजिन को देखता रहा था। अब उसकी आँखें थक गयी थीं। कलिंगजिन की ओर वह और न देख सका। उसने आँखें सरस्वती की ओर घुमायीं। इस बीच वे एक-दूसरे से एक शब्द भी नहीं बोले थे।

नगर के लोग, जो सन्ध्या के समय वहाँ टहल रहे थे, जा चुके थे। दूर-दूर तक अब वह विशाल चौक खाली था।

खारवेल ने सरस्वती से पूछा, "तुमने भी क्या वही देखा, जो मैंने देखा?"

"लगता तो है। मैंने देखा कलिंगजिन के शरीर का पोर-पोर बोलता है। किन्तु उसके भाव समझ में नहीं आते।"

"हाँ, मुझे लगा कलिंगजिन मूर्ति नहीं, भावों का एक सागर है। उसके भाव बदलते रहते हैं। जो भाव कुछ देर पहले होते हैं, कुछ देर बाद नहीं होते।"

सरस्वती बोली, "ऐसा नहीं लगता तुम्हें कि उसकी भाव-भाषा मनुष्यों से भिन्न है। वह क्या कह रहा है समझ में नहीं आता। उसकी भंगिमाएँ अत्यन्त सौम्य, बहुत धीमी और सुसंस्कृत हैं। क्या देवभाषा की तरह देव-अभिव्यक्ति भी भिन्न है? कलिंगजिन को देखने के बाद से मुझे लग रहा है कि कलिंगजिन की तरह प्रकृति

भी हमें इशारों में कुछ कहती रहती है। उसके भी भाव सुबह कुछ और, दिन चढ़े और, और रात को कुछ और होते हैं। किन्तु उसकी अभिव्यक्ति इतने ऊँचे स्तर की है कि हम उसे पकड़ नहीं पाते।''

खारवेल बोला, ''मुझे भी कुछ ऐसा ही लगा। कुछ देर पहले मुझे लगा था कि कलिंगजिन ने कोई बात सिर्फ मेरे समझने के लिए भावों के माध्यम से अभिव्यक्त की, जो मैं नहीं समझ सका।''

सरस्वती बोली, ''शायद मनुष्यों, पशु-पक्षियों और पृथ्वी पर विचरते साक्षात् देवों के बीच संवाद इसलिए न हो पाता हो कि तीनों के अभिव्यक्ति-स्तर भिन्न हैं। इस तरह मनुष्य पशु-पक्षियों और देवों के सामान्य-ज्ञान से भी वंचित रहते हैं और दुर्घटनाओं के शिकार होते रहते हैं।''

वहीं चौक में कलिंगजिन से कुछ दूर दोनों लेट गये। अभी लेटे कुछ ही देर हुई थी कि बादल गरजने लगे और वर्षा शुरू हो गयी। दोनों उठकर चौक के किनारे पर बने संगमरमर के एक तख्त पर लेट गये। उसके ऊपर पत्थर की ही एक छत थी जो चार खम्भों पर टिकी थी। ऐसे ही तख्त चौक के किनारे-किनारे चारों ओर बने थे। ऐसा लगता था कि यह चौक मगध में उत्सवों का प्रमुख केन्द्र था और उत्सवों के समय ये तख्त दुकानों में बदल जाते थे। जगह-जगह खम्भे थे जिन पर काँसे और लोहे के लैम्प लटक रहे थे। जिन्हें उस रात, शायद चाँदनी खिली होने के कारण जलाया नहीं गया था।

खारवेल को नींद नहीं आ रही थी। सरस्वती सो गयी थी, किन्तु वह विचारों में खोया हुआ था। मूर्ति को देखने के बाद उसकी समझ में आ गया था कि क्यों सारे कलिंगवासी कलिंगजिन के विछोह से इतने विह्वल थे जैसे माँ से बिछुड़े बच्चे। निस्सन्देह कलिंगजिन मात्र एक भव्य मूर्ति नहीं था। वह जीवित देवता था, जो सबसे बात करता था, सबके सुख-दुख को समझता था, भले ही उसकी अभिव्यक्ति का स्तर इतना सुसंस्कृत और उच्च था कि मनुष्य की समझ से परे था। आधी रात के बाद जब बादल छँटे और पतझड़ का हल्के नीलम जैसा चाँद फिर निकल आया तो खारवेल को लगा तेज बौछारों की मार से कलिंगजिन कुछ थक गया था। खारवेल को लगा उसे अपनी ओर देखते देख कलिंगजिन ने एक घनिष्ठ मित्र की तरह उसे आँख मारी। वह निश्चय नहीं कर सका कि उसने आँख मारी या झपकी, किन्तु कुछ न कुछ हरकत कलिंगजिन की आँखों ने अवश्य की।

एक आधा पाषाण-आधा देव हृदय पास ही धड़क रहा था और खारवेल उसकी दिव्य धड़कन महसूस कर रहा था। इस भव्य अनुभूति से प्रेरित अपने उद्‌गारों को साधता हुआ खारवेल बोला, ''कलिंगजिन, हे ईश्वर! मेघवाहनों का वंशज आपके चरणों में उन लाखों लोगों का प्रणाम लेकर आया है, जिन्हें आप अनाथ छोड़ आये

हैं।" सरस्वती प्रगाढ़ निद्रा में लीन थी। नीलधुली चाँदनी उसके मुख पर पड़ी, उसके लावण्य को गुदगुदा रही थी।

"मेघवाहन राजा, उठो! औपचारिकता में समय व्यर्थ मत करो। झुकी कमर सीधी करके खड़े हो जाओ। मुझे देखने दो तुम कैसे लगते हो।" खारवेल को लगा कलिंगजिन ने उससे कहा।

खारवेल सीधा खड़ा हो गया। "हे प्रभु! मैं ऐसा दिखता हूँ। कुछ खास नहीं जो आपको प्रभावित कर सकूँ। अपनी भुजाओं की गरजती शक्ति का एक अंश मुझे दे दो, जो ऐसी लगती हैं मानो समुद्र की बाँहें हों। अपने वक्ष की शैल जैसी दृढ़ता मुझे दो और वह आश्चर्यजनक कोमलता भी अपने मुख की, जो इतनी दृढ़ और सजीव है।"

बिजली कौंधी और एक गरजता बादल उसके सिर के ऊपर लुढ़कता-लुढ़कता दूर चला गया। हल्की चाँदनी में जो उस गुजरते बादल से छनकर आ रही थी, खारवेल ने देखा, विशाल आकाश-कमल जैसे नेत्रों से कलिंगजिन उसे देख रहा था। देखते ही देखते उसके संगमरमरी होठ मुस्कुराये और चाँदनी में सुन्दर दाँतों की ऊपरी पंक्ति आधी चमकने लगी।

"ओम् नमः अरिहन्ता!" हृदय से यह मन्त्र स्वतः उसके मुख से निकला। तभी उसने मन्द-मन्द घुमड़ते बादलों जैसी एक हँसी सुनी, और एक शिशु की तरह उसका हृदय भय और श्रद्धा से आक्रान्त हो गया। सरस्वती ने भी कलिंगजिन की उस हँसी को सुना। मानो पाषाण की अपनी मूर्ति में स्वयं ही प्राण-प्रतिष्ठा किये हुए था कलिंगजिन। सरस्वती ने आँखें खोलीं तो देखा, अमरता का वरदान पाये, हजारों वर्ष बूढ़े किसी ऋषि की तरह खारवेल ध्यानमग्न खड़ा था। वह बादल, जो कुछ देर पहले, कलिंगजिन की इस लीला के अनुरूप, रहस्य का एक वातावरण बनाने आया था, जा चुका था। अब निरभ्र आकाश पर चमकते चाँद के नीचे कलिंगजिन खड़ा था। एक ऐसी रहस्यमयी चुप्पी थी जिसका हर मौन अनहद सुर की तरह सुनाई दे रहा था। उसे ऐसा लगा मानो चाँद की किरणें जो कलिंगजिन का स्पर्श कर रही थीं, स्पर्श करते ही मदमत्त हो एक-दूसरे के हाथों में हाथ दिये कलिंगजिन के चारों ओर एक घेरा बनाये नाच रही थीं और नयी किरणें उनका स्थान ले रही थीं। किरणों का दिव्य नृत्य अनवरत चल रहा था।

इन अनोखे क्षणों ने और भय और श्रद्धा के अपूर्व मिश्रण ने उसके स्नायु-तन्त्र के पोर-पोर को ऐसे खोल दिया था कि स्वर्ग और पृथ्वी के मिले-जुले किसी दिव्य संगीत के स्वर उसके अंग-अंग में झंकृत हो रहे थे। ऐसा लग रहा था जैसे नगाड़े, दिव्य मृदंगें और रणसिंहे आदि वाद्ययन्त्र बज रहे हों और देवगण गा रहे हों।

किन्तु बाहर पूरी चुप्पी थी। चौक के चारों ओर खड़े घरों और महलों में सब

सो रहे थे। न कोई शोर था न कोई चहल-पहल। सरस्वती के सोने से पहले जो तेज हवा चीख रही थी, वह भी इस क्षण स्तब्ध थी।

कोई दिव्य मधुर किन्तु मानवेतर गीत हवाओं में भर गया था। भय और श्रद्धा से आक्रान्त सरस्वती अकेली खड़ी न रह सकी और खारवेल के पास आ उससे सटकर खड़ी हो गयी। मृदंग की थाप जो वह सुन रही थी, मानो उसके हृदय से ही उठ रही थी। उसका अपने शरीर पर शासन नहीं रह गया था। मानो अदृश्य हाथ उसके हृदय को मृदंग की तरह बजा रहे थे। हृदय अपनी सामर्थ्य से बाहर धड़क रहा था। "खारवेल!" वह फुसफुसायी, "मुझे डर लग रहा है। मैं डर रही हूँ खारवेल!"

लेकिन खारवेल की ओर से कोई प्रतिक्रिया नहीं थी। वह मूर्ति की तरह खड़ा था। सरस्वती को मूर्ति के अंग हिलते नजर आये। उसे लगा कलिंगजिन की बाँह हिली, उसका हाथ उठा, आगे बढ़ा और उसके सिर पर आकर टिक गया। उसके हृदय का सारा तुमुल और भय जैसे उसके हाथ ने अपनी नसों में खींच लिया। फिर वही हाथ उठा और खारवेल के शीष पर स्थित हो गया। खारवेल की तन्द्रा टूटी, और दोनों एक-दूसरे से ऐसे लिपट गये मानो चेतना के लौटते ही उनकी सबसे बड़ी आवश्यकता थी किसी मानव का स्पर्श। सरस्वती सुबकने लगी। खारवेल ने उसे इतना कसकर भींच लिया मानो बरसों बाद अपनी खोयी चिरसंगिनि से मिला हो।

अदृश्य मृदंगों की थाप और दिव्य नगाड़ों और रणसिंहों की ध्वनि जा चुकी थी। उनके साथ ही दोनों का भय भी चला गया। भय के साथ वह अलौकिक उल्लास भी। खारवेल को लगा, कलिंगजिन ने अपने स्पर्श से उसके अन्तःकरण को एक ऐसी स्थिरता और शान्ति दे दी थी, जो पहले नहीं थी। उसे लगा, कमर झुकाकर अपनी ऊँचाई छुपाने की आवश्यकता नहीं थी। उसे लगा, मानो वे गुण जो वह कलिंगजिन में देख रहा था, उसके अपने गुण हो गये थे। उसे आश्चर्य हुआ, कब तक सामुद्रिक-शक्ति का यह भ्रम उसके शरीर में बना रहेगा।

सरस्वती को भी स्वयं में एक सम्पूर्ण कायाकल्प महसूस हुआ, जिसकी कभी उसने स्वप्न में भी कल्पना नहीं की थी। उसने हमेशा गर्व से कहा था कि अन्य वन्यजीवों की तरह वह पर्वतीय वनों में जन्मी थी। उसने सदा एक विषाक्त सुख का अनुभव किया था सभ्य जनों को यह बताने में कि वह अनार्य थी, मानो यह बताकर वह बदला लेती थी आर्यों के श्रेष्ठता-मद से। मानो वह आर्यों को यह मानसिक और गुप्त आघात दे रही हो कि वे अपनी सभ्यता पर चाहे जितना भी इतरा लें, उस जैसी स्त्री उत्पन्न नहीं कर सकते। उसने सदैव स्वयं का परिचय एक अशिक्षित और जंगली जाति की कन्या कहकर कराया था, मानो वह कहना चाहती हो कि अशिक्षा और जंगलीपन से भी कुछ गुण पैदा होते हैं, जो शिक्षा और सभ्यता

से पैदा नहीं होते। किन्तु इस प्रदर्शन के पीछे कहीं एक हीनता-ग्रन्थि छिपी हुई थी, जिसे सिर्फ वह जानती थी और चतुराई से छिपाये हुए थी।

आज कलिंगजिन के स्पर्श के साथ उसके अन्तःकरण में खिंची आर्य-अनार्य के बीच की सीमा-रेखा अनायास ही मिट गयी थी। उसे लग रहा था जैसे पृथ्वी की तरह वह एक सनातन जीवित-सत्य थी, और आर्य और अनार्य जातियाँ मात्र दो जीवन-धाराएँ थीं जो आकर उसके ही स्तनों में विलीन हो रही थीं। दोनों जातियों के बीच द्वैत मिटने के साथ, हिम-मण्डित कैलाश जैसा भव्य और विशाल कोई ज्ञानमय कोष उसके मस्तिष्क में उभर आया था।

उसके नेत्रों के आगे अब क्षितिज कुछ और था। महारानी दृष्टि बहुत पहले से उसको सह रानी बनाने को तैयार थीं, किन्तु उसने प्रस्ताव ठुकरा दिया था, क्योंकि उसका प्रेम गर्वीला था और यह महसूस कराना चाहता था कि रानियाँ ऐसा प्रेम करने में असमर्थ थीं। कलिंगजिन के स्पर्श के बाद वह पत्नी और प्रेमिका के द्वैत से ऊपर उठ चुकी थी। अब खारवेल उसकी अस्मिता का दूसरा रूप था।

"क्या तुम्हें ऐसा नहीं लगा कि अभी-अभी यहाँ देवगण उत्सव मना रहे थे?" खारवेल ने पूछा, "मुझे लगा मानो मैं दिव्य संगीत सुन रहा था, जैसा कभी हमारे पूर्वजों ने सुना होगा जब कलिंगजिन सागर-तट पर खड़े रहते थे। नहीं, यह कहना गलत होगा शायद कि मैंने दिव्य संगीत सुना। मुझे लगा था मानो मेरे शरीर को वीणा, मृदंग और रणसिंहे समझ दिव्यजन बजा रहे थे। मेरी धमनियाँ वीणा के तार की तरह झंकृत हो रही थीं और मेरा हृदय नगाड़े की तरह आघात पर आघात सहे जा रहा था। आघात इतना प्रचण्ड था कि आरम्भ में मुझे लगा मैं मर जाऊँगा। किन्तु यह अमरता थी जिसने मेरे पार्थिव शरीर को छूकर कुछ क्षणों के लिए अमर तेजस-शरीर में बदल दिया था। मुझे लगता है मैंने झाँककर सृष्टि के दूसरी ओर क्या है, देख लिया है। आओ, हम इसके बारे में कुछ और न कहें, मुझसे अभिन्न प्रेयसी, मेरे हृदय की रहस्यमय अंशिनि!" उसके हाथ को कोमलता से दबाते हुए उसने फिर कहा, "कुछ न कहें!"

घोड़ों की टाप सुनाई दी। शायद कोई गश्ती सैनिक टुकड़ी थी। दोनों ने उस स्थल से चले जाने का निर्णय लिया। जाने से पहले उन्होंने आदि-जिनन्दा कलिंगजिन को अन्तिम प्रणाम किया, उसी सनातन विधि से जो तब भी थीं जब आर्यावर्तवासियों में आर्य और अनार्य के भेद नहीं उपजे थे, जब कुछ गौरवर्णवाले लोग स्वयं को घुमक्कड़ व्यापारी होने के कारण विदेशी नहीं समझते थे। आर्यावर्त्त के विभिन्न खण्डों में बसी विभिन्न जातियों को वे अपना सहोदर समझते थे जो उसी आर्यभूमि भारतवर्ष की सन्तान थे। गौरवर्णवाले और धूमिल वर्णवाले दोनों भारतवर्ष के पुत्र थे, जिनमें वर्ण के आधार पर, यूनानी आक्रमण से पहले, कोई भेदभाव नहीं था।

यूनानी आर्यों ने लोभवश भारत पर आक्रमण किया था। जब वे आरम्भिक हमलों में हिन्दुकुश पर्वत को भी पार न कर पाये तो उन्होंने प्रसिद्ध 'यूनानी छल' का सहारा लिया। उन्होंने पहले अफगानिस्तान के भारतीय गौरवर्णवाले लोगों से कहा कि उनके वास्तविक भाई वे थे, धूमिलवर्णवाले भारतीय नहीं। इस विश्वास का आधार उन्होंने अपने और भारतीय आर्यों के गौरवर्ण को बनाया। बाद में उन्होंने अपना यह 'छलिया सिद्धान्त' राजा आम्भि और पंजाब के कुछ अन्य गौरवर्णवाले राजाओं को सिखा दिया। लोभ, दर्प और असत् ने उन सब गौरवर्ण वालों को संगठित कर दिया और मेघवर्ण राजा पुरु की हार हुई।

भारत में आर्य शब्द, पुरु की हार के बाद भी शताब्दियों तक गौरवर्णवाले मनुष्यों के लिए नहीं, प्रेम, करुणा, सत्यम्, शिवम् और सुन्दरम् का पालन करनेवालों के लिए प्रयुक्त होता रहा था। 'दस्यु', 'राक्षस', 'अनार्य' आदि शब्द उन लोगों के लिए प्रयुक्त होते थे, जो दूसरों को पीड़ा पहुँचाने के लिए लोभ, हिंसा, असत्य और जादू-टोने के उपयोग करते थे, चाहे वे गोरे हों या काले।

यूनानी छलियों की अनैतिकता थी गौरवर्ण वाले भारतीयों को अन्य भारतीयों से अलग करना। इस कारण यूनानियों को भारतीय विद्वानों ने 'यवन' का नाम दिया था। यवन-चरित्र को वे सत्य पर पर्दा डालनेवाला मानते थे। इसी कारण नाटकों के मंचन के समय जिस पर्दे से एक दृश्य को दूसरे से अलग करते थे, उसे भारतीय 'यवनिका' कहते थे।

दोनों ने सर्वप्रथम अर्हन्तों को प्रणाम किया जिन्होंने सांसारिक सुखों की निस्सारता को जान लेने के बाद सर्वज्ञता प्राप्त की थी। दूसरा नमन सिद्धों को किया, जो सामान्य मानवीय आचरण के बन्धनों से मुक्त हो चुके थे, विशेषतः उन मानसिक बन्धनों से जो मनुष्य को पाप और अधर्म की ओर धकेलते हैं। तीसरा नमन आचार्यों को किया जो समस्त उपलब्ध ज्ञान का मन्थन करके लोगों को सत् और असत्, सत्य और असत्य, सुन्दर और असुन्दर, अच्छे और बुरे और सच्चे और झूठे प्रेम के बीच भेद करने की व्यावहारिक कला सिखाते थे।

अभी उनकी प्रार्थना अधूरी थी कि घुड़सवार सैनिकों ने आकर उन्हें घेर लिया।

सैनिकों के सरदार ने कहा, "स्वयं को बन्दी समझो, क्योंकि तुमने एक बूढ़े गायक का छलिया-वेश धारण किया। तुम्हारी सखी इस नर्तकी को भी, तुम्हारे छल में साथ देने के अपराध में बन्दी बनाया जाता है।"

"हमने किसी को छला नहीं। केवल मनोरंजन के लिए हमने यह नाटकीय रूप धारण किया," खारवेल ने कहा।

"निस्सन्देह तुमने अपने मनोरंजन के लिए बहुत अच्छा ढंग चुना!" सरदार ने कहा।

दूसरा सैनिक बोला, "इतने दिनों तक लगातार पाटलिपुत्र और राजगृह में अपनी कमर झुकी रखकर तुम्हारी कमर में दर्द नहीं हुआ?"

"रोज-रोज यह भारी लोहे का टोप पहनकर तुम्हारे सिर में दर्द नहीं होता?" खारवेल ने उसकी बात काटी।

"दर्द क्यों होगा? हमारा तो यह व्यवसाय है। हमें तो इस टोप की आदत पड़ चुकी है।"

एक अन्य सैनिक बोला, "कल तुम पूछोगे, रोज-रोज वस्त्र पहनने से क्या तुम्हारे शरीर में दर्द नहीं होता?"

हँसते हुए सरदार बोला, "फिर तो सारी जनता निर्ग्रन्थ मुनियों की तरह दिगम्बर रहा करेगी।"

सैनिक हँसने लगे।

"हँसो मत मूर्खो।" सरदार बोला, "मैं मजाक नहीं कर रहा हूँ। क्या तुम इसके उच्चारण से अनुमान नहीं लगा सकते कि यह किसी अन्य राज्य का है? हो सकता है यह वही गुप्तचर हो जिसे खारवेल मगध में भेजनेवाला था। क्या तुमने युवराज बृहस्पतिमित्र की घोषणा नहीं सुनी?"

दूर से आती शंखध्वनि सुनाई दी। शंख सैनिक-अन्दाज में बजाया जा रहा था। छावनी में सोते सैनिकों को प्रातः योग व व्यायाम हेतु उठाने के लिए शंखध्वनि छावनी की मीनार से की गयी थी। चारों ओर से घोड़ों की टापें सुनाई पड़ने लगीं। आसपास के महलों से सभासद और सैन्य अधिकारी व्यायाम में सम्मिलित होने के लिए छावनी की ओर अपने घोड़ों पर भाग रहे थे। पौ फट चुकी थी। दूर राजमहल की सोने की छत पर शुंगध्वज फहराने की तैयारी हो रही थी।

अब समय खोना मूर्खता होती। बिजली की तेजी से खारवेल सरदार पर टूट पड़ा और उसका भाला छीन लिया। घात-प्रतिघात में दो सैनिक मारे गये और सरदार घोड़े से दूर जा पड़ा। बादलों की पालकी बनी एक तेज हवा की तरह, वह उछलकर सरदार के घोड़े पर बैठ गया और सरस्वती के पास आकर उसने उसे घोड़े पर उचका लिया। घोड़े को उसने एड़ लगायी और तेजी से भाग लिया। जाने से पहले वह बोला, "गुप्तचर नहीं, खारवेल हूँ मैं। मेघवाहन खारवेल! यह शुभ समाचार अपने राजा को दे देना। देवता तुम्हारी रक्षा करें।"

कुछ ही क्षणों में यह सूचना सारे राजगृह में फैल गयी। मानो वर्षा के बाद, राजगृह की गलियों को तेजी से बुहारती ठण्डी हवाओं ने यह सूचना नागरिकों तक पहुँचा दी हो।

वर्षा से धुली सड़कें शीघ्र ही भौचक्की-सी लगने लगीं। मानो वे सड़कें नहीं, खोजी घुड़सवारों की चकरायी बुद्धि की परछाईं हों। एक कोहराम-सा मच गया।

किस दिशा में भागें खारवेल को पकड़ने? खोजी घुड़सवार तय नहीं कर पा रहे थे। एक गली से दूसरी गली में घुसते और फिर पहली गली में आ जाते थे। कोई-कोई तो एक ही गली में चक्कर काट रहे थे। गली के एक छोर से दूसरे छोर तक आते, और मतिभ्रान्त हुए, घोड़े की बाग मोड़कर, फिर से पहले छोर पर आ जाते।

जब तक सेनापति के निश्चित आदेश प्राप्त हुए कि सैनिकों को किस दिशा में खारवेल का पीछा करना है और बन्दी बनाना है, खारवेल लगभग बारह मील दूर जा चुका था। भटके सैनिकों के एक दल ने उसका पीछा कुछ दूर तक किया था। किन्तु उन्होंने अपना प्रयास छोड़ दिया था, निश्चित आदेश के अभाव में। उन्हें विश्वास नहीं था कि वह खारवेल था। कुछ दूर और निकलने पर उन्हें अपनी चौकी सीमा से बाहर जाने के अपराध में दण्ड दिया जा सकता था। वे सब अलग-अलग गश्ती टुकड़ियों के भटके हुए सैनिक थे। उनमें कोई भी अधिकारी नहीं था जो निर्णय ले सकता। पहले एक ने पीछा करना छोड़ा, फिर दूसरे ने, फिर उनकी देखादेखी सबने।

अन्त में केवल वन, खेत और गाँव रह गये खारवेल की आँखों के आगे। और उसके घोड़े की टापों के नीचे एक धुली सुन्दर सड़क रह गयी, जिसे सम्राट अशोक ने बनवाया था। जगह-जगह विस्मित-से किसान और कृषक-सुन्दरियाँ, एक ही घोड़े पर भागते एक पुरुष और एक स्त्री को देख अनुमान लगा रहे थे कि वे प्रेमीयुगल हैं, जो किसी आफत से भाग रहे हैं। देखनेवालों में अधिकांश इस प्रेमीयुगल के सुरक्षित भाग निकलने की, मन ही मन कामना कर रहे थे। खारवेल और सरस्वती के वस्त्र वर्षाजल की बूँदों से भीग गये, जो उन घने सायेदार पेड़ों से टपक रही थीं जो सम्राट अशोक ने राहगीरों को गर्मी से राहत देने के लिए लगवाये थे।

दिन के समय राजमार्ग पर चलना असुरक्षित था, क्योंकि दो स्थानों पर उन्हें टोका गया था। वह राजमार्ग छोड़ साल के एक घने वन में घुस गया। केवल घोड़े को सुस्ताने के लिए बीच-बीच में कुछ देर के लिए रुका, अन्यथा पूरे दिन चलता रहा। दिन ढले सरस्वती ने उसे प्यास के कारण किसी जलाशय के पास रुकने को कहा। लगभग दो मील और चल लेने के बाद उसे एक प्रकाश दिखाई दिया। वह उसकी ओर बढ़ने लगा। कुछ देर में ही निर्जन वन में बनी एक कुटिया नजर आयी।

घोड़े को एक वृक्ष से बाँध वह सरस्वती के साथ उस कुटिया में घुसा। कुटिया में एक वृद्ध पुरुष था, जो भुर्ज की छाल पर एक पंख की कलम से कुछ लिख रहा था। रात्रि की नीरवता तो बाहर भी थी, किन्तु कुटिया के भीतर दोनों को पूर्ण शान्ति का अनुभव हुआ।

सरस्वती ने कुटिया से बाहर निकलकर खारवेल को हाथ के इशारे से बुलाया और कहा, ''कोई ऋषि लगते हैं। किसी रचना में तल्लीन हैं। हमें उनके पवित्र कार्य

में बाधा नहीं डालनी चाहिए। चलो, कहीं और जल ढूँढ़ें।''

कुटिया बहुत सुन्दर थी। छत और दीवारों पर फूलों की बेलें चढ़ी हुई थीं। घोड़े की रास थामे वे पैदल ही चल दिये। दूर से आती गाय की घण्टियों की आवाज उन्हें सुनाई दी। कोई अहीर अपनी गायों को चराकर वापस लौट रहा था। खारवेल ने अहीर को एक स्वर्ण आभूषण दिया और कहा, ''भाई, प्यास लगी है, थोड़ा दूध दोगे?''

मुद्रा वापस करते हुए अहीर बोला, ''समुद्र पार से आये हो क्या? आर्यावर्त है यह। यहाँ दूध नहीं बिकता।''

''मैं जानता हूँ। मैं तुम्हें दूध का मोल नहीं दे रहा था। यह आभूषण वन में पड़ा मिला। मेरे किसी काम का नहीं। मैंने सोचा शायद तुम्हारे किसी काम आ जाए। नकली लगता है। बच्चे खेल लेंगे।''

''फिर तो तुम्हें गाँव के मुखिया को देना चाहिए था। न जाने किसका हो! दिखाना जरा।''

अँधेरे में ही हाथों से टटोलकर बोला, ''मुझे तो सोने का लगता है, जड़ाऊ भी है।'' फिर स्वयं से बोला, ''अहीरन इसे पाकर बहुत खुश होगी।'' उसने आभूषण लौटा दिया और बोला, ''भाई, मुखिया को दो या अपनी इस जोरू को। मुझे ऐसी सम्पत्ति नहीं लेनी है। मेरी ओर से निश्चिन्त रहो। मैं मुखिया को नहीं बताऊँगा।''

खारवेल को क्रोध आ गया। वह बोला, ''तुम तो बड़े ही दुष्ट स्वभाव के हो। आभूषण किसे देना चाहिए, यह उपदेश देने में लग गये। देखते नहीं राजकुमारी प्यासी है।''

''राजकुमारी! कहाँ है राजकुमारी?'' अहीर बोला, ''क्या बंजारन के भेष में यह स्त्री राजकुमारी है? फिर तो जरूर कोई भेद है। अब यह भी बता दो, कौन से राज्य की राजकुमारी है यह? भेद का पता तो चलना ही चाहिए। प्यासे हो तो भूखे भी होंगे। आगे-पीछे का हाल भी तो मालूम होना चाहिए।''

वे चलते-चलते किसी गाँव के छोर पर आ गये थे। कुछ झोंपड़ियाँ थीं। एक सुन्दर लड़की बाहर निकली और बोली, ''मैं भी तो सोचूँ, बाबा किससे बात कर रहे हैं। आप दोनों को प्रणाम।'' हाथ जोड़ते हुए वह बोली, ''साँझ ढले आप हमारी ड्योढ़ी पर आये हैं। ऐसे नहीं जाने देंगे आपको। आज हमारे पाहुन हो रहिए। मेरे पिता की बातों का बुरा मत मानिए। मेरे भाई के गुम हो जाने के बाद से इनका दिमाग फिर गया है।'' वह अपने पिता से बोली, ''मडैय्या में बैठा है भाई। सुबह उससे मिल लेना। मेले से लौट आया है। एक कजरी भी मोल लाया है।''

''सचमुच! तब तो मुझे अभी मडैय्या में जाना है।''

''चले जाना बाबा, अभी चले जाना। पहले हाथ-मुँह तो धो लो। नये कपड़े

पहन लो। तुम्हें मैले कपड़ों में देखकर भाई को दुःख नहीं होगा?''

''यह भी ठीक है। पहले जरा ठीक-ठाक हो लूँ,'' बड़ाबड़ाते हुए अहीर कुटिया के भीतर चला गया।

लड़की बोली, ''पिछले साल भाई पशुओं के मेले में गया था। लौटा ही नहीं।'' उसकी आँखें डबडबा आयीं। ''उसी के दुःख में पगला गये हैं।''

सरस्वती ने उसका हाथ पकड़ा, ''दुःख न करो बहन। भाई आ जाएगा।''

लड़की ने ओढ़नी के छोर से आँखें पोंछ लीं और हँसते हुए बोली, ''आप लोग कुटिया में तो चलिए।''

''नहीं बहन, हम रुक नहीं सकते। हमें रात में भी यात्रा करनी है। काम कुछ ऐसा ही है,'' सरस्वती ने कहा।

''हमारे यहाँ कुछ नहीं लेंगे आप, तो हमें पाप लगेगा। ऐसा न करिए। हमारे वस्त्र मैले जरूर हैं। बहुत धोती हूँ। पशुओं के काम में मैले हो ही जाते हैं।''

सरस्वती ने पूछा, ''तुम्हारे गाँव से मील भर दूर वह साफ सुथरी-सी कुटिया किसकी है?''

''समझ गयी,'' लड़की बोली। ''उस कुटिया की स्वच्छता आपके अनुकूल है। आप वहीं रुक जाइए। साधु बाबा कुछ नहीं कहेंगे। वह रात भर लिखते रहते हैं। यात्रियों के लिए उन्होंने एक कमरा छोड़ रखा है। कोई भी उसमें रुक लेता है। मगर मुझे आश्वस्त कीजिए कि आप वहीं रुकेंगे। मैं भी भूल गयी।'' कुछ सोचकर दौड़ी-दौड़ी वह घर के भीतर गयी और दो मिट्टी के पात्रों में दूध ले आयी।

''कृपा करके इसे पी लीजिए। आपका भोजन मैं वहीं ले आऊँगी।'' लड़की ने पात्र उन्हें देते हुए कहा।

दूध पीते हुए सरस्वती बोली, ''किन्तु वह साधु बाबा हैं कौन?''

''वह ऋषि पतंजलि हैं। योग सिखाते हैं। मैं वहाँ जाती रहती हूँ। मुझे जानते हैं। पूछते भी हैं अगर कभी नहीं जाती। पूछते हैं, बिटिया कल क्यों नहीं आयी? बेचारे अकेले हैं। उनकी अपनी बिटिया होती तो कितनी सौभाग्यशालिनी होती!''

वहाँ रुकने के लिए दोनों तैयार हो गये और घोड़े को लेकर वापस कुटिया की ओर चल दिये।

लड़की जब भोजन लेकर आयी तो वे उसे रास्ते में ही खड़े बातें करते मिल गये। उसने पूछा, ''आपको कुटिया में जाते हुए संकोच हुआ? आइए मेरे साथ।''

लड़की कुटिया में घुसी तो वह बाहर ही रुक गये। लड़की ने भी उनसे भीतर आने के लिए नहीं कहा। भीतर जाकर पहले उसने ऋषि पतंजलि के लिए पत्तल लगायी और उनके पास ले गयी।

''बाबा! बाबा!'' उसने उनका ध्यान तोड़ा। ''जरा दया कर दो अपनी बेटी

पर। खा लो कुछ।"

पतंजलि मुस्कुराये। उनकी आँखों में प्रेम उमड़ आया। उन्होंने कलम रख दी। उसके गाल थपथपाये और बोले, "बेटी, संन्यासी रात को नहीं खाते। यह भोजन उनको खिला, जो आज तेरे पाहुने हैं। उन्हें बाहर क्यों रोक दिया?"

"मैंने नहीं रोका। वह संकोचवश आप ही रुक गये। हमारी शैयाएँ तो इतनी साफ नहीं हैं। और वह सम्भ्रान्त हैं। संकोच के कारण उन्हें रोक नहीं सकी। फिर मैंने सोचा एक बाबा के घर में नहीं रोक सकी तो दूसरे बाबा के घर में रोक लूँगी।"

पतंजलि बोले, "तूने ठीक ही सोचा है बेटी। वे राजा हैं।"

"राजा?" लड़की की आँखें आश्चर्य से फट गयीं। वह बोली, "किन्तु उनके कपड़े तो राजा रानी जैसे नहीं हैं। मैले भी हैं।"

"यह एक रहस्य है। गाँव में किसी से मत कहना कि राजा-रानी आये हैं।"

"अच्छा।"

"अब तू उन्हें बुला ला और दूसरे कमरे में उनका खाना लगा दे।"

खारवेल और सरस्वती दोनों भीतर आ गये, और महर्षि के चरणों में शीष झुकाते हुए बोले, "प्रणाम, महर्षि!"

"महाराज और महारानी का स्वागत है।"

खारवेल बोला, "क्षमा करें महर्षि! संयोगवश आपके चिन्तन में हम विघ्न बन गये।"

"नहीं राजन्! मुझे ज्ञात था कि आप आएँगे। क्षमा तो मुझे माँगनी चाहिए, क्योंकि कुछ देर पहले भी आप यहाँ आये और चले गये और मैंने आपको नहीं रोका। उस समय मैं विकल्प-समाधि के चिन्तन में व्यस्त था। समाधि का कोई रहस्य खुल रहा था, जो पहले विदित नहीं था। मुझे विश्वास था कि आप फिर आएँगे, क्योंकि कलिंगजिन का वचन था।"

खारवेल ने पूछा, "कलिंगजिन का वचन? यह क्या रहस्य है महर्षि?"

"कल रात भर लिखते-लिखते अन्तिम पहर में मुझे एक झपकी आ गयी। मेरी आँख खुली दिव्यध्वनि से। दिव्य संगीत था जो मनुष्य नहीं बजा सकते। न वैसा सुर निकाल सकते हैं। और यहीं मेरी कुटिया के बाहर कलिंगजिन खड़े थे। विशाल! उत्तुंग! भीगे हुए, चाँदनी में चमक रहे थे। वे मेरे गुरु हैं। मैंने मन ही मन ऋषभदेव को ही गुरु माना है। वे परमयोगी थे। मैंने उनसे उस लुप्त योगविद्या का ज्ञान देने की प्रार्थना की, जो उन्हें विदित थी। उन्हीं कलिंगजिन ने मुझे बताया था कि आज की रात आप और रानी सरस्वती मेरे अतिथि होंगे।" पतंजलि रुके और फिर बोले, "बाद में चर्चा करेंगे राजन्! पहले आप भोजन ग्रहण करें। बिटिया को भी वापस जाना है।"

भोजन कराने के बाद लड़की जाने लगी तो उसे छोड़ आने के लिए खारवेल साथ चल दिया।

"नहीं महाराज!" लड़की बोली, "मैं एक साधारण कन्या हूँ। आप अतिथि हैं।"

"अतिथि कहती हो और स्वयं को साधारण भी कहती हो। अतिथि और गृहस्थ में तो समानता होती है।"

लड़की बोली, "नहीं महाराज! अतिथि देवता होता है। मेरा तो यह रास्ता है। वन के पशु भी मुझे पहचानते हैं। मुझे कोई भय नहीं।"

"किन्तु पुत्री," खारवेल बोला, "मैं क्षत्रिय हूँ। मेरा धर्म है बिना माँगे रक्षा करना। तुम न कहो तो भी मैं चलूँगा, क्योंकि यह वन है और कोई नहीं जानता कि इसमें क्या छिपा है।"

"कुछ नहीं छिपा है महाराज!" लड़की बोली। "यहाँ कभी कोई दुर्घटना नहीं हुई।"

"यह वन सुरक्षित है महाराज। उसे जाने दीजिए," पतंजलि बोले।

"क्षमा करें महर्षि!" खारवेल बोला, "मैं जानता हूँ कि जब आप कह रहे हैं तो कोई संकट नहीं है। किन्तु मैं इस कन्या का ऋणी हूँ। मैं बीते हुए कल के आधार पर आनेवाले कल का अनुमान नहीं लगा सकता। मेरा धर्म है समस्त सुरक्षा के बाद भी सतर्क रहना। अतः मुझे अपने धर्म का पालन करने दीजिए।"

खारवेल लौट कर आया तो महर्षि पतंजलि और सरस्वती वार्तारत थे।

"आओ आर्यावर्त्त के प्रतापी राजा!"

"मैं आर्यावर्त्त का नहीं, कलिंगदेश का राजा हूँ प्रभु! श्रमणमुनि भद्रबाहु मेरे गुरु हैं।"

"मैं जानता हूँ।"

"तब आप अपने राजा का साथ न देकर उसके शत्रु को शरण क्यों दे रहे हैं?"

पतंजलि बोले, "मैं एक योगी हूँ राजन्! समन्वय करना मेरा काम है। आत्मयज्ञ मेरा धर्म है। योग न तो जोड़ है, न घटा, न गुणा न भाग। योग आत्मबलि है। मेरा काम है भागवतों, शैवों, बौद्धों और जैनों को बताना कि कैसे ये सभी सम्प्रदाय एक ही धर्म—सनातन धर्म के विभिन्न रूप हैं। मुझे यह बताइए, क्या धर्म की परिभाषा इन सम्प्रदायों में भिन्न-भिन्न है?"

"ऐसा तो नहीं लगता प्रभु! धर्म की जो परिभाषा व्यास और वाल्मीकि ने की है, वही परिभाषा बुद्ध और तीर्थंकरों ने भी की है।"

"और वह परिभाषा क्या है?"

"मनुष्य के शरीर में चार शक्तियाँ रहती हैं—1. आत्मा, 2. प्रकृति के चौबीस

रूप, अन्तःकरण, इन्द्रियाँ, आदि, 3. जीवन-शक्ति तीसरी शक्ति है, जिसका स्वभाव यक्षों जैसा है। मनुष्य यक्षों की तरह सुख और शान्ति के साथ जीना चाहता है। यक्षों की तरह कुपित होता है तो बहुत कुपित हो जाता है और किसी पर प्रसन्न होता है तो अति प्रसन्न। 4. चौथा तत्त्व जो शरीर में रहता है, वह है योगमाया। प्रकृति ईश्वर की मूर्त शक्ति है और योगमाया अमूर्त शक्ति है। योगमाया ही मन में वासनाओं और कल्पनाओं, बुद्धि में विचार, चित्त में वृत्तियों और इन्द्रियों में कर्म और जीवन शक्ति में आनन्द-कामना को मानव-धर्म की सीमा दिखाती है। योगमाया में ये शक्तियाँ हल्के स्फुरण बनकर प्रकट होती हैं और प्रकृति में आकर ये ही मूर्त और प्रबल शक्तियाँ बन जाती हैं।

"जो तत्त्व इन चारों शक्तियों का समन्वय करता है, वही मनुष्य का धर्म है।"

पतंजलि प्रसन्न होकर बोले, "तुमने धर्म की बहुत सुन्दर और व्यावहारिक परिभाषा की है। अवश्य ही अचानक बदली परिस्थितियों में भी तुम्हें अपना धर्म निर्धारित करने में कठिनाई नहीं होगी। तुम इतिहास रचने के लिए जन्मे हो खारवेल। आज आर्यावर्त के लोग विभिन्न सम्प्रदायों को ही धर्म समझने लगे हैं। तुम उन्हें इस संकीर्णता से बचा सकते हो। आर्यावर्त एक देश है। अनेक राजाओं ने राज्य करने के लोभ में जब आर्यावर्त को छोटे-छोटे राज्यों में बाँट लिया तो आर्यावर्त को एक देश बनाये रखने का ऋषियों का सपना प्रार्थना में सिमटकर रह गया। प्रातः उठते ही वे जिस देश की पूजा करते हैं वह हिमालय से कन्याकुमारी तक फैला है। यह अखण्ड देश जब मूर्त होकर प्रकृति में अखण्ड नहीं रह सका तो भी यह अखण्ड देश ऋषियों की योगमाया में सदैव अखण्ड रहा है। तुम्हें कलिंगजिन ने यह काम सौंपा है कि तुम इस अमूर्त अखण्डता को मूर्त रूप दो। कलिंगजिन ने ही मुझसे कहा था कि तुम चाहो तो भारत को एक राज्य में बदल सकते हो, भारत के चक्रवर्ती सम्राट बनकर।"

खारवेल सोच में पड़ गया। कुछ देर विचार करने के उपरान्त वह बोला, "किन्तु मेरा कोई ऐसा उद्देश्य नहीं है महर्षि। एक करने के लिए मुझे अश्वमेध यज्ञ करना होगा, जैसा प्राचीन काल में राम जैसे प्रतापी राजाओं ने किया। जो राजा मेरे घोड़े को रोकेंगे, उनसे मुझे युद्ध करना होगा। युद्ध से रक्तपात होगा और मैं रक्तपात नहीं करना चाहता। मैं मगध से अवश्य युद्ध करूँगा, केवल मगध से, किन्तु केवल कलिंगजिन को ले जाने के लिए। अशोक के नरसंहार का बदला लेने के लिए नहीं। पहले मुझमें उस नरसंहार का बदला लेने की भावना थी। किन्तु कलिंगजिन के दर्शन कर लेने के बाद अब मेरी समझ में आ गया है कि बदले की भावना मनुष्य की सबसे बुरी शक्ति है। बदले की आग का अन्त नहीं होता। बदले की शृंखला चलती रहती है और निर्दोषों की हत्या होती रहती है।"

पतंजलि बोले, "तुम्हारी भावना उदात्त है। यह महानता का चिह्न है। इससे स्पष्ट है कि तुम महान कर्म करोगे। युद्ध द्वारा नहीं तो किसी और तरह तुम ऋषियों के स्वप्न को मूर्त रूप दोगे। तुम हिमालय से कन्याकुमारी तक फैले इस राष्ट्र में एकता जगाओगे।"

"किन्तु कैसे ऋषिवर?"

"वह मैं नहीं जानता। भविष्य को मैं नहीं जानता। भारत का भविष्य भारतीयों के कर्मों से बनेगा। मुझे यह विश्वास है कि तुम जो भी करोगे, वह भारत की अखण्डता के हित में ही होगा। चक्रवर्ती सम्राट नहीं बनना चाहते तो न बनो। मैं तुम्हारी कर्म प्रेरणा को बलात् अपने विचारों के अनुरूप मोड़ना नहीं चाहता। यह अवश्य कहूँगा कि तब तुम्हें एकता के लिए कोई नया और मौलिक मार्ग चुनना होगा। इस एकता-कर्म से तुम नहीं बच सकोगे, क्योंकि यह तुम्हारे कर्मकोष से उपजा है।"

खारवेल गहन चिन्तन में पड़ गया।

पतंजलि बोले, "शत्रु तुम्हारे द्वार पर खड़ा है। अपने शत्रु को पहचानो। यह शत्रु राक्षस-संस्कृति का पोषक है। यह बच्चों और स्त्रियों की हत्या करता है। नगरों में घुसकर नागरिकों की हत्या करता है। इसकी दृष्टि में केवल युद्ध क्षेत्र शत्रु से लड़ने का स्थान नहीं है। यह पुस्तकालयों और मन्दिरों का भी ध्वंस करता है। यह राक्षसों से भी हीन वृत्ति का है, क्योंकि यह स्त्रियों से बलात्कार करता है। राक्षसों का भी एक धर्म था। वे स्त्रियों का केवल अपहरण करते थे, बलात्कार नहीं। उनकी वासना विकृत नहीं थी। किन्तु हिन्दुकुश के पार से आनेवाले शत्रुओं की वासना विकृत है। वे स्त्रियों के साथ बलात्कार को पौरुष का चिह्न समझते हैं। राक्षस अपहरण की हुई स्त्रियों का हृदय जीतने की चेष्टा करते थे। किन्तु खैबर दर्रे से आनेवाले शत्रु स्त्रियों को भोग की वस्तु और दासी समझते हैं। स्त्रियों की इच्छाओं का उनकी नजरों में कोई मूल्य नहीं है।

"आज महाराज भरत का यह देश अनेक छोटे-छोटे राज्यों और सम्प्रदायों में बँटा हुआ है। सौभाग्य से इन सबकी संस्कृति एक है, जिसके मूल्य मानवीय हैं। काश्मीर के राजा जलोक जैन सम्प्रदाय के हैं, तो सिंहल द्वीप के राजा बौद्ध सम्प्रदाय के। गान्धार और अफगानिस्तान के लोग शैव मत के हैं, तो गुजरात और महाराष्ट्र के लोग भागवत मत के। किन्तु इन सबका धर्म एक है, और संस्कृति भी। इन सबको धर्म और संस्कृति के नाम पर तुम्हें एक सूत्र में पिरोना है। इनके राजा राज्य के अभिमान में अपने को अलग-अलग समझने लगे हैं। राजनीति संकीर्ण शास्त्र है, जो इन्हें संकीर्ण बना रहा है। इस संकीर्णता को तुम्हें दूर करना है, धर्म और संस्कृति की एकता की चेतना जगाकर।"

खारवेल ने उन्हें रोका और कहा, "यह उपदेश आप इस देश के शुंग राजा

को क्यों नहीं देते? मुझे क्यों दे रहे हैं?''

''मैंने मगधराज से भी ये बातें कही हैं। किन्तु उसका हृदय विद्वेष और अभिमान से भरा है। मगधराज से ही नहीं, मैंने ये बातें अनेक राजाओं से कही हैं। बाँह उठाकर मैं सामान्य जनों और नागरिकों से भी यही कहता हूँ कि अपनी एकता को पहचानो। एकता के उन अंकुरों को पुष्ट करो जो पूर्वजों के तप और कर्म से तुम्हें अनायास ही अपने हृदयों में मिल गये हैं। मैं उनकी अकर्मण्यता और मूढ़ता को देख हताश होने लगा था। कल रात्रि में कलिंगजिन ने आकर मेरी मुरझाती आशाओं को सींचा। उन्होंने मुझसे कहा कि तुम भिन्न हो। तुम मेरी बात पर ध्यान दोगे। उनकी बात से मेरी आशाएँ फिर से हरी हो गयी हैं।''

खारवेल ने प्रश्न किया, ''किन्तु महर्षि, आपका मार्ग तो योग द्वारा मोक्ष की प्राप्ति करना है। फिर आप क्यों संसार की चिन्ता करते हैं?''

''तुम कैसा विचित्र प्रश्न कर रहे हो खारवेल? जब संसार ही नहीं रहेगा तो मोक्ष कैसे सिद्ध होगा। मोक्ष का जो अनुसरण करते हैं उनका हृदय अत्यन्त संवेदनशील होता है। पाषाण-हृदय न तो मोक्ष को समझ सकते हैं, न उसे प्राप्त कर सकते हैं। मेरा हृदय अत्यन्त संवेदनशील है। मेरे चारों ओर समाज में और भारतवर्ष में जो घट रहा है, वह मुझे विक्षुब्ध करता है। मेरे योग को भग्न करता है। योग आत्मयज्ञ है। महर्षि विश्वामित्र को भी अपने यज्ञ के लिए राम की आवश्यकता पड़ी थी। वे राम से यह सहायता चाहते थे कि राक्षस उनके हृदय को कातर और क्षुब्ध न कर दें। वे जानते थे कि यदि हृदय कातर या विचलित हो गया तो आत्मयज्ञ नहीं हो सकेगा। मैं भी तुमसे वही चाहता हूँ जो विश्वामित्र राम से चाहते थे। क्या तुम मेरे योग की, मेरे आत्मयज्ञ की रक्षा करोगे खारवेल, जिससे मैं निर्विघ्न मोक्ष मार्ग पर चल सकूँ?''

''हाँ महर्षि, हाँ!'' खारवेल भावुक हो गया। उदात्त भावनाओं ने उसकी आत्मा को उस स्वतन्त्रता की झलक दिखा दी जो भारत का प्रारब्ध था। उसे स्पष्ट नजर आया कि उदात्त भावनाओं और प्रत्येक मनुष्य की पूर्ण सामाजिक, राजनीतिक और आर्थिक स्वतन्त्रता का यह कर्मबन्ध प्राचीन काल में महान ऋषियों और राजाओं ने बाँधा था। यह बात विधि के लेख की तरह अटल थी कि भारत का प्रत्येक नागरिक एक दिन उस पूर्ण स्वतन्त्रता को प्राप्त कर लेगा। किन्तु यदि कर्मयोगी और ज्ञानी योद्धा भारत का नेतृत्व करेंगे तो यह बहुत शीघ्र हो जाएगा। यदि मूर्ख और अभिमानी लोगों ने भारत को नेतृत्व दिया तो हजारों वर्ष लग जाएँगे। भारत की उस दुर्दशा की कल्पना से ही खारवेल काँप उठा। वह बोला, ''महर्षि, मैं प्रण करता हूँ कि सम्पूर्ण भारत में एक संस्कृति और एक धर्म के सोये अंकुरों को जाग्रत करूँगा। पूरे भारत को, सम्प्रदायों की संकीर्णता से उठाकर, एक धर्म और एक

संस्कृति के सूत्र में माला की तरह पिरोऊँगा। इस कर्म के लिए जान की तो क्या, मैं आत्मा की भी बाजी लगा दूँगा।''

सरस्वती अवाक् उसके तेजस्वी मुख को देख रही थी। जब खारवेल बोल चुका तो वह बोली, ''मैं प्रण करती हूँ महर्षि कि खारवेल को इस ऊँचे पथ पर कभी अकेला नहीं छोड़ूँगी। ऊँचाई पर जब ठण्डी हवाएँ मेरा मुख नीला कर देंगी, और मेरे हृदय से साहस छीनने लगेंगी तो मैं कुछ भी करूँगी पर हार नहीं मानूँगी। इस संघर्ष में मेरी मृत्यु हो गयी तो दूसरे जन्म में फिर खारवेल के धर्म और संस्कृति के इस उदात्त पथ पर उसके साथ चलूँगी। इसी पथ पर चलकर अपना मोक्ष ढूँढ़ लूँगी। ऋषियों ने कहा है कि किसी भी पथ पर चलो—यदि सच्चाई, दृढ़ता और निष्ठा है तो मोक्ष मिल जाएगा।''

अब पतंजलि और खारवेल दोनों सरस्वती के दमकते मुख को देख रहे थे। खारवेल को लगा, वह फिर उन दिव्य नगाड़ों और रणसिंहों का नाद सुन रहा है, जो कल रात उसने कलिंगजिन के सान्निध्य में सुना था।

इसके बाद बहुत देर तक चुप्पी छायी रही। तीनों को बोलने की प्रेरणा न रही। किन्तु देर बाद पतंजलि फिर बोले। उन्हें पता था कि बोलने से यह भव्य वातावरण टूट जाएगा जरूर, किन्तु न बोलने से यह भेंट भ्रम बनकर रह जाएगी। यह संकल्प से बना भव्य वातावरण है, कर्म से नहीं। संकल्प और कर्म में आसमान और जमीन का अन्तर है। संकल्प के भव्य आसमान से दोनों युवाजनों को कर्म की कठोर भूमि पर उतारना आवश्यक था, ताकि वे अभी इसी समय अपनी कर्मशक्ति और संकल्पशक्ति के बीच की दूरी को नाप लें। और इस दूरी को पाटने के लिए दोनों का योग बनाएँ, दोनों को समन्वित करें।

पतंजलि बोले, ''तुम दोनों के संकल्प प्रशंसनीय हैं, किन्तु याद रखो संकल्प करते हुए देवता मनुष्य के साथ होते हैं। पर कर्म करते हुए साथ नहीं होते। संकल्प को जब मनुष्य क्रियान्वित करने लगता है तो सारे देवता चुपचाप चले जाते हैं। तब उनका साथ पाने के लिए बहुत साधना करनी पड़ती है।

''पहली साधना तो यही है कि मनुष्य को लगता है कि देवताओं ने उसे संकल्प करने के लिए तो चढ़ा दिया, लेकिन जब कर्म की बारी आयी तो साथ छोड़ दिया। मनुष्य को लगता है कि देवताओं ने उसके साथ धोखा किया। यूनान के योद्धाओं को इसी भावना ने छल लिया है। वे देवताओं के इस विश्वासघात से क्षुब्ध हो देवताओं को मनुष्य का प्रतिद्वन्द्वी समझ बैठे हैं, और उन्होंने देवताओं को ही चुनौती दे दी है।

''तुम देवताओं को कभी चुनौती मत देना। उनके विश्वासघात को भी एक भ्रम मात्र समझना। देवता विश्वासघात नहीं करते। वे अपनी मर्यादा में बँधे हैं। वे

उसका उल्लंघन नहीं कर सकते। वे संकल्प में आसानी से साथ दे देते हैं, किन्तु कर्म में आसानी से साथ नहीं दे सकते। पृथ्वी पर मनुष्य को जो जीवन मिला है उसके कुछ नियम ब्रह्मा ने बनाये हैं। वे ब्रह्म-रेखाएँ हैं। उनका कोई देवता उल्लंघन नहीं करता। केवल राक्षस उनका उल्लंघन करते हैं और दुष्फल भुगतते हैं।

"ईश्वर ने कर्मभूमि में मनुष्य को अकेला छोड़ा है क्योंकि वह चाहते हैं कि स्वयं को अकेला पाकर मनुष्य डरे नहीं। वे चाहते हैं कि वह अपनी बुद्धि का प्रयोग करें कर्मभूमि में, कदम-कदम पर, और केवल सत्य को अपना मित्र समझें। जो मनुष्य ऐसा करता है उसकी कर्मशक्ति दृढ़ हो जाती है। दृढ़ कर्मशक्ति ही वह चुम्बक है जो देवताओं को अपनी ओर खींच सकती है। तब देवता साथ देते हैं। इस संसार में दृढ़ कर्मशक्ति वाले मनुष्य का ही कर्म सिद्ध होता है।

"याद रखो कि कर्मशक्ति में दृढ़ता क्रूरता से नहीं आती, न असंवेदना से। दृढ़ता आती है जब मनुष्य कर्मभूमि में स्वयं को अकेला और शत्रुओं से घिरा देखता है और फिर भी भय नहीं करता, साहस नहीं खोता। सत्य, शिव, सुन्दर का साथ नहीं छोड़ता, भले ही मृत्यु आ जाए। ऐसे व्यक्ति का कर्म देवताओं को स्वतः आकर्षित करता है। वे स्वयं ऐसे वीर पुरुष का साथ देने आ जाते हैं। उन्हें वे वीर पसन्द हैं, जो केवल अपने बल का भरोसा करते हैं, भीड़ के बल का नहीं। जो भीड़ के बल पर खड़े होते हैं उनका साथ देने राक्षस आते हैं। राक्षसों की मदद से विजय तो मिल जाती है, किन्तु वह विजय राक्षसों की होती है, उस मनुष्य की नहीं जिसकी मदद करने राक्षस आते हैं। राक्षसों की मदद से सिंहासन पर बैठा राजा अपनी मानवीय भावना को कर्म में प्रकट नहीं कर सकता, सत्य और धर्म के पथ पर चल नहीं सकता। उसे जीवन-पर्यन्त राक्षसों के कहने में चलना पड़ता है। मदद करने के मोल स्वरूप राक्षस उसके अन्तःकरण, इन्द्रियों, पंचभूतों और पंच तन्मात्राओं पर आसीन हो जाते हैं। ऐसे राजा को वही करना पड़ता है जिससे राक्षसों को आनन्द मिले और मनुष्यों को दुःख।"

6

खारवेल कलिंग लौट आया। कलिंगजिन के दर्शन तो हो गये थे। इस दर्शन से उसे अपार साहस और आत्मविश्वास मिला था। मगध जाना एक और कारण से भी

सफल रहा था। उसकी भेंट पतंजलि से हुई थी और पतंजलि ने उसे सम्पूर्ण भारत की एकता का स्वप्न दिया था, जिसने उसके सम्पूर्ण व्यक्तित्व को एक दिशा दे दी थी। पतंजलि ने उसे एक महान लक्ष्य दिया था, एक साधारण राजा से उठकर भारत के शाश्वत नायकों में स्थान पाने का मार्ग दिखाया था। उसे इतिहास से उठकर पुराणों और लोकगीतों का विषय बनने की राह दिखायी थी।

किन्तु एक काम अधूरा रह गया था। मगध की शक्ति का अनुमान नहीं लग पाया था। यद्यपि कलिंगजिन और पतंजलि के अनुसार उसकी विजय निश्चित थी, तथापि अपनी शक्ति को तोले बिना वह रण में नहीं उतरना चाहता था। उसके अनुभव ने उसे बताया था कि ईश्वर उसकी सहायता करते हैं जिसे अपने ऊपर भरोसा होता है। दुर्योधन को स्वयं पर भरोसा नहीं था। उसे विशाल सेना पर भरोसा था। इसलिए उसने श्रीकृष्ण की सेना को माँग लिया, भगवान श्रीकृष्ण को नहीं। किन्तु पाण्डवों को केवल अपने ऊपर भरोसा था, इसलिए उनकी बुद्धि ने उन्हें नहीं छला। उन्होंने भगवान की सेना का नहीं, भगवान का साथ माँगा।

खारवेल अपनी सैन्यशक्ति को तोलने की युक्ति सोचने लगा। शान्त और निर्दोष राज्यों पर आक्रमण करके वह अपने पौरुष को कलंकित नहीं करना चाहता था। वह पतंजलि ऋषि से कह चुका था कि निर्दोषों को दुःख देकर वह भारत का चक्रवर्ती सम्राट नहीं बनना चाहता।

कृष्णा नदी के पार रिषीक राज्य था, जो कलिंग के प्रति शत्रुभाव रखता था। पिछले सौ वर्षों में रिषीकों ने कलिंग पर दो आक्रमण किये थे। रिषीकों का लोहा दक्षिण के राज्य मानते थे। उनकी सेना बलवान थी। रिषीकों की सेना में रिषीक, यूनानी और शक सैनिक थे। उनकी महिलाएँ भी युद्ध करती थीं। रिषीक-राज की अंगरक्षक अबीसिनियाई महिलाएँ थीं जो स्फूर्ति में पुरुषों से बढ़कर थीं और शत्रु पर विषों का प्रयोग करने में दक्ष थीं।

रिषीक नगर की दीवार इतनी चौड़ी थी कि उस पर घुड़सवार सैनिक निगरानी किया करते थे। उस दीवार में एक हजार आले थे, जिनमें धनुर्धर तैनात रहते थे। रिषीक-अश्वशाला में उन्नत जाति के घोड़े पाले जाते थे। केवल अरबी घोड़ों की संख्या ही 10,000 थी।

रिषीक नगरवासियों की जल-आपूर्ति नहर के द्वारा की जाती थी, जो कृष्णा नदी का ताजा जल नगर के कोने-कोने में पहुँचाती थी। उस युग में यह एक विशिष्ट परियोजना समझी जाती थी जो अन्य राज्यों में नहीं थी। रिषीक राज्य एक समृद्ध और तकनीकी दृष्टि से अत्यन्त उन्नत राज्य माना जाता था।

खारवेल ने रिषीक राज्य पर आक्रमण कर दिया। इससे कलिंग को दो लाभ हुए। रिषीक राज्य ने दो बार कलिंग को नीचा दिखाया था। इस आक्रमण से

कलिंगवासियों का मान बढ़ा और उन्हें अपनी सैन्यशक्ति पर विश्वास हो गया। कलिंग राज्य का सम्मान सुदूर दक्षिण में श्रीलंका तक के सभी राज्य करने लगे। अशोक की कलिंग विजय के बाद यह पहला युद्ध था जिसमें कलिंग को विजय मिली थी। अन्यथा सभी युद्धों का अन्त पराजय और अपमानजनक सन्धियों में हुआ था।

रिषीक राज्य से सन्धि में इतना धन प्राप्त हुआ कि एक वर्ष के लिए खारवेल ने अपने राज्य में सभी कर समाप्त कर दिये। इससे सभी वर्गों में, विशेषकर व्यापारियों और कृषकों में, खारवेल बहुत लोकप्रिय हो गया।

खारवेल जानता था कि एक राज्य की सच्ची शक्ति युद्ध और रक्त बहाने में नहीं, नागरिकों का जीवन उन्नत और भयहीन करने में होती है। उसने चार प्रतिष्ठान स्थापित किये—एक संगीत का, दूसरा साहित्य का, तीसरा नृत्य और नाटक का और चौथा मूर्तिकला का। अशोक का कृत्य एक राक्षसी कृत्य था, जिसने कलिंगवासियों के जीवन से स्वतः फूटते उल्लास के अंकुरों को कुचल दिया था। खारवेल उल्लास के इन अंकुरों को फिर से प्रस्फुटित करना चाहता था, जिससे कलिंग के जीवन पर छाया निराशा, निरुत्साह और क्रूरता का कुहासा मिट जाए। उसने अनुभव से जाना था कि मानव-जीवन में उल्लास अन्तर्निहित है, और उल्लास सात्त्विक जीवन का मूल है। यह उल्लास आसानी से मिटाया जा सकता है। मिटाये जाने पर उल्लास ही सात्त्विक से तामसिक हो जाता है। ऐसा व्यक्ति दूसरों का शोषण और उत्पीड़न करने में उल्लास का अनुभव करने लगता है। ये दो तरह के उल्लास एक दूसरे में बदले जा सकते हैं। ईर्ष्या, द्वेष, हिंसा, प्रतिशोध और क्रूरता में तामसिक उल्लास है जो सरल उल्लास की विकृति है। जिस तरह सात्त्विक उल्लास को क्रूर कर्मों से तामसिक उल्लास में बदला जा सकता है, उसी तरह तामसिक उल्लास को उन्नत कर्मों द्वारा सात्त्विक उल्लास में बदला जा सकता है। वह चाहता था कि उसकी प्रजा अपनी जीवनशक्ति की इस सुप्त सामर्थ्य को जगाए। कलिंगवासी निराशा, हीनता, शोषण और दुःखों में बसे तामसिक उल्लास के अभ्यस्त हो चुके थे। वह चाहता था कि वे जागें और पहचानें कि तामसिक उल्लास से आनन्दित होनेवाला जीवन पशुओं के जीवन से भी हीन है। वह चाहता था कि कलिंगवासी तामसिक उल्लास को सात्त्विक उल्लास में बदलने वाली अपनी सामर्थ्य को जगाएँ और उसका उपयोग करें। वह कलिंग के जनजीवन को सरल उल्लास से ओतप्रोत कर देना चाहता था। ईश्वर ने उसे सात्त्विक उल्लास दिया था और वह इसकी ज्योति से कलिंगवासियों की बुझी हुई सात्त्विक उल्लास की ज्योति को फिर से प्रज्ज्वलित कर देना चाहता था।

खारवेल जानता था कि जिनके जीवन में सात्त्विक उल्लास होता है उनके विचार उन्हें उस सूक्ष्म में नहीं ले जाते, जहाँ पहुँचकर मनुष्य का सम्बन्ध पार्थिव

जीवन से ही टूट जाता है। उनकी बुद्धि शून्य में किसी वैचारिक स्वर्ग की रचना नहीं करती, बल्कि पार्थिव जीवन को ही स्वर्गमय करने की चेष्टा करती है।

खारवेल सत्यम् शिवम् सुन्दरम् के व्यावहारिक रूप को जान गया था और उसे कलिंगवासियों के जीवन में स्थापित करना चाहता था। वह जान गया था कि यदि मानव-मस्तिष्क केवल सत्य की खोज में लग जाए तो वह स्थूल जीवन से दूर होता हुआ विचारों के शून्य में खो जाता है। ऐसे मस्तिष्क के विचारों से पार्थिव जीवन का सन्दर्भ लुप्त हो जाता है। इसी तरह जो लोग केवल शिवम् तत्त्व का अनुशीलन करते हैं, वे जीवन से इतनी दूर हो जाते हैं कि जनजीवन में शिवम् के अंकुर प्रस्फुटित करने के बजाय वे किसी काल्पनिक शिवम् के पीछे जनजीवन की सुख शान्ति को ही नष्ट कर देते हैं।

सत्यम् और शिवम् दोनों मानव मस्तिष्क को पृथ्वी से आकाश की ओर खींचते हैं। सुन्दरम् तीसरा तत्त्व है जो इन दोनों को आकाश से पृथ्वी की ओर खींचता है। सुन्दरम् मानव मस्तिष्क को सन्तुलित रखता है, उसे सूक्ष्म सत्य और सूक्ष्म शिव के पीछे लगाकर शून्य में नहीं जाने देता। सुन्दरम् मस्तिष्क को पृथ्वी से दूर नहीं जाने देता। यही कारण है कि यदि मस्तिष्क देवी-देवताओं के सौन्दर्य की कल्पना करता है तो भी उनमें पार्थिव सौन्दर्य ही देखता है।

सुन्दरम् मानव मस्तिष्क को पृथ्वी की ओर खींचता है, जबकि सत्य और शिव अन्तरिक्ष की ओर। आकर्षण और विकर्षण, मानव-मस्तिष्क की इन दो शक्तियों का सन्तुलन तभी बनता है, जब मनुष्य सत्यम् शिवम् सुन्दरम् की एक साथ साधना करता है। इनमें से किसी एक तत्त्व की नहीं। खारवेल चाहता था कि कलिंगवासी इन तीनों तत्त्वों की एक साथ साधना करें, ताकि वे न तो कलिंग की मिट्टी से बहुत दूर जाएँ और न कलिंग की मिट्टी में लिप्त होकर निरे पार्थिव हो जाएँ।

अशोक से मिली पराजय के बाद, कलिंग के दार्शनिक केवल सत्य की खोज में लग गये थे, और जन-जीवन से उनका सम्बन्ध टूट चुका था। इसी तरह, कलिंग के धर्मज्ञ जनता को बुरे कर्म करने से तो रोक ही रहे थे, अच्छे कर्मों से भी रोक रहे थे। उनका विचार था कि अच्छे कर्म भी आत्मा को बाँधते हैं। अतः शुभ कर्म है, न बुरे कर्म करना न अच्छे कर्म करना। धर्मज्ञों का यह आदर्श जनता को निष्क्रिय कर चुका था।

खारवेल का विचार था कि यदि जनता सुन्दरम् को जीवन का आदर्श मान ले तो सत्यम् या शिवम् के एकल अनुशीलन से आयी ये विकृतियाँ दूर हो जाएँगी। उनका मस्तिष्क शून्य से लौटकर सामान्य जीवन को सँवारने में लग जाएगा। उसने मूर्तिकारों को प्रोत्साहित किया और कलिंग के नगरों में प्रमुख स्थानों पर सरस्वती की मूर्तियाँ स्थापित करायीं। इन मूर्तियों में सरस्वती सदा वीणा लिये हंस या कमल

पर आरूढ़ नहीं दर्शायी जाती थीं। उन्हें जन-जीवन से जोड़ने का प्रयास किया जाता था। कहीं वे एक साधारण माता के रूप में अपने बच्चों को पढ़ाते हुए, कहीं उनके साथ खेलते हुए, कहीं रंगोली बनाते हुए दिखाई गयी थीं। सरस्वती को सामान्य स्त्रियों के कर्मों में लगा देख जनता उनकी दिव्यता को अनायास ही मानव-जीवन से जोड़ना सीख गयी। संयोगवश उन्हीं दिनों आचार्य कुमारनन्दी भी जनजीवन को सत्य शिव सुन्दर से जोड़ने के उद्देश्य से मथुरा और उसके आसपास के ग्रामों में सरस्वती-चेतना को जाग्रत करने में लगे हुए थे।

ईर्ष्या और द्वेष से ग्रस्त कुछ लोगों को खारवेल की इस चेष्टा में अनेक दोष नजर आये। उन्हें लगा, वह सरस्वती-चेतना के माध्यम से अपनी प्रेयसी सरस्वती की पूजा कराना चाहते थे। यह सच था कि खारवेल देवी सरस्वती में अपनी प्रेयसी सरस्वती को भी देखते थे, किन्तु वे इतने संकीर्ण नहीं थे कि जगज्जननी और मानवी के बीच के अन्तर को भूल चुके हों।

रिषीक नगर की नहर जैसी एक नहर खारवेल ने अपनी राजधानी में खुदवानी शुरू कर दी। वे चाहते थे कि नगरवासियों को यह आधुनिक सुविधा प्राप्त हो। दो वर्षों के अथक परिश्रम के बाद नहर तैयार हुई। उस दिन कलिंग ने नये युग में प्रवेश किया और उसकी गिनती विश्व के सर्वाधिक विकसित राज्यों में की जाने लगी।

जिस दिन खारवेल ने नहर के लौह द्वारों को यन्त्र-प्रणाली से उठाकर नहर का श्रीगणेश किया, उस दिन कलिंग में एक नया उत्सव शुरू हुआ, जो एक सप्ताह तक मनाया गया। खारवेल उत्सव मनाने का कोई मौका चूकना नहीं चाहता था। वह जनता के मन को अन्धकार से प्रकाश की ओर मोड़ने में जी-जान से लग गया था। वह जानता था कि यदि जनता का मन नैराश्य-तिमिर से बाहर निकल आया तो घर बैठे ही वह आधा युद्ध जीत लेगा।

जब कोई जाति निराशा और अवसाद की लम्बी नींद से उठती है तो उसका जागरण स्वाभाविक जागरण नहीं होता। वह उत्साह में कुछ गलतियाँ भी कर देती है। अनुभवी नेतृत्व इन त्रुटियों से अपनी जनता को रोकता है। जागृति भी एक ऐसी शक्ति है जिसे पचाने की क्षमता न हो तो वह रास नहीं आती। खारवेल युवा था और उसे इस व्यावहारिक सत्य का अनुभव नहीं था। उसने अपने गुप्तचरों के एक गलत अनुमान को सत्य मानकर एक ऐसी त्रुटि कर डाली, जिसका उसे कई वर्षों तक पश्चात्ताप रहा।

यूनानी राजा डिमेट्रियस का राज्य उन दिनों मथुरा तक फैला हुआ था।

डिमेट्रियस और सिन्ध के राजा के बीच प्रगाढ़ मैत्री थी। सिन्ध पर उन दिनों विद्याधर वंश का शासन था। काले सागर के उत्तर-पूर्व के भूखण्ड, सिथिया के वासी अपने अनुर्वर देश से तंग आकर दुस्साहसी और घुमक्कड़ हो गये थे। उनका दस्यु-दल लगभग एक शताब्दी पूर्व आकर सिन्ध में बस गया था। सिन्ध के शान्तिप्रिय लोगों के साथ रहने से सिथियनों के स्वभाव में क्रान्तिकारी परिवर्तन आ गया था। वे हिंसा का पथ त्यागकर अहिंसक हो गये थे। उन्हें जैन गुरु कालकाचार्य के विचार बहुत पसन्द आये और वे जैन धर्मावलम्बी हो गये थे। किन्तु उनका युद्ध लड़ने का उत्साह समाप्त नहीं हुआ था। अतः उनमें से अधिकांश सिन्ध की सेना में सम्मिलित हो गये थे। पार्थिया देश के रहने वाले कुछ विदेशी भी सिन्ध में बस गये थे। उनकी विशेष योग्यता थी घोड़े पर बैठे-बैठे पलटकर पीछा करते हुए शत्रु पर तीर चलाना। उनकी इस योग्यता के कारण सिन्ध की सेना में उनकी भर्ती आसानी से हो जाती थी।

खारवेल को गुप्तचरों ने यह सूचना दी कि डिमेट्रियस कलिंग के नये राजा की अनुभवहीनता का लाभ उठाकर कलिंग पर हमला करने की तैयारी कर रहा है, और इस काम में सिन्ध का राजा उसकी मदद कर रहा है। खारवेल भारत को सांस्कृतिक और धार्मिक दृष्टि से एक देश मानता था। भारत उसकी मातृभूमि थी और कलिंग उसका राज्य। उसका मानना था कि भारत के अनेक राज्य भारतमाता के पुत्र थे। उनमें परस्पर कितना भी मनमुटाव हो, एक भारतीय राजा का दूसरे भारतीय राजा को नीचा दिखाने के लिए किसी विदेशी राजा की मदद करना उसे मातृद्रोह जैसा लगता था। यह अपराध उसकी दृष्टि में अक्षम्य था।

गुप्तचरों की यह सूचना गलत थी। डिमेट्रियस का कोई इरादा कलिंग पर आक्रमण करने का नहीं था। उसके लिए यूनान से मथुरा तक फैले अपने विशाल राज्य पर शासन करना ही कठिन होता जा रहा था। वह अभिमानी स्वभाव का अवश्य था। यदि कोई व्यक्ति उसके अभिमान पर चोट करता तो वह उसका बदला जरूर लेता था। किन्तु खारवेल से उसे कोई शिकायत नहीं थी, क्योंकि खारवेल ने कभी भी उसके अभिमान को आहत नहीं किया था। उल्टे वह खारवेल की वीरता, उदारता और दूरदर्शिता का सम्मान करता था और किसी उचित अवसर की तलाश में था कि खारवेल के साथ स्थायी मैत्री कर सके। उनकी मैत्री पहले ही हो चुकी होती, यदि खारवेल ने उसे राजतिलक पर या अन्य किसी उत्सव पर आमन्त्रित कर लिया होता। खारवेल ने जानकर उसे कभी आमन्त्रित नहीं किया था, क्योंकि वह भारत के किसी भी हिस्से पर किसी विदेशी के शासन को मान्यता नहीं देना चाहता था।

खारवेल ने सिन्धु नरेश और डिमेट्रियस से अलग-अलग निपटने का निश्चय

किया। इससे पहले कि दोनों उसके विरुद्ध षड्यन्त्र रचें, उसने सिन्ध देश पर आक्रमण कर दिया। सिन्ध के बाद उसकी योजना मगध पर और मगध के बाद मथुरा पर आक्रमण करने की थी। वह डिमेट्रियस को भारत से बाहर उसके देश यूनान में खदेड़ देने का मन बना चुका था।

सिन्ध का युद्ध बहुत भयंकर था। उस वर्ष पर्वतों पर बहुत बर्फ गिरी थी। उसका प्रभाव सिन्ध पर भी था। युद्ध शीत ऋतु में हुआ था। घने बादलों के कारण सूर्यदेव यदा-कदा ही दर्शन दे रहे थे। धूप के अभाव में सिन्ध की रेत बहुत ठण्डी हो गयी थी। सिन्धु नदी का जल भी कलिंग के सैनिकों को बहुत ठण्डा लगता था। हजारों सैनिक मारे जा चुके थे। युद्ध में सरस्वती भी घायल हो गयी थी। घाव पेट में लगा था और अति-उपचार के कारण बिगड़ गया था। ठीक नहीं हो रहा था। सरस्वती मरणासन्न थी और उसके जीवन की आशा वैद्य छोड़ चुके थे।

सिन्ध राज्य को युद्ध से अपार क्षति हुई थी। उसकी सैन्य-शक्ति लगभग नष्ट हो चुकी थी। किन्तु जो व्यक्तिगत क्षति सरस्वती की मृतप्राय अवस्था से खारवेल को हुई थी वह वर्णन और तुलना से परे थी।

युद्ध अपने अन्तिम चरण में था। सिन्ध नरेश का अन्तिम सहारा डिमेट्रियस था। उसकी सहायता पहुँचने तक उसकी रणनीति थी खारवेल को सिन्ध में गहराई तक प्रवेश दे देने की, ताकि वहाँ से भागना आसान न रहे। अतः वह छोटी-छोटी टुकड़ियाँ भेजता जो थोड़ा-सा लड़ने के बाद भागने लगतीं। टुकड़ियों का उद्देश्य कलिंग सेना की विजय लालसा को भड़काना था, ताकि वह पीछा करे और सिन्ध में गहराई तक पहुँच जाए।

एक ऐसी ही टुकड़ी का पीछा स्वयं खारवेल कर रहा था। उसका मन उदास था। लाख यत्न करके भी वह मन को सरस्वती की ओर से मोड़ नहीं पा रहा था। बार-बार सरस्वती का आहत, शीर्ण शरीर उसकी आँखों के आगे उभरता। उसकी आँखें सामने आतीं, जो मृत्युशैया पर भी इतनी प्रेम से भरी थीं। सरस्वती शायद जान गयी थी कि वह मृत्यु के निकट है। उसकी आँखों में प्रेम और मृत्यु ने मिलकर एक ऐसा रहस्यमय अँधेरा रच दिया था कि मृत्यु भी आकर्षक लगने लगी थी। अन्धविश्वासी न होते हुए भी, खारवेल को मृत्यु का आकर्षक हो जाना अशुभ संकेत लग रहा था।

वह भागती हुई टुकड़ी का पीछा नहीं करना चाहता था, किन्तु टुकड़ी का सरदार बीच-बीच में अपनी तलवार निकालकर चिढ़ाने और अपमानित करने वाले इशारे कर रहा था। मन और मस्तिष्क की उस विचलित अवस्था में, एक भागते सरदार का यह व्यवहार उससे सहा नहीं गया। क्रोध के एक अनियन्त्रित आवेग में उसने तीर मारा जो उसके शीश पर धरे यूनानी टोप को भेदकर उसकी खोपड़ी

में घुस गया। सरदार घोड़े से गिर गया।

खारवेल को अत्यन्त ग्लानि हुई यह देखकर कि वह सरदार, जो लोहे के वस्त्रों में बहुत बड़ा दिख रहा था, मात्र पन्द्रह वर्ष का किशोर, सिन्ध के विद्याधर राजवंश का युवराज था। उसके सिर के फटकर दो टुकड़े हो गये थे और कान से खून बह रहा था। खारवेल का दुःख कई गुना बढ़ गया था। उसे दुःख था कि मरनेवाला एक किशोर था। उसे दुःख था कि उसे उसने युद्ध में नहीं मारा था। उसे दुःख था कि अपने क्रोध पर नियन्त्रण न रख सकने के कारण उसने उस बालक को अनावश्यक मृत्यु दी थी। उसे अच्छा नहीं लगा यह देखकर कि उसके निजी दुःख ने उसे एक धीर नायक से एक ओछा प्रेमी बना दिया था, जिसमें प्रेम की वेदना को सहने की शक्ति नहीं थी।

उसे आश्चर्य हुआ, क्या यह वृद्धावस्था का चिह्न था। अभी वह सत्ताईसवें वर्ष में था और अभी से उसे अपने में वृद्धावस्था के चिह्न मिलने लगे थे। समय से पूर्व आयी एक गम्भीरता ने उसकी मुस्कुराहट और उत्साह को बन्दी बना लिया था। जीवन में पहली बार उसे एक नया दुःख महसूस हुआ—वह निःसन्तान था।

ठीक न होते घाव के कारण सरस्वती को तीव्र ज्वर और दर्द दोनों सता रहे थे। उसने खारवेल के विषाद को महसूस किया, किन्तु उसके अशान्त हृदय को शान्ति न पहुँचा सकी। मदिरा और नृत्य ने, और यूनानी नर्तकियों के अर्धनग्न शरीरों ने उसे विस्मृति की राहत दी। किन्तु आमोद-प्रमोद और विलास भी उसे बहुत देर तक विस्मृति में न रख सके।

पाला पड़ रहा था और मरुभूमि की रात बहुत ठण्डी हो गयी थी। महाराज खारवेल के शिविर के बाहर पहरेदार आग के चारों ओर इकट्ठे होकर शीत से प्रकम्पित अपने शरीरों को कुछ राहत पहुँचाने की चेष्टा कर रहे थे। सफेद वस्त्रों में एक महिला, पहरेदारों की आँखों में धूल झोंकती हुई, अचानक खारवेल के शिविर में घुसी। उस समय खारवेल सिन्ध के मानचित्र पर झुका हुआ, वापस कलिंग लौटने की योजना बना रहा था। सरस्वती सो गयी थी। घायल होने के बाद, खारवेल ने सरस्वती को अपने शिविर से बाहर नहीं ले जाने दिया था।

नारी ने जैन मन्त्र के साथ खारवेल का अभिवादन किया, "जय अरिहन्ता!"

"जय अरिहन्ता!" खारवेल बोला, "इस समय मेरे शिविर में आप क्यों आयी हैं देवी? मेरे पहरेदारों से अनुमति लिये बिना, आप छिपकर मेरे शिविर में क्यों घुसी हैं? अपना परिचय दीजिए।"

"राजन्! मैं जानती थी कि आपके सैनिक मेरी प्रार्थना ठुकरा देंगे। मैं उस अभागे युवराज की माता हूँ जो वीरगति पाये बिना ही रण में मारा गया।" उसकी वाणी भावहीन थी और आँखें पाले जैसे ठण्डे आँसुओं के पीछे सिंहनी की आँखों

की तरह धधक रही थीं।

खारवेल निरुत्तर हो गया। असहाय अबला के वेष में आयी सिन्ध देश की रानी बोली, "काश, आपके सन्तान होती और आप जान सकते कि पुत्र की ठण्डी देह का स्पर्श माँ को कैसा लगता है।"

शब्द भाले की नोक की तरह वक्ष पिंजर छेदकर खारवेल के हृदय में गड़ गये।

"मुझे आपकी वेदना से सहानुभूति है देवी!" खारवेल ने कहा, "मैं शत्रु हूँ। शत्रु की संवेदना सान्त्वना नहीं दे सकती।"

"मैं आपके ही शिविर में, बिना किसी शस्त्र के आपसे बदला ले सकती हूँ—ऐसा बदला जो आपके जीवन को तहस-नहस कर दे। किन्तु मैं ऐसा नहीं करूँगी, क्योंकि मुझे आपके जीवन से नहीं, आपकी आत्मा से बदला लेना है—ऐसा बदला जो आपकी आत्मा की सूरत ही बदल दे। उस बदले के बाद आपकी आत्मा वह नहीं रह जाएगी, जो है।"

"मैं यही कह सकता हूँ विद्याधर महारानी कि आपको इस निर्णय के लिए धन्यवाद नहीं दे सकता। हृदय ही हृदय में मुझे शाप देने के बजाय, आप जैसा बदला लेना चाहें शीघ्र ले लें।"

"आप यह वीरोचित शब्द बोल सकते हैं राजन् क्योंकि विजयश्री आपके गले में पड़ी है। आप जानते हैं कि अपने यूनानी मित्र की सहायता से भी मेरे पति आपका कुछ नहीं बिगाड़ सकते। किन्तु मैं आपसे एक अनोखा बदला लूँगी, आपको एक ऐसी खुशी देकर जिसकी आपको आशा नहीं है। आपने मुझे एक ऐसा दुःख दिया, जिसकी मुझे सपने में भी आशंका नहीं थी। हम दोनों एक-दूसरे को याद रखेंगे किन्तु आपकी याद में दर्द कुछ ज्यादा गहरा होगा। मैं तो दुःखी रहूँगी अपने लाल के लिए, जिसे आपने अकाल मृत्यु दी। किन्तु आपका हृदय मेरी करुणा द्वारा दिये गये घाव से तड़पेगा। आप जान लेंगे कि अहिंसा और मानवीयता असहाय नहीं है। वे उस घाव से कहीं गहरा घाव कर सकते हैं, जो हिंसा और युद्ध कर सकते हैं।"

खारवेल महारानी को ऐसी नजरों से देख रहा था जो बात समझ नहीं पायी थी। महारानी सिथियन लग रही थी। एक वस्त्र से उसका मुँह होठों तक छिपा हुआ था, और नीली आँखें एक ऐसी अग्नि में जल रही थीं जो मानो अनबुझ थी।

महारानी बोली, "राजन्! मुझे अपनी प्रेयसी का परीक्षण करने दो। मैं शायद वह कर सकती हूँ जो दूसरे नहीं कर सके। ईश्वर की कृपा हुई तो आपकी प्रेयसी स्वस्थ हो जाएँगी। मुझे देवी पद्मावती की सिद्धि है। उनकी कृपा से मैं असाध्य रोगों का उपचार कर सकती हूँ। कोई विष ऐसा नहीं है जो मैं उतार न सकूँ। कोई घाव ऐसा नहीं है जो भर न सकूँ। काश, मेरे पास मेरे पुत्र का उपचार भी होता। किन्तु वह मृत्यु थी जो मुँह फेर कर चली गयी।"

खारवेल के हृदय में उसे सरस्वती की ओर बढ़ते देख एक सन्देह बिजली की तरह कौंधा, "रुकिए महारानी!" वह बोला। एक भयभीत बालक की तरह दोनों बाँहें फैलाकर उसने मार्ग रोक दिया।

महारानी ने दृढ़ता से खारवेल की आँखों में देखा, "क्या आप भी डरते हैं राजन्! मैं कसाई की पत्नी नहीं हूँ। मैं क्षत्राणी हूँ। समय व्यर्थ न कीजिए। कुछ सेवकों को बुला लीजिए।" महारानी के कन्धे पर एक सफेद झोला था। उन्होंने एक टहनी उसमें से निकाली, जिसमें पत्ते लगे थे और बोली, "देख लीजिए महाराज! जंगली जड़ी-बूटी है, विष नहीं। डरिए मत! ऐसे व्यक्ति को कौन विष देने आएगा, जिससे वैद्यों ने भी मुँह फेर लिया हो?"

विद्याधर महारानी के चेहरे पर एक आतुरता थी, जिसे खारवेल नहीं समझ पा रहा था। रानी ने पुत्र खो दिया था और हत्यारा सामने था। उसके प्राण बचाने को वह क्यों इतनी उत्सुक थी जो हत्यारे को प्राणों से भी प्यारी थी?

उसने उस टहनी का एक टुकड़ा और कुछ पत्तियाँ सेवक को खरल में पीसकर लाने को दीं। प्रतीक्षा की घड़ी में वह बोली, "आपकी चिन्ता को मैं समझ रही हूँ। उसका उत्तर सुन लीजिए। महावीर ने हमारे किसी पूर्वज से कहा था, कोई किसी की हत्या नहीं करता। मनुष्य के अपने कर्म उसकी हत्या करते हैं, किसी अन्य मनुष्य के माध्यम से, उसे निमित्त कारण बनाकर। जो बुद्धिमान हैं, वे निमित्त कारण नहीं बनते। मेरा ही कोई पूर्वकर्म था जिसने आपको निमित्त कारण बनाया और युवराज की हत्या करायी। यह कर्मफल असह्य है राजन्! इसे भोग लेने के बाद, आपको दुःख देकर मैं आपके और अपने बीच कर्म-शृंखला नहीं बनाना चाहती। मैं उस कर्मबन्ध को भी तोड़ देना चाहती हूँ जिसके कारण आपने मुझे यह दारुण दुःख दिया। मुझे एक ही मार्ग ज्ञात है इस अशुभ कर्मबन्ध को काटने का। वह है आप पर कोई असाधारण दया करना। एक अशुभ कर्म को एक अत्यन्त शुभ कर्म काट देगा।"

खारवेल का संशय मिट गया। सेवक औषधि पीसकर ले आया था। महारानी ने घाव खोला। एक बोतल अपने झोले से निकाली और उससे कुछ बूँदें थोड़े से गर्म जल में डालीं। वह जल उन्होंने घाव में डाल दिया। उसके बाद लेप कर दिया। फिर एक पट्टी बाँध दी। उन्होंने एक दूसरी पत्ती सरस्वती के मुँह में रख दी। सरस्वती बेहोश थी।

फिर पद्मावती देवी की एक मूर्ति उसी झोले में से निकालकर उन्होंने सरस्वती के सिरहाने एक मेज पर रख दी और स्वयं भूमि पर बैठ गयी। उन्होंने नेत्र मूँद लिये और कुछ क्षणों में ही समाधिस्थ हो गयीं। महाराज खारवेल कुछ देर खड़े रहे फिर सरस्वती की शैया के निकट प्रहरी की तरह बैठ गये। पौ फटते-फटते उन्हें नींद आ गयी। विद्याधर महारानी उसी तरह समाधिस्थ बैठी रहीं।

जब उनकी आँख खुली तो तेज धूप खिली हुई थी। उन्होंने विद्याधर महारानी की ओर दृष्टि उठायी, किन्तु वे जा चुकी थीं। अपने पीछे वे एक आश्चर्य और अपरिमित उल्लास छोड़ गयी थीं। जब खारवेल के नेत्र घूमे और उनकी दृष्टि सरस्वती पर पड़ी तो वे हर्षातिरेक से अवाक् रह गये।

सरस्वती की विशाल आँखें खुली थीं और वह खारवेल पर दृष्टि टिकाये मुस्कुरा रही थी। खारवेल स्वयं को रोक न सका। उसने बढ़कर सरस्वती को बाँहों में लिया और हृदय से लगा लिया। एक कमजोर धीमे स्वर में सरस्वती ने कहा, "प्रियतम! मुझे प्यास लगी है।"

खारवेल ने तुरन्त कलश से जल निकालकर उसे दिया। जल पीकर वह बोली, "चमत्कार ही हुआ कोई। चिड़ियों की चहचहाहट से मेरी आँख खुली और मुझे लगा मेरे घाव में सूजन नहीं है। पीड़ा भी नहीं थी। मैंने छूकर देखा। बस अपरिमित प्यास थी। जैसे पानी कभी पिया ही न हो। मैं प्रतीक्षा करती रही तुम्हारे उठने की। मेरी इच्छा थी कि तुम्हीं मुझे जल पिलाओ।"

वैद्य आये। उन्होंने परीक्षण किया। तीर से जो विष शरीर में प्रविष्ट हुआ था, उतर चुका था। ज्वर भी उतर गया था। वह सूती कपड़ा जो विद्याधर रानी ने घाव के ऊपर लगाया था, विष से जलकर काला और जर्जर हो गया था। रानी जाने से पहले पत्तों से भरी वह टहनी सरस्वती के सिरहाने रह गयी थी। स्पष्ट संकेत था कि वह उपचार एक बार और करना था।

खारवेल ने वह पत्तियाँ उसी तरह टहनी के टुकड़े के साथ पिसवायीं। वह शीशी महारानी ने नहीं छोड़ी थी। इससे स्पष्ट था कि उसकी बूँदों की अब आवश्यकता नहीं थी। वैद्य ने सरस्वती के घाव को धोया तो वह चकित रह गया देखकर कि एक ही रात में घाव लगभग पूरा सूख गया था और भीतर से भर चुका था। ऊपर ही ऊपर थोड़ा-सा रह गया था। उस पर वही लेप लगाकर वैद्य ने पट्टी बाँध दी।

कुछ ही दिनों में सरस्वती पूरी तरह स्वस्थ हो गयी। जैसा विद्याधर महारानी ने कहा था, उनका चेहरा महाराज खारवेल के मन में अंकित हो गया था और हट नहीं रहा था। उनको वे साक्षात् पद्मावती ही लग रही थीं।

सिन्ध का युद्ध वहीं रोक दिया गया। सिन्ध से लूटी हुई समस्त सम्पत्ति सिन्ध के विद्याधर महाराज को लौटा दी गयी। खारवेल ने अपनी उपस्थिति में उनका राजतिलक कराया। सेना और सरस्वती के साथ वे वापस कलिंग लौट आये।

राजतिलक के दौरान, वस्तुतः उस रात्रि के बाद कभी भी विद्याधर महारानी महाराज खारवेल के सामने नहीं आयीं। महाराज खारवेल ने भी उनकी इच्छा का अनुमान लगाकर उनसे मिलने की कोई चेष्टा नहीं की। राजतिलक के अगले ही दिन खारवेल ने सेना सहित कलिंग के लिए प्रस्थान कर दिया।

7

आखिरकार वह शुभ दिन आया। वर्षा ऋतु थी। राजतिलक हुए सात वर्ष बीत चुके थे। रात भर वर्षा के बाद बादल मन्द-मन्द गरज रहे थे। एक सेविका उत्साह से भरी दौड़ी-दौड़ी महाराज खारवेल के समक्ष पहुँची। आनन्द के अतिरेक से उसकी आँखें अश्रुओं से भरी थीं। अवरुद्ध कण्ठ से वह बोली, ''महाराज प्रसन्न होइए। मेघवाहन वंश का दीप प्रकाशित हो गया है।'' तुरन्त विद्याधरों की रानी और देवी पद्मावती का ध्यान एक साथ खारवेल के हृदय में उपजा।

खारवेल तेजी से चलकर महारानी दृष्टि के कक्ष में पहुँचे। महारानी के चेहरे पर तुष्टि थी मातृत्व प्राप्त कर लेने की और वात्सल्य था। कामिनी रानी के चेहरे पर वात्सल्य देख, आज वे महाराज खारवेल को कुछ नयी-नयी-सी लगी। पुत्र को पालने में देखते ही किसी अदृश्य डोर ने कहीं से आकर पुत्र, माता और पिता के हृदय को एक नये प्रेम से बींध दिया। मातृत्व का भराव महारानी के अंग-अंग में झलक रहा था। उन्हें पूर्ण काम होने की अनुभूति हो चुकी थी। मातृत्व जो नारी अंगों को पूर्णता और सार्थकता देता है, वह तत्त्व महारानी दृष्टि ने प्राप्त कर लिया था।

महाराज खारवेल ने रनिवास में देवी पद्मावती की एक विशाल प्रतिमा स्थापित की। उन्हें युवराज की कुलमाता के रूप में मेघवाहन वंश ने मान्यता दी। उन्हें बच्चों और स्त्रियों की रक्षक देवी के रूप में नगरवासी पूजने लगे।

अब तक मगध पर आक्रमण नहीं हो पाया था। कुछ कारण होते गये और युद्ध टलता गया। अब समय आ गया था। प्रधानमन्त्री जिनसेन भी युद्ध में स्वयं शामिल हुए। कलिंग के युवकों के लिए उस युद्ध में सम्मिलित होना जीवन की सबसे बड़ी सार्थकता थी जो युद्ध कलिंगजिन को वापस लाने के लिए लड़ा जा रहा हो। कलिंग की माताओं ने सहर्ष तिलक करके अपने पुत्रों को, पत्नियों ने अपने पतियों को, बहनों ने भाइयों को युद्ध के लिए भेज दिया।

मगध की राजधानी राजगृह पर आक्रमण हुआ। मगध ने कलिंग को अनाथ कर दिया था। आज कलिंग के बेटे अपने पिता को वापस ले जाने रणभेरी के साथ, शस्त्रों से सुसज्जित हो द्वार पर आ गये थे। इतिहास में कोई-कोई दिन ऐसा भी आता है, जब वीर युद्ध को मजबूरी समझकर नहीं, बल्कि एक पवित्र कर्म मानकर शत्रु के द्वार पर आते हैं। अपमान की लौह श्रृंखलाओं ने जिनके अंग-अंग को थकाकर चूर कर डाला था, अनाथ होने की प्रतीति ने जिन्हें स्वर्ग और पृथ्वी सभी लोकों में अकेला कर दिया था, वे कलिंग के बेटे, मगध की राजधानी के द्वार पर

नगाड़ों की चोट कर रहे थे। राजगृह के वासी कौतूहल से भर उठे—यह युद्ध था या कोई उत्सव?

सन्ध्या हो चुकी थी। धर्मानुसार आक्रमण अगले दिन प्रातःकाल होना था। सेना ने राजगृह के पूर्वी द्वार के सामने ही लगभग आधा मील दूर खुले मैदान में शिविर गाड़ने शुरू कर दिये। सर्वप्रथम महाराज का शिविर मैदान के बीचोंबीच गाड़ा गया। वहीं कलिंग का राजध्वज भी, जो सेना अपने साथ लायी थी, स्थापित किया गया।

संयोगवश वही दिन डिमेट्रियस ने भी मगध पर आक्रमण करने के लिए चुना। उसकी सेना भी कलिंग की सेना के लगभग दो घण्टे बाद राजगृह पहुँची और उसने दक्षिणी द्वार से कुछ दूरी पर शिविर डाला। उसने भी अगले दिन सुबह ही आक्रमण करने का निर्णय किया।

डिमेट्रियस का साम्राज्य यूनान के कुछ हिस्से से लेकर अफगानिस्तान, पंजाब और मथुरा तक फैला हुआ था। वह एक बड़ी सेना लेकर अभियान पर निकला था। मार्ग में उसने अपने मित्र सिन्ध के विद्याधर राजा सुबन्धु को भी अपनी अधीनता स्वीकार करने के लिए बाध्य किया। उसका कहना था कि चक्रवर्ती बनने के लिए यह आवश्यक हो गया था। वास्तविकता यह थी कि पंजाब और बलूचिस्तान की प्रजा उसे काफी परेशान कर रही थी। उसे काबू में रखने के लिए सिन्ध पर उसका शासन जरूरी हो गया था।

सुबन्धु ने सन्धि का प्रस्ताव रखा कि अधीनता स्वीकार करने के अलावा वह सारी शर्तें मानने को तैयार है। वह अपनी सेना से पंजाब और बलूचिस्तान पर दबाव बनाये रखेगा। इस प्रस्ताव ने डिमेट्रियस को क्रुद्ध कर दिया। भारत के प्राचीन राजाओं की परम्परा के अनुसार चक्रवर्ती बनने के लिए उसने कोई वास्तविक घोड़ा तो नहीं छोड़ा था, किन्तु उस गौरवशाली परम्परा का मन ही मन अनुसरण कर रहा था। डिमेट्रियस का मानसिक घोड़ा सिन्धदेश में प्रवेश कर चुका था, और उसकी बढ़ती टाँगों को उसके ही मित्र सुबन्धु ने रोक दिया था। महत्त्वाकांक्षा के मार्ग में मैत्री एक छोटी-सी अड़चन बन गयी थी। उसकी बलि देने का समय आ गया था। डिमेट्रियस यूनान की ग्रीक राजनीति का शिष्य था, जिसकी दृष्टि में महत्त्वाकांक्षा एक शासक की दृष्टि में सर्वाधिक पवित्र वस्तु होनी चाहिए। वह उस ट्रोजन परम्परा का पक्षधर नहीं था जो मैत्री को महत्त्व देती थी। एथेन्स की राजनीति को वह विद्वानों की मगजपच्ची मानता था, जो व्यवहार से दूर, विश्वविद्यालयों के लिए उपयुक्त थी, एक राजा के लिए नहीं। उसने सुबन्धु को पत्र लिखा, छोटा-सा एक पंक्ति भर, "मित्र हो तो मित्र की महत्त्वाकांक्षा के मार्ग में मत आओ। अन्यथा युद्ध के लिए तैयार हो जाओ।"

सुबन्धु ने अधीनता स्वीकार कर ली।

मगध आते-आते मार्ग में डिमेट्रियस ने पांचाल और अयोध्या राज्यों को भी जीत लिया था।

पिछले तीन वर्षों से उसने अपनी राजधानी भी बदल ली थी। वह राजधानी सियालकोट ले आया था। खारवेल की सिन्ध विजय ने उसे सतर्क कर दिया था। अब वह यूनान से भारत के इतने बड़े भूखण्ड पर शासन नहीं कर सकता था। मेघवाहन खारवेल की सूझबूझ, साहस और वीरता ने पंजाब और बलूचिस्तान के पराजित राजवंशों के हौसले बुलन्द कर दिये थे। खारवेल के सिन्ध अभियान के बाद ही डिमेट्रियस ने सियालकोट के नवनिर्माण का कार्य शुरू कर दिया था। वह उसे अपने पिता यूथीडेमस के नाम के अनुरूप एक शानदार राजधानी बनाने में लग गया था। तीन वर्ष पूर्व काम पूरा हो जाने पर उसने राजधानी यूनान (बैक्ट्रिया) से सियालकोट स्थानान्तरित कर ली थी, और सियालकोट का नाम भी अपने पिता के नाम पर यूथीडिमिया रख दिया था। बैक्ट्रिया से राजधानी हटाना इसलिए भी आवश्यक हो गया था कि उस क्षेत्र में दो शक्तिशाली शत्रु पैदा हो गये थे—पार्थियन और खानाबदोश मंगोल कबीले का सरदार यू-ची। दोनों ने उसे बैक्ट्रिया छोड़ने पर मजबूर कर दिया था।

जब डिमेट्रियस को पता चला कि खारवेल की सेना भी राजगृह पर आक्रमण के लिए आयी हुई है तो उसने योजना बदल दी। चक्रवर्ती बनने की महत्त्वाकांक्षा में उसने जो मानसिक घोड़ा दौड़ाया था, उसे रोक दिया। वह चतुर था और चतुराई अपना लक्ष्य समय और परिस्थिति के साथ बदल लेती है।

डिमेट्रियस ने पूरी स्थिति पर फिर से विचार किया तो उसकी समझ में आ गया कि चक्रवर्ती बनने की महत्त्वाकांक्षा जरा समय से पहले ही उग आयी थी। अब मुश्किल जो आन पड़ी थी वह थी कैसे सम्मान के साथ पाँव पीछे लौटाए। अपने सेनापतियों से सलाह लेना सेना का मनोबल तोड़ देने का काम करता। डिमेट्रियस ने अकेले ही विचार किया, और खारवेल के पास दूत भेजा, इस संवाद के साथ, "देवपुत्र डिमेट्रियस कलिंगजिनपुत्र मेघवाहन खारवेल को अभिवादन भेजता है। डिमेट्रियस खारवेल से कहना चाहता है कि वह मगध पर शासन करने की आकांक्षा नहीं रखता। वह केवल एक अपमान का बदला लेने आया है। डिमेट्रियस देवताओं को साक्षी करके यह प्रस्ताव भेजता है कि खारवेल के साथ मिलकर कल प्रातः मगध पर आक्रमण करेगा। विजय निश्चय ही हमारी होगी। विजय के तुरन्त बाद डिमेट्रियस वापस अपनी राजधानी यूथीडिमिया लौट जाएगा। डिमेट्रियस वायदा करता है कि मगध का राज्य कलिंगपति खारवेल का होगा, और उस पर किसी भी रूप में डिमेट्रियस का कोई अधिकार नहीं होगा।"

खारवेल ने प्रधानमन्त्री जिनसेन को पत्र पढ़ने को दिया और उनसे और अपनी सेना के प्रमुख सेनानायकों से राय माँगी।

जिनसेन ने उत्तर दिया, ''महाराज, मैं सन्तुष्ट हूँ कि राजा डिमेट्रियस के प्रस्ताव में कोई छल नहीं है। वे हमसे छल करके कुछ प्राप्त नहीं कर सकते। इस प्रस्ताव की भाषा बता रही है कि वे कलिंग की शक्ति से परिचित हैं और कलिंग से लड़ना नहीं चाहते।''

खारवेल ने दूत के सामने ही प्रधान सेनापति और अन्य सेनानायकों की सम्मति भी माँगी। एक सेनानायक को छोड़कर अन्य सबने प्रधानमन्त्री की सम्मति से सहमति व्यक्त की।

महाराज खारवेल ने दूत से कहा, ''राजा डिमेट्रियस से मेरा अभिवादन कहना। उनसे कहना, मेरी उनसे मिलने की बड़ी लालसा थी। वह अचानक इस तरह पूरी हो जाएगी, इसका मुझे अनुमान नहीं था। निस्सन्देह डिमेट्रियस बहुत उदार हैं। तुमने प्रधानमन्त्री, प्रधान सेनापति और अन्य सेनानायकों की सम्मति जान ली है। महाराज डिमेट्रियस से कहना, कल सूर्योदय के समय रणभूमि में भेंट होगी।''

''महाराज डिमेट्रियस और महाराज खारवेल के संयुक्त अभियान की जय हो!'' यह कहकर दूत चला गया।

दोनों शिविरों में होते प्रकाश को राजगृह की जनता अपने घरों की छतों पर चढ़ी आशंका से देख रही थी। सन्ध्या के समय नगर की प्राचीर के बाहर शत्रुओं के थके घोड़ों की हिनहिनाहट गूँज रही थी। आकाश धूल से भर गया था। सैनिकों के स्वर और शस्त्रों की खड़खड़ाहट स्त्रियों और बच्चों को भयभीत कर रही थी। किन्तु अब शान्ति थी। पतझड़ के साफ नीले आकाश पर चाँद निकल आया था।

मगध नरेश अपने मन्त्रियों, सेनापति और सेनानायकों से मन्त्रणा करने में व्यस्त थे। नगर में युद्ध की तैयारियाँ हो रही थीं। अब शस्त्रों, अश्वों और रथों की जो भी आवाजें थीं, वे नगर के भीतर से आ रही थीं।

जैसे ही महाराज खारवेल ने अपना थका सिर सोने के लिए तकिये पर रखा, सरस्वती ने प्रवेश किया। वह बोली, ''महाराज खारवेल! मुझे आपसे एक महत्त्वपूर्ण विषय पर बात करनी है।''

''जैसी राजकुमारी की इच्छा!'' खारवेल ने शैया छोड़ दी। दोनों बैठ गये।

''क्या यह उचित होगा महाराज कि हम डिमेट्रियस की मदद से मगध पर विजय प्राप्त करें?''

''केवल एक सेनानायक ने डिमेट्रियस के प्रस्ताव का विरोध किया था। मुझे उसने सर्वाधिक प्रभावित किया था, क्योंकि मुझे उसके चेहरे पर सत्य और धर्म नजर आया था। परन्तु वह अपनी बात के समर्थन में कोई व्यावहारिक सिद्धान्त नहीं

प्रस्तुत कर सका। दूसरी ओर चाणक्य की प्रखर मेधा से जन्मा व्यावहारिक सिद्धान्त था—शत्रु का शत्रु मित्र होता है। मैं मानता हूँ कि मेरा हृदय उस सेनानायक की ओर झुक रहा था, किन्तु मेरा मस्तिष्क नहीं। राज्य मस्तिष्क से चलता है, हृदय से नहीं।''

''तब तो महाराज आप हृदय और मस्तिष्क की लड़ाई में विश्वास करते हैं। यूनानी विद्वान कहते हैं, हृदय और मस्तिष्क में लड़ाई है और बुद्धिमान मनुष्य मस्तिष्क की बात मानता है, हृदय की नहीं। किन्तु ऋषियों ने कुछ और ही कहा है। उनका कहना है कि मस्तिष्क और हृदय का युद्ध सामान्य जनों के अन्तःकरण में होता है। बुद्धिमान मनुष्य इस तल से ऊपर उठता है। एक ऊँचा तल है मनुष्य की चेतना का, जहाँ दोनों का विरोध मिट जाता है। जिस तल पर बुद्धि और भावना का समन्वय होता है, वही मनुष्य का तीर्थ है। वहाँ बुद्धि की यमुना और भावना की गंगा का संगम होता है। इनके संगम से सरस्वती का जन्म होता है, जिसमें दोनों के गुण उचित अनुपात में समन्वित हैं। भारतवर्ष के सभी प्राचीन बुद्धिमान राजा सरस्वती की बात को व्यावहारिक सत्य मान उस पर चलते आये हैं। उनके कर्मों से भारतीय सभ्यता का निर्माण हुआ है, जिसके मूल्य उन सभी सभ्यताओं के मूल्यों से भिन्न हैं।''

खारवेल बोला, ''मत भूलो राजकुमारी कि चाणक्य की बुद्धि ने यूनानियों को भारत से बाहर निकाला था। सिकन्दर के हमले के बाद युग बदल चुका है। प्राचीन ऋषियों के सिद्धान्त कितने भी उदात्त हों, वे हमारे युग को व्यावहारिक मार्ग नहीं दिखा सके थे। हमारे युग को चाणक्य ने ही मार्ग दिखाया था।''

''युग कोई भी हो, युग के साथ सत्य और धर्म नहीं बदलते। सत्य सनातन है। यह क्यों नहीं मान लेते कि न तो चाणक्य में, न चन्द्रगुप्त में हृदय और मस्तिष्क को समन्वित करने की शक्ति थी। तभी तो उनकी राजनीति भारत को एक अखण्ड राज्य का रूप नहीं दे सकी। यदि उनकी राजनीति सत्य और धर्म की नींव पर खड़ी होती तो मौर्य वंश में उनके बाद इतना रक्तपात न हुआ होता और अशोक कलिंग पर इतनी क्रूरता न करता। चाणक्य के साथ राजनीति अवसरवादी हो गयी है महाराज। उसे वापस धर्म की नींव पर लाइए। आप अति-व्यावहारिक हो रहे हैं और व्यावहारिकता के नशे में सत्य व धर्म की उपेक्षा कर रहे हैं। हमारी संस्कृति सत्य-धर्म से जन्मी व्यावहारिकता है। यदि आप चाणक्य की नीति का अनुसरण करेंगे तो आप राजनीति को भारतीय संस्कृति से दूर कर देंगे। इससे तो विदेशियों के लिए भारत पर शासन करने का मार्ग खुल जाएगा। डिमेट्रियस नहीं तो कोई और विदेशी भारत पर शासन करेगा। यदि आप सत्य और धर्म का अनुसरण करेंगे तो कोई भी विदेशी राजा भारत पर शासन नहीं कर सकेगा। याद रखिए, हमारी सच्ची शक्ति सत्य और

धर्म में है, क्योंकि पूर्वजों ने इन्हें व्यावहारिक कर दिया है।''

''चाणक्य की कुटिलता में एक व्यावहारिकता है जिसकी राजनीति को आवश्यकता है, भले ही वह व्यावहारिकता विदेशी हो।''

सरस्वती बोली, ''महाराज! जो व्यावहारिकता सत्य और धर्म में नहीं है, वह कहीं नहीं है। दुर्बल राजा और दुर्बल अमात्य ठगविद्या को राजनीति कहते हैं। देश के सच्चे नायक सत्य धर्म पर चलकर सफलता का मार्ग बनाते हैं। विजय निष्ठा से प्राप्त होती है, सत्य से होती है, धर्म से होती है। ठगविद्या से प्राप्त की गयी विजयश्री का अपहरण ठग लोग कर लेते हैं। आप देख लीजिए किस तरह मौर्यवंश से ठगविद्या के सहारे शुंगवंश ने राज्य छीन लिया।''

''तुम स्वर्ग की बात कर रही हो, जहाँ सत्य व धर्म सफल होते हैं, किन्तु मुझे पृथ्वी पर शासन करना है।''

''स्वर्ग और पृथ्वी में इतना अन्तर नहीं है महाराज। जिनकी भुजाओं में बल है और हृदय में सत्य, वे पृथ्वी को स्वर्ग बना देते हैं। जो ठगविद्या को राजनीति कहते हैं वे पृथ्वी को देवताओं के अधीन नहीं, नरक के अधीन कर देते हैं। उनके राज्य पर आने वाले वर्षों में राक्षस शासन करते हैं।''

''यथार्थ एक प्रमुख आधार है सफल व्यावहारिक जीवन का, जिसकी तुम उपेक्षा कर रही हो।''

''यथार्थ एक ऐसी अस्थिर वस्तु है, जिसका कोई भी बाहुबल से निर्माण कर लेता है। कंस और रावण ने भी ऐसे ही यथार्थ का निर्माण किया था। वीर पुरुष उस यथार्थ का निर्माण करते हैं जो सत्य और धर्म से जन्म लेता है। वे उस यथार्थ का नाश करते हैं जो झूठ, प्रपंच और अधर्म से जन्म लेता है।''

''राजकुमारी, तुम मुझे अव्यावहारिकता का पाठ पढ़ा रही हो। मुझे राजनीति की आवश्यकता है और तुम भारतीय दर्शन पढ़ा रही हो।''

''जिस व्यावहारिकता का पाठ आप पढ़ रहे हैं, वह भी किसी दर्शन से जन्मी है। वह कुटिल दर्शन उन जातियों को इतिहास में बहुत दूर तक नहीं ले जा सकेगा। वे नये-नये दर्शन अपनाकर गिरगिट की तरह रंग बदलते रहेंगे और एक दिन ऐसे भँवर में फँस जाएँगे जिससे आगे उन्हें मार्ग नहीं मिलेगा। तब वे पागल होकर मनुष्यता की ही हत्या कर देंगे।''

खारवेल को क्रोध आ गया। ''तुमने परोक्ष भाषा में मुझे मूर्ख कहा है सरस्वती!'' खारवेल बोला, ''तुम्हें इस धृष्टता के लिए दण्ड मिलेगा।''

''क्षमा करें महाराज! चापलूसों ने आपकी बुद्धि को सपाट कर दिया है। और आप मुझे अपना क्रोध दिखाकर भूल कर रहे हैं। आप भूल रहे हैं कि आपकी सेना के आधे सैनिक मेरे सैनिक हैं। किन्तु आप चिन्ता मत कीजिए। वे राजद्रोह नहीं

करेंगे। यदि यही आपका निर्णय है तो वे आपके निर्णय पर अपने जीवन की बलि दे देंगे। किन्तु मैं असत्य और अधर्म के साथ नहीं चल सकती। मुझे आप प्रातः युद्ध में नहीं पाएँगे। मैं अभी, इसी क्षण इस शिविर को छोड़ती हूँ। हमारे बन्धन बहुत कच्चे थे।''

सरस्वती ने कलिंगराज्य के चिह्न से अंकित हार और करधनी उतार दी, जो खारवेल ने उसे अपनी विशेष सलाहकार नियुक्त करते हुए भरे दरबार में पहनायी थी।

''मैं अपने वन को लौट रही हूँ महाराज, मेरे सैनिक नहीं। मेरी ओर आपकी सहयात्रा यहीं तक थी। यह मेरी मूर्खता थी कि मैं राजनीति में प्रवेश कर गयी। किन्तु यह भूल आपकी थी। आपके प्रेम ने आपकी चिन्ताएँ भी मेरी चिन्ताएँ कर दी थीं। और मेरा मस्तिष्क उन विषयों से धड़कने लगा था, जो रानियों के मस्तिष्क को शोभा देते हैं। मैं एक स्वतन्त्र स्त्री हूँ, हवाओं की तरह, झरनों की तरह। पर्वतों की तरह अडिग है मेरा हृदय। मैं धर्म और सत्य का त्याग नहीं कर सकती। मेरे हृदय को प्रकृति की खुली हवा में आश्रय मिलेगा, किसी पुरुष की बाँहों में नहीं।''

खारवेल को लगा, उसका स्वप्नलोक ही उससे छूटा जा रहा है, मानो हरि की योगमाया ही उन्हें छोड़कर जा रही हो। सत्य और धर्म की ऐसी अटल वाणी और किस नारीकण्ठ में थी? किन्तु अभिमान ने उसकी वाणी, हाथ और पैर बाँध दिये थे। वह उससे रुकने को नहीं कह रहा था।

खारवेल को इस तरह अचानक छोड़कर जाते हुए सरस्वती के हृदय में एक टीस-सी उठी। वह शिविर के द्वार पर रुकी और मुँह खारवेल की ओर मोड़कर बोली, ''आँखें उठाओ मेरे साजन! एक राजा की नहीं, मेरे प्रेमी की आँखें! विदा के क्षण क्या मुझसे इतना भी नहीं कहोगे वेलु—जय अरिहन्ता।'' हाथ जोड़े, जनजातियों की सारी विनम्रता अपने झुके शरीर में समेटे, मुँह मोड़कर देखती आँखें—सरस्वती की वह छवि खारवेल के हृदय में चुभ गयी।

खारवेल उसकी आँसू भरी आँखों में देखता हुआ मुस्कुराया। सरस्वती की इस प्रेमसिक्त वाणी के प्रहार से गलकर उसका सारा अभिमान बह गया। वह दौड़कर उसके पास पहुँचा और उसे वक्ष से लगा लिया। खारवेल में अचानक आये इस परिवर्तन को सरस्वती न समझ सकी। उसका सरल जंगली मन चले जाने का बन चुका था कि तभी खारवेल ने आकर प्रेम के नये कंगनों की बेड़ी डाल दी।

''क्या है ये राजन्! इतना पागल तो न करो! एक घड़ी मुझ पर चिल्लाते हो और दूसरी घड़ी आलिंगन में बेबस कर देते हो। ऐसी दोहरी नीति वनबाला नहीं समझ सकेगी। विश्वास करो, मैं इसका मोल नहीं लगा सकती। याद रखो राजन्, स्त्री की बुद्धि पुरुष की बुद्धि से विपरीत है। प्रेमीजन दोनों विपरीतों का संगम रच लेते हैं। दोनों का मस्तिष्क अपनी-अपनी जिद छोड़ देता है और दोनों के हृदय

बुद्धिमान हो जाते हैं। सच्ची बुद्धि तो प्रेम से ही जन्म लेती है राजन्, चतुराई से नहीं। संसारियों में कभी ऐसी मैत्री देखी है, जिसमें स्वार्थ छिपा न हो? फिर तुमने डिमेट्रियस की 'निःस्वार्थ मैत्री' को निःस्वार्थ कैसे मान लिया? तुम यह भी भूल गये कि यह निःस्वार्थ मित्र अपने मित्र सिन्धराज को नीचा दिखा चुका है। पर्वतवालों में एक कहावत है, "मित्र को थोड़ा-सा स्वार्थ पाल लेने दो। निःस्वार्थ मैत्री संसार-वृक्ष पर नहीं खिलती।"

"रुक जाओ सरस्वती! मुझे भी बोलने दो। मुझे छोड़कर जाने की बात तुम्हारे मन में आयी भी क्यों? कहाँ मिलेगा मुझे तुम्हारे जैसा मित्र? मैं एक राजा हूँ। कौन मेरे मुँह पर मेरी आलोचना करने का साहस करेगा? तुम चली गयीं तो मुझे मेरी बुद्धि के दूसरी ओर क्या है, यह कौन बताएगा? चाँद को देखो जो आकाश पर नीलमणि की तरह दमक रहा है। ऐसी ही आभा से तुमने आज मेरे प्रेम को दीप्त कर दिया है। आज तुमने मेरे हृदय को ऐसे आलोक से भर दिया है कि मेरा मन स्वयं मेरा सम्मान कर रहा है।"

सरस्वती ने अपनी दोनों बाँहें खारवेल के कण्ठ में डाल दीं, और एक बेल की तरह उसके अंग से लग गयी। खारवेल के होठ उसके कोमल होठों को अपने में भींचकर विभोर हो गये। यह भींचना इतना कोमल था जितनी कोमलता से कालिदास के हंस कमलनाल को अपनी चोंच में भींचकर मानसरोवर की ओर उड़े थे।

जब दोनों चुम्बनमुक्त हुए तो सरस्वती की साँस कण्ठ तक चढ़ आयी थी। वाणी अवरुद्ध थी, इसलिए फुसफुसाते स्वर में बोली, "अब कभी अपनी बुद्धि को मेरी मलिन बुद्धि से मत लड़ाना वेलु। पुरुष और स्त्री की परस्पर विपरीत बुद्धियों को लड़ाकर ही कुटिल लोग इस संसार पर शासन करते हैं। पुरुष और स्त्री की बुद्धियाँ यदि संगम रच लें तो कोई भी कुटिल शासक दोनों को अलग-अलग मूर्ख बनाकर राष्ट्र पर शासन नहीं कर सकेगा।"

कामना से दीप्त, खारवेल ने उसका हाथ पकड़ा और दोनों सोने चले गये। विद्रोही सरस्वती, एक लजायी बालिका की तरह नेत्र झुका, चुपचाप उससे एक पग पीछे उसके साथ चली गयी।

स्वेद-बिन्दुओं से भरे दोनों के तन एक-दूसरे के निकट क्लान्त और निश्चेष्ट पड़े थे। रात का तीसरा पहर था। तेज हवा बाहर चलने लगी थी। हवा के कारण शिविर का पर्दा उठ और गिर रहा था। खारवेल बोला, "हे पवनदेव! आपको साक्षी मानकर मैं प्रण करता हूँ कि मैं किसी भी भारतीय शत्रु को किसी विदेशी मित्र की सहायता से पराजित नहीं करूँगा।"

इस प्रण को सुनकर सरस्वती का आनन खिल उठा और उसने खारवेल के

होठों को चूम लिया। इस खुशी के क्षण भी एक अज्ञात आवेग सरस्वती की आँखों में अश्रु ले आया। वह बोली, "तुम्हारे इस प्रण से धरती प्रसन्न हुई होगी। मैंने इस मिट्टी के अनेक रूप देखे हैं वेलु। कभी-कभी यह मुझसे बोलती है। मुझे लगता है, यह स्त्री है और कलिंगजिन इसके स्वामी हैं। सचमुच हिमालय इसका मुकुट है, चरण दक्षिण है और आँचल कलिंग।"

"तुम्हारी कल्पना सुन्दर है, एक कवि जैसी!"

"यह कल्पना नहीं है वेलु! यह मैंने आँखों से देखा है। मुझे लगता है रात के समय आर्यावर्त की यह धरती उठती है और एक स्त्री का रूप ले लेती है, अन्यथा मैं क्यों देखती उस स्त्री को?"

"कौन-सी स्त्री?"

"एक विचित्र-सी स्त्री वेलु। सबसे पहले मैंने उसे स्वप्न में देखा, और फिर दिन में भी, जब मैं जगी होती थी। मैंने उसे देखा है, सचमुच की एक स्त्री! सबसे पहले वह मुझे सपने में दिखी। तब मैं बारह वर्ष की थी। मुझे सपना आया कि मैं एक हंस पर बैठी उड़ रही हूँ। ऊपर आकाश से मैं देखती हूँ। नीचे जैसे हिमालय और समुद्रतट, सारे एक साथ फैले हैं। मेरे देखते-देखते धरती सिहरने लगी, जैसे कोई जीवित प्राणी हो। मैं शपथपूर्वक कहती हूँ, मैंने देखा, यह साँस ले रही थी। इसका वक्ष उठ और गिर रहा था। जैसे मेरा वक्ष उठता और गिरता है। यद्यपि यह एक स्वप्न था, किन्तु मैं स्वप्न में भी चकित थी। मैंने हंस पर बैठे-बैठे देखा कि वह खड़ी होने लगी। इसकी मिट्टी में एक चेहरा बन गया था। जैसे-जैसे यह उठने लगी, बड़े-बड़े भूखण्ड इससे टूटकर गिरने लगे। तब मैंने उसका चेहरा देखा, थका हुआ-सा, उनींदा, आँखें मिची हुईं। कभी उसका चेहरा बहुत बूढ़ा दिखता था, झुर्रियों से भरा, जैसा मेरी दादी का। और कभी-कभी खिलता हुआ, जैसे मेरा। मैंने स्वप्न देखा कि मैं डरी-डरी उस प्रेत जैसी स्त्री को देख रही हूँ। मैं हंस पर बैठी-बैठी भय से जड़वत् हो गयी हूँ। तब मैंने देखा इसके कन्धे बने, फिर बाँहें और टाँगें। और फिर मैंने देखा एक पूरी स्त्री को, जिसका शीश आकाश को छू रहा था। मैं भय के मारे भाग जाना चाहती थी, पर हंस उड़ ही नहीं रहा था। ऊपर आकाश में एक जगह रुक गया था। तब उसने आँखें खोलीं, और मैंने उसकी उदास आँखें देखीं, ऐसी उदासी जिसने मेरे हृदय को बींध दिया। अपनी कल्पना से ही तुम उसे समझ लो, क्योंकि मैं उसका वर्णन नहीं कर सकती। उसकी याद आते ही, जैसे अब आ रही है, मेरे हृदय से रुलाई फूटती है। उसकी उदासी मानवीय आँखों की उदासी जैसी नहीं थी। उसकी उदासी ऐसी ही थी जैसे कलिंगजिन की उदासी, जब वर्षा में खड़े-खड़े वे हमें देख रहे थे। तब मुझे एक फुसफुसाहट-सी सुनाई दी। उस समय वह स्त्री कभी धरती, पहाड़ और नदियों में बदल रही थी, कभी स्त्री में। जब वह

धरती बनती तो उसके हार नदी बन जाते और मुकुट बर्फ से ढँके पहाड़।

"वह फुसफुसाहट कलिंगजिन की थी। कलिंगजिन मुझसे उस सपने में बोले थे। उस दिन मगध के चौक में, कलिंगजिन की मूर्ति के नीचे खड़े होकर मैंने उनसे पूछा था, 'आप मुझसे क्या बोले थे उस रात सपने में कलिंगजिन?' और तुरन्त बादल लुढ़कते हुए दूर चले गये और चन्द्रमा की किरणों की एक बौछार उनके रहस्यमय मुस्कुराहट से दीप्त मुख पर पड़ी। उन्होंने अपनी सुन्दर आँखें खोलीं और बोले, 'हाँ सरस्वती! मैं ही था।' और फिर से बादल आ गये थे। और उनके मुँह पर अँधेरा हो गया था।"

उस अनुभव को याद करते-करते, रहस्य और रोमांच की अनुभूति से उत्तेजित हुई सरस्वती खारवेल के वक्ष से चिपट गयी। उसका दायाँ उरोज उसकी भुजा को दबा रहा था, मानो बाँह को हटाकर वह उसके तन में छिप जाना चाहती थी।

"और जानते हो, कलिंगजिन ने क्या कहा था उस रात सपने में, जब मैं बारह वर्ष की थी? उन्होंने कहा था, 'इसे देख ले सरस्वती और पहचान ले—यह तेरी माँ है। बहुत बड़ी माँ, भारत माँ। यही माँ थी मेरे वीर पुत्रों—भरत और बाहुबलि की। यह धरती भी है और स्त्री भी। यह केवल कलिंग नहीं है। ये सारे राज्य भी हैं जो कलिंग के चारों ओर दूर-दूर तक बिखरे हैं—हिमालय से समुद्र तक। उनके राजा अलग-अलग हैं—यह तो एक आता-जाता, बहता सत्य है। स्थायी सत्य है यह बात कि यह एक ही भूमि है, एक ही देश है, क्योंकि देश संस्कृति से बनता है और इन सबकी एक ही संस्कृति है। इन सबके मूल्य एक-से हैं। इनकी स्मृतियाँ, परम्पराएँ, मान्यताएँ और विश्वास एक से हैं। इनमें सम्प्रदायों का जो अन्तर है, वह इनके अज्ञान से जन्मा है। क्योंकि विष्णु और शिव भी उसी धर्म का उपदेश देते हैं, जिसका मैं और बुद्ध देते हैं।' "

स्वप्न की इस रहस्यमय बात को बताते हुए सरस्वती के विशाल नेत्र और विस्फारित हो गये थे। उसकी बौद्धिक शिक्षा उत्कृष्ट नहीं थी, जिससे वह अपने किशोरावस्था के उस अनुभव को सही अभिव्यक्ति दे पाती। किन्तु जो वह शब्दों में नहीं कह पा रही थी, वे भाव और विचार उसके मुख पर और अंगों में व्यक्त हो रहे थे। और खारवेल का मन ही नहीं, शरीर भी उसकी बातों को पूरी तरह समझ रहा था। बुद्धि के माध्यम से समझने की जैसे आवश्यकता ही नहीं रह गयी थी।

कलिंगजिन बोले, "कभी इस माता को धोखा मत देना सरस्वती! और जानती हो, ऋषि पतंजलि उस रात जो कुछ कह रहे थे वह सरलता से मेरी समझ में आ रहा था, क्योंकि वह वही कह रहे थे जो उस रात कलिंगजिन ने मेरे स्वप्न में कहा था।"

एक गहन चुप्पी खारवेल के मन पर उतर आयी। कुछ देर विचार करने के

बाद उसने अपना संशय व्यक्त किया। वह बोला, "इसका अर्थ तो यह हुआ कि हम अपने आसपास के किसी भी राज्य से युद्ध नहीं लड़ सकते। न हम मगध से बदला ले सकते हैं, क्योंकि मगध भी उसी भारत जननी का एक अंग है। तब उस प्रण का क्या होगा, जो मैंने कलिंगवासियों के समक्ष किया था?"

सरस्वती बोली, "नहीं, इसका अर्थ यह नहीं है। हमें अपनी एकता याद रखनी है यदि कोई विदेशी आकर भारत जननी के किसी अंग पर आक्रमण करता है। अपने आपसी झगड़े आपस में निपटाने को हम स्वतन्त्र हैं। हम परस्पर युद्ध भी कर सकते हैं, किन्तु बिना किसी विदेशी की सहायता लिये।"

"तुम यह बात किस आधार पर कह रही हो?"

"कलिंगजिन के वचनों के आधार पर और अपने हृदय के आधार पर, जो मुझसे कभी झूठ नहीं बोलता।" जीवन-शक्ति के एक तीव्र आवेग से मचलती हुई सरस्वती बोली। मानो ये शब्द बल खाती हुई एक लहर की तरह उसके शरीर से उठे, "कलिंगजिन ने बस यह कहा और कुछ नहीं। उन्होंने कहा, 'किसी भारतीय से लड़ते हुए किसी विदेशी की सहायता कभी मत लेना। जब भी भारत की कोई सन्तान किसी विदेशी की सहायता से किसी भारतीय को कुचलती है, भारत-जननी बूढ़ी हो जाती है और उसके साथ हमारे सारे देवी-देवता बूढ़े हो जाते हैं। क्योंकि सारे देवी-देवता हमारे शरीर में रहते हैं, हम भी बूढ़े हो जाते हैं। तब भले ही हम युवा हों, वृद्धावस्था पाले से भरी एक हवा बनकर हमारे शरीर के भीतर बहने लगती है और हमारे उत्साह और सहज उल्लास को मार देती है। जब हम विदेशियों से मिलकर षड्यन्त्र नहीं रचते तो भारत-जननी फिर से युवा हो जाती है और सभी देवी-देवता जो हमारे शरीर में रहते हैं, वे भी युवा हो जाते हैं। इसी कारण हमारे प्राचीन ऋषि वृद्ध होकर भी युवा रहते थे। वे कभी बूढ़े नहीं होते थे। सत्कर्मों के लिए उनका उत्साह कभी शिथिल और बूढ़ा नहीं होता था।'

"आज जब प्रधानमन्त्री, सेनापति और सेना-नायकों ने तुम्हें डिमेट्रियस की अशुभ बात मान लेने की सलाह दी, तो अचानक वही भारत-जननी मेरी दृष्टि को एक कंकाल की तरह सूखी हुई नजर आयी। भारत-जननी मेरी आँखों के आगे खड़ी थी, एक वृद्ध चुड़ैल जैसी, वनों में विचरती किसी राक्षसी की तरह, अपनी ही सन्तान का भक्षण करने को आतुर। उसके दाँतों से रक्त टपक रहा था। उस दृश्य ने मुझे इतना प्रकम्पित कर दिया था कि मेरी साँस रुक गयी थी और मैं तुम्हारी सभा छोड़कर चली गयी थी।"

खारवेल ने बड़ी कोमलता से उसे आलिंगन में ले लिया। उसके एक-दूसरे से अलग हुए सुन्दर होठों को उसने चूमकर बन्द कर दिया और उनकी गरम साँसें, बिना शब्दों के, कुछ रहस्यमय बातें एक-दूसरे से करने लगीं। उसके रेशम जैसे

कोमल स्तन तन गये, मानो खारवेल के वज्र जैसे कठोर वक्ष से होड़ लगा रहे हों। कुछ समय बीत गया और वे एक-दूसरे से कुछ नहीं बोले। बाहरी साँसों, कराहटों और अस्फुट स्वरों में मानो उनके हृदय एक-दूसरे से कुछ बोलते रहे, ऐसी बातें जो शब्दों में नहीं कही जा सकती थीं।

कुछ समय ऐसे ही बीत गया। और तब दूत के सामने हुई घटना का अन्तिम भाग खारवेल की स्मृति में एक नया अर्थ लेकर उठा। वह बोला, "अब मैं समझ सकता हूँ कि शायद मेरे अवचेतन में भी ये ही बातें थीं, जो तुमने कही हैं। मैं स्पष्ट शब्दों में दूत से कहना चाहता था कि वह डिमेट्रियस से जाकर कहे कि मुझे उसका प्रस्ताव स्वीकार है। तुम जा चुकी थीं। तुमने मेरा वचन नहीं सुना।"

"तुमने दूत से क्या कहा?"

"मैं बोलना कुछ चाहता था और मेरे मुँह से कुछ और निकला। जैसे मेरी वाणी कण्ठ में आते-आते कुछ और हो गयी। जो शब्द मेरे मुँह से निकले वे थे–'डिमेट्रियस से कहना कल रणभूमि में भेंट होगी।' मुझे लगा भी कि मैं क्या कह रहा हूँ, पर मैं और कुछ नहीं कह सका।"

सरस्वती का मुखचन्द्र खुशी से दमक उठा। वह बोली, "फिर तो स्पष्ट है कि कलिंगजिन ने तुम्हारी सहायता की है। निर्णय की उस घड़ी में तुम्हें जघन्य पाप से बचा दिया। तुम्हें भारत-जननी से द्रोह नहीं करने दिया। प्रातः जब सेना युद्ध के लिए सजेगी और तुम उसे सम्बोधित करोगे, तो तुम अपने इस रहस्यमय वाक्य के अर्थ समझा देना। कह देना कि हमें डिमेट्रियस से रणभूमि में भेंट करनी है, मगधराज से नहीं। हमें आक्रमण डिमेट्रियस पर करना है।"

तुरही नाद सुनाई दिया। सैनिकों को जगाने के लिए सांकेतिक नाद ध्वनित हो चुका था। पौ फटने लगी थी। सरस्वती उठी और तैयार होने के लिए अपने शिविर की ओर चल दी। उसके जाते समय खारवेल बोला, "प्रिये! आज की रात कभी भुलायी नहीं जा सकेगी। खारवेल का आज पुनर्जन्म हुआ है। तुमने आज मेरे संशय मिटा दिये। राजनीति से जो भ्रष्टता मन में आ गयी थी, वह चली गयी। वह खारवेल मर गया जिसका हृदय मगध से प्रतिशोध लेने को जल रहा था। अब कभी मैं इस भारत-जननी को नहीं भूलूँगा। कभी कोई ऐसा कर्म नहीं करूँगा, जिससे यह वृद्ध हो।"

आधे घण्टे बाद वह युद्ध के वस्त्रों से सुसज्जित हो जब दुबारा खारवेल के शिविर में आयी तो वह भी युद्ध के लिए तैयार बैठा था। दोनों बाहर निकले। चन्द्रमा का प्रकाश सुबह के खिलते प्रकाश में फीका हो गया था। मशालें बुझ चुकी थीं। सभी सैनिक युद्ध से पूर्व प्रार्थना के लिए एकत्रित हो चुके थे। कलिंगजिन आदिनाथ की प्रार्थना हुई और फिर सैनिकों को खारवेल ने सम्बोधित किया, "सैनिको! आज

वह घड़ी आ गयी जिसकी प्रतीक्षा कलिंग ने दो शताब्दियों तक की है। कलिंगजिन को लेकर ही हम लौटेंगे—यह वचन हमने कलिंग को दिया है। यह वचन केवल मेरा नहीं है। यह वचन मैंने प्रत्येक सैनिक की ओर से कलिंग को दिया है। यह वचन कलिंगजिन सुन चुके हैं। लौकिक दृष्टि से मैं तुम्हारा राजा हूँ। इस लौकिक राजा से ऊपर एक और राजा है, कलिंगजिन!

"कलिंगजिन का आदेश है कि हम डिमेट्रियस पर आक्रमण करें, मगध पर नहीं। हम आये थे मगध से लड़ने, किन्तु मगध से भी बड़ा शत्रु हमारे सामने आ गया है। कलिंगजिन का आदेश है कि हम पहले डिमेट्रियस को पराजित करें। उसके बाद हम मगध से युद्ध करेंगे और कलिंगजिन को लेकर जाएँगे।

"कलिंगजिन ने मुझे यह आदेश दिया है। उन्होंने मुझसे कहा है कि मैं डिमेट्रियस की सहायता न लूँ। क्योंकि डिमेट्रियस राक्षस-संस्कृति का प्रतीक है, जो युद्ध को धर्म नहीं मानती, शत्रु की हत्या मानती है। वह बच्चों, स्त्रियों और नागरिकों की हत्या करती है। वह देवालयों को नष्ट करती है। उसके सैनिक खड़ी फसलों को जला देते हैं। डिमेट्रियस की दृष्टि में युद्ध मृत्यु का शस्त्र है। हम भारतीय हैं, हमारी दृष्टि में युद्ध मानवधर्म का कवच है। यह मनुष्यता की रक्षा के लिए लड़ा जाता है।

"कलिंगवासी और मगधवासी दोनों भारतीय हैं। दोनों मानते हैं कि युद्ध मानवधर्म का कवच है। भारत-जननी के दोनों ही पुत्र हैं, कलिंगवासी भी और मगधवासी भी। हिमालय से दक्षिण में सागर तक फैला भूखण्ड भारत है। इसकी संस्कृति एक है। इस संस्कृति को आहत करके हम कलिंगजिन को नहीं ले जा सकते, क्योंकि कलिंगजिन ने मुझसे कहा है कि मैं ऐसे नहीं जाऊँगा। पहले भारतभूमि पर आये इस संकट को दूर करो। डिमेट्रियस पर आक्रमण करो।

"अब और बातें करने का समय नहीं है। मैं मेघवाहन खारवेल, तुम्हारा राजा और कलिंगजिन का ज्येष्ठ पुत्र, तुम्हें आदेश देता हूँ कि मेरे पीछे आओ और डिमेट्रियस पर आक्रमण करो। मैं तुम्हें उस पथ पर ले जा रहा हूँ जो इतिहास से स्मृति और श्रुति की ओर जाता है, काल से अकाल की ओर जाता है। जय अरिहन्ता!"

हजारों कण्ठों से गर्जना निकली, "जय अरिहन्ता!"

एक तेज हवा अचानक चलने लगी। कलिंग के अनेक ध्वज, जो अश्वारोही सेनानायकों के हाथों में थे, एक अपार्थिव गति और लय में फहराने लगे। खारवेल हँसा। ऊँचे स्वर में निकली उसकी हँसी सुन सैनिकों को लगा जैसे महादेव ताण्डव से पूर्व अट्टहास कर रहे हों। यह अट्टहास सैनिकों के हृदयों में झंकृत हुआ और उनके रोम-रोम उत्तेजना में खड़े हो गये।

8

डिमेट्रियस की सेना मगध के द्वार की ओर बढ़ रही थी। मार्ग में ही कलिंग की सेना उस पर टूट पड़ी। यूनानी सेना में हड़कम्प मच गया। डिमेट्रियस कुछ क्षण भौचक्का-सा इस दृश्य को देखता रहा। उसने सोचा कि शायद त्रुटिवश कलिंग की सेना ने उस पर आक्रमण कर दिया है, लेकिन उसकी अनुभवी दृष्टि को यह समझते देर न लगी कि खारवेल ने जानकर उस पर आक्रमण किया है। उसने अपनी सेना को तुरन्त कलिंग सेना को इस विश्वासघात के लिए पाठ पढ़ाने का आदेश किया।

एक भयानक युद्ध शुरू हुआ। अपने अश्व 'दिग्विजय' पर बैठा खारवेल, नंगी तलवार हाथ में लिये सैनिकों के बीच मार्ग बनाता डिमेट्रियस की ओर बढ़ रहा था। अन्ततः आमना-सामना हो ही गया। खारवेल कुछ नहीं बोला। उसके लाल नेत्र कुछ देर डिमेट्रियस के नेत्रों में देखते रहे, फिर वह डिमेट्रियस पर प्रहार करने लगा। डिमेट्रियस के सैनिक अपने राजा को संकट में देख चारों ओर से बढ़ खारवेल को एक व्यूह में जकड़ने की चेष्टा करने लगे, परन्तु वह एक योगी की तन्मयता के साथ शत्रु-सैनिकों की लहरों को चीरता हुआ, पुनः अपने लक्ष्य डिमेट्रियस की ओर बढ़ने लगा। शीघ्र ही सैनिकों की भीड़ ने अपने राजा डिमेट्रियस को छिपा लिया और खारवेल ने स्वयं को डिमेट्रियस की जगह एक यूनानी सेनाध्यक्ष से लड़ते हुए पाया।

भीड़ के बीच छुपा हुआ डिमेट्रियस चिल्लाया, "मैं इस व्यवहार को नहीं समझ सका खारवेल! यह विश्वासघात है।"

खारवेल ने कोई उत्तर नहीं दिया। डिमेट्रियस फिर चिल्लाया, "मैं तुमसे मैत्री करना चाहता था। शत्रुता तुमने चुनी है। याद करो, हमारा ध्येय क्या है? हममें से एक जीत भी गया तो उसे क्या मिलेगा? मगध के द्वार तो बन्द हैं और पूर्ववत् दृढ़ता के साथ अपने स्थान पर खड़े हैं। क्या हम मगध की इस धरती को बिना उद्देश्य के अपने सैनिकों के रक्त से सींचने के लिए आये थे?"

जितना डिमेट्रियस बोलता गया उतना ही भयानक खारवेल का आक्रमण होता चला गया। उसकी भुजा एक पागल हाथी की सूँड की तरह चल रही थी। किसी अप्रिय वस्तु को देखकर उत्तेजित हुए हाथी की तरह या बादलों में चमकती बिजली की तरह उसकी भुजा चल रही थी। उसे इस एकाग्रता से लड़ते देख एक अज्ञात भय डिमेट्रियस को आक्रान्त करने लगा। उसे इस बोध ने त्रस्त कर दिया कि इतनी एकाग्रता बिना किसी ध्येय के प्राप्त नहीं हो सकती, पर वह ध्येय क्या था? यह बात डिमेट्रियस की समझ में नहीं आ रही थी।

दूसरी ओर हाथी पर चढ़कर युद्ध करते पांचाल नरेश को सरस्वती ने अपने तीखे बाणों से मार दिया था। डिमेट्रियस से पराजित होने के कारण पांचाल नरेश अपनी सेना के साथ डिमेट्रियस का साथ देने के लिए आये हुए थे। पांचाल नरेश का शव हाथी के हौदे पर लटका हुआ दूर से दिख रहा था। यह दृश्य देख पांचाल की सेना में कोहराम मच गया। महावत को सैनिकों की भीड़ के बीच मार्ग नहीं मिल पा रहा था कि वह पांचाल नरेश का शव शिविर तक ले जा सके।

अपने युग की प्रसिद्ध धनुर्धर सरस्वती शान्त वदन और दत्तचित्त होकर अपने तीक्ष्ण बाणों से यूनानी सेनाध्यक्षों को चुन-चुनकर अपना निशाना बना रही थी। उसके पर्वतीय वीर सैनिक उसके चारों ओर कई वृत्तों में फैले हुए यूनानी सैनिकों की दूसरी और तीसरी पंक्तियों को अपना निशाना बना रहे थे। उनका उद्देश्य था, किसी भी शत्रु-सैनिक को अपनी राजकुमारी के निकट न पहुँचने देना। राजकुमारी अपना ध्यान बचाव पर नहीं लगा रही थी। जब तक कोई शत्रु उसके बहुत निकट न पहुँच जाए, वह उससे नहीं लड़ती थी। अपने बचाव का काम अपने सैनिकों पर छोड़कर, वह सारा ध्यान आक्रमण पर लगाये हुए थी। वह एक-एक कर उन सेनाध्यक्षों को मार रही थी जो उसे अत्यन्त चपल और फुर्तीले लगते। देखते ही देखते उसने यूनानी सेना के आठ सर्वोत्तम सेनाध्यक्षों को मार डाला।

डिमेट्रियस ने खारवेल के युद्ध-कौशल के चर्चे सिन्ध में सुने थे। किन्तु जो वह प्रत्यक्ष देख रहा था, वह उसकी कल्पना से परे था। सीथियन और पार्थियन सैनिकों की शत्रु के प्रति निर्ममता, कलिंग के सैनिकों की निर्ममता के आगे बच्चों के खेल जैसी लग रही थी। उनके युद्ध-कौशल में खानाबदोश सरदार यू-ची की जंगली युद्धकला भी सम्मिलित थी। अपनी अप्रत्याशित, पशुओं से सीखी युद्धकला से यू-ची ने डिमेट्रियस को उसकी पुरानी राजधानी बैक्ट्रिया से भगाया था और उसे अपनी राजधानी सियालकोट को बनाना पड़ा था। उसकी मंगोल युद्ध-शैली भी किसी योग से कम नहीं थी। भारतीय और मंगोल शैलियों की मिली-जुली योग-क्रिया ने कलिंग के सैनिकों को शिकार पर झपटते व्याघ्र जैसी एकाग्रता दे दी थी। वे मारकाट का खेल ऐसे खेल रहे थे, मानो वे नहीं, कोई एक अदृश्य शक्ति उनके अनेक शरीरों में घुसकर युद्ध लड़ रही थी। कलिंग के प्रत्येक सैनिक के शरीर का प्रत्येक पोर, सर से पैर तक किसी एक बिन्दु पर केन्द्रित लग रहा था। मरते हुए भी वही जयकार करते थे जो वे युद्ध शुरू करते हुए करते थे—"जय अरिहन्ता!" मानो भैरव-सेना के सभी प्रेत और वैताल दक्ष प्रजापति की यज्ञ-स्थली में विनाश-लीला कर रहे हों। उनका प्रत्येक प्रहार मन्त्र की तरह छोटा, संगठित और पूर्व निश्चित था, जैसे उन्हें अतिरिक्त प्रहारों में शक्ति का अपव्यय न करने की विशेष शिक्षा दी गयी हो।

शाम होते-होते लगभग दस हजार यूनानी सैनिक मारे जा चुके थे। युद्ध-विराम

की भेरियाँ बज चुकी थीं। युद्ध भी रुक गया था, किन्तु दोनों पक्षों के सैनिक सतर्क थे, मानो उन्हें विश्वास नहीं था कि दूसरा पक्ष युद्ध धर्म का पालन करेगा। अपने शिविरों में लौटकर भी सैनिकों ने कवच नहीं उतारे, न अपने जूते उतारे। अपने शस्त्र निकट रखे वे जल्दी-जल्दी भोजन कर रहे थे।

डिमेट्रियस अपने सेनाध्यक्षों से वार्ता करने में व्यस्त था। सबके चेहरों पर भय स्पष्ट दिख रहा था और हृदयों में युद्ध के प्रति अरुचि बलवती हो गयी थी। सबकी सम्मति में एक ऐसे शत्रु से लड़ना जिसका कोई लक्ष्य नहीं था, स्वयं पागलपन को आमन्त्रित करने जैसा था। उनका कहना था कि यदि यह युद्ध कुछ दिन और चला तो उनकी सेना पागल हो जाएगी। उन्हें विश्वास था कि कलिंग के सैनिकों ने मानवीय सीमा को लाँघकर प्रेतों और बेतालों का आचरण अपना लिया है। एक अन्धशिवास यूनानी सेना में फैल गया था कि उनका देवता कलिंगजिन एक जीवित देवता है, और राजगृह की दीवारों के भीतर से वह सेना का संचालन कर रहा है और उसकी अदृश्य शक्तियाँ कलिंग-सैनिकों की रक्षा कर रही हैं। कुछ यूनानी और सीथियन सैनिक, जो जैन धर्म के अनुयायी थे, स्पष्ट कह चुके थे कि जब तक कलिंगजिन कलिंग के सैनिकों की रक्षा कर रहा है, उन्हें कोई नहीं हरा सकता। उन्हें हराने के लिए पहले कलिंगजिन को तुष्ट करके अपने पक्ष में करना जरूरी है। यूनानी परम्पराओं में देवताओं को बलि देकर तुष्ट किया जाता था। उस परम्परा के बीज संस्कारों में होने के कारण यूनानी और सीथियन सैनिक नहीं समझ सके थे कि वीतराग कलिंगजिन को पशुबलि प्रसन्न नहीं कर सकती। उन्हें प्रसन्न करने के लिए आत्मबलि आवश्यक थी, क्रोध, मद, लोभ, मोह की बलि आवश्यक थी। भाव हिंसा और विचारहिंसा का त्याग करना आवश्यक था। सम्यक् ज्ञान, सम्यक् दर्शन और सम्यक् चरित्र के अनुशासन को धारण करना आवश्यक था। जीवों के प्रति करुणा और प्रेम को जाग्रत करना आवश्यक था। उस रहस्य को समझना आवश्यक था कि कैसे इन गुणों को धारण करनेवाला सैनिक युद्ध में सम्यक् भाव से शत्रु की हत्या करके भी हत्या नहीं करता।

अपनी सेना को अन्धविश्वास और भय से ग्रस्त देख, डिमेट्रियस ने निर्णय लिया कि और युद्ध लड़ना घातक होगा। वह जान गया कि इन परिस्थितियों में खारवेल को पराजित करना असम्भव था, क्योंकि उसका प्रत्येक सैनिक खारवेल की तरह ही एकाग्र कर्मयोगी था, जिसके हृदय में मातृभूमि का प्रेम प्रज्वलित था, जो समूचे भारतवर्ष को एक सांस्कृतिक राष्ट्र मानता था और प्रत्येक भारतीय को अपना बन्धु। डिमेट्रियस को इस बात का भान हो गया था कि कलिंग के सैनिक एक सैद्धान्तिक युद्ध लड़ रहे थे, राज्य, धन और सांसारिक सुखों की लालसा से लड़ा जानेवाला युद्ध नहीं। ऐसे सैनिकों को लोभ के टुकड़ों पर पाली हुई सेना परास्त

नहीं कर सकती।

आधी रात के समय यूनानी सेना डेरे उखाड़कर भाग खड़ी हुई। दूर जाती यूनानी सेना की मशालों को कुछ देर खारवेल, जिनसेन और सरस्वती के साथ एक पहाड़ी पर चढ़ा, देखता रहा। उसने अपने गुप्तचर उस स्थल का निरीक्षण करने के लिए भेजे, जहाँ यूनानियों के शिविर थे। उन्होंने लौटकर सूचना दी कि यूनानियों का पलायन वास्तविक था। इस पलायन में न कोई योजना थी, न षड्यन्त्र, न खारवेल को भ्रम में डालने की इच्छा।

खारवेल ने यूनानी सेना का पीछा करने का आदेश दिया। सरस्वती ने पूछा, ''कलिंगराज! यूनानी भाग चुके हैं? हमने उनसे साँठ-गाँठ नहीं की। हमने भारत-जननी से द्रोह नहीं किया। अब घर की लड़ाई लड़ने का अवसर है। राजगृह की दीवारों के भीतर, आकाशों का स्वामी कलिंगजिन खड़ा है। अब समय है इन द्वारों को तोड़कर अपने देवता को घर ले जाने का। किस उद्देश्य की पूर्ति करना चाहते हैं आप डिमेट्रियस का पीछा करके?''

''क्या आप इतनी जल्दी भूल गयीं राजकुमारी, अपने ही पाठ को? आपने ही तो कहा था कि भारत हमारी माता है। मथुरा इस भारतमाता का हृदय है और उस पर अभी डिमेट्रियस बैठा है। माता तो अब भी उसी तरह सन्तप्त है। माता को कहाँ मुक्त करा पाये हैं हम? केवल कलिंगजिन को वापस ले जाने से क्या उस भारत-जननी की पीड़ा शान्त हो जाएगी जिसे तुमने स्वप्न में देखा था? क्या डिमेट्रियस को उसके वक्ष के ऊपर से उतारे बिना उसकी पीड़ा शान्त हो जाएगी? राजकुमारी, भारत-जननी की पीड़ा आपने मेरी नस-नस में भर दी है। वह पीड़ा मेरे हृदय को जला रही है। एक अनबुझ अग्नि मेरे हृदय में लगाकर आप कैसे आशा कर रही हैं कि यह अग्नि अपने आप बुझ जाएगी? क्या भारत-जननी में आपकी वह निष्ठा केवल शाब्दिक थी, जो इतनी आसानी से दूर हो गयी। अभी माँ को अपना यौवन पुनः प्राप्त कहाँ हुआ है। मिट्टी से उठी उस माँ के मुख पर क्या तुम्हें झुर्रियाँ नहीं दिख रही हैं? धिक्कार है मुझे कि मैं कलिंग लौटूँ। अब तो सिर पर कफन बाँध लिया है। अब या तो भारत-जननी मुक्त होगी या मेरा शव कलिंग लौटेगा।''

सरस्वती ने आगे बढ़कर हाथ उसके मुँह पर रख दिया। ''अब और कुछ न कहो कलिंग के सेनानी! कलिंगजिन के प्रेम में मैं भूल गयी थी कि वे कलिंगजिन से प्रेम नहीं करते जो भारत-जननी का दुःख भूल जाते हैं। मुझे क्षमा कर दो कलिंगवीर।''

''अब मुझे कलिंगवीर नहीं, भारत-पुत्र कहो सरस्वती। इतनी विशालता तुम्हारी बातों ने रात मेरे अंगों को दे दी कि मुझे लगने लगा है, जैसे तारे मेरे सखा हों।

जैसे हिमालय मेरा ही मुकुट हो और ये सारी नदियाँ, कृष्णा, कावेरी, गोदावरी, नर्मदा, सतलुज, सिन्धु, गंगा, सरस्वती और यमुना मेरे कण्ठ में पड़ी मालाएँ हों। मेरे शरीर को विराट करके चाहती हो कि मैं कलिंग में समा जाऊँ।''

''तो क्या देव, आप हम कलिंगवासियों को भूल जाएँगे?'' जिनसेन ने कातर होकर पूछा।

''कैसी बात करते हो जिनसेन? कलिंग क्या कभी मेरी देह से विलग हो सकता है? यह मेरा कलिंग ही तो है जो भारत बन गया है। प्रेम की गति विचित्र है। एक खेत पूरा भारत लगता है और पूरा भारत एक छोटा-सा खेत। माप-तौल के पैमाने टूट गये हैं। कण और विराट सब एक हो गये। मेरे हृदय में समग्र मनुष्य जाति, भारत और कलिंग एक हो गये हैं। भारत मुझे प्रिय है, क्योंकि वह समग्र मनुष्य जाति का प्रतीक है। जो कुछ मनुष्यता का श्रेष्ठ गुण है वह भारत में व्यक्त है। जो भी कर्म अब मैं करूँगा, वह ऐसा होगा जो तीनों को तृप्त करे।''

''कुछ वर्षों तक तो अब डिमेट्रियस सर नहीं उठाएगा।'' जिनसेन ने कहा! वह एक यथार्थवादी व्यक्ति था जिसे ये स्वप्न और उदात्त भावनाएँ अच्छे लगते थे, लेकिन व्यावहारिक दृष्टि से नहीं। वह अपने राजा का ध्यान कठोर यथार्थ की ओर खींचना चाहता था।

खारवेल ने कहा, ''आप भूल कर रहे हैं महामन्त्री! एक अपमानित और खिसियाया हुआ शत्रु जंगली सुअर जैसा होता है, जो अपने लक्ष्य को भेद नहीं सका, वह लौट-लौटकर अपने लक्ष्य पर वार करेगा। भले ही उसका सींग टूट जाए, वह मर जाना पसन्द करेगा, किन्तु लक्ष्य को छोड़ना नहीं।''

सरस्वती ने कहा, ''आप ठीक कह रहे हैं राजन्! पहाड़ों में लुहार कहते हैं कि गरम किये लोहे पर केवल एक प्रहार नहीं करना चाहिए। यदि लोहा एक ही प्रहार पाकर वांछित आकार में ढल जाए तो भी कम से कम उस पर दो प्रहार अवश्य करने चाहिए।''

''हम मगध से युद्ध बाद में लड़ेंगे और कलिंगजिन को भी लेकर ही जाएँगे। हम अपने देवता को ऐसी भव्यता के साथ लेकर जाएँगे जो उनकी विशाल और विजयी भुजाओं की मर्यादा के अनुकूल हो। किन्तु उससे पहले हमें डिमेट्रियस को मथुरा से ही नहीं अफगानिस्तान के पर्वतों के बाहर खदेड़ना है। हमें भारत-जननी को राक्षस-संस्कृति से मुक्त कराना है।''

जिनसेन ने कहा, ''महाराज, हमें संकीर्णता को प्रोत्साहन नहीं देना है। समस्त पृथ्वी पर मनुष्य ही रहते हैं। हमें विदेशी और भारतीय के नाम पर घृणा को प्रोत्साहन नहीं देना है।''

''यह घृणा को प्रोत्साहन देने की बात नहीं है प्रधानमन्त्री।'' खारवेल किंचित्

आवेश में बोला, "हम उस संस्कृति को जीवित रखने का उपाय कर रहे हैं जो आत्मयज्ञ सिखाती है। इस धरा पर ऐसी संस्कृतियों की कमी नहीं है जो यूनानी, मिस्र, रोमन या कोई और होने का गर्व करती है और मानवता का हनन कर रही है, दूसरी जातियों को दास बनाना गर्व की बात समझती है। केवल भारतीय संस्कृति ऐसी संस्कृति है, जो मनुष्य मात्र को समान समझती है और सभी मनुष्यों की स्वतन्त्रता और सम्मान की रक्षा करने का पाठ पढ़ाती है। हिंसा, घृणा, दर्प और लोभ को प्रोत्साहित करने वाली इन राक्षसी संस्कृतियों के बीच भारतीय संस्कृति एकमात्र प्रकाश स्तम्भ है, एकमात्र सभ्य-अग्नि है जो अहिंसा, करुणा, प्रेम, त्याग और आत्मबलि को सामान्य जन-जीवन की चर्या बना रही है। इसे अलग रखना जरूरी है। राक्षस-संस्कृति इस पर प्रहार करे या इससे गले मिले, दोनों तरह से इसे नष्ट ही करती है।"

जिनसेन ने पूछा, "क्या यह संस्कृति जैन सम्प्रदाय से भी ऊपर है?"

"हाँ, जैसे माता सभी पुत्रों से ऊपर होती है। भारतीय संस्कृति से ही भागवत, शैव, जैन और बौद्ध आदि सम्प्रदाय जन्मे हैं। हमारी संस्कृति हमारा धर्म है। इसी से ये अनेक सम्प्रदाय जन्मे हैं। इन सभी सम्प्रदायों का सार एक ही है—मानव मात्र के प्रति क्षमा, करुणा, दया और प्रेम। मानव-मात्र के प्रति ही नहीं, समस्त जीवों के प्रति। विदेशी सम्प्रदायों में प्रत्येक सम्प्रदाय सिर्फ अपने आपको सच्चा कहता है और बाकी सबको झूठा। उनकी संस्कृति उन्हें दूसरी संस्कृतियों को कुचलकर उन पर अपनी संस्कृति लादना सिखाती है। अतः यह जान लेना जरूरी है कि भारत में जन्मे सम्प्रदाय कितना भी परस्पर लड़ें उनमें से प्रत्येक भारतीय संस्कृति के मूल्यों की रक्षा करेगा। हमारा सम्प्रदाय जैन है, मगधवासियों का सम्प्रदाय भागवत है। हम दोनों का धर्म एक है, संस्कृति एक है, मूल्य एक है। अतः यदि डिमेट्रियस से मिलकर हम मगध का दमन करते तो वह हमारा अपने धर्म और संस्कृति से द्रोह होता।"

जिनसेन ने कहा, "लेकिन युद्ध पर शान्ति के नियम लागू नहीं किये जा सकते, जैसे शान्ति पर युद्ध के नियम लागू नहीं होते। यूनानी एक व्यावहारिक सत्य कहते हैं कि युद्ध विजय के लिए लड़ा जाता है और विजय प्राप्त करने के लिए कोई भी कर्म करना पड़े, वह कर्म उचित है।"

"नहीं प्रधानमन्त्री!" खारवेल ने कहा। "यह उक्ति उन यूनानियों की है, जो मानव-धर्म की स्थापना के लिए नहीं लड़ते। सिकन्दर ने अपने अहंकार की तुष्टि के लिए राजा पुरु से युद्ध लड़ा। वह स्वयं को मनुष्य नहीं, देवता समझता था। यूनानी योद्धा देवताओं से होड़ लगाते हैं, किन्तु भारत में युद्ध मानव-धर्म की रक्षा के लिए लड़े गये। राम ने मानव-संस्कृति की रक्षा के लिए युद्ध लड़ा। पाण्डवों ने अपने अहंकार को स्थापित करने के लिए नहीं, मानव-धर्म की रक्षा के लिए युद्ध

लड़ा। किन्तु रावण ने और कौरवों ने अपने अहंकार को प्रतिष्ठित करने के लिए युद्ध लड़ा था। रावण और कौरवों ने उन्हीं उद्देश्यों की पूर्ति के लिए युद्ध लड़ा, जिनकी पूर्ति के लिए डिमेट्रियस मगध से लड़ने आया था। उसका साथ देने का अर्थ था भारतीय संस्कृति के विरुद्ध जाना। उस युद्ध का फल होता राक्षस-संस्कृति को अपना लेना।

"नहीं महामात्य जिनसेन, मैं उस संस्कृति का त्याग करके देशद्रोह नहीं कर सकता, जिसकी रक्षार्थ हमारे महापुरुषों ने आत्मयज्ञ किया था। युद्ध मानव-धर्म के लिए लड़ा जाता है, किसी सम्प्रदाय के लिए नहीं। मानव-धर्म के बिना युद्ध हत्याकाण्ड है, पाप है।"

"हम युद्ध केवल इस उद्देश्य से करेंगे कि हमारी जनता मानव-मूल्यों के अनुसार जिये और सुरक्षित रहे। हम युद्ध इसलिए करेंगे कि हमारे श्रेष्ठ लोगों—ऋषियों, ज्ञानियों, कवियों और कलाकारों को वह शान्ति मिल सके कि वे मनुष्यों को अपनी साँसों से सत्यम् शिवम् सुन्दरम् की रचना करने की कला और अनुशासन सिखा सकें। यूनानी नारी को विलास की वस्तु समझते हैं। हमारे लिए नारी में मानव-जीवन का सत्य छिपा है। हम पौरुष की सार्थकता इस बात में समझते हैं कि पौरुष नारी को निर्भय होकर अपने अस्तित्व में छुपे प्रेम और सतीत्व से समाज को सँवारने का अवसर दे।"

"बस राजन्! आपने मेरे नेत्र खोल दिये। मैं आपकी बात समझ गया। मैं जान गया हूँ कि राजनीति ने मेरे पतन का मार्ग प्रशस्त कर दिया था। आज मुझे आपने याद दिला दिया है कि राजनीति मानवता की सेविका है, शासक नहीं।"

9

सेना फिर से सजी और डिमेट्रियस का पीछा शुरू हुआ। सिन्ध देश, उत्तर प्रदेश, राजस्थान में बारह स्थानों पर डिमेट्रियस से खारवेल ने युद्ध किया, और कहीं भी उसे टिकने नहीं दिया। वहाँ से भागकर डिमेट्रियस अयोध्या पहुँचा। अयोध्य में उसे पराजित कर खारवेल ने अयोध्या के राजवंश को गद्दी सौंपी, और फिर डिमेट्रियस की तलाश में निकल गया।

आज जिस स्थान को सहारनपुर के नाम से जाना जाता है, उसके निकट उस

युग में यमुना नदी के किनारे, पांचालों की राजधानी थी। यमुना के तट पर खारवेल ने डेरा डाला और एक बार फिर डिमेट्रियस से उसका युद्ध हुआ।

तीन वर्ष डिमेट्रियस और खारवेल को भारतवर्ष में स्थान-स्थान पर युद्ध लड़ते हुए हो गये थे। डिमेट्रियस हैरान था खारवेल की अथक ऊर्जा से। उसे यह पता नहीं था कि खारवेल की ऊर्जा का स्रोत उसका मानव-धर्म था और भारतीय संस्कृति की रक्षा करने का उसका व्रत था। वह भारतवर्ष के सभी राज्यों में, हिमालय से दक्षिण में सागर तक फैले भूखण्ड को एक सांस्कृतिक राष्ट्र समझने वाले नायक के रूप में प्रसिद्ध हो चुका था। वह भारत की जनता को चन्द्रगुप्त और अशोक से भी महान राष्ट्रनायक नजर आने लगा था। चन्द्रगुप्त ने यूनानियों को खदेड़ा था, पर उसने भारत की स्थायी एकता के लिए 'एक संस्कृति एक धर्म' का आधार नहीं दिया था। अशोक ने शान्ति का महान स्वप्न देखा था और सभी सम्प्रदायों को एक-दूसरे की जीवन-शैली में हस्तक्षेप न करने का मार्ग दिखाया था। लेकिन सेना को भंग करके उसने भारत की एकता को अक्षुण्ण रखने का मार्ग नष्ट कर दिया था। खारवेल ने अपने राज्य का विस्तार नहीं किया था। डिमेट्रियस से छीने हुए राज्यों को अपने राज्य में नहीं मिलाया था और उन राज्यों के राजघरानों को ही सिंहासन सौंपा था। वह सचमुच एक अनोखा चक्रवर्ती था।

वह इतना ही करता तो वह इतिहास में अमर हो जाता, परन्तु वह इससे कहीं आगे बढ़ गया था। वह इतिहास से निकलकर उस अमर गाथा का अनाम नायक हो गया था जो हजारों वर्षों से भारत के महानतम नायक, बिना अपना नाम लिखे, जनमानस में अपने उदात्त कर्मों से लिखते रहे हैं। उसने एक सांस्कृतिक राष्ट्र की उस कल्पना को राजनीति के सूखे मरुस्थल में बसा दिया था, जिसे ऋषिगण अपने तपोवनों में सदा से जीवित रखे हुए थे।

एक शाम जिनसेन सेनाध्यक्षों से कह रहा था, "इतिहासकारों ने केवल उनकी कथा चाव से लिखी है जिन्होंने रक्तपात करके दूसरों की सम्पत्ति छीनी और स्वयं को सम्राट घोषित किया। किन्तु जिन्होंने हृदयों को एक करने वाली राजनीति अपनायी, उनमें इतिहाकारों ने कोई रुचि नहीं दिखायी। खारवेल काल का नहीं, अकाल का नायक है। वह काल की सीमाओं से निकलकर, अकाल में बसे मानवता के स्वप्न को राजनीति का विषय बनाने का भगीरथ प्रयत्न कर रहा है। अतः इतिहासकार खारवेल की गौरवगाथा को कुछ पंक्तियों में समेटकर समाप्त कर देंगे। किन्तु एक दिन खारवेल का स्वप्न पूरा होगा और धूर्तता, स्वार्थ और नीचता राजनीति से निष्कासित होंगी। एक दिन राजनीति मानव-मूल्यों को स्थापित करने का शस्त्र बनेगी। उस दिन इतिहास नये सिरे से लिखा जाएगा। तब इतिहास हमलावरों और लोभी हत्यारों की कहानी नहीं, उदात्त नायकों की मानवोचित कहानी

बनेगा। तब खारवेल और उस जैसे मानव-मूल्यों के लिए आत्मयज्ञ करने वाले नायक इतिहास के विषय बनेंगे। तब तक खारवेल की कथा कलिंग की लोक-कथाओं में सुरक्षित रहेगी।

उस युग में भारत की जनता को यह आशा थी कि कोई नायक एक दिन अवश्य ही ऋषियों द्वारा देखे एक भारत के सपने को राजनीति में साकार करेगा और वह राष्ट्र मानव-मूल्यों के आधार पर चलेगा। अतः जिन राज्यों से खारवेल की सेना गुजरी उन राज्यों की जनता ने खारवेल की सेना की सहायता अन्न और धन से की, जिससे उसे किसी वस्तु का अभाव नहीं हुआ।

मध्यकाल में गुलामवंश के क्रूर शासन की नींव दृढ़ होते देख भारतीय जनता की यह आस टूट गयी और स्वप्न बिखर गये। उसने समझौता कर लिया एक ऐसी जीवन-शैली से, जिसमें सत्-असत् मिलकर साथ-साथ रहने लगे। सत्-असत् के मिश्रण में विजय असत् की होती है। अतः भारतीयों का चरित्र गिरता चला गया। और जब राणा प्रताप ने ऋषियों द्वारा दी गयी संस्कृति को पुनः राजनीति के मरुस्थल में बसाने का प्रयत्न किया तो भारतीय जनता ने उनका साथ नहीं दिया और उन्हें घास की रोटी खाने को मजबूर कर दिया। कहते हैं एक अकेली चिड़िया के गाने से वसन्त नहीं आता। अतः एक अकेले भामाशाह के बलिदान से राणा प्रताप मानव-मूल्यों को राजनीति में प्रतिष्ठित नहीं कर सके।

खारवेल के युग में भारतीय जनता का मनोबल नहीं टूटा था। अतः एक के बाद एक मोर्चे पर खारवेल विजयी होता चला गया। सहारनपुर में यमुना के तट पर फिर एक बार जब खारवेल ने डिमेट्रियस को घेरा तो थके-हारे डिमेट्रियस ने सन्धि का प्रस्ताव देकर अपना दूत खारवेल के पास भेजा। उसने प्रस्ताव रखा कि वह मथुरा तक का सारा क्षेत्र खारवेल को दे देगा, यदि खारवेल उसे मथुरा से अफगानिस्तान तक का क्षेत्र अपने अधिकार में रखने दे।

खारवेल का उत्तर था, "मेरे और डिमेट्रियस के बीच सन्धि एक ही शर्त पर हो सकती है। वह शर्त यह है कि डिमेट्रियस भारत छोड़कर अफगानिस्तान से बाहर चला जाए। यूनानी बर्बरता और भारतीय संस्कृति एक साथ भारत में नहीं पनप सकते।"

दूत ने कहा, "राजन्! मेरे सम्राट का कहना है कि आपको यह भ्रान्ति है कि यूनानी बर्बर हैं। हम भी भारतीयों की तरह सभ्य हैं। हमारे यहाँ भी सुकरात, प्लेटो, अरस्तू, हेराक्लाइटस और पारमेनाइडिज जैसे दार्शनिक हुए हैं, जिन्होंने मानवीय मूल्यों की स्थापना पर बल दिया है। होमर जैसे कथाकारों और सोफोक्लीज और यूरिपीडिज जैसे नाटककारों ने हमारी संस्कृति को सँवारा है।"

खारवेल ने कहा, "यदि ऐसा है तो मैं कहूँगा कि आपके राष्ट्रनायकों ने उन

आदर्शों को दूसरे देशों के प्रति राजनीति में प्रतिष्ठित नहीं किया। आपकी राजनीति दूसरे देशों को लूटने में ही व्यय होती रही है। यदि डिमेट्रियस सच्चे हृदय से सन्धि चाहते हैं तो यह सन्धि मानव-मूल्यों के आधार पर हो सकती है। हम सन्धि कर सकते हैं कि अफगानिस्तान से आगे के भूखण्ड में वे बर्बर लुटेरों से मानवता की रक्षा करेंगे और दक्षिण भारत से अफगानिस्तान तक के क्षेत्र में हम।''

दूत बोला, ''देवपुत्र डिमेट्रियस चाहते हैं कि देवपुत्र डिमेट्रियस और महाराज खारवेल मिलकर संसार में सभ्यता और संस्कृति का प्रचार करें।''

खारवेल ने पूछा, ''वह कैसे?''

''महाराज और मेरे सम्राट डिमेट्रियस मिलकर अफगानिस्तान के पार के राज्यों को पराजित करें और उन्हें मनुष्यता सिखाएँ।''

''यह प्रस्ताव हमें स्वीकार नहीं है। किसी की स्वतन्त्रता का अपहरण करके हम उसे मानवता नहीं सिखा सकते। डिमेट्रियस ने हूणों, तातारों, अरबों और मंगोल लुटेरों को अपनी सेना में सम्मिलित कर रखा है, जिनका काम मनुष्यता को बर्बरता सिखाना है। प्रकाश और सभ्यता के सैनिक बर्बर लोगों की सहायता नहीं लेते। अपने राजा से कहो कि वे यूनान के आसपास के उन बर्बर कबीलों पर नियन्त्रण करें जो धन के लिए और अपनी क्रूरता की तृप्ति के लिए शान्तिप्रिय और परिश्रमी लोगों की हत्या करते हैं। यदि डिमेट्रियस इसके लिए तैयार हों तो हम कन्धे से कन्धा मिलाकर उनका साथ देंगे।''

दूत चला गया। डिमेट्रियस और खारवेल के बीच सन्धि नहीं हुई। यमुना के किनारे एक और घमासान युद्ध हुआ। पराजित होकर डिमेट्रियस मथुरा चला गया। सियालकोट के बाद मथुरा में डिमेट्रियस की सबसे बड़ी छावनी थी।

लेकिन खारवेल ने पीछा करना नहीं छोड़ा। उसकी सेना मथुरा पहुँच गयी। किले की प्राचीरों के रक्षक सैनिकों ने जब यह सूचना डिमेट्रियस को दी तो वह चिन्तित हो गया। अभी तक तो उसे विजय के लिए अपने बढ़ते कदम पीछे करने पड़े थे, पर अब खारवेल उसका राज्य छीनने द्वार पर आ गया था।

तीन वर्षों से मिल रही इस पराजय ने डिमेट्रियस की सेना का अनुशासन बिगाड़ दिया था। उसके सेनाध्यक्ष छोटी-छोटी बातों पर डिमेट्रियस के समक्ष ही लड़ने लगे थे। निराशा और चिड़चिड़ाहट ने उनका स्वभाव बदल दिया था। साधारण सैनिक विचित्र मानसिक रोगों से ग्रस्त हो गये थे। जरा-जरा-सी बातों पर उत्तेजित होकर सैनिक एक-दूसरे की हत्या करने लगे थे।

उस रात डिमेट्रियस को नींद नहीं आयी। उसके मन्त्रियों ने उसे आचार्य कुमारनन्दी से मिलने की सलाह दी। कुमारनन्दी भारत में एक प्रमुख धार्मिक गुरु के रूप में विख्यात थे और खारवेल उनका बहुत सम्मान करता था।

डिमेट्रियस कुमारनन्दी के पास गया और उनसे बोला, ''आचार्य! अहिंसा धर्म के प्रवर्तक! गौतम गणधर जैसे सर्वज्ञ ज्ञानी के भी आराध्य भगवान महावीर के नाम पर कृपया यह रक्त-स्नान रुकवाइए।''

कुमारनन्दी ने कहा, ''राजन्! मैं एक आचार्य हूँ। मुझे राजनीति में कोई रुचि नहीं है।''

''किन्तु आप खारवेल से कह तो सकते हैं कि व्यर्थ ही सैनिकों का खून न बहाए।''

''यदि वह मेरे पास आया तो मैं उससे यह अवश्य कहूँगा राजन्।'' डिमेट्रियस ने जो माँगा था, मिल गया। परन्तु उसकी अशान्ति और बढ़ गयी। यद्यपि कुमारनन्दी ने उसे वह दे दिया था जो उसने माँगा था, किन्तु उसकी समस्या हल नहीं हुई थी। वह बोला, ''आचार्य! मेरे और खारवेल के बीच पिछले तीन वर्षों में बारह युद्ध हो चुके हैं। आपने उनके बारे में सुना होगा?''

''हाँ, राजन्!''

''मैंने प्रस्ताव भेजा था शान्ति का, पर लगता है खारवेल को युद्धोन्माद हो गया है। अहिंसा के मर्म का ज्ञाता आज विश्व में आपसे अधिक और कोई नहीं है। आप खारवेल को बताइए कि अहिंसा ही परम धर्म है। वह अहिंसा का पाठ भूल गया है।''

''यदि वह यहाँ आया तो मैं उसे अहिंसा का उपदेश अवश्य दूँगा,'' कुमारनन्दी ने शान्त स्वर में कहा। ''अहिंसा परमो धर्मः! यतो धर्मः ततो जयः!''

कुमारनन्दी से इस बार भी जो डिमेट्रियस ने चाहा स्वीकार कर लिया था, परन्तु उसे सन्तोष नहीं हो रहा था। उसे लगा, वह सही प्रश्न प्रस्तुत नहीं कर सका। इस कारण उसे सही उत्तर नहीं मिल सके।

कुमारनन्दी ने उसकी चिन्ता स्वयं समझकर पूछा, ''वह किस कारण तुमसे युद्ध लड़ रहा है?''

''वह चाहता है कि मैं भारत का इतना विशाल अपना राज्य छोड़कर यूनान चला जाऊँ।''

''तुम यूनान से भारत क्यों आये थे राजन्?''

''राज्य जीतने के लिए महाराज! मैं क्षत्रिय हूँ। मेरा धर्म है राज्य जीतना।''

कुमारनन्दी बोले, ''क्षत्रिय का धर्म राज्य जीतना नहीं है। फिर तो एक लुटेरे और एक क्षत्रिय में कोई अन्तर नहीं रह जाएगा। क्षत्रिय अपने बाहुबल का उपयोग इसलिए करता है कि जनता सुख और शान्ति से जिये और अपने पुरुषार्थ सिद्ध करे।''

डिमेट्रियस का प्रधानमन्त्री यूनानी में बोला, ''यह नंगा भिखारी बहुत बन रहा

है। सब कुछ जानकर भी अनजान बन रहा है।''

कुमारनन्दी बोले, ''राजन्! मैं एक अपरिग्रही साधक हूँ। मैं सम्यक् ज्ञान, अपरिग्रह, अचौर्य और ब्रह्मचर्य के अतिरिक्त और कुछ नहीं दे सकता।''

डिमेट्रियस को सन्देह हुआ कि कुमारनन्दी यूनानी भाषा जानते हैं। उसे प्रधानमन्त्री पर भी क्रोध आया कि उसने व्यर्थ ही वार्ता के बीच अशोभनीय शब्द कहे। डिमेट्रियस बोला, ''आचार्य, आप जो दे सकते हैं, वही लेने के लिए मैं आपके दर पर आया हूँ। मैं जैनधर्म में दीक्षित होना चाहता हूँ।'' डिमेट्रियस को अचानक यह विचार सूझा था। खारवेल की शक्ति क्षीण करने का यही अकाट्य मार्ग था।

''श्रावकों के लिए दीक्षा का कोई विधान नहीं है राजन्! दीक्षा मुनियों को दी जाती है या उन ब्रह्मचारियों को जो संसारमार्ग का त्याग कर सकते हैं। संसारियों को दीक्षा नहीं दी जाती। जिसे भी तीर्थंकरों के विचार पसन्द हैं वह जैन हो सकता है बिना दीक्षा के। श्रावक अपने कार्य में लगा हुआ स्वाध्याय और मनन द्वारा आत्मा पर पड़े आवरणों को दूर कर सकता है। धर्म का कार्य केवल इतना ही है कि वह कर्मों का आस्रव रोक दे। संवर से आत्मा के कर्मबन्ध काटे। और निर्जरा करके, आत्मा को कर्मबन्ध से मुक्त करके, संसार-सागर के पार निकाल ले जाए।''

डिमेट्रियस बोला, ''मैं चाहता हूँ कि आप मथुरा से अफगानिस्तान तक फैले मेरे साम्राज्य को जैन-साम्राज्य के रूप में मान्यता दे दें और मेरे राज्य के राजगुरु बन जाएँ।''

''राजन्! ऐसा नहीं हो सकता। आपके साम्राज्य में अनेक सम्प्रदायों के लोग हैं। यद्यपि सभी सम्प्रदाय धर्मबुद्धि से उत्पन्न हुए हैं तथापि इन सम्प्रदायों की आचार-संहिताएँ भिन्न हैं। एक सम्प्रदाय की आचार-संहिता दूसरे सम्प्रदायों पर लादना भाव-हिंसा होगी। राजा किसी भी सम्प्रदाय का हो सकता है, किन्तु साम्राज्य का धर्म केवल श्रेष्ठ मानवीय आदर्श हो सकते हैं। आप जनता को सम्प्रदाय-निरपेक्ष न्याय दें। चरित्र और योग्यता के आधार पर श्रेष्ठ नागरिकों को शक्तिशाली पदों पर आसीन करें। इससे किसी के प्रति भी भावहिंसा नहीं होगी। राजन्, अन्याय से हताशा उत्पन्न होती है। हताशा से बुद्धि हिंसक हो जाती है। हिंसक बुद्धि से सहज मानवीय गुणों का नाश होता है। प्रकृति सभी शिशुओं को सहज मानवीय गुण देकर संसार में उत्पन्न करती है। राजा का धर्म है कि उन्हें न्याय और सम्मान दे, जिससे उनके सहज मानवीय गुण विकसित हों।''

कुमारनन्दी निःस्वार्थ और सम्यक् भाव से एक राजा के कर्तव्य की व्याख्या कर रहे थे, लेकिन डिमेट्रियस को कुमारनन्दी एक अत्यन्त धूर्त और घाघ व्यक्ति नजर आये। उसे लगा कि आचार्य ने अत्यन्त धूर्तता के साथ उसकी योजना को विफल कर दिया। उसकी बुद्धि में एक प्रखर विचार आया था। वह जैन धर्म

अपनाकर उत्तर भारत और दक्षिण भारत के धर्मावलम्बियों को दो टुकड़ों में बाँटना चाहता था। उसका विचार था कि उत्तर भारत के जैन खारवेल का साथ छोड़ उसके साथ हो जाएँगे।

डिमेट्रियस बोला, ''आचार्य! आप अपने कर्तव्य से च्युत हो रहे हैं। क्या आपका यह धर्म नहीं है कि आप खारवेल से हिंसा का त्याग करने को कहें।''

कुमारनन्दी बोले, ''राजन्! जब मुझे आपके उपदेश की आवश्यकता होगी, मैं आपके पास आऊँगा, परन्तु आज तो आप मुझसे उपदेश लेने आये हैं।''

''क्षमा करें आचार्य!'' डिमेट्रियस ने कहा। ''मैं यूनानी हूँ। हमारे यहाँ शिष्य गुरुओं को बिना सम्मान सूचक शब्द लगाये सीधे उनके नाम से पुकारते हैं। प्लेटो अपने गुरु सुकरात को सुकरात कहकर सम्बोधित करता था, और उससे समानता के आधार पर वाद-विवाद करता था। मेरा उद्देश्य आपको आहत करना नहीं था। मेरा उद्देश्य केवल यह है कि आप खारवेल से कहें कि वह सह-अस्तित्व की भावना से काम ले। भारतवर्ष में वह भी शासन करे और मैं भी।''

''राजन्! भारत की एक विशिष्ट संस्कृति है, जो अहिंसा, आत्मबलि और निःस्वार्थ सेवा के वातावरण में ही पल सकती है। भारतीयों का इतना अधिकार तो है ही कि वे अपनी विशिष्ट संस्कृति के आधार पर अपने राष्ट्र को संगठित करें।''

''हमने भारतीय संस्कृति के साथ सहयोग किया है। गान्धार शैली और मथुरा शैली की मूर्तियों में हमारे कलाकार आर्यावर्त के देवी-देवताओं की मूर्तियाँ बनाने लगे हैं।''

''राजन्! आप सजावट को संस्कृति समझ रहे हैं। मैं उस संस्कृति की बात कर रहा हूँ जिसमें हर व्यक्ति दूसरे के हित की पूर्ति करता है और अपने स्वार्थ को भूल जाता है। हमारे ऋषियों ने मानव-व्यवहार का हजारों वर्षों तक सूक्ष्म अध्ययन करके यह निष्कर्ष निकाला था कि यदि प्रत्येक मनुष्य अपने हित की नहीं, अपने पड़ोसी के हित की सुरक्षा करेगा तो समाज स्वार्थमुक्त हो जाएगा और सभी नागरिकों के हित की रक्षा हो जाएगी। यदि राजा नागरिक को इस आधार पर दण्ड देगा कि उसने अपने पड़ोसी के हित की उपेक्षा की तो सब नागरिकों में निःस्वार्थ बुद्धि विकसित होगी और फिर भी सबके हितों की रक्षा हो जाएगी। इससे मनुष्यों में प्रेम उत्पन्न होगा। मनुष्य-जाति संकीर्णता छोड़कर भावनात्मक एकता के सूत्र में बँध जाएगी।

''राजन्! आपकी संस्कृति प्रत्येक नागरिक के अधिकार और स्वार्थ की रक्षा की बात करती है। इससे नागरिकों में एकाकीपन और स्वार्थबुद्धि उत्पन्न होती है। मैं यह नहीं कहता कि आप हमारी संस्कृति अपना लें। फिर आप क्यों भारत में आकर अपनी संस्कृति फैलाना चाहते हैं? स्वार्थ-संस्कृति परार्थ-संस्कृति को खा

जाएगी, जैसे हिंसक पशु अहिंसक गायों और मृगों को खा जाते हैं।

"भारतवासियों को कुछ शताब्दियों तक अलग रहकर अपनी परार्थ-संस्कृति को दृढ़ कर लेने दीजिए। एक बार वे दृढ़ हो गये तो फिर स्वार्थ-संस्कृति वाले उनके संस्कारों को तोड़ नहीं सकेंगे। फिर हमें आक्रमणों की चिन्ता नहीं रहेगी। हम जो सांस्कृतिक प्रयोग कर रहे हैं उसे आप जैसे आक्रमणकारी दृढ़ नहीं होने दे रहे हैं। अतः हमारी संस्कृति विचारों में रह गयी है, पूरी तरह आचरण में नहीं उतर पायी। एक बार यह हमारे संस्कारों में दृढ़ हो गयी तो इससे समस्त मनुष्य-जाति का उद्धार होगा। समस्त मनुष्य-जाति तब एक होकर परार्थ-संस्कृति पर चलेगी। तब प्रत्येक मनुष्य विश्व का नागरिक होगा। फिर यूनानी, भारतीय, ईरानी, मिस्री और चीनी जातियों के लोग मिलकर पृथ्वी के प्रत्येक खण्ड में शान्तिपूर्वक रह सकेंगे। जब तक सब परार्थ-संस्कृति को नहीं अपनाते, स्वार्थ-संस्कृति वालों का परार्थ-संस्कृति वालों से अलग रहना ही मनुष्यता के हित में होगा।"

डिमेट्रियस बोला, "आपके विचार उत्तम हैं। बताइए परार्थ-संस्कृति के संस्कारों को दृढ़ करने में मैं आपकी क्या सहायता कर सकता हूँ? मैं इस उद्देश्य की पूर्ति के लिए, और इस तरह की शिक्षा देने वाली अनेक अकादमियाँ अपने राज्य में स्थापित करने के लिए आपको अपार धनराशि दे सकता हूँ।"

"नहीं, राजन्! धन से ये संस्कार उत्पन्न नहीं किये जा सकते। तुम एक सहायता कर सकते हो, जिसके लिए मनुष्यता तुम्हारी चिर-ऋणी रहेगी। एक शताब्दी तक के लिए भारत में घुसने वाले हमलावरों को घुसने से रोक दो। एक शताब्दी का अनुशासन भारत की सन्तान को इतना दृढ़ कर देगा कि परार्थवादी संस्कृति एक प्रबल शक्ति बन जाएगी और स्वार्थ-संस्कृति वाले भारतीयों को मूर्ख नहीं बना सकेंगे।"

डिमेट्रियस की यूनानी काइयाँ बुद्धि में एक बिजली कौंधी। यूनानी बुद्धि ने प्राचीन काल में अपने ही देश के सीधे-सादे ईमानदार ट्रोजनों को धोखा देकर स्वार्थ-बुद्धि को अनुपम विजय दिलायी थी। डिमेट्रियस समझ गया कि सीधी उँगली से घी नहीं निकलेगा। झूठा वादा करना होगा।

डिमेट्रियस बोला, "आपके उदात्त विचार सुनकर मेरे नेत्र खुल गये हैं आचार्य! जैसे मेरे पूर्ववर्ती यूनानी सम्राट मिलिन्द के नेत्र भगवान बुद्ध के विचारों ने खोल दिये थे, वैसे ही आज आपके दिव्य विचारों ने मेरे नेत्र खोल दिये हैं। मैं आपके समक्ष प्रण करता हूँ कि मेरी सेना भारत छोड़कर अपने देश चली जाएगी और मैं भारत पर आक्रमण करनेवालों को रोकूँगा, जिससे परार्थ-संस्कृति का यह महायज्ञ भारत की भूमि पर निर्विघ्न पूरा हो। मेरे देश के मनीषियों ने भी ऐसे विश्व की कल्पना की है, जिसमें प्रत्येक मनुष्य में सत्यंबोध, सुन्दरंबोध और शिवंबोध पूरी तरह

विकसित होगा। तब मनुष्य जाति शान्तिपूर्वक रहेगी। यह पृथ्वी बहुत लम्बी-चौड़ी है, निर्लोभी, बुद्धिमान और दर्पविहीन मनुष्यों के रहने के लिए।''

आचार्य कुमारनन्दी का सरल हृदय उल्लास से भर उठा। उन्हें परार्थ-संस्कृति पर संगठित विश्व का चित्र अपनी आँखों के आगे दिखने लगा। उन्होंने खारवेल को बुलाया और डिमेट्रियस का प्रस्ताव मान लेने की सलाह दी। खारवेल ने सन्धि स्वीकार कर ली।

डिमेट्रियस की सेना भारत से बाहर चली गयी। गुप्तचरों ने यह सूचना आकर खारवेल को दी। तब तक खारवेल मथुरा में ही रुका रहा। गुप्तचरों की इस सूचना के आने में लगभग एक माह का समय लगा।

गुप्तचरों को यह विदित नहीं था कि भारत के बाहर जाना डिमेट्रियस की एक चाल थी। शीघ्र ही वह स्यालकोट लौट आया। यू-ची और पारथेनिया के लुटेरे सरदार भारत से यूनान तक के मार्ग को तहस-नहस किये हुए थे। गिद्धों की तरह वे डिमेट्रियस की सेना पर टूट पड़े। थकी, हारी सेना के हजारों वीर देखते-देखते ही मारे गये। डिमेट्रियस का विचार बैक्ट्रिया को यू-ची से मुक्त कराने के बाद अपनी नयी राजधानी स्यालकोट लौटने का था। इस प्रयास में कुछ महीने लगने का अनुमान था। किन्तु उसे मथुरा छोड़ने के दो महीने बाद ही स्यालकोट लौटना पड़ा। यूनान की राजनीतिक स्थिति इतनी बिगड़ी हुई थी कि वहाँ स्वयं उसकी जान को खतरा था। यू-ची के अलावा वहशी रोमन कबीले दुस्साहसी हो गये थे और यूनानी नगर-राज्यों पर आक्रमण करने लगे थे।

स्यालकोट लौटकर डिमेट्रियस अपनी सेना को संगठित करने के कार्य में लग गया। उसके समक्ष अब प्रथम कार्य था यू-ची से बैक्ट्रिया को और पारथेनियन और रोमन लुटेरों से बैक्ट्रिया के निवासियों को मुक्त करना।

10

मगध पर आक्रमण के लिए खारवेल की सेना ने पूरी तैयारी कर ली थी। प्रस्थान से पूर्व आचार्य कुमारनन्दी से आशीर्वाद प्राप्त करने के उद्देश्य से खारवेल और सरस्वती कुमारनन्दी के तपोवन में पहुँचे। आचार्य कुमारनन्दी अपने चौरासी सिद्धों के साथ एक कदम्ब कुंज में आसीन थे। उनके इन चौरासी शिष्यों ने उस आध्यात्मिक

ज्ञान को सिद्ध कर लिया था जिसकी सहायता से उनके सूक्ष्म शरीर आकाश मार्ग से विदेह क्षेत्र की यात्रा कर सकते थे। विदेह क्षेत्र में सीमन्धर स्वामी आदि बीस तीर्थंकर सर्वदा विद्यमान रहते हैं, जिनके पास जाकर सिद्धजन अपनी शंकाओं का समाधान कर सकते थे।

आचार्य ने कहा, "अर्हन्तों की कृपा सदा आप पर बनी रहे। इससे पहले कि आप प्रस्थान करें, एक योगी के पात्र में भिक्षा का एक ग्रास डालने की अनुकम्पा करें।"

भावविभोर होकर खारवेल बोला, "ऐसी कौन-सी वस्तु है जो आचार्य अपने तपोबल से प्राप्त नहीं कर सकते। फिर भी मुझ श्रावक को आदेश करें। जो भी मेरे पास है, वह आपके चरणों में समर्पित है। मेरा राजमुकुट आपके चरणों की धूल है आचार्य! मेरा सर्वस्व आपका है।"

प्रधानमन्त्री, सेनापति और सेनाध्यक्षों ने एक स्वतः निकले स्वर में उस मन्त्र का उद्घोष किया, जिसका उच्चारण प्रत्येक दिन प्रत्येक जैन श्रद्धा से करता है—सृष्टि के समस्त अर्हन्तों को नमस्कार करता हूँ। समस्त सिद्धों को नमस्कार करता हूँ। समस्त आचार्यों को नमस्कार करता हूँ! समस्त उपाध्यायों को नमस्कार करता हूँ! समस्त लोकों के समस्त सम्यक् आचरण करनेवालों को नमस्कार करता हूँ। (ॐ नमो अरिहन्ताणम्! ॐ नमो सिद्धाणम्! ॐ नमो आयरिआणम्! ॐ नमो उवज्झायाणम्! ॐ नमो लोए सव्वसाहूणम्!)

तपोवन में किनारों पर खड़े ब्रह्मचारी काँसे के बड़े-बड़े लटकते घण्टों को सुरबद्ध लय में लकड़ी के हथौड़ों से बजाने लगे। एक पवित्र वातावरण तपोवन में छा गया। सभी की स्मृति में उन दिनों का एक दिव्य चित्र उभर आया, जब अन्तिम तीर्थंकर महावीर के पावन चरण धरा की धूल पर चल रहे थे।

सैनिकों में तीर्थंकरों के प्रति यह श्रद्धा देखकर आचार्य आश्वस्त हुए कि ऐसी धर्मनिष्ठ सेना निरपराधों की हत्या नहीं करेगी। वे बोले, "हे राजन्! जीवन भर मैं एक ऐसे वीर की प्रतीक्षा करता रहा हूँ, जो समूचे भारतवर्ष को मानव-धर्म और भारतीय संस्कृति के आधार पर संगठित करेगा। मैं प्रतीक्षा करता रहा हूँ उस योद्धा की, जो परार्थ-संस्कृति के आधार पर भारतवर्ष की समस्त जनता को एकता का महामन्त्र दे सके। तीर्थंकरों की कृपा से तुम वह योद्धा हो खारवेल।

"भारत में अनेक सम्प्रदाय हैं, किन्तु सभी सम्प्रदाय देवी सरस्वती में श्रद्धा रखते हैं। सरस्वती माता ही भारतीय संस्कृति की प्राण हैं। मैं जो भिक्षा आपसे चाहता हूँ राजन्, वह यह है कि आप देवी सरस्वती की एक रथयात्रा निकालें, जो समस्त भारत से होकर गुजरे। इस रथ के साथ सभी सम्प्रदायों के विद्वान हों, जो जनता को यह बताएँ कि सभी सम्प्रदाय मात्र विभिन्न मार्ग हैं जो देवी सरस्वती

को खोज रहे हैं। सब अन्त में देवी सरस्वती में जाकर मिल जाते हैं। आपने उन सात अन्धों की कथा तो सुनी होगी जो एक हाथी के सात अंगों को अलग-अलग पकड़े खड़े हैं। जिस अंग को जो पकड़े हुए है, उसे ही वह पूरा हाथी समझ रहा है।

"ज्ञानियों ने बताया है कि व्यावहारिक सत्य के सामान्यतः सात रूप होते हैं। मनुष्य की दृष्टि एकांगी होती है। इन सात दृष्टियों का समन्वय हो जाए तो व्यावहारिक सत्य का दर्शन सातों को हो जाता है। यही सिद्धान्त अनेकान्तवाद के नाम से प्रसिद्ध है। शैव, वैष्णव, जैन, बौद्ध, सांख्य, तन्त्र और मीमांसा अनेक दृष्टियाँ हैं। यदि ये सब समन्वित हो जाएँ तो पूर्ण सत्य उजागर होगा। समन्वित न हुए तो ये दर्शन परस्पर वाद-विवाद में उलझ जाएँगे। वाद-विवाद से तर्क और कभी-कभी कुतर्क प्रतिष्ठित होता है। सत्य प्रतिष्ठित नहीं होता। पुष्यमित्र शुंग ने अन्य सम्प्रदाय वालों के प्रति विद्वेष की बहुत घातक परम्परा डाल दी है। हमें विद्वेष नहीं, प्रेम, सत्य और सहयोग से काम लेना है।

"राजन्! एक बात मैं आपसे और कहना चाहता हूँ। भारत की जनता को कुछ लोग वर्णों में स्थायी रूप से बाँटने की चेष्टा कर रहे हैं। महावीर ने ऐसे वर्णवाद की निन्दा की है। प्रत्येक मनुष्य को महावीर ने स्वतन्त्रता दी है। प्रत्येक मनुष्य अपनी रुचि, क्षमता और निष्ठा के अनुसार अपना वर्ण चुनने को स्वतन्त्र है। किसी भी वर्ण को निकृष्ट कहकर समाज में गिरा हुआ स्थान देना अनुचित है। प्रत्येक मनुष्य को अपना वर्ण चुनने की स्वतन्त्रता दो, अन्यथा विदेशी इस भेदभाव का शोषण करके भारत में वर्ण युद्ध शुरू करा देंगे।"

खारवेल ने कहा, "महाराज! कलिंग राज्य ने सभी मनुष्यों को अपना वर्ण स्वयं चुनने की स्वतन्त्रता दे रखी है। बस, यह देखा जाता है कि कोई व्यक्ति, काम, क्रोध, मद, लोभ और मोह वश वर्ण परिवर्तन न करे। इससे कुछ कट्टर ब्राह्मण अप्रसन्न हो गये हैं। वे जैन धर्म के विरुद्ध प्रचार कर रहे हैं। उनका कहना है कि जैन धर्म वैदिक परम्परा का खण्डन कर रहा है। वे मेरी भी निन्दा कर रहे हैं। वे अपनी पुस्तकों में मेरा उल्लेख नहीं करते। वे चाहते हैं कि भारत की भावी पीढ़ियों को मेरा नाम भी विदित न हो।"

उसी समय एक युवक ने तपोवन में प्रवेश किया। वह अत्यन्त सम्पन्न और शालीन लग रहा था। उसने यूनानी और भारतीय शैलियों के मिश्रण से बने वस्त्र पहन रखे थे। ऐसा लगता था कि वह या तो मथुरा की सेना का कोई उच्च अधिकारी या कोई धनाढ्य व्यापारी है। उसने खारवेल को नहीं देखा। वह सीधा कुमारनन्दी के निकट पहुँचा और उनके चरणों में शीश नवाकर भूमि पर बैठ गया। फिर हाथ जोड़कर बोला, "पूज्य आचार्य! नगरवासियों ने मुझे एक अत्यन्त महत्त्वपूर्ण विषय पर आपका आदेश प्राप्त करने के लिए भेजा है।"

खारवेल को सभा में उस युवक का हस्तक्षेप भद्रता की सीमा का उल्लंघन करता-सा लगा। यह सच था कि खारवेल राजसी वैभव के साथ नहीं आया था और साधारण श्वेत वस्त्रों में तपोवन में आया था। किन्तु, उसके अंगरक्षक बाहर थे, जिनसे सहज ही अनुमान लगाया जा सकता था कि कलिंग राज्य का कोई प्रमुख व्यक्ति तपोवन में उपस्थित है।

आचार्य के मुख पर प्रसन्नता का भाव था। ऐसा लग रहा था कि आगन्तुक आचार्य का कृपापात्र है। आचार्य बोले, "कहो रविषेण, क्या समस्या है?"

"महाराज! मथुरा के साथी सभासदों ने मुझे आपके पास अपना प्रतिनिधि बनाकर भेजा है। एक मुनि नगर के प्रमुख मन्दिर में तीन दिन से ठहरे हुए हैं। वे नग्न नहीं हैं, किन्तु स्वयं को निर्ग्रन्थ मुनि कहते हैं। वे सफेद वस्त्र पहने हुए हैं। वे मन्दिर में श्रावक-श्राविकाओं को प्रतिदिन उपदेश दे रहे हैं, जो सभासदों को मर्यादा के विरुद्ध लग रहे हैं। उन मुनि का कथन है कि एक मुनि को नग्न विचरण नहीं करना चाहिए, क्योंकि यह समाज की दृष्टि से शोभनीय नहीं है। वे इसे महावीर के विचारों के अनुरूप नहीं मानते। कृपया हमें बताएँ कि क्या हम उन्हें इस दुष्प्रचार से रोक दें?"

"यदि कोई मुनि श्वेत वस्त्र धारण करता है तो यह बुरी बात नहीं है। वस्त्र पहनने या न पहनने से महावीर के विचारों का कोई सम्बन्ध नहीं है। लक्ष्य है आत्मोन्नति। कर्मबन्धनों को काटकर मुक्त होना महावीर के दर्शन का सार है। मनुष्य वस्त्रों में भी मुक्ति प्राप्त कर सकता है।" कुमारनन्दी बोले।

रविषेण ने प्रश्न किया, "यदि ऐसा है तो आप अपने संघ में नग्न मुनियों को दीक्षा क्यों देते हैं? हमारे लिए यूनानी जैन धर्मावलम्बियों को यह समझाना बहुत कठिन हो गया है कि मुनि नग्न क्यों रहते हैं?"

यह प्रश्न सुनकर सिद्धगण कुछ विचलित हुए, परन्तु आचार्य कुमारनन्दी शान्तचित्त रहे। उनके मुख पर करुणा थी। वे बोले, "रविषेण! यह बताओ, तुम्हें अपने मुनियों का यह आचरण लज्जाजनक तो नहीं लगता?"

रविषेण का मुँह लाल हो गया। वह बोला, "लज्जा लगती है आचार्य!" यह बोलते ही उसे हृदय में भय महसूस हुआ। वह जानता था कि उसके ऐसा कहने से सभा में उपस्थित अनेक लोग, सिद्धगण भी नाराज हो सकते है।

कुमारनन्दी फिर से मुस्कुराये। उनकी मुस्कान पहले से भी अधिक कोमल हो गयी थी। वे बोले, "रविषेण, तुम कहते हो कि तुम्हें नग्नता लज्जाजनक लगती है। ऐसा बहुत से श्रावकों को लगता है। सम्भवतः यही कारण है कि वह मुनि श्वेत वस्त्र धारण किये हुए हैं। यदि वे स्वयं भी अपनी नग्नता पर लज्जित हैं तो वस्त्र उनकी मुक्ति में बाधक हैं। श्रावकों की सुविधा के लिए वस्त्र धारण करना बन्धन

नहीं है, लेकिन जनता की दृष्टि के कारण लज्जा और भय यदि मुनि स्वयं महसूस करते हैं तो यह बन्धन है।

"आत्मा में बसे हुए काम और मद के संस्कारों को वस्त्र छुपा लेते हैं। इसलिए सामान्यजन वस्त्र धारण करते हैं। किन्तु निर्ग्रन्थ मुनि, जो काम और मद की ग्रन्थियाँ खोल चुके हों, उन्हें अपनी नग्नता पर लज्जा नहीं आनी चाहिए। उनके पास ढँकने को कुछ नहीं होना चाहिए। किसी अंग के होने मात्र पर लज्जित होना अप्राकृतिक है। लज्जा की वस्तु वह कुत्सित वासना है जो उस अंग में वारा करती है। निर्ग्रन्थ मुनि उस वासना को जीत लेते हैं। अतः उनके व्यक्तित्व में लज्जाजनक कुछ नहीं रहता। वह लज्जा और निर्लज्जता दोनों की परिधियों से बाहर निकल जाते हैं। उनके स्नायु-चक्रों में तृष्णा की अग्नि नहीं होती। उन चक्रों में तुष्टि और निवृत्ति का अमृत झरता है। निर्ग्रन्थ मुनि अपने मानव-स्वभाव को जीत लेता है और उस ओर निकल जाता है जहाँ से वह भवसागर में लौटकर नहीं आता।"

खारवेल को विषय रुचिकर लगा। उसने पूछा, "आचार्य! क्या नग्नता अपरिग्रह का चिह्न है।"

"नहीं राजन्!" कुमारनन्दी बोले, "अपरिग्रह के अर्थ हैं—जो कुछ तुम्हारा है उससे मोह न रखना। उससे आत्मा को संयुक्त न करना। अपरिग्रह आत्मा की मोह पर विजय का प्रतीक है। किन्तु नग्नता अभिमान पर आत्मा की विजय का प्रतीक है। नग्नता शून्य से आत्मा का पुनर्जन्म है। यह केवल शरीर की नग्नता नहीं, आत्मा की भी नग्नता है। जिस आत्मा में कुछ भी नहीं रहता, उसमें ही केवलज्ञान प्रकट होता है। जो आत्मा से नग्न है वह शून्य लगता है परन्तु वह परिपूर्ण है। जो नग्न है वह स्वाधीन है। उसकी आत्मा किसी भी भीतरी या बाहरी वस्तु पर आश्रित नहीं होती। केवलज्ञान से पूर्व योगी इस स्थिति को प्राप्त करता है। इस कारण ही अर्हन्तों ने नग्नता धारण की थी।"

सरस्वती ने पूछा, "आचार्य जनजातियों के लिए आपका क्या उपदेश है?"

"यह प्रश्न तुम्हारे मन में क्यों उठा?"

जनजाति की होने के कारण, अपने पूर्वजों के अज्ञान का स्मरण करके लज्जा से सरस्वती का मुख लाल हो गया। गरम खून के एक फव्वारे ने नाभि से उठकर उसके मुँह को रँग दिया, पर उसने लज्जा और हीनता के इस भाव का दमन किया। इसको छिपाने के लिए एक विद्रोही बाला की छवि उसके मुँह पर उभर आयी। उसका जनजाति स्वभाव विद्रोही-छवि का मूल्य बचपन से जान गया था। उसने देखा था कि सभ्यजन नगरों में आये जनजाति के लोगों को ऐसे देखते हैं मानो मनुष्य नहीं, वे कोई अन्य जीव हों। उसने बचपन से सभ्यजनों की अपमानजनक नजरों से बचने का मार्ग उद्दण्डता में ढूँढ़ लिया था।

सरस्वती को चुप देख, कुमारनन्दी बोले, ''मनुष्य में दो तृष्णाएँ होती हैं—नाभिचक्र में भोजन की तृष्णा और प्रजननचक्र में कामतृष्णा। भोजन की तृष्णा अत्यन्त प्रबल है। यह कामतृष्णा को निगल लेती है। श्रावकों को चाहिए कि इन दोनों तृष्णाओं को एक-दूसरे से स्वतन्त्र रखें। इसके लिए दोनों तृष्णाओं पर आत्मा को आत्मबलि देनी होती है। इस तरह दोनों तृष्णाएँ एक-दूसरे से अलग रहती हैं। तृष्णाओं की एक-दूसरे से स्वतन्त्रता आध्यात्मिक उत्थान का प्रथम सोपान है।

''एक तृष्णा ही पर्याप्त अविद्याधारिणी है। दो तृष्णाएँ मिल जाएँ तो अविद्या बहुत बढ़ जाती है और अज्ञानतिमिर अभेद्य लगने लगता है। इन दो तृष्णाओं के मिल जाने से भ्रष्टाचार ढीठ और बुद्धियुक्त हो जाता है। दो तृष्णाओं का मिल जाना ऐसा ही है जैसा राक्षसों को शुक्राचार्य जैसे गुरु का आशीर्वाद प्राप्त हो जाना।''

कुमारनन्दी मुस्कुरा रहे थे। किन्तु उनकी मुस्कुराहट भयावनी हो गयी थी। जिसने भी उनकी आँखों में उस क्षण देखा, उसे लगा मानो आँखें किसी रहस्यमय लोक का द्वार बन गयी थीं। सरस्वती और खारवेल दोनों आचार्य की आँखों में देख रहे थे। उन्हें लगा आचार्य की किसी शक्ति ने उन्हें अपनी आँखों में प्रवेश दे दिया है, और वे भीतर किसी रहस्यमय लोक में घुसते जा रहे हैं। कुमारनन्दी के नेत्रों में हो रही यह यात्रा दोनों को स्वयं अपने व्यक्तित्व में हो रही अन्तर्यात्रा भी लग रही थी। मानो उनकी आत्माएँ एक साथ ये दोनों यात्राएँ कर रही थीं।

दोनों को लगा, उनके अन्तःकरण में कोई अँधेरा था, जो हमेशा से था, लेकिन आज वहाँ प्रकाश बरस रहा था और वे सब कुछ देख सकते थे। लाखों मीलों का विस्तार उनके अन्तःकरण में छिपा था। इस विस्तार से वे कुछ क्षणों में ही गुजरकर वापस आ गये। दृश्य इतनी तीव्रता से गुजरे थे उनकी आँखों के आगे कि आनेवाला दृश्य पिछले दृश्य को मिटाता चला गया। अन्त में केवल एक अनुभूति रह गयी कि जीवन में एक-एक पग सोच-समझकर रखना आवश्यक है। ज़रा-सी भी असावधानी चरित्र को पतन के अँधेरे में गिरा सकती है। इस यात्रा से उन्हें एक दृढ़ निश्चय प्राप्त हो गया था। भारतीयों की अध्यात्मिक, मानसिक, बौद्धिक और शारीरिक स्वतन्त्रता का समानता के आधार पर समन्वय आवश्यक था, लौकिक जीवन की सफलता के लिए। यह जान लेना पर्याप्त नहीं था कि मनुष्य की इन चारों स्वतन्त्रताओं में कौन-सी श्रेष्ठ है, कौन-सी हीन। इनका समन्वय तभी हो सकता है, जब मनुष्य इनके बीच ऊँच-नीच के भेदभाव से बाहर निकल आए।

यह अनुभूति भी उनके अन्तःकरण में दृढ़ हो गयी थी कि इन स्वतन्त्रताओं में एक-दूसरे का भक्षण करने की प्रवृत्ति भी थी, जो चारित्रिक पतन का मुख्य कारण थी। इस प्रवृत्ति को निष्क्रिय तभी किया जा सकता था जब ये एक-दूसरे पर आत्मबलि दें और इस विधि से समन्वित हों।

कुछ देर तक सभा में चुप्पी छायी रही। इस मानसिक अनुभव का प्रभाव पूरी सभा पर बहुत गहरा पड़ा था, यद्यपि सबने कुमारनन्दी के नेत्रों में प्रवेश नहीं किया था।

इस चुप्पी को सरस्वती ने तोड़ा। वह बोली, ''आचार्य! आपने कहा कि अपमान के विरुद्ध उद्दण्डता को मत धारण करो। मैंने इस अन्तर्यात्रा में, जो अभी आपने सुलभ करायी, यह भी जान लिया कि अपमान और उद्दण्डता मिलकर मानव के चारित्रिक पतन का मार्ग खोल देते हैं, पर मैं यह नहीं समझ सकी कि मनुष्य अपमान का सामना कैसे करे?''

आचार्य बोले, ''जब दो मित्र या प्रेमी एक-दूसरे के अत्यन्त निकट आ जाते हैं तो उन्हें एक-दूसरे को जीवन में जो अपमान झेलने पड़े वह भी नजर आ जाते हैं। कोई नहीं चाहता कि उसका मित्र उसके इन घावों को देखे, किन्तु वह देख लेता है। विडम्बना यह है कि अपमानों से घायल हुआ मित्र उसकी नजरों से गिर जाता है। अतः दोनों के बीच प्रेम नष्ट होने लगता है। जो प्रेम को नष्ट होने से बचा लेते हैं, उनके लोक और परलोक दोनों सफल हो जाते हैं।

''जब भारत के विभिन्न क्षेत्रों के लोग एक दूसरे के निकट आएँगे, सरस्वती-यात्रा के द्वारा, तो उन्हें एक-दूसरे के व्यक्तित्व में छिपे अपमानजनक कोने भी नजर आएँगे। यदि उस समय समझ से काम न लिया तो भारतवासियों में प्रेम बढ़ने के बजाय घृणा बढ़ेगी। अतः आप सबको समझदारी से काम लेना है।

''अपमान और विद्रोह मुर्गी और अण्डे की तरह हैं! दोनों एक-दूसरे को जन्म देते हैं। इस प्रपंच में पड़ जाने वाले मुक्त नहीं होते। वे इसी दलदल में पड़े रह जाते हैं। इस दलदल से घृणा उपजती है और स्नायुओं की अपार ऊर्जा में विस्फोट हो जाता है। इस तरह लौकिक जीवन चार शक्तियों का अर्थहीन अखाड़ा बन जाता है, जहाँ ये शक्तियाँ जन्म लेती रहती हैं। ये शक्तियाँ हैं : (1) अपमान (2) विद्रोह (3) घृणा, और (4) वह शक्ति जो स्नायु-ऊर्जा में विस्फोट कर देती है। ये चारों शक्तियाँ मिलकर मनुष्य-जीवन को व्यर्थ ही गँवा देती हैं।

''अपनी आत्मा से कहो कि वह इन चारों पर आत्मबलि दे और इन चारों से पुनर्जन्म ले। यह यौगिक-क्रिया मनुष्य-जीवन को नष्ट होने से बचा देती है। मानव-योनि के बिगड़ जाने पर इस क्रिया द्वारा मानव-योनि को सँवारा जा सकता है।

''संसारी जीवन में ये चार अनुभव अवश्य ही आते हैं। इन्हें रोका नहीं जा सकता, किन्तु ज्ञानी श्रावकों की आत्मा इनसे पुनर्जन्म लेकर इनके प्रभाव से मुक्त हो जाती है। वे दूसरों को यह रोग नहीं देते। वे अपने अन्तःकरण में इन चारों शक्तियों को एक-दूसरे का नाश करने को बाध्य कर देते हैं।

''राजन्! याद रहे कि यदि इन चार शक्तियों को एक-दूसरे से नष्ट करने की

सामर्थ्य आप में नहीं है तो सरस्वती-यात्रा से कोई लाभ नहीं होगा। यदि आप विवेकपूर्ण होकर इन चारों को एक दूसरे में विलीन कर देंगे तो भारतीयों की एकता इतनी दृढ़ हो जाएगी कि कोई भी हमलावर भारत को खण्डित नहीं कर सकेगा।''

एक अथाह चुप्पी सभा में छा गयी। सब समझ रहे थे कि कुमारनन्दी ने उन्हें विनाशकारी भावनाओं के बीजों को जलाने का मार्ग दिखा दिया है। प्रत्येक के अन्तःकरण में स्वतः ही प्रक्षालन शुरू हो गया था। आरम्भ में उन्हें लगा था कि कुमारनन्दी का उपदेश सन्दर्भ से बाहर था। किन्तु धीरे-धीरे यह उपदेश प्रत्येक के निजी अनुभवों में स्थान बनाने लगा। प्रत्येक को ऐसा लगा मानो उसका जीवन भँवर में डूब रहा था और कुमारनन्दी ने उसे भँवर से निकाल दिया है। उन्हें भँवर से बाहर आ जाने की अनुभूति तो हो रही थी, किन्तु उनके अन्तःकरण में अनर्गल जोर मार रहा था। उन्हें ऐसा अनुभव हो रहा था कि कुमारनन्दी ने उनके व्यक्तित्व को तोड़ दिया है और मुक्त हुई ऊर्जाओं को उनके विवेक के भरोसे छोड़ दिया है। कुमारनन्दी चाहते थे कि इन ऊर्जाओं को विवेक से समन्वित करके वे अपने व्यक्तित्व का पुनर्निर्माण करें।

जीवन के जिन कटु अनुभवों ने वस्त्र बनकर आज तक उनकी आत्माओं को ढँक रखा था, वे फट गये थे। सबकी आत्माएँ निर्ग्रन्थ मुनि की तरह नग्न हो गयी थीं। स्नायविक-ऊर्जाओं के धागे उनकी आत्माओं के चारों ओर बिखरे पड़े थे। उन धागों से उन्हें अपनी-अपनी आत्मा के लिए नये वस्त्र बनाने थे, सुन्दर भावनाओं के वस्त्र, जिन्हें पहनकर लौकिक-जीवन में निहित सत्य और शिव की अनुभूति हो सकती थी।

ऐसी ही अनुभूतियों में श्रोता-श्रावक खोये हुए थे कि काँसे की घण्टियों को रुक-रुककर ब्रह्मचारी बजाने लगे। यह नाद मानो नवसृष्टि की प्रेरक-शक्ति थी। उन सबको यह नाद अपनी मनःस्थिति के अनुकूल लगा, मानो यह दिव्य नाद उनके अन्तःकरण में भरे अनर्गल को व्यवस्थित कर रहा था। कुमारनन्दी खारवेल को ऐसी प्रेम-विह्वल दृष्टि से देख रहे थे, जिससे सुदूर, समुद्र-यात्रा पर जाते अपने पुत्र को विदाई के क्षण पिता देखता है। कौन जाने वह उसे पुनः देख सकेगा या नहीं।

खारवेल विदा लेते हुए बोला, ''आपके शब्द मेरे अन्तःकरण में रहेंगे आचार्य! मैं अपनी सारी ऊर्जा लगा दूँगा भारतवर्ष को एक करने में। मैं एक नया चक्रवर्ती सम्राट बनूँगा, जो रक्तपात के द्वारा अन्य राज्यों को अपने राज्य में नहीं मिलाएगा। मैं एक ऐसी एकता भारतवासियों में जगाऊँगा जो भौगोलिक नहीं, शारीरिक और मानसिक होगी। परस्पर संवेदना के धागों से समस्त भारतीय एक-दूसरे से जुड़ जाएँगे।''

आचार्य ने उसके शब्दों के समर्थन में गर्दन हिलायी, मुस्कुराये और अपना हाथ झुकाकर पृथ्वी से कुछ उठाया और खारवेल की अंजलि में डाल लिया। यह

मुट्ठी भर धूल थी।

वह मुट्ठी भर धूल खारवेल, सरस्वती, प्रधानमन्त्री, सेनापति और सेनाध्यक्षों ने आपस में बाँट ली।

एक रथ बनाया गया और उसमें कुन्द के फूलों जैसी गौरवर्णा सरस्वती की मूर्ति स्थापित की गयी। वागेश्वरी का एक हाथ वीणा बजा रहा था और दूसरे हाथ में पुस्तक थी। वे राजहंस पर सुशोभित थीं। इस रथ को भारत के समस्त प्रमुख नगरों और ग्रामों से होकर गुजरना था। इस रथ के साथ समस्त सम्प्रदायों के प्रमुख आचार्य चले। वेदान्त, जैन, बौद्ध, भागवत, शैव, शाक्त और मीमांसा आदि सम्प्रदायों के उन सैकड़ों आचार्यों ने प्रण किया कि वे अपने मतभेदों पर वाद-विवाद नहीं करेंगे। वे केवल उस धर्म का प्रचार करेंगे जो सब सम्प्रदायों में प्राण बनकर बसा हुआ है—वह धर्म जो सनातन काल से चला आ रहा है और सनातन काल तक चलता रहेगा। कुमारनन्दी के चौरासी सिद्ध-शिष्य भी इस रथ के साथ समस्त भारत के भ्रमण पर निकले।

सभी राज्यों के राजाओं ने स्वयं इस रथ की अगवानी की। बिना किसी चेष्टा के रथयात्रा की सूचना सारे भारत में फैल गयी। जैसे ही रथ किसी राज्य की सीमा में प्रवेश करता, उसका राजा स्वयं अपनी सेना और मन्त्रियों के साथ रथ की अगवानी करता। फिर रथ समूचे राज्य में भ्रमण करता और रथ के साथ चले आचार्य, योगी और सिद्धगण जनता को उस संस्कृति से अवगत कराते जो अनेक राज्यों के होते हुए भी समस्त भारत में एक थी। आचार्यगण जनता को बताते कि भारत के समस्त सम्प्रदाय उस संस्कृति के पुत्र हैं और सरस्वती माता ही भारतीय संस्कृति है।

रथ के साथ भ्रमण करनेवाले सभी लोगों के आहार-विहार की व्यवस्था प्रत्येक राज्य ने स्वेच्छा से अपने ऊपर ले ली। यह व्यवस्था आसानी से बिन कहे हो गयी। आचार्य कुमारनन्दी ने कहा था, "इस महान यज्ञ का प्रारम्भ तो करो। यह विशाल जनसमूह स्वयं इसकी व्यवस्था करने लगेगा। कोई महान स्वप्न तो देखो, उसे सफल करनेवाली शक्ति भी अवतरित हो जाएगी।"

रथ को भारतवर्ष का भ्रमण करने में पाँच वर्ष लगे। रथयात्रा कलिंग में कुमारी-पर्वत पर समाप्त हुई। एक विशाल उत्सव आयोजित किया गया, जिसमें भारतवर्ष के विभिन्न राज्यों के प्रतिनिधि सम्मिलित हुए। संगीत और नृत्य समारोहों के बीच देवी सरस्वती की वह प्रतिमा कुमारी-पर्वत पर स्थापित की गयी। प्रतिष्ठा समारोह में इतने सांस्कृतिक दल आ गये थे कि संगीत, नृत्य और नाटक समारोह एक माह तक चलते रहे।

इस महान यज्ञ की कल्पना करने वाले कुमारनन्दी का नाम समस्त सम्प्रदायों में आदर के साथ लिया जाने लगा। कुमारनन्दी ने साम्प्रदायिक मतभेद भुलाकर एक

धर्म और एक संस्कृति पर दृष्टि जमाये रखने का जो मन्त्र भारतीयों को पढ़ाया था, वह पाँच वर्षों में दृढ़ हो गया। किन्तु विडम्बना यह थी कि कुछ क्षुद्रबुद्धि वाले लोग, जैन सम्प्रदाय के भीतर ही, इस चिन्ता को अपना बैठे कि नग्न मुनि श्रेष्ठ थे या श्वेत वस्त्रधारी। नग्न मुनियों को श्रेष्ठ समझनेवाले स्वयं को दिगम्बर जैन और श्वेत वस्त्रधारी मुनियों को श्रेष्ठ समझनेवाले स्वयं को श्वेताम्बर जैन कहने लगे। दोनों मतों की ऊर्जा एक-दूसरे से दूरी बढ़ाने में लग गयी। कुछ लोग दोनों को निकट लाने की चेष्टा में लग गये। किन्तु कुछ समय बाद उन्होंने देखा कि वे दोनों को पास तो नहीं ला सके, स्वयं एक तीसरे मत में परिवर्तित हो गये। कालान्तर में यह मत 'यापनीय जैन' के नाम से प्रसिद्ध हो गया।

11

कलिंग की सेना मगध की राजधानी राजगृह पहुँची और नगर का घेरा डाल दिया। विदेशी डिमेट्रियस को आपसी रगड़े-झगड़े से बाहर निकालकर, अब समय आया था कि दो भाई, कलिंग और मगध, अपने आपसी झगड़े का निपटारा करें। अब समय आया था उस प्रतिज्ञा को पूरा करने का जो खारवेल ने कलिंग की जनता के समक्ष की थी।

किन्तु यह क्या? युद्ध शुरू होने से पहले ही राजगृह के द्वार खुल गये और राजा बृहस्पतिमित्र शुंग बाहर निकल आये। विगत शीत ऋतु में राजा वसुमित्र शुंग की मृत्यु हो गयी थी और बृहस्पतिमित्र युवराज से राजा बन गये थे।

कलिंग के सैन्य अधिकारी, राजगृह के द्वार खुलते देख चौकन्ने हो गये। क्या मगध ने आक्रमण होने से पहले ही स्वयं आक्रमण करने की योजना बनायी थी? राजधानी के द्वार से जो सेना बाहर आयी, उसमें केवल चौबीस सैनिक थे, कुछ अंगरक्षक थे। सभी अश्वों पर सवार थे, सिवाय राजा बृहस्पतिमित्र के, जो रथ में आसीन थे। उनके साथ 'मनु-स्मृति' के रचयिता मनु थे।

खारवेल के संकेत पर, सेनापति कुछ सैनिकों के साथ मगधराज के स्वागत के लिए आगे बढ़े। यह स्पष्ट लग रहा था कि मगधराज स्वयं कोई सन्धि-प्रस्ताव लेकर आये हैं।

खारवेल ने बृहस्पतिमित्र शुंग को देखते ही पहचान लिया। यही वह युवक

था जो जैन ब्रह्मचारी का वेश धरकर आचार्य भद्रबाहु के साथ रह रहा था और जिससे खारवेल की कहा-सुनी हो गयी थी।

"जय अरिहन्ता ब्रह्मचारी!" खारवेल बोला।

"जय अरिहन्ता महाराज खारवेल!" बृहस्पतिमित्र बोला, "जिसे आपने पहचाना वह मेरा प्रच्छन्न रूप था राजन्! मैं शैव हूँ। हर हर महादेव!"

सरस्वती के मन में कौतूहल हुआ और वह बोली, "क्या भगवान सम्प्रदायों को पहचानते हैं? क्या सम्प्रदाय भगवान को पहचान सकते हैं?"

बृहस्पतिमित्र ने नहीं सुना। वह खारवेल की ओर बढ़ चुका था, "मेरे पिता महाराज श्री वसुमित्र शुंग की प्रबल इच्छा थी आपके दर्शन करने की। किन्तु उनकी इच्छा मन में ही रह गयी। मैं देवताओं से प्रार्थना करता हूँ कि वे मेरे पिता को मेरी आँखों से आपके दर्शन कराने की कृपा करें।

"महाराज! मगध को विदेशी आक्रमण से बचाकर जो आदर्श आपने स्थापित किया है, उसकी स्मृति शताब्दियों तक भारतीयों को रहेगी। इतिहासकार यदि इसे भूल जाएँगे तो यह लोक-कथा बनकर भारतीयों के हृदय में बसी रहेगी। ऐसे आदर्श-पुरुष की अधीनता स्वीकार करने में मुझे कोई लज्जा नहीं है।

"महाराज! भीतर पधारें। राजसिंहासन को सुशोभित करें। मगध की जनता आपके दर्शनों के लिए विह्वल है। मगध आपका है। मगध की जनता आपकी है।"

खारवेल किंचित विस्मय से बोले, "किन्तु राजन्, हम युद्ध करने आये हैं। युद्ध की नीति से हमारा वीरोचित स्वागत कीजिए। हम उस अत्याचार का बदला लेने आये हैं जो महाराज नन्दिवर्धन और सम्राट अशोक ने कलिंग पर किया था।"

"महाराज! यदि रक्तपात से ही आपके सन्तप्त हृदय को शान्ति मिल सकती है तो पहले मेरी हत्या कर दीजिए। उसके बाद जितने भी सिर आप काटना चाहें राजधानी में घुसकर काट लें। मगध के नागरिक, स्त्रियाँ और बच्चे आरती सजाये और फूलों के हार लिये आर्यावर्त्त के सबसे बड़े योद्धा और सबसे महान पुरुष का स्वागत करने के लिए राहों पर खड़े हैं। उनके थाल उनके ही रक्त से रंग दीजिए महाराज।"

"बस कीजिए महाराज बृहस्पतिमित्र शुंग!" खारवेल बोले, "ऐसा दारुण शब्द-दृश्य हमारी आँखों के आगे मत खींचिए। हम आर्य हैं, बर्बर नहीं। हम आपसे युद्ध नहीं करेंगे। हम आपका राज्य भी आपको लौटाते हैं। हमें कलिंगजिन दे दीजिए। हम यहीं से वापस चले जाएँगे।"

"कलिंगजिन आपके हैं महाराज! परन्तु उनके लिए एक बहुत बड़ी नाव बनवानी पड़ेगी। नदी मार्ग से उन्हें महासागर में ले जाया जाएगा। सागर मार्ग से कलिंगजिन कलिंग पहुँचेंगे।"

इसी समय प्रधानमन्त्री जिनसेन ने हस्तक्षेप किया, "महाराज कलिंगजिन के उपयुक्त एक बड़ी नाव बनवाने का आदेश देने का कष्ट करें। फिर कुछ औपचारिकताएँ पूरी करनी जरूरी होंगी। आपको विधिवत् महाराज खारवेल को मगध का राज्य सौंपना होगा। यदि आप महाराज खारवेल को राज्य सौंपना चाहते हैं तो आप अपने हाथों से अपना राजमुकुट उतारकर उनके हाथों में दें और अपनी वाणी से महाराज खारवेल को चक्रवर्ती सम्राट स्वीकार करें और स्वयं को उनके अधीनस्थ राजा घोषित करें।"

यह सुनते ही महाराज बृहस्पतिमित्र शुंग को एक भयानक अकेलेपन ने घेर लिया। उन्हें लगा जैसे उनका सम्बन्ध उनके अंगरक्षकों और रथ से भी नहीं रहा। कलिंग की सेना 'जय कलिंगजिन!' का घोष कर रही थी। सैनिक समझ गये थे कि मगध ने आत्म-समर्पण कर दिया। कलिंग की सेना से रह-रहकर हर्षोल्लास उठ रहा था। बिजली की गति से यह समाचार कलिंग के प्रत्येक सैनिक तक पहुँच गया था।

कितना ही रोका, पर अपमान के आँसू महाराज बृहस्पतिमित्र शुंग की आँखों में उतर आये। उनके जीवन का, यह वह क्षण था जिसने उन्हें सर्वथा अकेला कर दिया था। वे ऐसे ठगे-से खड़े रह गये थे, मानो प्रलय के बाद एक अकेला मनुष्य भयानक जल-प्लावन से जलधि बनी धरती पर खड़ा हो। उन्हें लगा कि उन चौबीस विश्वस्त सैनिकों का उनसे कोई सम्बन्ध नहीं था, जो उनके साथ राजधानी के द्वार से बाहर आये थे। उनका कोई सम्बन्ध 'मनुस्मृति' के कृतिकार मनु से भी नहीं था।

अनर्गल से भरा उनका मस्तिष्क मगध की जनता के तुमुल नाद को सुन रहा था। प्राचीरों के पीछे प्रतीक्षा करती जनता अधीर हो चली थी। मगध की वह जनता, उन्हें लगा, उनसे सम्बन्धित नहीं थी। मगध के सबसे दीन भिखारी से भी दीन मगध के महाराज स्वयं को महसूस कर रहे थे। उन्हें लगा, वे किसी राज्य के राजा नहीं हैं। राजमहल के स्वर्ण-कलश बाहर से दीख रहे थे। वे राजमहल भी उन्हें ऐसे लग रहे थे, मानो इनमें वे कभी नहीं रहे। प्रधानमन्त्री के शब्दों ने मगधराज बृहस्पतिमित्र शुंग से मानो उनकी अस्मिता छीन ली थी।

अनन्त अकेलेपन की इस अनुभूति से घिरे हुए महाराज के मस्तिष्क की आँखों के आगे, मानो इस भयानक अकेलेपन में उनका साथ देने, काल के अँधेरों को चीरकर उनके आदिपूर्वज पुष्यमित्र शुंग आ गये थे। अपनी कठोर आँखों से वे अपने महापौत्र को घूर रहे थे, पुष्यमित्र के उस चित्र की आँखों की तरह जो राजमहल में टँगा हुआ था। उन आँखों में उदासी थी और शाप था।

"हाँ, पूज्य पितामह!" उसके हृदय में उठे उद्‌गार मानो पुष्यमित्र से वार्ता कर रहे थे, "मैंने उस वंश-गौरव को धूल में मिला दिया, जिसको आपने अपने प्राणों के ताप से निखारा था।"

पुष्यमित्र अब भी बृहस्पतिमित्र के आन्तरिक नेत्रों के आगे अकेला खड़ा था। जब धरती उसके पैरों के नीचे से खिसक चुकी थी और कोई आकाश नहीं रह गया था उसकी नग्न और अपमानित आत्मा के ऊपर, उस समय भी, अपने युग का परशुराम, पूर्वज पुष्यमित्र उसके मस्तिष्क में खड़ा था। उसने अपने अयोग्य प्रपौत्र को नहीं त्यागा था।

खारवेल ने बृहस्पतिमित्र के कन्धे छुए। अपमान के आघात से एक दुःखद समाधि में खोया हुआ उसका मस्तिष्क, कल्पना से उस यथार्थ में लौट आया, जिसमें भाग्य ने उसे धकेल दिया था। असीम दीनता की उस घड़ी में उसके युवा हृदय को कुछ नहीं सूझा। वह बड़े गौरव के साथ, उदात्त भावों को लेकर खारवेल के स्वागतार्थ आया था। अचानक जिनसेन के शब्दों ने चित्र के रंग बदल दिये थे। जिसे वह नयी सुबह का प्रारम्भ समझ रहा था, वह अचानक गहन रात में बदल गयी थी।

उसे और कुछ नहीं सूझा, उसे बस यह लगा कि दीनता के नाटक में अभी कोई कमी रह गयी है। उसे और दीनता का प्रदर्शन करना था। उसकी जनता सागर की लहरों की तरह, धैर्य का बाँध तोड़ बाहर निकल आयी थी। दीनता के नाटक को कैसे पूर्णता दे, उसकी समझ में नहीं आया। उसकी समझ में बस इतना आया कि उसे अपना राजमुकुट उतारकर खारवेल को नहीं देना है, क्योंकि इससे दीनता की पूर्णता नहीं होगी। उसे अपना मुकुट उतारकर खारवेल के चरणों में रखना है।

उसने मुकुट उतारा और चरणों में रखने के लिए जैसे ही वह झुका, एक बिजली-सी खारवेल के मस्तिष्क में कौंधी। कुछ देर से, वे बृहस्पतिमित्र के चेहरे के भावों को समझ नहीं पा रहे थे। इस बिजली की कौंध ने सब कुछ समझा दिया।

अपनी बलवान भुजाओं से खारवेल ने बृहस्पतिमित्र शुंग की भुजाओं को कसकर पकड़ लिया और उन्हें मुकुट चरणों में रखने से रोक दिया। फिर मुकुट उनके हाथों से ले उनके ही शीश पर रख दिया और बृहस्पतिमित्र को अपने आलिंगन में बाँध लिया।

यह ऐसा भव्य दृश्य था जिसका अर्थ बताने की किसी को जरूरत नहीं थी। कलिंग और मगध का मूर्ख से मूर्ख व्यक्ति भी इस भव्यता को पहचान गया था। यह वह क्षण था जब राज्यों के उत्थान-पतन की लौकिक कथाओं से समूची जनता ऊपर उठ चुकी थी। मगधवासियों के कण्ठ से स्वतः ही 'विष्णु सहस्रनाम' का जाप सस्वर फूट उठा। एक दिव्यता उस भव्य वातावरण को अपने पंखों में भरकर किसी दिव्य दुनिया में स्थापित करने को मानो ऊपर के लोकों में उड़ी और कहीं इस मानवीय महानता के लिए उपयुक्त स्थान न पा वापस धरा के आकाश में लौटकर स्थित हो गयी।

12

कलिंगजिन को ले जाने के लिए एक विशाल नाव बननी शुरू हुई। प्रतिमा को नदी तक ले जाने के लिए एक रथ बनाने के लिए भी कारीगर लग गये। इस बीच राजा बृहस्पतिमित्र खारवेल और सरस्वती को अशोक का शिलालेख और मगध के अन्य स्मारक, मन्दिर और दर्शनीय-स्थल दिखाने ले गये। मनु भी उनके साथ थे, क्योंकि समस्त भारतीयों को एक करने के खारवेल के प्रयास में मनु की रुचि थी। किन्तु जब भी मनु ने खारवेल से इस विषय पर चर्चा शुरू की खारवेल टाल गये। मनु को लगा कि खारवेल इस विषय पर किसी कारण उनसे बात करना नहीं चाहते।

खारवेल कलिंग के विषय में अशोक का शिलालेख पढ़कर अत्यन्त प्रभावित हुए। अशोक के सम्बन्ध में उनकी धारणा ही बदल गयी। अशोक का शिलालेख किसी राजा के प्रशस्ति-लेख जैसा नहीं था। उसके प्रत्येक शब्द में एक ऐसी महान आत्मा की पीड़ा झलक रही थी जिसे युद्ध की विभीषिका ने बहुत दुखाया था। अशोक का चित्र उनकी आँखों में एक अत्यन्त हृदयहीन, क्रूर और महत्त्वाकांक्षी राजा का था। अशोक के हृदय-परिवर्तन के विषय में जो उन्होंने सुना था, वह सिर्फ दिखावा लगा था। किन्तु शिलालेख के अक्षर एक सन्तप्त कवि की अन्तरात्मा से निकले शब्द थे जो काले आकाश पर जड़े सितारों की तरह चमक रहे थे। उनसे सच्चे उद्गार ऐसे ही प्रकट हो रहे थे, जैसे वसन्त ऋतु से प्रकृति का उल्लास।

शिलालेख पर अशोक ने अपनी व्यथा यों उत्कीर्ण करायी थी, "सम्राट को अत्यन्त पीड़ा है कलिंग-विजय की, क्योंकि एक देश को जीतना, जो पहले अविजित रहा हो, हत्याओं का, मृत्यु का और बन्दी बनाकर ले जाने का कारण बन जाता है। इस घटना ने सम्राट को अत्यन्त दुःख और पश्चात्ताप से भर दिया है।...सम्राट चाहते हैं कि सभी जीवों को सुरक्षा, संयम, मन की शान्ति और उल्लास प्राप्त हो। ...मेरे पुत्र और पौत्र, जो भी हों, किसी राज्य को जीतना अपना कर्तव्य न समझें। यदि किसी कारण उन्हें कोई युद्ध लड़ना पड़े तो वे धैर्य और करुणा से काम लें और जान लें कि सच्ची विजय केवल करुणा और हृदय की पवित्रता से प्राप्त होती है।"

बृहस्पतिमित्र, खारवेल, मनु और सरस्वती एक शाम उस महल के बगीचे में बैठे बातें कर रहे थे जिस महल में खारवेल और सरस्वती के ठहरने का प्रबन्ध किया गया था।

मनु ने कहा, "मगध और कलिंग की भावी मैत्री के संस्कार अशोक की कलिंग विजय के तुरन्त बाद मगधवासियों में पड़ने शुरू हो गये थे। इन शिलालेखों

को पढ़कर हमारी कई पीढ़ियाँ जवान हुई हैं और वृद्ध। मगधवासियों को इस बात की पीड़ा है कि उन्होंने कलिंगवासियों को पीड़ा दी थी।''

''किन्तु आपके हृदय में तो अशोक की पीड़ा का लेश भी नजर नहीं आता,'' खारवेल ने व्यंग्यपूर्वक कहा, ''क्योंकि आप एक विद्वान ब्राह्मण हैं और अशोक मात्र एक राजा और एक क्रूर सैनिक थे, जो बाद में एक सहृदय कवि और भिक्षु हो गये थे। आपने तो अपनी 'मनुस्मृति' में अशोक के अनुभव से कुछ नहीं लिया।''

''महाराज!'' मनु के चेहरे पर भी एक व्यंग्यभरी मुस्कराहट थी, ''मनुस्मृति बदनाम अधिक है। वे लोग भी उसकी व्याख्या करते हैं जिन्होंने उसे कभी पढ़ा नहीं।''

खारवेल को इस वाक्य ने यह याद दिलाया कि उसने स्वयं भी 'मनुस्मृति' नहीं पढ़ी थी। उसके आलोचकों ने उसकी निन्दा में जो कहा था वही उसके विचारों का आधार था।

''क्या आपने शूद्रों को समाज से बाहर नहीं कर दिया? उनसे काम लेना और उन्हें समाज में स्थान न देना क्या अन्याय नहीं है?''

''राजन्! मैंने समाज को संगठित करने की चेष्टा की है, तोड़ने की नहीं। अपने समाज को तोड़ने की चेष्टा तो यूनानी विद्वानों, प्लेटो आदि ने की है। यह मेरा दुर्भाग्य है कि मेरे आलोचकों ने प्लेटो का हृदय और मेरा मस्तिष्क लेकर एक काल्पनिक मानव बना दिया और उसका नाम मनु रख दिया। विभिन्न मनुष्यों में प्रकृति ने योग्यता एक-सी नहीं दी है। कुछ मेधावी हैं तो कुछ मेधावी नहीं हैं। मैंने दोनों को समाज में उनकी योग्यता के अनुसार काम देकर, एक-दूसरे के दुःख में सहयोग करने का पाठ पढ़ाया है। अन्याय तो शूद्रों के साथ यूनानी समाज-व्यवस्था में हुआ है, जहाँ वे शूद्रों को 'गुलाम' कहते हैं और उच्च वर्णों को 'स्वतन्त्र नागरिक'। यूनानी समाज-व्यवस्था में शूद्र केवल गुलामी करते हैं और मर जाते हैं। उनकी समाज-व्यवस्था चींटियों की समाज-व्यवस्था पर आधारित है। मेरी व्यवस्था में शूद्र काम करता है, क्योंकि उसके स्वभाव में ज्ञान प्राप्त करने का धैर्य और सत्यग्राहिता नहीं है। ऐसे बहुत से मनुष्य हैं, जिनका चिन्तन ईर्ष्या-द्वेष से ऊपर उठ ही नहीं पाता। उनकी आत्मा तर्कयुक्त ज्ञान को धारण करके अपने संकीर्ण स्वार्थ का त्याग करना ही नहीं चाहती। मैंने उन्हें समाज में सम्मानपूर्वक रहने का मार्ग सुलभ कराया है।''

''वह कैसे?'' खारवेल ने पूछा।

''दो तरह से राजन्! एक व्यवस्था तो यह की है कि समान अपराध के लिए राजा जो दण्ड शूद्र को देता है, उसका चार गुना दण्ड वह ब्राह्मण को दे। वैश्यों और क्षत्रियों को दुगुना दण्ड देने की व्यवस्था की है। यूनान में इसका उल्टा है।

बुद्धि व चरित्र विकसित न होने के कारण यूनान में शूद्रों को दासता करनी पड़ती है और अपराध करने पर करुणा से काम नहीं लिया जाता। न इस बात का लिहाज किया जाता है कि वे प्रकृति से विवेकपूर्वक कार्य करने में अक्षम हैं क्योंकि उनके स्वभाव में विवेक की कमी और रागद्वेष की प्रचुरता है।

''मैंने प्रत्येक वर्ण की अपनी पंचायत बनाकर दूसरी व्यवस्था की है। बहुत से विषयों में शूद्रों के बीच विवादों का फैसला शूद्र-पंचायत करती है। मगध में प्रत्येक वर्ण की अपनी पंचायत है।

''यदि मैंने शूद्र को अल्पबुद्धि माना है तो उसे ब्राह्मण अपराधी की अपेक्षा निर्दोष भी माना है। मेरी व्यवस्था का सिद्धान्त है कि शूद्र कोई गलती नहीं कर सकता, जबकि विदेशी समाजों की व्यवस्था का सिद्धान्त है कि राजा कोई गलती नहीं कर सकता।''

खारवेल ने पूछा, ''यदि आपको शूद्रों के प्रति करुणा है तो आपने यह सिद्धान्त क्यों बनाया कि यदि शूद्र वेद मन्त्र पढ़े तो उसके मुँह में लोहे की जलती छड़ रख दी जाए। क्या शूद्र को ज्ञान प्राप्त करके अपने स्वभावगत रागद्वेष से मुक्त होने का अधिकार नहीं है?''

''अधिकार है। ऐसे जिज्ञासु और तपस्वी शूद्र को ज्ञान प्राप्त करने से कौन रोक सकता है। मैंने यह व्यवस्था उन अज्ञानियों के लिए की है, जो वेदमन्त्रों की स्वार्थपूर्ण व्याख्या करके न्यायाधीशों को बरगलाते हैं। शूद्र ऋषि प्राचीन काल में भी हुए हैं, जैसे महर्षि वाल्मीकि और रायदास। वैदिक काल में जाबालपुत्र सत्यकाम ऋषि हुए हैं, जिनके वंश और गोत्र का भी पता नहीं था।''

''आप कैसे अपने आप को न्यायविद् और निष्पक्ष कह सकते हैं, मनु महाराज,'' सरस्वती बोली, ''जब आपने आधी मानव जाति अर्थात् स्त्रियों को पुरुष के अधीन कर दिया है। पत्नी को तो किया ही, विधवा माता को भी पुत्र के अधीन कर दिया है।''

''आप भी मेरे लिखे शब्दों में अपना द्वेष पढ़ रही हैं राजकुमारी, मेरा भावार्थ नहीं। मैं स्त्री और पुरुष में समानता का पोषक नहीं, एकता का पोषक हूँ। स्त्री और पुरुष को प्रकृति ने समानता नहीं दी है, फिर मैं भावुक-समानता देकर सत्य से द्रोह क्यों करता? प्रकृति ने दोनों को विपरीत गुण दिये हैं। यदि उन गुणों का समन्वय किया जाए तो पूर्ण मानव बन जाता है। उन्हें समान समझा जाए तो दोनों दो विपरीत दिशाओं में भागने लगते हैं। सामान्यतः स्त्री अपने रूप, लावण्य और रूप-सज्जा को ही सर्वाधिक महत्त्वपूर्ण विषय समझती है। उसका हृदय और मस्तिष्क प्रकृति ने ऐसे बनाये हैं कि यदि वह उनमें पुरुष को धारण कर ले तो वह स्त्रीत्व के गुण खो देती है। प्रकृति चाहती है कि स्त्री अपने कमनीय गुणों का विकास करे

और पुरुष का प्रेम पाने की चेष्टा करे। इसके विपरीत पुरुष को ऐसा गुण दिया है कि पुरुष स्त्री भी है और सन्तान भी। वह अपने हृदय में इन दोनों को धारण करके भी अपना पौरुष बनाये रख सकता है। पति, पति भी है और पत्नी भी।

"स्त्री को प्रकृति ने संकीर्ण प्रकृति दी है। उसकी प्रकृति में स्त्री के गुण ही रह सकते हैं, पुरुष के गुण धारण करते ही वह विकृत होने लगती है। स्त्री अपनी संकीर्ण प्रकृति में रहकर भी विशाल हो सकती है। अपने प्रेम, सतीत्व और सत्यनिष्ठा से उसकी आत्मा, संकीर्ण प्रकृति की होते हुए भी, पुरुष से श्रेष्ठ हो सकती है। जो सीमा-रेखा प्रकृति ने उसके स्वभाव में खींची है उसे मिटाकर वह विशाल नहीं हो सकती। अपना स्त्रीत्व खोकर केवल अपूर्ण-पुरुष बन सकती है।"

सरस्वती आवेश में बोली, "तो क्या स्त्री ज्ञानी नहीं हो सकती? क्या अरुन्धती, अनसूया, लोपामुद्रा, मैत्रेयी और गार्गी ने ब्रह्मत्व प्राप्त नहीं किया? क्या वेदों में ऐसी स्त्रियों का उल्लेख नहीं है जिनकी बुद्धि में वेदमन्त्र और ऋचाएँ उतरीं?"

"यही तो मैं भी कह रहा हूँ देवि!" मनु ने कहा। "स्त्री का स्वभाव संकीर्ण है, उसकी आत्मा नहीं। उसका स्वभाव भी प्रकृति ने एक महान उद्देश्य की प्राप्ति के लिए संकीर्ण बनाया, उसे मूर्ख बनाये रखने के लिए नहीं। उसकी संकीर्णता लालित्य और सुन्दरम् की संकीर्णता है। ईश्वर का गुण केवल सत्य ही नहीं, सुन्दरम भी है। यदि प्रकृति ने पुरुष को सत्य की विशालता दी तो स्त्री के संकीर्ण स्वभाव को सुन्दरम् की विशालता दी। सुन्दरम् ऐसा तत्त्व है ईश्वर का जो संकीर्ण स्वभाव में ही उतरता है। क्या सच्चे कवियों और कलाकारों का स्वभाव संकीर्ण नहीं होता? क्या वे स्वयं को सामाजिक उलझनों और संघर्षों से अलग नहीं रखते। यदि वे समाज के सम्पूर्ण सत्य को अपने स्वभाव में प्रवेश दे देंगे तो क्या समाज की गन्दगी उनके स्वभाव में घुसकर उनकी सौन्दर्य-साधना को विकृत नहीं कर देगी? प्रकृति ने स्त्री को स्वभाव से कवयित्री बनाया है, ताकि उसके मन में ईश्वर सत्य बनकर नहीं सुन्दरम् बनकर प्रकट हो। पुरुष जब समाज में व्याप्त विकृत सत्य और कुरूप आचरण से आहत होकर घर लौटता है तो उसे स्त्री-हृदय का शाश्वत सौन्दर्य पुनः आशा और उत्साह से भर देता है। यदि स्त्री भी समाज के विकृत सत्य और कुरूपता को अपने स्वभाव में धारण कर लेगी तो पुरुष और स्त्री दोनों एक-दूसरे को और भी विकृत कर देंगे।"

सरस्वती निरुत्तर हो गयी। उसने दूसरा प्रश्न किया, "फिर तो यह बताइए विप्रवर कि आपने जनजातियों को अपनी चतुर्वर्णी सामाजिक-व्यवस्था में स्थान क्यों नहीं दिया? आपने जनजातियों को किसी भी वर्ण में नहीं रखा।"

मनु बोले, "इसका उत्तर आप अपने समाज में मुखियाओं से पूछें। वे स्वयं

समाज की धारा से दूर हुए और सुदूर वनों और पर्वतों में उन्होंने अपने डेरे डाले। वे स्वयं को समाज से अलग रखकर एक विशिष्ट जीवन शैली देना चाहते हैं। मैंने उन्हें वन के सुन्दर फूलों की तरह खिलने का अवसर देना चाहा। वन के फूल कम सुन्दर नहीं होते, किन्तु उनके नाम नहीं होते। उन्हें कोई नाम या वर्ण देना उनके ऊपर अपनी व्यवस्था थोपने जैसा होगा। मैंने सोचा कि जनजातियाँ मनुष्य जाति की एक प्रयोगशाला बनकर रहेंगी, जहाँ मनुष्य यह प्रयोग करेंगे कि क्या बिना सभ्यता के हस्तक्षेप के सभ्य मनुष्यों से भी उन्नत प्रकृति के मनुष्य विकसित हो सकते हैं। यह मेरा प्रकृति को प्रणाम था। मैंने सोचा कि सम्भवतः जनजातियों के मुखिया प्रकृति की किसी गुप्त इच्छा से प्रेरित हैं? शायद प्रकृति जनजातियों को धर्म से प्रेरित चरित्र नहीं, वरन् झरनों, पर्वतों, फूलों और मेघों के माध्यम से शिक्षित करना चाहती है।''

''जनजातियों में ऐसे व्यक्ति भी तो हो सकते हैं, जो धर्मानुसार की गयी जीवन की व्यवस्था को महत्त्व देते हों?'' सरस्वती ने कहा, ''उनके लिए आपने कोई व्यवस्था नहीं की?''

''देवि! इसलिए कि मैं अन्तिम शास्त्र नहीं लिख रहा था। समाजशास्त्री वर्तमान परिस्थितियों के आधार पर ही समाज की व्यवस्था की कल्पना करता है। मैंने सोचा, मेरे बाद समाज में और भी समस्याएँ उत्पन्न होंगी जिनका उत्तर मेरी 'मनुस्मृति' में नहीं मिलेगा। उन युगों में मेरे जैसे और मनु उत्पन्न होते रहेंगे। वे निष्पक्ष भाव से नयी समस्याओं का विवेचन करके समाज को नयी व्यवस्था देंगे।''

खारवेल चुपचाप सरस्वती और मनु के विवाद को सुनते रहे। जब सरस्वती चुप हो गयी तो बोले, ''आपने अन्याय तो किया है विप्रवर, चाहे आप न मानें। आपने हूणों, शकों, यूनानियों और पारथियनों को हमारे समाज में क्षत्रियवर्ण दिया। इस तरह आपने उन्हें वैश्यों और शूद्रों से ऊपर स्थान देकर भारतीयों के स्वाभिमान को चोट पहुँचायी है और उनके हृदय में अपनी सामाजिक व्यवस्था के प्रति एक कटुता भर दी है। वे कैसे इस व्यवस्था में प्रसन्न रह सकते हैं, जो उन्हें विदेशियों से नीचा स्थान दे।''

''मेरी व्यवस्था किसी द्वेष से प्रेरित नहीं है राजन्!'' मनु बोले, ''आप ही बताइए, आप इस परिस्थिति में क्या करते? आप जानते हैं कि बहुत से विदेशी योद्धा भारत में बस गये हैं और उन्होंने स्वतः ही स्वयं को सनातन धर्म में दीक्षित कर लिया है। हमारे यहाँ धर्म-परिवर्तन की कोई व्यवस्था नहीं है। जो भी व्यक्ति चाहे सनातन धर्म को मान सकता है। कोई भी विदेशी जैन सम्प्रदाय, भागवत, शैव, बौद्ध या किसी भी आर्य-सम्प्रदाय का स्वयं को सदस्य घोषित कर सकता है। धर्म इन

सम्प्रदायों को उन्हें बहिष्कृत करने का अधिकार नहीं देता।

"मेरे सामने इन हजारों विदेशियों को भारतीय समाज-व्यवस्था में स्थान देने की समस्या थी। वे भारतीय समाज के अंग हो गये थे। अतः उन्हें सामाजिक व्यवस्था में स्थान न देना यथार्थ से आँख मीच लेना होता। कोई भी सच्चा समाजशास्त्री यथार्थ की उपेक्षा नहीं कर सकता। उसका ध्येय होता है यथार्थ को सामाजिक सत्य में समन्वित करते रहना। वही कार्य मैंने किया। वे योद्धा थे। सैन्यकर्म ही उनकी प्रवृत्ति थी। आप ही बताइए कि यदि मैं उन्हें क्षत्रिय वर्ण न देकर कोई और वर्ण देता तो क्या इससे उन वर्णों की प्रकृति उद्वेलित न होती?

"महाराज! मैंने चेष्टा की है कि मैं समाज को वर्तमान परिस्थितियों के आधार पर संगठित करूँ। केवल संगठन ही उद्देश्य नहीं था, मेरी चेष्टा थी कि संगठन ऐसा हो, जिससे सभी मानव अपने स्वभाव के अनुसार, मानव-धर्म का सुगमता से अनुपालन कर सकें। मैंने चेष्टा की कि एक वर्ण वाले दूसरे वर्णवालों का आचरण अपने से विपरीत देखकर भी उनके प्रति संशय और द्वेष से ग्रस्त न हों, बल्कि यह समझें कि अनेक वृत्तियों और स्वभावों के सन्दर्भ में धर्म का स्वरूप अनेक रूपों में बदल जाता है।

"मैंने एक सहकारी समाज की कल्पना की है, जिसका विकल्प वह वर्णविहीन समाज है जिसमें अकुशल लोग कुशल लोगों से हर व्यवसाय में प्रतिद्वन्द्विता करते हैं। अकुशल लोग भ्रष्टता के सहारे कुशल लोगों का स्थान लेने की चेष्टा करेंगे। इससे भ्रष्टाचार पनपेगा और समाज रसातल को पहुँच ज़ाएगा। मैंने यह उचित समझा कि प्रत्येक मनुष्य अपने स्वभाव और वृत्ति के अनुसार व्यवसाय को अपनाए। उसमें उसे प्राकृतिक कुशलता प्राप्त होगी। इस तरह मनुष्यों में स्पर्धा केवल उस क्षेत्र तक सीमित रहेगी जिस क्षेत्र में उन्हें कुशलता प्राप्त है। कुशल और अकुशल लोगों के बीच स्पर्धा नहीं होगी, जो भ्रष्टाचार का प्रमुख कारण होती है।"

13

कलिंगवासियों की निराशा में नव-आशा के फूल खिल आये, जब कलिंगजिन की विशाल मूर्ति को लेकर नाव कलिंग की राजधानी के सागरतट पर आकर लगी। जब जीवन में खुशियाँ आती हैं तो प्रकृति का नियम है कि इन खुशियों को दुःख

में बदलने के लिए ईष्या-द्वेष भी सक्रिय हो जाते हैं। हर्षोल्लास प्रकृति के सात्त्विक रूप हैं तो ईर्ष्या-द्वेष प्रकृति के तामसिक रूप। त्रिगुणात्मक प्रकृति के ये दोनों गुण परिवर्तनशील हैं। खुशियाँ एक क्षण में ईर्ष्या-द्वेष के प्रबल होते ही दुःख में बदल जाती हैं। यह परिवर्तन केवल उस स्थिति में रोका जा सकता है जब मनुष्य सजग हों। जो लोग प्रकृति के इस रहस्य को नहीं जानते, वे खुशियों के आने पर ईर्ष्या-द्वेष के उत्पात को रोकने की कोई व्यवस्था नहीं करते। वे सोचते हैं कि अब खुशियाँ आ गयी हैं तो खुशियाँ ही रहेंगी।

इधर खुशियाँ मनायी जा रही थीं, उधर ईर्ष्या-द्वेष महारानी दृष्टि के निश्छल हृदय में स्थान ढूँढ़ रहे थे। शीघ्र ही उन्होंने कमल जैसे उनके स्वच्छ हृदय में छिद्र कर लिया और उनके शीतल हृदय-कमल को अपनी जलती विषैली साँसों से उत्साहविहीन और उल्लासविहीन कर दिया। उनका स्वाभाविक उल्लास ईर्ष्या की जलती साँसों के स्पर्श से मुरझा गया। हृदय-कमल की पंखुड़ियाँ सफेद से पीली हो गयीं। फिर ईर्ष्या के अँधेरे ने रात जैसा अँधेरा उनके अन्तःकरण में कर दिया। महारानी दृष्टि एक ही दिन में बदल गयीं। जिन महारानी दृष्टि को पाप में भी पाप नहीं दिखता था, उन्हें खारवेल और सरस्वती के सच्चे प्रेम में भी पाप दिखने लगा। महारानी ने कभी भी खारवेल के प्रेम को दो हिस्सों में नहीं बाँटा था। उन्होंने अनुभव से जाना था कि प्रेम बँटता नहीं। उन्होंने अनुभव किया था कि उनका सम्पूर्ण प्रेम उन्हें तब भी उसी तरह प्राप्त होता रहा था जब सरस्वती खारवेल के जीवन में आ गयी थी। यह एक विचित्र अनुभव था, किन्तु सत्य था कि खारवेल का सम्पूर्ण प्रेम उन्हें भी प्राप्त था और उसी सम्पूर्णता के साथ सरस्वती को भी प्राप्त था।

महाराज खारवेल की विजय-यात्रा जब नगर में निकली तो उन्हें सरस्वती के साथ एक ही रथ में सवार देख महारानी ने हर्षित हो फूल बरसाये। तभी पास खड़ी उनकी एक सखी विशाखा ने कहा, "कितना प्रेम है दोनों में!"

अचानक किसी प्रेरणा ने महारानी दृष्टि को पलटकर विशाखा की ओर देखने को विवश कर दिया। दोनों की आँखें मिलीं। दोनों हँस रही थीं। आँखें वही थीं, किन्तु कोई अदृश्य शक्ति थी विशाखा की आँखों में जो महारानी की आँखों को भेदकर उनके हृदय में उतरी और हृदय-कमल में छिद्र करके उड़ गयी।

उसके बाद महारानी दृष्टि के स्वभाव में तेजी से परिवर्तन आने लगा। तीन वर्षों से उन्होंने सरस्वती को श्रद्धा से याद किया था, क्योंकि सरस्वती महलों की सुख-सुविधा छोड़कर खारवेल के साथ युद्ध क्षेत्रों में अपनी जान हथेली पर लिये विचरती रही थी। उनका हृदय सदा सरस्वती की सरलता से आनन्दित हुआ था, जो वन्य-पशु की तरह निश्छल और साहसी थी, जिसका प्रेम देना जानता था, जिसमें

प्रेम के बदले प्रेम पाने का भी लोभ नहीं था। प्रेम सरस्वती के हृदय में एक ज्योति की तरह उत्पन्न हुआ था, मानो उसका प्रेम भी उसके अंगों की तरह उसके अस्तित्व का एक अंग था। वह अपना प्रेम खारवेल को देकर सामान्य स्त्रियों की तरह उसे अपना ऋणी नहीं समझती थी। वह उस पर प्रेम के कारण अपना कोई अधिकार नहीं समझती थी। उसने खारवेल की पत्नी बनने से भी इनकार कर दिया था, तब भी जब स्वयं महारानी ने यह प्रस्ताव रखा था। उसे न राज्य का लोभ था न रानी बनने की आकांक्षा। वह खारवेल और दृष्टि के शयनकक्ष के बाहर खुले आकाश के नीचे एक अनाम फूल की तरह खिले रहना चाहती थी। वह किसी भी तरह उनके प्रेम के एकान्त को भंग करना नहीं चाहती थी। वह एक तपस्विनी की तरह उसी खारवेल की पूजा कर रही थी, जिसे महारानी दृष्टि अपना आराध्य समझ अपना अस्तित्व समर्पित किये हुए थी। जिस तरह एक भगवान दो भक्त-प्रेमियों में प्रत्येक को पूर्ण प्राप्त होते हैं, ऐसे ही खारवेल भी दोनों में प्रत्येक को पूर्ण प्राप्त था।

किन्तु आज विशाखा के एक वाक्य ने न जाने कैसा अँधेरा रच दिया था कि महारानी दृष्टि को दिन चढ़ते-चढ़ते खारवेल और सरस्वती का प्रेम पाप और प्रपंच नजर आने लगा। उन्हें सरस्वती के भाग्य से ईर्ष्या होने लगी, जिसे तीन वर्ष अकेले खारवेल के साथ रहने को मिल गये थे। युद्ध की विभीषिकाएँ और संकटग्रस्त जीवन उनकी कल्पना को दिखना बन्द हो गया। उन्हें ऐसी ईर्ष्या होने लगी मानो ये तीन वर्ष दोनों ने फूलों की शैया पर एक-दूसरे के आलिंगन में बिताये थे। उन्हें सरस्वती एक राक्षसी नजर आने लगी जिसने उनके पति को चुरा लिया था।

शायद तामसिक प्रकृति स्वयं एक पत्नी के मनोभाव दूसरी पत्नी के हृदय तक पहुँचाने का कार्य भी अपने ऊपर ले लेती है। महारानी दृष्टि के हृदय में अचानक आये भाव-परिवर्तन की सूचना शायद तामसिक प्रकृति ने सरस्वती के हृदय तक पहुँचा दी थी। इस कारण सरस्वती ने दोपहर के खाने पर महल में आने से इनकार कर दिया।

खारवेल जब भोजन-कक्ष में अकेले पहुँचे तो महारानी ने पूछा, "देवी सरस्वती नहीं आयीं?"

"नहीं।"

"वे क्यों आने लगीं," दृष्टि ने कहा, "पुत्रवती मैं हूँ किन्तु सुहागन वे हैं।"

"यह क्या कह रही हैं महारानी?" खारवेल ने आश्चर्य से पूछा, "आप जानती हैं कि सरस्वती यक्ष-विधि से मेरी दूसरी पत्नी हैं। वे चाहतीं तो आर्य-विधि से भी मेरी पत्नी हो सकती थीं। आपने स्वयं यह प्रस्ताव रखा था।"

"हाँ" दृष्टि ने कहा। "तब मैं भोली थी। मैं नहीं जानती थी कि उनका रानी

बनने से इनकार करना एक षड्यन्त्र था। वे चाहती थीं कि मैं नाम की महारानी रहूँ, और वे आपके हृदय की सम्राज्ञी बन जाएँ।''

खारवेल परेशान हो गये। ''यह किसने आपके हृदय में विष भर दिया महारानी? आप तो मेरे हृदय के ही दो टुकड़े करने लग गयीं। यह विनाशलीला मत खेलिए महारानी। राज्य के बड़े-से-बड़े विप्लव मैं झेल सकता हूँ महारानी, किन्तु अपने हृदय के दो टुकड़े होते नहीं सहन कर सकता। मेरा प्रेम कभी आपके लिए कम नहीं हुआ। मुझसे आपका कोई अधिकार सरस्वती ने नहीं छीना। आप मेरी शक्ति हैं। आप ही प्रहार करने लगीं तो मैं शक्तिमान कैसे रह पाऊँगा। भगवान महादेव भी महादेवी के कुपित हो जाने पर शवतुल्य हो गये थे। फिर मैं तो मात्र मनुष्य हूँ। स्त्री से सच्चा प्रेम पुरुष को उसके हाथों का खिलौना बना देता है। आप ही सोचिए, आपके प्रति मेरा प्रेम सच्चा न होता तो आपके वाक्य मुझे कैसे इतना आहत कर पाते?''

महारानी बोली, ''आप स्पष्ट सुन लीजिए महाराज! आपको हम दोनों में से किसी एक को चुनना होगा। पुरुष के हृदय में केवल एक स्त्री रह सकती है, दो नहीं।''

''अन्य पुरुषों के हृदय की बात मैं नहीं जानता महारानी! किन्तु अपने हृदय के बारे में आपसे सत्य कह रहा हूँ। मेरे हृदय में कोई छल नहीं है। विधाता ने ही यह खेल खेला है। मैंने कभी नहीं सोचा था कि मेरी दो पत्नियाँ होंगी। विधाता की इस लीला का मान रखिए महारानी! यदि मैं ईश्वरेच्छा की उपेक्षा करके केवल आपको चुनूँगा तो मुझे सरस्वती से छल करने का पाप लगेगा। इससे देवता रुष्ट हो जाएँगे। मेरे निजी जीवन में जो हो रहा है वह कलिंग के जीवन का ही एक सूक्ष्म रूप है। विधाता आर्य-परम्परा और यक्ष-परम्परा का समन्वय चाहते हैं, इसीलिए उन्होंने मुझे एक आर्यपत्नी दी है और दूसरी यक्षी।''

दृष्टि आवेश में बोली, ''आप असत्य कह रहे हैं महाराज! यक्षरूप में आर्यों ने भी लक्ष्मी-विष्णु, शिव-पार्वती, ब्रह्मा-सरस्वती की आरम्भ में पूजा की थी। किन्तु यक्षों के जीवन की उछृंखलता देखकर उन्हें पूज्य-स्थान से गिरा दिया था। तभी तो यक्ष जिनालयों में केवल प्रहरी बनाये जाते हैं। बौद्ध, भागवत और शैव मन्दिरों में भी यक्षों को अब पूज्य स्थान नहीं दिया जाता।''

खारवेल गम्भीर हो गये। कुछ देर विचार करने के उपरान्त बोले, ''महारानी! यह हमारे पूर्वजों की भूल थी। तभी यूनानी हमारे देश में घुस आये। मेरे अभियान से पूर्व मथुरा तक यूनानियों का राज्य फैल चुका था। जिन्हें कभी पूजा गया यदि उन्हें पूजागृह से कोई जाति निष्कासित करे तो वह अपनी विश्वासशक्ति के ही दो टुकड़े कर देती है। अखण्ड विश्वास जब विश्वास और अविश्वास इन दो शक्तियों

में खण्डित हो जाता है तो उस जाति का बल नष्ट हो जाता है। आओ महारानी! हम जिनेन्द्र के साथ यक्ष-पूजा भी करें। मनुष्य के शरीर में ईश्वर चार रूपों में रहता है—आत्मा, योगमाया, प्रकृति और यक्ष। आत्मा को मुक्ति मार्ग जिनेन्द्र दिखाते हैं। योगमाया मनुष्य को समाज में व्यवस्था और अनुशासन रखना सिखाती है, प्रकृति मन, बुद्धि, चित्त, अहंकार और इन्द्रियों को स्वच्छ रखने का मार्ग सिखाती है। प्रकृति यह सिखाती है कि श्रावक जीवन के सुखों को प्राप्त करके भी कैसे निष्पाप रह सकते हैं। यक्ष हमारी जीवनशक्ति के देवता हैं। वे जीवन को समस्त दुःखों, अवसादों और प्रतिकूल परिस्थितियों में भी उल्लसित रहना सिखाते हैं। ईश्वर के इन चारों रूपों की मनुष्य को आवश्यकता है। इनमें परस्पर वैपरीत्य है, किन्तु विरोध नहीं। ये चारों मनुष्य को चार अलग-अलग दिशाओं में खींचते हैं। ईश्वर मनुष्य से अपेक्षा करते हैं कि वह इन चारों के आदेशों को समन्वित करते हुए जीवन-यापन करे। जिस समाज में यह समन्वय होता रहता है, वह उन्नति के पथ पर अग्रसर रहता है।

"शताब्दियों के बाद कलिंग का भाग्योदय हुआ है महारानी! कृपया मेरा साथ दें। मैं ईश्वर के इन चारों रूपों को समन्वित करके ऐसी शक्ति विकसित करना चाहता हूँ जो फिर कभी भी कलिंग के चमकते सूर्य को अस्त न होने दे।"

"महाराज! यह आपका व्यक्तिगत दर्शन है। इसे धर्म मान्यता नहीं देता। कामदेव ने आपकी मति को विभ्रमित कर दिया है। अन्यथा आप ऐसी बात न कहते।"

"महारानी! विश्वास कीजिए मैं सत्यनिष्ठा से कह रहा हूँ। यदि सत्य मुझे अपने विपरीत चलने को कहेगा तो मैं नहीं हिचकूँगा। मैं राजा हूँ, केवल आत्मा के पथ पर चलनेवाला मोक्षमार्गी नहीं। मुझे समस्त जनता के जीवन को समन्वित करके उन्नति और प्रकाश की ओर ले जाना है। मैं केवल अपने मोक्ष के लिए संघर्ष नहीं कर सकता। मुझे समस्त जनता के सामूहिक निर्वाण का मार्ग प्रशस्त करना है। एक जन्म नहीं, अनेक जन्मों की योजना बनानी है, ताकि समस्त जनता वह निर्वाण प्राप्त कर सके जो इस लोक में ही, पृथ्वी पर ही सच्चा जीवन जीकर कर्मयोगी प्राप्त करते हैं।"

महारानी उन्हें बोलता छोड़कर बीच में ही उठकर चली गयीं।

14

रात्रि को विजयोत्सव मनाया जा रहा था। एक हजार श्रमवीरों ने मिलकर कलिंगजिन की विशाल प्रतिमा को उसी स्थान पर खड़ा कर दिया था, जहाँ नन्दिवर्द्धन द्वारा मगध ले जाये जाने से पूर्व वे खड़े थे।

जनजातियों की नर्तकियाँ और नर्तक नृत्य और संगीत द्वारा कलिंगजिन की पूजा करने आ गये थे। उनके गीतों में उनके जंगली जीवन के सरल और सुरम्य भाव, वासनाएँ और आकांक्षाएँ बिना काट-छाँट के गुम्फित थीं। उनकी दृष्टि में कलिंगजिन एक अभिन्न मित्र थे और उनकी समस्त भावनाओं और वासनाओं को समझते थे। वे विचारों के माध्यम से नहीं, प्रेम और वासना के माध्यम से तथा शौर्य और वीरोचित कर्मों के माध्यम से निर्वाण प्राप्त करने का मार्ग उन्हें अनेक शताब्दियों से दिखाते रहे थे। जनजाति की बालाएँ और युवक विचारक और दार्शनिक नहीं थे। वे कर्मयोगी थे। वे अपने हृदय के सभी भावों को सच-सच कलिंगजिन को बताते रहे थे। उनका विश्वास था कि इस सम्पूर्ण आत्मसमर्पण से प्रसन्न हो कलिंगजिन उन भावों को रहने देंगे जो श्रेय हैं, और जो अच्छे नहीं हैं उनका विलय शून्य में कर देंगे।

सरस्वती भी जनजाति के वीर और वीरांगनाओं के साथ नाचने के लिए आ गयी थी। जनजाति के गीतकारों की परम्परा थी कि वे अपने समाज में घटी नयी घटनाओं पर और नये प्रेम-प्रसंगों पर गीत बना लेते थे। जिन नायक, नायिकाओं के जीवन पर वह गीत होता था उन्हें नहीं बताते थे और उनकी उपस्थिति में वह गीत गाकर उन्हें आश्चर्य, लज्जा और आनन्द से भर देते थे। आज वे एक नये गीत पर नृत्य करने के लिए तैयार होकर आये थे। यह गीत सरस्वती और खारवेल के प्रेम पर रचा गया था।

गायकों ने गीत शुरू किया और नृत्यांगनाओं और नर्तकों के अंग गीत की लय पर मयूरों की तरह नाचने लगे। इस गीत में कलिंग की भूमि कलिंगजिन से कह रही थी :

मैंने दो फूल खिलाये कलिंगजिन
एक पहाड़ों पर, एक धरती पर
एक वन में, दूसरा समुद्र तट पर
एक महलों में, दूसरा झोंपड़ियों में

मैंने एक रमणी उत्पन्न की कलिंगजिन
झरनों से गति ली, वादियों से फूल
हरिणियों से काली आँखें, सिंहनी से कटि
और उस पर बाँधी मैंने सर्पों की करधनी

चाँद से मुखड़ा लिया, लालों से होठ
हीरों से दमकती छवि ली
पिघले सोने से रँग दिया तन
छवि ऐसी कि मचल जाएँ देवों के मन

पर्वत उसका पिता बना, मैं उसकी माता
कामकेलि थी या तप, तुम क्या जानो कलिंगजिन
योगी हो तुम, देखते हो तुम बस रसीले नयनों से
विह्वल कर देते हो निष्ठुर, तुम क्या जानो कलिंगजिन

दूसरा फूल खिलाया मैंने राजधानी में
जहाँ समुद्र चरण पखारता है तुम्हारे
संगमरमर की दीवारें हैं उसके महल की
सोने और हीरों के परिधानों में सजाया उसे मैंने

सरस्वती के चरणों में जब सारी विद्याएँ सीख लीं उसने
अपने दोनों फूलों का विवाह रचाया मैंने यक्षों की नगरी में
अग्नि को साक्षी कर फेरे नहीं लिये उन्होंने
वचन ही पर्याप्त था दोनों के लिए

कैसे गाऊँ गौरव-गाथा, माँ हूँ मैं उनकी
तुम समझ लेना थोड़े से ही कलिंगजिन
यवन-काँटे निकाले उन्होंने भारत के वक्ष से
दोनों फूल समर्पित करती हूँ तुम्हारे चरणों में कलिंगजिन

मेरी करधनी में फूल ही फूल हैं भरे
भारी है करधनी मेरी फूलों के बोझ से
क्या करूँ मैं कलिंगजिन, कटि क्षीण है मेरी
यौवन तरसता रहा मेरा, तुमने आँख उठायी नहीं

चिर-प्रसविनी हूँ मैं, पृथ्वी है नाम मेरा
हर ऋतु चूमती है, छेड़ती है, खेलती है मुझसे
हर ऋतु का आँगन भर देती हूँ शिशुओं से
पर तुम्हें शिशु देने की साध रह गयी मन में

तुम्हें मगध-रमणी भायी कलिंगजिन, मैं नहीं
मुझ विरहन को तपता छोड़ गये मगध तुम
ईर्ष्या नहीं करती मैं, कठोर नहीं है मेरा मन
फिर भी बाँहों में लो एक पल

तुम योगी-निर्मोही! निष्ठुर हो कैसे
क्षितिज के बादलों का कजरा लगाया मैंने
फूलों और भँवरों से सजी पहाड़ियाँ उरोज हैं मेरे
मेरी चाहत को भूल न जाना, कलिंगजिन!

इस गीत में सरल हृदय जनजाति ने खारवेल और सरस्वती के प्रेम और शौर्य को सुरों में बाँधा था। इसमें महारानी दृष्टि का कहीं उल्लेख नहीं था। ऐसा उन्होंने द्वेषवश नहीं किया था। किन्तु कुछ सम्भ्रान्त नागरिकों और राज्यसभा के सदस्यों को गीत में महारानी का उल्लेख न होना बुरा लगा। उन्हें यह उपेक्षा मेघवाहन वंश की शान के विरुद्ध लगी। महारानी दृष्टि का ध्यान गीत की इस कमी पर नहीं गया था। उनका मन अभी भी ईर्ष्या से इतना विकृत नहीं हुआ था कि वे गीतों में राजनीतिक शिष्टाचार ढूँढ़तीं।

नगर का सर्वाधिक धनवान युवक, सुदूर देशों को रत्नों से भरे जहाज भेजनेवाला व्यापारी, समन्तभद्र प्रधानमन्त्री जिनसेन के साथ दूसरी पंक्ति में बैठा था। प्रथम पंक्ति में महाराज, महारानी बैठे थे। राजकुमारी सरस्वती की कुर्सी खाली थी क्योंकि वह नृत्य कर रही थी।

समन्तभद्र ने जिनसेन से पूछा, ''प्रधानमन्त्री जी! क्या यही ढंग है कलिंगजिन की पूजा करने का? यदि यह भक्ति है तो शृंगार क्या होगा?''

''समन्तभद्र! पूजा करने का यह उनका प्राचीन ढंग है। कैसे कोई अपने देवता की पूजा करता है, इस पर उँगली मत उठाओ। पूजा शब्दों से नहीं, भाव से होती है।''

''भाव है कहाँ?'' समन्तभद्र बोला, ''यदि ये भाव हैं तो किसी नगरवधू के हो सकते हैं, किसी कुलीन वधू के नहीं। पूजा के भाव तो हो ही नहीं सकते।''

"जैसी भी जिसकी भावना है, उसे समर्पित कर लेने दो प्रभु को!" आचार्य भद्रबाहु पीछे मुड़कर बोले। वे प्रथम पंक्ति में बैठे थे। "मुख्य बात यह है कि इनमें साहस और प्रेरणा है अपनी भावनाएँ प्रभु को समर्पित करने का। ये अपनी भावनाएँ छिपा कर कुछ और प्रभु को देंगे तो वह पूजा इनकी चतुराई करेगी, इनकी आत्मा नहीं। इनकी आत्मा जिस स्तर पर है, उसे व्यक्त करके स्वयं को पहचानेगी। आत्म-परिचय आत्मोत्थान की पहली सीढ़ी है।"

"श्रद्धेय आचार्य!" समन्तभद्र ने कहा, "मेरी तुच्छ सम्मति में पूजा तो पवित्र भाव से करनी चाहिए।"

इस बीच नृत्य से उपरत हो सरस्वती भी आकर अपने आसन पर बैठ गयी।

आचार्य बोले, "तो क्या जिनमें पवित्र भाव नहीं हैं, वे पूजा न किया करें? फिर वे लोग अपने आराध्य से सम्बन्ध कैसे बनाएँगे? भावना ही तो माध्यम है भगवान से सम्बन्ध बनाने का। सम्बन्ध बनेंगे तभी तो भगवान की पवित्र भावनाएँ सम्बन्ध मार्ग से भक्त तक पहुँचेंगी। भगवान की भावनाओं का निर्मल प्रवाह भक्त की कलुषित भावनाओं को धो देगा। जो कुछ भक्त के पास है उसे प्रभु को देने की इच्छा सच्ची पूजा है समन्तभद्र। इनकी पूजा में विघ्न मत डालो।"

समन्तभद्र दृढ़ स्वर में बोला, "मैं पूजा में विघ्न नहीं डाल रहा हूँ, आचार्य। मैं यह कह रहा हूँ कि यह पूजा है ही नहीं।"

"संसारी मनुष्य के हृदय में केवल पवित्र भाव नहीं होते, अपवित्र भाव भी होते हैं। यह मिश्रण ही उसकी भावनाओं का पूर्ण सत्य है। चतुर मनुष्य अपवित्र भावों को छुपाकर केवल पवित्र भाव प्रभु के चरणों में रखता है। यदि वह अपना पूर्ण सत्य प्रभु के समक्ष व्यक्त नहीं करेगा तो वह प्रभु की करुणा को कैसे जगाएगा? यदि तुम वैद्य को अपना पूरा हाल नहीं बताओगे तो वह उपचार कैसे करेगा?"

समन्तभद्र अनर्गल भरी आँखों से आचार्य को देख रहा था। उसे समझाने के लिए भद्रबाहु बोले, "एक बार राजगृह के वन में भगवान महावीर ने उपदेश दिया। जब उपदेश समाप्त हो गया तो वन के सभी पशु—शेर, चीते, हाथी, भालू और मृग—बहुत देर तक अपनी पूरी आवाज में क्रन्दन करते रहे। सभी मनुष्य जो सभा में उपस्थित थे पशुओं के इस अनियन्त्रित क्रन्दन को तल्लीन हो सुनते रहे, मानो यह कोई संगीत हो। उनके नेत्रों से आँसू बहते रहे। उन सबको लगा मानो वे कोई भक्ति से भरा गीत सुन रहे हों। यह कथा प्रसिद्ध है भीलों में समन्तभद्र कि करुणामय महावीर के कमल-नेत्रों में भी पशुओं के इस भक्ति-क्रन्दन को सुनकर एक आँसू निकल आया था।" भद्रबाहु की वाणी यह कथा सुनाते हुए भर आयी थी। उनके नेत्र छलछला आये थे। कण्ठ अवरुद्ध हो गया था। कथा सुनाकर वे चुप हो गये। उनके चुप होते ही सभा पर एक चुप्पी छा गयी, जिसे महाराज, महारानी

और सरस्वती ने भी महसूस किया।

खारवेल भद्रबाहु की ओर मुड़े और बोले, "भव्य! अत्यन्त भव्य! आचार्य यह भव्य कथा सुनाकर जो दिव्य आनन्द हम संसारियों को आपने दिया है उसके लिए मैं शब्दों में कृतज्ञता व्यक्त नहीं कर सकता।"

भद्रबाहु इस बीच अपने हृदय में उमड़ते भावों को नियन्त्रित कर चुके थे। वे बोले, "हे राजन्! कोई भी धर्म जो साधारण जीवों के हृदयों में प्रतिदिन उठते भावों को मार्ग नहीं दिखाता और उनका दमन अप्राकृतिक उन्नत भावों से करता है, अपने अनुयायियों में राक्षस-वृत्ति को जन्म देता है।"

जिनसेन ने पूछा, "प्राकृतिक भावों का दमन किये बिना हृदय की शुद्धि नहीं होती आचार्य! यदि अपवित्र और वासना से कलुषित हुए भावों का दमन न करें तो हम हृदय को ईश्वर के रहने योग्य कैसे बना सकते हैं?"

आचार्य भद्रबाहु बोले, "जिनसेन! मनुष्य अपने हृदय से एक भी अपवित्र भाव को बीनकर नहीं निकाल सकता। यदि ऐसा करता है तो हृदय में भावनाओं का समूचा सागर सूख जाता है। यही विडम्बना है पार्थिव जीवन की। मनुष्य का भावना-संसार उसकी आत्मा की सम्पूर्ण अभिव्यक्ति है। यदि वह एक भावना को भी मिटाएगा तो उसकी अभिव्यक्ति झूठी हो जाएगी। भावना-संसार की समस्त अच्छी-बुरी भावनाओं को नियन्त्रित करता है प्रेम, जो भावनाओं से भी सूक्ष्म है। प्रेम सामान्य भावनाओं से भिन्न है और सूक्ष्म है। जब प्रेम प्रकट होता है तो समस्त अच्छी-बुरी भावनाओं की शक्ति क्षीण हो जाती है और वे स्वतः ही लुप्त हो जाती हैं।

"ऐसे प्रेम-तत्त्व की साधना करो जिनसेन! जब प्रेम प्रकट होगा तो कलुषित भावनाएँ आप ही लुप्त हो जाएँगी। तुम्हें भावना-संसार में कुछ भी छाँटना या बीनना नहीं पड़ेगा। क्या तुमने देखा है इन्द्रधनुष के सात रंगों को सूर्य-रश्मियों में बदलते? इसी तरह कलुषित भावनाएँ प्रेम में बदल जाती हैं। इसी तरह वासनाओं की कालिमा भक्ति के उजाले में बदल जाती है। भावनाओं के साथ छेड़छाड़ मत करो। छेड़छाड़ करने से काम-कलुषित भावनाएँ और भी उग्र हो जाती हैं। प्रकृति से वह कला सीखो जो कलुषित सात रंगों को सफेद धूप में बदल देती है। इस तरह एक कर्मयोगी योद्धा के सभी कर्म भक्ति-कर्म में बदल जाते हैं। वह युद्ध करता है किन्तु उसका युद्ध ही पूजा बन जाता है। इसी तरह एक सच्चा किसान खेती को ही पूजा बना देता है। एक धर्मनिष्ठ गृहिणी इस तरह अपनी दिनचर्या को ही पूजा बना देती है। इस तरह सच्चे प्रेम में एक हुए दम्पती सांसारिक जीवन जीते हुए भी मोक्ष प्राप्त कर लेते हैं। चक्रवर्ती भरत का उदाहरण तुम्हारे सामने हैं।"

महारानी दृष्टि ने शंका व्यक्त की, "तब तो संन्यास लेना और उग्र तप करना

ही निरर्थक हो जाएगा।''

जिनसेन ने महारानी की शंका का समर्थन किया। वे बोले, ''एक तपस्वी की तपस्या को और एक दार्शनिक के सत्यान्वेषण को सामान्य श्रावकों के स्तर पर नहीं रखा जा सकता। उन्हें भक्ति तभी प्राप्त होती है जब वे संसार-पथ छोड़ देते हैं। वह व्यक्ति जो संसारिक जीवन में लगा है उसके हृदय में सच्ची भक्ति कभी प्रकट हो ही नहीं सकती।''

आचार्य भद्रबाहु बोले, ''एक संन्यासी के हृदय में भक्ति तपस्या से जगती है और एक सत्यनिष्ठ गृहस्थ के हृदय में सांसारिक कर्मों को सत्यनिष्ठा से करके। अनसूया-अत्रि, अरुन्धती-वसिष्ठ और लोपामुद्रा-अगस्त्य गृहस्थ ऋषि थे, जो गृहस्थ धर्म का पालन करते हुए मोक्ष गये। प्रेम दोनों मार्गों से उत्पन्न किया जा सकता है। संन्यास-मार्ग से भी और गृहस्थ-मार्ग से भी। यह कहना असत्य है कि संन्यास-मार्ग से जन्मा प्रेम श्रेष्ठ है और गृहस्थ-मार्ग से जन्मा प्रेम हीन। यह कहना भी गलत है कि संन्यास-मार्ग से प्रेम शीघ्र प्राप्त हो जाता है और गृहस्थ-मार्ग से देर में। बाहुबलि बारह वर्ष की घोर तपस्या से भी वह प्रेम तत्त्व प्राप्त नहीं कर सके जिसे भरत चक्रवर्ती ने एक क्षण में प्राप्त कर लिया।''

महारानी दृष्टि बोलीं, ''फिर भी आचार्य! संन्यास-वृत्ति से की गयी आदि जिनेन्द्र कलिंगजिन की पूजा और सांसारिक वासना से भरी पूजा का सम्मिश्रण तो नहीं करना चाहिए। यही यहाँ हो रहा है। इससे तो दोनों तरह की पूजा भ्रष्ट हो जाएगी। क्या यह उचित नहीं होगा कि जनजातिवाले अपनी पूजा अलग से करें?''

''नहीं महारानी, नहीं! आप कलिंग की समस्त प्रजा की माता हैं। उनकी पूजा के दो टुकड़े मत करिए। यदि आपके दो पुत्र हों, एक विद्वान और दूसरा साधारण, तो क्या आप दोनों को प्यार करने के लिए अलग-अलग समय निर्धारित करेंगी? यदि दोनों आपके गले में आकर एक ही समय एक साथ बाँहें डालें तो क्या आप एक पुत्र को अलग कर देंगी और कहेंगी कि तुम बाद में आना? यदि धर्मशास्त्र आपको यह भेदभाव बरतने को कहे तो क्या आपका हृदय विद्रोह नहीं करेगा?

''कलिंगजिन कलिंगवासियों के माता-पिता दोनों हैं। वे आर्यों के माता-पिता हैं तो जनजातियों के भी माता-पिता हैं। जब उनकी सारी सन्तान भेदभाव भूलकर एक साथ उनके सामने अपना प्रेम व्यक्त करती है तो उन्हें अच्छा लगता है। क्या उनको चोट नहीं लगेगी यदि राजाज्ञा से दोनों की पूजा-अर्चना को अलग किया गया? ऐसा कभी मत करना। इससे हृदय टूट जाते हैं, जैसे भूकम्प से भवन टूट जाते हैं और धरती फट जाती है। अभिमानों में सबसे निकृष्ट अभिमान है सुसंस्कृत और श्रेष्ठ होने का अभिमान। यह अभिमान हृदयों को अलग कर देता है। सुसंस्कृत और सामान्यजनों को अलग-अलग कर देता है। इससे राष्ट्र की शक्ति क्षीण हो जाती

है। धार्मिक-समारोह निरर्थक हो जाता है यदि इसे मानने के लिए संस्कृति और शिक्षा के आधार पर जनता का विभाजन करना पड़े।''

राजकुमारी सरस्वती चुपचाप इस विवाद को सुन रही थी। उनके मुँह पर क्रोध और लज्जा के भाव बारी-बारी से आ-जा रहे थे। लज्जा की लालिमा और क्रोध की लालिमा पृथक्-पृथक् दिख रही थी।

''योगीश्वर भद्रबाहु स्वामी! मैं आपसे प्रार्थना करती हूँ, इस वार्तालाप को समाप्त कर दें। इससे मेरा अपमान हो रहा है। मैंने कुछ भी ऐसा नहीं किया कि मुझे यह अपमान झेलना पड़े,'' सरस्वती बोली। उसकी आँखों में दो बड़े-बड़े आँसू भर आये।

आसपास जो भी थे वे उसकी बात सुनकर स्तब्ध रह गये। इसके बाद किसी ने भी इस बिन्दु पर कुछ नहीं कहा। किन्तु सम्भ्रान्त नागरिकों ने बिना कुछ कहे उस रात पूजा न करने का निर्णय कर लिया। रत्नों का अरबपति व्यापारी समन्तभद्र इस बीच उठकर कुछ देर के लिए चला गया था। सम्भ्रान्त नागरिकों से वार्ता करके वह लौटा और आचार्य भद्रबाहु से बोला, ''श्रद्धेय आचार्य! कलिंग की दोनों राजधानियाँ तोशाली और समापा के नागरिकों ने सर्वसम्मति से यह निर्णय लिया है कि वे आज रात कलिंगजिन के प्रतिष्ठा-समारोह से स्वयं को अलग रखेंगे। हम जनजातियों को पहली पूजा करने का अधिकार स्वेच्छा से दे रहे हैं, कल प्रातः सूर्योदय के समय हम अपनी पूजा करेंगे। हमारी तुच्छ सम्मति में रात्रि का अन्धकार पूजा करने के लिए उपयुक्त समय नहीं है।''

सरस्वती चकित स्वर में बोली, ''किन्तु कलिंगजिन की स्थापना तो हो चुकी।''

''कब और कहाँ?'' समन्तभद्र आश्चर्य का अभिनय करते हुए बोला। ''अक्षत, केसर, बादाम और समुद्र के हृदय से निकले मोतियों और पृथ्वी के गर्भ से निकले हीरों और अन्य रत्नों के बिना ही?''

सरस्वती बोली, ''स्थापना के लिए इन वस्तुओं का होना अनिवार्य तो नहीं। अनिवार्य है कलिंगजिन की मूर्ति और इस अपार जनसमूह की श्रद्धा। आपको पता तो होगा सम्मान्य समन्तभद्र कि कलिंगजिन को लेकर देवियाँ जब कलिंग आयी थीं तो हमारे पूर्वजों में किसी ने बना-बनाया भोजन उन्हें चढ़ाया था, तो किसी ने अक्षत, नैवेद्य और किसी ने रत्नादि। जो जिसके पास था, वह उसने कलिंगजिन के चरणों में समर्पित किया था। जो उस समय उपस्थित थे वे तो समुद्र के किनारे रहनेवाले गरीब लोग थे। उनके पास रत्नादि कहाँ थे?''

समन्तभद्र ने एक अर्थपूर्ण दृष्टि से अपने वस्त्रों को और उत्सव की राजसी सज्जा को देखा और कहा, ''राजकुमारी! उस युग से आज तक तो बहुत-सा पानी

कलिंग से बह कर समुद्र में मिल चुका है। कलिंग की जनता पूजा-अर्चना के नये और सभ्य तरीके सीख चुकी है। आप यह तो नहीं कह रही हैं कि क्योंकि हमारे पूर्वज पत्तों और पशुओं की खाल से अपने तन ढँकते थे, हमें भी ये महीन सूती वस्त्र, रेशम और ऊन के अँगरखे त्याग देने चाहिए?''

सरस्वती ने कोई उत्तर नहीं दिया। भद्रबाहु के तप-तेज से सूर्य की तरह चमकते नेत्र समन्तभद्र की ओर उठे। समन्तभद्र का सारा साहस उस दृष्टि से विगलित हो गया। भद्रबाहु ने अपनी तेजोमय दृष्टि तुरन्त हटा ली। काल की विचित्र गति का ध्यान कर भद्रबाहु बोले, ''जैसा अच्छा लगे वैसा कर लो समन्तभद्र! यदि कुछ लोग केवल प्रातःकाल को ही पूजा का समय मानते हैं तो वे प्रातःकाल पूजा कर लें। किन्तु यह जान लो कि कलिंगजिन जिस समुद्र पर आरूढ़ होकर कलिंग आये थे, उसी समुद्र में कलिंग के ही कुछ लोग उन्हें डुबा रहे हैं। यह समुद्र लोगों का हृदय है। लौकिक-समुद्र से कहीं अधिक शक्तिशाली है मानव-हृदय रूपी समुद्र। द्वेष भरे हृदय में यदि कलिंगजिन एक बार डूब गये तो फिर ऐसे नहीं रहेंगे जैसे आये थे।''

दुःख के कारण भद्रबाहु की वाणी काँप रही थी। गरम और ठण्डी हवाओं की मार से तपोद्दीप्त हुए उनके गाल विषाद के ठण्डे आँसुओं से भीग गये। कुछ क्षणों की चुप्पी के बाद वे फिर बोलने लगे, ''तुम देवियों द्वारा दिये गये और स्वयं ब्रह्मा द्वारा रचे गये इस दिव्य विग्रह को दुःख दे रहे हो। तुम तो कलिंग की धरती से तीर्थंकरों के पवित्र पदचिह्न मिटाने का कर्म कर रहे हो। तुम धर्म की आड़ में कलिंग के हृदय को काट रहे हो और जैन-प्रेरणा से वह अग्नि निकालकर लिये जा रहे हो, जिस अग्नि ने जन-जन के हृदय में दीप जलाया था। हृदयों को विभाजित करने का जो कार्य आज आप लोगों ने किया है वह धीरे-धीरे जनजातियों को जैनधर्म से विमुख कर देगा। इससे क्षत्रिय और कृषक भी जैन धर्म से अलग हो जाएँगे। यह केवल व्यापारियों और ब्राह्मणों का धर्म होकर रह जाएगा।''

आचार्य के दुःखभरे शब्दों ने खारवेल के हृदय को आन्दोलित कर दिया। उनकी आत्मा चीत्कार कर उठी। वह बोले, ''जनता का हृदय तोड़ने के लिए तो हमारे वीरों ने प्राणोत्सर्ग नहीं किया। ये सारे युद्ध हृदयों को जोड़ने के उद्देश्य से लड़े गये थे। जब तक मेरे शरीर में प्राण हैं, मैं ऐसा अनर्थ नहीं होने दूँगा आचार्य! यदि कोई ऐसा दुस्साहस करेगा, उसे मेरे कोप का सामना करना होगा।''

समन्तभद्र ने अनेक बार समुद्री-लुटेरों का सामना किया था। वह वीर था, पर किसी न्यायप्रिय धर्मनिष्ठ राजा ने पहली बार उसे ललकारा था। उसका हाथ तलवार की मूठ पर गया। खारवेल की ललकार का जवाब देने के लिए अनेक आवेग क्रुद्ध सर्पों की तरह उसकी भुजाओं, टाँगों, कनपटियों और वक्ष में उठे, किन्तु

खारवेल उसका आदर्श नायक था। अतः आवेग के इन सर्पों को कुचलनेवाली शक्ति भी उसमें समान रूप से सक्रिय हो गयी। इन दो प्रचण्ड आवेगों का घमासान उसका मस्तिष्क न सह सका और उसका मुँह स्वेद-बिन्दुओं से आच्छादित हो गया।

सेनापति समन्तभद्र की मनःस्थिति को नहीं समझ सके। उन्हें लगा वह क्रोध में उन्मुक्त हुआ जा रहा है। सेनापति ने कहा, "समन्तभद्र, होश में आओ! तुम अपने जहाज पर नहीं हो। न समुद्री-दस्युओं से लड़ रहे हो। तुम्हारे नेत्रों के सामने संसार के सबसे प्रतापी और बलवान महाराज खारवेल खड़े हैं। होश में आओ! समुद्र के आवेग को रोक देने की सामर्थ्यवाले, पर्वत की तरह दृढ़, राजाओं के राजा मेघवाहन खारवेल तुम्हारे सामने खड़े हैं।"

समन्तभद्र अपने मस्तिष्क की शक्ति से दोनों विपरीत आवेगों को संयमित करने की चेष्टा कर रहा था। किन्तु आवेग काबू के बाहर हो गये और वह बेहोश हो गया। उसके शरीर के भीतर कुछ क्षणों के लिए अँधेरा छा गया। भीतर और बाहर शरीर में पसीना बहने लगा।

जब उसकी मूर्च्छा टूटी तो वह सिर्फ इतना बोला, "मैंने कोई ऐसा कर्म नहीं किया कि राजा मुझसे अप्रसन्न हों। कलिंग की परम्परा प्रत्येक नागरिक को धार्मिक स्वतन्त्रता प्रदान करती है।"

कुछ सम्भ्रान्त नागरिक दौड़कर उसकी सहायता के लिए आये। योद्धाओं और व्यापारियों ने, विद्वान ब्राह्मणों और फैशनपरस्त सम्भ्रान्त नागरिकों ने समन्तभद्र को घेर लिया। एक धनवान व्यापारी श्रीपाल बोला, "कृपया ऐसा घेरा मत डालिए। ताजी हवा आने दीजिए।"

नगर के प्रसिद्ध वैद्य जिनभिषग समन्तभद्र का उपचार करने लगे। खारवेल को उन लोगों के चेहरों पर एक दबी मौन चिनगारी नजर आयी। उन्हें दुःख हुआ अपने सम्भ्रान्त नागरिकों के मुँह पर उस शत्रुभाव को देखकर जो उन्होंने युद्धभूमि में शत्रुओं के मुँह पर देखा था। यह हो क्या रहा था उनके देश के नागरिकों को? वह अपने ही नागरिकों से शत्रु जैसा व्यवहार नहीं कर सकते थे, यद्यपि उनके चेहरों पर आया वह भाव उन्हें उकसा रहा था। यह चिन्ता का विषय था कि आज कलिंगजिन के पुनर्स्थापना दिवस पर उनकी प्रजा दो दलों में बँट गयी थी।

उन्हें ध्यान आया कि महारानी दृष्टि ने भी इस विवाद में सम्भ्रान्त नागरिकों का पक्ष लिया था। एक विचार उनके मन में आया—कहीं यह चिनगारी सबसे पहले महल में तो नहीं लगी थी? यह चिनगारी उनके अपने जीवन में लगी थी। महारानी दृष्टि की ईर्ष्या से निकली इस चिनगारी का मूल उनकी राजकुमारी सरस्वती से प्रतिद्वन्द्विता थी। उन्होंने बहुत से युद्ध लड़े थे, किन्तु राजमहल में हो रहे इस युद्ध में वे स्वयं को निर्बल पा रहे थे।

महाराज गहन विचारों में डूब गये। उन्हें एकान्त की आवश्यकता महसूस होने लगी। वे उठे और महल में चले गये। उनके जाते ही महारानी दृष्टि और राजकुमारी सरस्वती भी चली गयीं। सम्भ्रान्त नागरिकों ने इस घटना का दुरुपयोग यह अफवाह फैलाकर किया कि महाराज खारवेल जनजातियों की अशोभनीय पूजा-पद्धति से अप्रसन्न हो गये थे, इसलिए उठकर चले गये। एक घोषणा की गयी कि कल प्रातः कलिंगजिन की स्थापना शास्त्रोक्त विधि से की जाएगी।

15

रात्रि के निविड़ अन्धकार में वह तूफान, जो दोपहर उठा था, लौट आया—महाराज और महारानी के शयनकक्ष में। महारानी दृष्टि महाराज से बोलीं, "आर्य! राजा को प्रजा के श्रद्धा और धर्म-सम्बन्धी मामलों में हस्तक्षेप नहीं करना चाहिए। विश्वास सत्ता का विषय नहीं है।"

खारवेल ने कहा, "प्रिय दृष्टि! क्या तुम्हें ऐसा लगा कि मैं हस्तक्षेप कर रहा था? मैंने हस्तक्षेप नहीं किया। किन्तु यदि तुम ऐसा सोचने लगोगी तो मेरा व्यक्तित्व विभक्त हो जाएगा, क्योंकि मेरी आत्मा भी तुम्हें अपना वह आधा भाग समझती है जिससे एक रहे बिना वह न तो पूर्ण होगी, न मुक्त।"

दृष्टि बोली, "वेलु! तुम मेरे सामने समन्तभद्र को डरा रहे थे। क्या यह किसी की श्रद्धा-विश्वास को कुचलना नहीं है?"

"नहीं प्रिये! तुम मेरी भावना को समझने में आज इतनी कठोर भूल क्यों कर रही हो? पहले कभी मुझे तुम्हें अपना पक्ष समझाने में इतनी मेहनत नहीं करनी पड़ी। तुमने पहले कभी मेरी नीयत पर सन्देह नहीं किया।"

"किन्तु इससे पहले तुमने भी तो कभी धर्म के विरुद्ध अपनी शक्ति का दुरुपयोग नहीं किया था," दृष्टि ने एक बहुत ठण्डे स्वर में कहा।

कुछ देर तक खारवेल चुप रहा, फिर बोला, "चलो मान लेता हूँ कि मैंने हस्तक्षेप किया, सिर्फ इसलिए कि जब मेरी अर्धांगिनी को ऐसा लगा तो अवश्य ही ऐसा हुआ होगा। भले ही मुझे ऐसा न लगे, किन्तु नारी-दृष्टि से वह हस्तक्षेप रहा होगा। पुरुष पूर्ण सत्य नहीं जानता। स्त्री आधा सत्य जानती है और पुरुष आधा। दोनों अर्ध समन्वित होंगे तो पूर्ण सत्य समझ में आ जाएगा।"

दृष्टि बोली, "तुमने अपनी त्रुटि मान ली, अब मुझे कुछ नहीं कहना है।"

"यदि यह मान लिया जाए कि मैंने हस्तक्षेप किया तो यह देखना होगा कि मैंने हस्तक्षेप किस बिन्दु पर किया। उस पर विचार किये बिना तुम्हें यह नहीं मान लेना चाहिए कि मैंने त्रुटि की। मैंने समन्तभद्र के धर्म में हस्तक्षेप नहीं किया। वह अपने संकीर्ण विचारों के आधार पर कलिंग की जनता के हृदय में दरार डाल रहा था। राजा होने के नाते क्या यह मेरा कर्तव्य नहीं था कि मैं उसे ऐसा करने से रोकूँ? क्या धर्म का उद्देश्य उस जनता को विभाजित करना है, जिसे ईश्वर ने एक राष्ट्र और एक जीवन दिया है?"

"किन्तु यह राजा का काम नहीं है कि वह निर्णय करे कि प्रजा का धर्म क्या होना चाहिए।"

"ठीक है, पर यह तो मेरा काम है कि मैं किसी को धर्म के नाम पर राष्ट्र की एकता को खण्डित न करने दूँ। समन्तभद्र रत्नों के ढेर के ऊपर बैठकर स्वयं को आचार्य भद्रबाहु से भी ऊँचा धर्मज्ञ समझने लगा है। वह आचार्य को भी धर्म पढ़ाने की धृष्टता कर रहा था। मैं उसकी बातों के पीछे कलिंग में जातिवाद और वर्णवाद को स्थापित करने का दुराग्रह देख रहा हूँ। तीर्थंकरों ने जातिवाद और वर्णवाद का खण्डन किया है। उन्होंने सत्यग्राहिता को श्रेष्ठता का आधार माना है। वह सम्पन्न घरानों में जन्मे लोगों को निर्धन जनजातियों में जन्मे लोगों की अपेक्षा समाज में श्रेष्ठ स्थान दिलाना चाहता है। वह इस सत्य की उपेक्षा करना चाहता है कि बहुत से जनजाति के लोग निर्धन होकर भी सम्पन्न लोगों से अधिक ईमानदार और सत्यवादी हैं। वह लोगों के मस्तिष्क में पिछले दरवाजों से घुसकर उनकी बुद्धि को विभ्रमित करना चाहता है। वह जनजातियों के हृदय में भय और हीनता की ग्रन्थियाँ डालना चाहता है। मुझे आश्चर्य है कि तुम इतनी विदुषी होकर भी कलिंगवासियों की एकता पर हो रहे हमले को नहीं देख रही हो। इस कठिन घड़ी में, मेरा आधा अस्तित्व होने के नाते, तुम्हें मेरे साथ मिलकर इस कुचेष्टा को विफल करना चाहिए। उल्टे तुम मुझे दोष दे रही हो। तुम्हें क्या हो गया है बंग सुन्दरी दृष्टि?"

दृष्टि खारवेल के विचारों से विचलित हुई और पश्चात्ताप ने उसे घेर लिया। उसकी दृढ़ता को अपराध-भावना ने भी खण्डित किया। किन्तु उसका क्रोध शान्त नहीं हुआ। क्रोध और पश्चात्ताप के विपरीत भावों ने उसकी सोचने की शक्ति को रोक दिया। वह बोली, "हाँ! मेघवाहन खारवेल, मैं पागल हो गयी हूँ। तुम्हें अब अपने लिए दूसरी रानी लानी चाहिए। तुम्हारे उत्तराधिकारी को जन्म देकर मैं बूढ़ी हो गयी हूँ। तुम्हारी राजसी-शैया पर अब एक नयी कली ही शोभा पा सकती है। शायद वह जो निःसन्तान है। वह कुमारी है या नहीं, ईश्वर ही जाने।" दृष्टि का

मुख घृणा के कारण कुरूप लग रहा था।

"रानी, ईर्ष्या ने तुम्हारे कमल सरीखे नेत्रों से सौन्दर्यबोध छीन लिया है। तुम्हें मेरे और सरस्वती के प्रेम में अत्यधिक हरियाली दिख रही है, क्योंकि ईर्ष्या ने जलाकर तुम्हारे हृदय को मरुस्थल में बदल दिया है। तुम यह भूल रही हो कि सरस्वती तुम्हारा स्थान नहीं लेना चाहती। तुमने तो स्वयं उसे मेरी दूसरी रानी बनाना चाहा था, किन्तु उसने इनकार कर दिया था।"

दृष्टि के मुँह पर एक व्यंग्यभरी मुस्कान आयी। वह बोली, "इतना महान त्याग करके भी मुझसे मेरा पति छीनने में वह सफल हो गयी। जब सरलता से वह सब कुछ पा गयी तो रानी बनकर रानी के कर्तव्यों से क्यों बँधे? यदि मुझे तुम्हारे हृदय पर इतना अधिकार मिल जाता, जो उसने प्राप्त कर लिया है, तो महारानी का पद तो क्या, मैं यह दुनिया भी छोड़ देती।"

"मैं तुम्हें कैसे समझाऊँ प्राणप्रिये! तुम्हारा हृदय तो विद्वेषों से भर गया है। तुम्हें विवेक की बातों में भी मेरा स्वार्थ नजर आता है। तुम्हें कैसे बताऊँ कि प्रेम में बँटवारा नहीं होता। तुम्हें मेरा पूर्ण प्रेम प्राप्त है और सरस्वती को भी। कहते हैं कि एक ही स्त्री से सच्चा प्रेम हो सकता है। किन्तु ईश्वर की करनी विचित्र है। उसने मुझे दो स्त्रियों के प्रति एक-सा ही प्रेम दे दिया है। तुम मेरी एक आँख हो तो वह दूसरी। तुम यह मत समझो कि वह चतुर है। वह भी तुम्हारी ही तरह भोली और निष्पाप है। चतुराई प्रेम उत्पन्न नहीं कर सकती। प्रेम ही प्रेम को उत्पन्न करता है। प्रेम ईश्वर की देन है। प्रेम हो तो चतुराई उसमें थोड़ा-सा रंग भर सकती है, किन्तु प्रेम की रचना नहीं कर सकती। उसका प्रेम भी उतना ही सच्चा और निष्पाप है। उसने मेरे साथ मिलकर शत्रु से युद्ध लड़ा है। मैंने लू के थपेड़े सहे तो उसने भी सहे। शीत ने मुझे ठिठुराया तो उसने शीत से मुँह नहीं फेरा। जब निराशा और दुर्बलता ने मुझे घेरना चाहा तो वह शक्ति बनकर मेरी रक्षार्थ मेरे आगे आ गयी।"

"मुझे तुम युद्धभूमि में क्यों नहीं ले गये नाथ?" दृष्टि रोने लगी, "मैं अपना रक्त बहा देती आपके लिए, पर मैं कैसे सहूँ उस उपहास को, जो मैं महल की स्त्रियों की आँखों में देखती हूँ। परिचारिकाएँ भी मुझ पर छिपकर हँसती हैं। तुमने मेरी जगहँसाई करा दी। वे मुझे मूर्ख समझती हैं। मुझे तुमसे कोई शिकायत नहीं। मुझे मेरी सरल-हृदयता ने छल लिया है।"

"यह क्या है रानी?" खारवेल को लगा कि कोई विनाशकारी भावना उसके हृदय को फाड़कर उससे बाहर निकल, आकाश पर छा जाना चाहती है। उसे लगा उसे कोई शक्ति खींचकर एक कामी, कुत्सित, लम्पट पति के स्तर पर गिरा देना चाहती है, एक ऐसा श्रीविहीन पति जिसे उसकी पत्नी भरे बाजार में लांछित कर रही हो। वह कातर वाणी में बोला, "महारानी, मुझे इतना न गिराओ नजरों से कि

फिर उठ भी न सकूँ। मैं एक पत्नीव्रत धर्म की महानता को मानता हूँ। किन्तु क्या करूँ, यदि ईश्वर ने दो स्त्रियों के लिए मेरे हृदय में प्रेम भर दिया। तुम्हें सोचना चाहिए कि मैं दुराचारी और विलासी नहीं हूँ। मुझे धर्म यह अधिकार देता है कि मैं अपने अन्तःपुर को रानियों से भर दूँ, परन्तु मेरे हृदय में कभी ऐसी इच्छा नहीं आयी। किसी स्त्री के साथ शयन करना, केवल वासना की तृप्ति के लिए, ऐसा कर्म मेरे स्वभाव के विपरीत है। मैंने तुम्हारे अतिरिक्त केवल एक और स्त्री से प्रेम किया है। सरस्वती के लिए मेरे हृदय में प्रेम उठा, क्योंकि उसने मेरे हृदय के किसी कोने को भर दिया, जिसे तुम न भर सकीं। तुम दोनों को पाकर मेरा हृदय पूरी तरह भर गया है। अब मुझे किसी अन्य स्त्री की इच्छा नहीं होती। तुम्हें तो प्रसन्न होना चाहिए कि तुम दो स्त्रियों ने मिलकर मेरे अस्तित्व में पुरुष और स्त्री दोनों तत्त्वों को एक कर दिया है। इन दोनों विपरीत तत्त्वों के समन्वित हो जाने पर मनुष्य के व्यक्तित्व में संसार पर विजय प्राप्त करनेवाली शक्ति जाग जाती है। ऐसा व्यक्ति संसार में रहते हुए भी मायाजाल से भ्रमित नहीं होता।''

दृष्टि अपने ही विचारों में खोयी रही। उसने खारवेल की बात नहीं सुनी। वह बोली, ''तुम्हें उसने क्या दिया, जो मैं न दे सकी? उससे प्रेम करके तुमने मुझे हीनता-भाव दे दिया। मेरा आत्मविश्वास चला गया। मैं समझने लगी कि मुझमें वे गुण नहीं हैं जो अपने पति को प्रसन्न रख सकूँ। मुझे लोगों के आगे लज्जा लगने लगी है।''

''इसका कारण यह हो सकता है कि तुम्हारे हृदय में प्रेम की जगह अहं ने ले ली हो,'' खारवेल को लगा कि वह कटु सत्य बोल रहा है। उसे बहुत सावधानी से बोलना है, ताकि सत्य दृष्टि के हृदय में चला जाए, परन्तु उसके हृदय को चोट न पहुँचाए। ''याद करो दृष्टि, जब राजतिलक हुआ था और मैंने ये युद्ध नहीं जीते थे, तो हम दोनों ही सरल हृदय युवा थे। उस समय तुमने स्वेच्छा से सरस्वती को भी इस प्रेमयज्ञ में सम्मिलित कर लिया था। तब प्रेम को तुम्हारी आत्मा एक यज्ञ समझती थी, जिसकी पवित्रता पर सरस्वती के सम्मिलित होने से कोई आँच नहीं आती। अब वह यज्ञ नहीं रहा। इसलिए सरस्वती का सम्मिलित होना तुम्हें अब पवित्र कर्म नहीं लगता। इसमें तुम्हें अब्र विलास और पाप दिखने लगा है।

''याद करो एक दिन तुमने स्वयं मुझसे कहा था कि राजा का कार्य इतना पेचीदा और उलझा हुआ होता है कि दो विपरीत स्वभाव की स्त्रियों का सच्चा, ईर्ष्याविहीन प्रेम ही उसके हृदय को प्रतिदिन फिर से सरल कर सकता है। किन्तु अब लोगों ने तुम्हारे अहं को जगा दिया है। अपने प्रेम की उलझनें दूसरों की सहायता से मत सुलझाओ दृष्टि। तुम्हारी सरल बुद्धि ही तुम्हारी उलझन सुलझा सकती है।''

दृष्टि बोली, ''यदि यह सच्चा प्रेम होता तो मुझे अपमान महसूस न होता।

स्पष्ट है कि तुम्हारा सरस्वती से प्रेम, प्रेम नहीं है, मोह है, वासना है।''

खारवेल की भावनाएँ आहत हो गयीं। जैसे ताजे घाव से खून बहता है, ऐसे ही उसके आहत हृदय से भावनाएँ उफनकर बाहर निकलने लगीं। किन्तु अपने को नियन्त्रित करते हुए वह बोला, ''मेरा प्रेम प्रेम है या मोह, इस सम्बन्ध में तुम कुछ न कहो तो अच्छा है। मेरी भावना को समझ न सको, तो उसे कोई नाम न दो।''

''तुम सत्य से डरने लगे हो राजन्, क्योंकि वासना ने तुम्हारे नेत्र मूँद दिये हैं।''

''किन्तु शायद तुम सत्य देख सकती हो, क्योंकि ईर्ष्या ने तुम्हारे नेत्र खोल दिये हैं।''

''मैं तुमसे बहस नहीं कर सकती। मेरी प्रार्थना तो सुन सकते हो? उसे अपनाना चाहते हो तो मुझे त्याग दो। मैं अपने पिता के घर लौट जाऊँगी। दो तलवारें एक म्यान में नहीं समा सकतीं।''

खारवेल का हाथ अपने सर पर गया। वह बैठ गया और कुछ सोचने लगा, फिर बोला, ''मेरी आत्मा ने तुम दोनों में प्रकृति के दो रूप देखे हैं। एक स्निग्ध, कोमल, सुन्दर, सन्तुलित, जैसे शास्त्रीय संगीत। दूसरा तूफानों जैसा, जैसे झरनों का कलरव, वीरानों में चिड़ियों की चीखें और वनों में रहस्यमय साये। तुम दोनों मेरी आत्मा से ऐसे संयुक्त हो गयी हो कि अब कुछ और पाने की इच्छा नहीं रही। मेरा हृदय तृप्त हो गया। निजी जीवन की तृप्ति ने ही कलिंग के गौरव को पुनः प्राप्त करने के लिए मेरी आत्मा को प्रेरित किया। यदि हृदय तृप्त न होता तो मेरा हृदय भी विपरीत चाहों और भावनाओं में उलझा रहता। तुम मुझसे यह दिव्य शान्ति क्यों छीन लेना चाहती हो जो ईश्वर का वरदान है? ईश्वर ने दो प्रेमिकाएँ मुझे वरदान-स्वरूप दी हैं। मैंने क्या किया है जो तुम्हें मेरा प्रेम पापमय लगने लगा? तुम दोनों के रूप में कलिंग की जनता का दो तरह का जीवन मेरे हृदय के निकट आ गया है—कलिंग की जनजातियों का जीवन और कलिंग के सम्भ्रान्त लोगों का जीवन। मैं राजा हूँ, जिसे इन दोनों तरह के जीवन की समान भाव से रक्षा करनी है। देवताओं ने मेरे हृदय में दो तरह के जीवन का संगम रचा है, अपने दिव्य हाथों से। यही कारण है कि मैं तुम दोनों के प्रति समान प्रेम महसूस करता हूँ। मेरे प्रेम को देवताओं ने तुम दो में नहीं बाँटा है। मेरा सम्पूर्ण प्रेम तुम्हें दिया है और मेरा सम्पूर्ण प्रेम सरस्वती को दिया है। मैंने इस प्रेम में उस रहस्य का अनुभव किया है कि कैसे पूर्ण प्रेम में से पूर्ण प्रेम चला जाए तो भी पूर्ण प्रेम रह जाता है। मैं तुमसे विनती करता हूँ। मेरी प्रेयसी, मेरी रानी, अपने हृदय में प्रेम की जगह अहं को बसाकर कलिंग के भाग्योदय को मत रोको!''

महारानी दृष्टि का चेहरा भावशून्य था। वह पत्थर की मूर्ति जैसी लग रही

थीं, जिस पर बिजली गिर गयी हो!

खारवेल भूमि पर बैठ गया और उसने अपना सिर दृष्टि की गोद में रख दिया। वह बोला, "मेरी सहायता कीजिए महारानी! मुझे मेघवाहन पूर्वजों के स्वप्न को पूरा कर लेने दीजिए। उनकी आत्माएँ आपको आशीर्वाद देंगी, ऐसा आशीर्वाद जो पहले मेघवाहन वंश की किसी रानी को नहीं मिला होगा। आप एक ऐसे युग के द्वार पर खड़ी हैं जो कलिंग के शौर्य और गौरव का युग जाना जाएगा, आपके थोड़े से बलिदान से। वह क्रोध और घृणा, जिसने आपके हृदय को जकड़ लिया है, इतिहास की वह विनाशकारी शक्तियाँ हैं जो हमारे सपनों को नष्ट कर देने को उद्धत हैं। ये शक्तियाँ आपके सौम्य व्यक्तित्व की अंश नहीं हैं। इन्होंने बाहर से आकर आपके हृदय को जकड़ लिया है। जो शक्तियाँ हमारा उत्थान कर सकती हैं वे हमीं में पैदा होती हैं और हमारे प्रेम को अपना आधार बनाती हैं। सरस्वती के और मेरे प्रेम का विरोध सिर्फ उस सीमा तक करो जिस सीमा तक तुम्हारा और मेरा प्रेम उसका विरोध करे। उस सीमा के आगे मत जाना। उस सीमा से आगे अहंकार है, जो हमारे शत्रुओं का शस्त्र बन गया है। इस संकट की घड़ी में तुम जो निर्णय करोगी, उससे इस राष्ट्र का भाग्य बनेगा या अस्त हो जाएगा। यदि तुमने प्रेम के पक्ष में निर्णय लिया तो कलिंगजिन की सन्तान शताब्दियों तक मानव-जाति का नेतृत्व करेगी। सच्चे प्रेम की विजय ही मानवता की विजय है। ऐसे प्रेमयोगी इस बात की भी चिन्ता नहीं करते कि उनका अपना प्रेम विजयी होता है या किसी और का। वे सच्चे प्रेम को जगाने के लिए तप करते हैं और निर्णय ईश्वर पर छोड़ देते हैं। यदि तुमने अपने अहंकार को विजय दिलाने का यत्न किया तो निर्ग्रन्थों की विजय-यात्रा रुक जाएगी।"

दृष्टि बोली, "जिस अहंकार का दोष तुम मुझे दे रहे हो, वही अहंकार तो तुमसे यह कहला रहा है कि यदि मैंने तुम्हारी इच्छा की पूर्ति नहीं की तो निर्ग्रन्थों का भाग्य समाप्त हो जाएगा।"

खारवेल निराश स्वर में बोला, "यद्यपि तुम्हें ऐसा लग रहा है, किन्तु यह सत्य नहीं है दृष्टि।"

"बहुत अच्छे! तुम जो कहो वह प्रेम से जन्मे फूल हैं, लेकिन वही बात मैं तुमसे कहूँ तो वह अहंकार से जन्मे पत्थर हैं। खूब न्याय किया है तुमने महाराज।"

"इतनी कठोर न बनो प्रिये!" खारवेल दुःख और निराशा से भरे स्वर में बोला, "मैं स्वप्न में भी अनुमान नहीं कर सकता था कि एक दिन तुम्हारा हृदय इतना संकीर्ण हो जाएगा। मुझे पता नहीं था कि जिस दिन मेरे पुरुषार्थ का मार्ग तुम्हारे हृदय से होकर निकलेगा उस दिन तुम अपने हृदय के द्वार ही बन्द कर लोगी। तुम्हें मेरी पत्नी बनाकर भाग्य ने मुझे छल लिया। ईर्ष्या तुम्हारे स्त्रीत्व पर विजय प्राप्त कर ले, इससे अधिक दुःखद घटना और क्या होगी? पत्नी ही तो पति का

शक्ति रूप है। तुम साथ नहीं हो तो मेरा पुरुषार्थ कुछ नहीं कर सकेगा। मैं सरस्वती का त्याग नहीं कर सकता, क्योंकि मैंने उसे कभी ग्रहण नहीं किया था। ईश्वर के वरदान की तरह तुम दोनों मुझे प्राप्त हुईं। ईश्वर का वरदान त्यागा नहीं जा सकता। तुम दोनों मेरी आत्मा से एक हो गयी हो। मेरी आत्मा और तुम दोनों की आत्माएँ मिलकर एक प्रेमात्मा में बदल गयी हैं। मेरी आत्मा अब मेरी आत्मा नहीं रही, तुम दोनों की आत्माओं का अंश हो गयी है। हम तीनों में चाहे गलती एक करे, फल तीनों को भोगना होगा। तुमने मेरे जीवन को ज्वालाओं के सुपुर्द कर दिया, यह मेरा दुर्भाग्य है।''

दृष्टि उसकी व्यथा से व्यथित हो बोली, ''मैं इस दुर्भाग्य को कैसे रोक सकती हूँ? मेरा अभिमान और स्त्रीत्व एक हो गये हैं। मैं इन्हें अलग-अलग नहीं कर सकती। अभिमान आहत होता है तो मेरे स्त्रीत्व से सारी कोमलता चली जाती है। यदि कलिंग के सम्भ्रान्त लोग स्वयं को जनजातियों से अलग रखना चाहते हैं तो मैं उन्हें कैसे रोक सकती हूँ? वे जनजातियों से घृणा नहीं करते। वे सिर्फ यह कह रहे हैं कि जब दोनों की संस्कृतियाँ भिन्न हैं तो दोनों को अपने-अपने रास्ते पर चलने का अधिकार है। दोनों को एक-दूसरे के जीवन में हस्तक्षेप नहीं करना चाहिए।''

''तुम कितनी भयानक बात कितनी सहजता से कह रही हो दृष्टि! क्या सचमुच कलिंगजिन की पुनर्स्थापना का दिन कलिंग के गौरव-नाश का दिन होगा?''

''और तुम कितनी भयानक बात कह रहे हो स्वामी? केवल एक स्त्री के प्रति वासना को तुम कलिंग के भाग्य से जोड़ रहे हो! जिस पुरुष का पुरुषार्थ अपने ऊपर विश्वास खो देता है, वही स्त्री के आचरण को अपना भाग्य मान लेता है। धीर नायक अपने पुरुषार्थ पर भरोसा करते हैं। वे अपने भाग्य को अपने बाहुबल से बनाते हैं, एक स्त्री के प्रति अपने हृदय की दुर्बलता से नहीं। यदि तुम मेरे निर्णय को मूर्खता समझते हो तो तुम्हारा धर्म है कि संकट की इस घड़ी में मेरा त्याग करके तुम राष्ट्र के साथ खड़े हो जाओ। फिर तो मैं राष्ट्र की शत्रु हूँ, और तुम्हें मेरी चिन्ता तनिक भी नहीं करनी चाहिए। मैं ईर्ष्या से दग्ध हूँ। मुझसे राष्ट्र के भाग्य को मत जोड़ो। ईर्ष्या की इस अग्नि को रौंदते हुए सुनहरे भविष्य की ओर बढ़ जाओ। स्त्री की ईर्ष्या यदि मार्ग रोक दे तो पौरुष दूसरा मार्ग खोज लेता है, हताश नहीं होता। यह क्या बात हुई कि मैं साथ नहीं दे रही हूँ तो तुम कलिंग के सुनहरे भविष्य का निर्माण नहीं कर सकोगे।''

खारवेल का मस्तिष्क अनर्गल से भर गया। उसके माथे पर घोर मानसिक संघर्ष के कारण रेखाएँ उभर आयीं। यह उसके जीवन का सबसे कठिन युद्ध था। काश, वह बंगकुमारी को अपना दृष्टिकोण समझा सकता! उसे दृष्टि के सहयोग की

आवश्यकता थी। यद्यपि वह एक अबला थी, तथापि ईश्वर ने उसे वह शक्ति दे रखी थी जो उसके स्वप्न को साकार कर सकती थी। वह उसका त्याग करके अपना मार्ग बना सकता था। किन्तु कोई आवाज उसके हृदय में कह रही थी कि दृष्टि का असहयोग उसके स्वप्न को नष्ट कर देगा। ईश्वर की लीला बहुत जटिल थी। उसे लग रहा था कि जब तक उसका स्वप्न दृष्टि का स्वप्न नहीं बन जाता, वह कुछ नहीं कर सकेगा और विडम्बना यह थी कि दृष्टि अचल पर्वत की तरह उसका मार्ग रोके खड़ी थी।

दृष्टि स्वयं अपने में आये परिवर्तन से हैरान थी। जितना खारवेल उसे समझाने की कोशिश करता उतनी ही सशक्त कोई जिद उसे जकड़कर और कठोर बना देती। उसे अपनी इस शक्ति से भय लगा। उसे लगा यह कोई बाहरी शक्ति है जो जकड़कर उसे अपनी दासी बना लेना चाहती है और उसके पति के गौरव को नष्ट कर देना चाहती है। उसने चाहा वह खारवेल की सारी चिन्ता दूर कर दे, परन्तु जैसे ही वह कुछ कहना या करना चाहती, उसका नारी-सुलभ अभिमान उससे यह कहता कि अब यदि वह पिघली तो खारवेल को पूरी तरह खो देगी। खारवेल उसे एक दम्भी और मूर्ख स्त्री समझ उससे विमुख हो जाएगा। अभी वह उसकी ईर्ष्या को उसके प्रेम की परछाईं समझ उसे मनाने में लगा है। उसके पिघलते ही वह उसकी ईर्ष्या को उसके खोखले दम्भ की परछाईं मानकर उससे मुँह फेर लेगा।

खारवेल की स्थिति विचित्र थी, जिसे दृष्टि नहीं समझ सकी थी। खारवेल को लग रहा था मानो उसके व्यक्तित्व के चार टुकड़े हो गये थे और चारों उसे चार दिशाओं में खींच रहे थे। उसकी आत्मा, उसकी जीवनशक्ति, उसका नैतिकबोध और उसका अन्तःकरण, जो आज तक उसके व्यक्तित्व में समन्वित रहे थे, एक दूसरे से विद्रोह कर बैठे थे। जीवन-शक्ति उसे यक्षों की तरह स्वेच्छाचरण की ओर खींचती। जीवन-शक्ति कहती, वह राजा है। अपने जीवन को आनन्दमय रखने के लिए उसे केवल अपनी इच्छा का अनुसरण करना चाहिए। उसका नैतिकबोध इसका उल्टा कहता। नैतिकबोध कहता कि उसे आदर्श स्थापित करने के लिए अपने आनन्द का बलिदान कर देना चाहिए। उसका अन्तःकरण कभी कहता—बुद्धि के पीछे चल, कभी कहता मन के पीछे। उसकी आत्मा कहती, इस दुःखमय संसारी-जीवन का त्याग कर मोक्ष की प्राप्ति को अपना ध्येय बना ले।

16

पौ फटते ही सम्भ्रान्त जनों की पूजा शुरू हो गयी। शुद्ध शास्त्रीय पद्धति से कलिंगजिन की पुनर्स्थापना की जाने लगी। महारानी दृष्टि ने महाराज और कुँवर के साथ पूरे दिन बिना एक बूँद जल की ग्रहण किये समारोह में भाग लिया।

पिछली रात खारवेल के समारोह छोड़कर चले जाने के बाद सरस्वती भी चली गयी थी। अपने प्रियतम खारवेल के जाते ही उसे समारोह बेरंग और नीरस लगने लगा था। किन्तु उसका जाना जनजाति के मुखियाओं को बहुत बुरा लगा था। उन्होंने इसका उल्टा ही अर्थ लगाया कि वह भी सम्भ्रान्त नागरिकों के साथ है। रात ही रात में यह खबर समारोह में उपस्थित जनजातियों की भीड़ में फैल गयी कि उनकी होकर भी सरस्वती ने उन्हें त्याग दिया था।

सूर्योदय के समय सरस्वती सम्भ्रान्त वर्ग की पूजा में आयी तो वहाँ खड़े जनजातियों के हजारों युवक और युवतियों ने 'हू! हू! हू!' की एक ऐसी ध्वनि से उसका स्वागत किया, जो किसी को धिक्कारने के लिए जनजातियाँ प्रयोग में लाती हैं। खारवेल इसे हर्षोल्लास व्यक्त करने का जनजाति का ढंग समझ प्रसन्न हुआ। उसे खुशी हुई यह सोचकर कि भले ही सम्भ्रान्त वर्ग ने अपनी पूजा अलग कर ली हो, जनजातियों ने उनके पृथक्तावाद को मान्यता नहीं दी थी। वे उनकी पूजा में भी सम्मिलित होने के लिए आ गये थे।

तभी जनजातियों के प्रमुख पुजारी सुमतिसागर ने राजकुमारी सरस्वती के कान में कुछ कहा। कानाफूसी के बाद राजकुमारी, अन्य जनजाति सरदार और सुमतिसागर राजकुमारी के समुद्रतट पर लगे शिविर में चले गये। वहाँ सरस्वती को पता चला कि कल रात उसका समारोह से चले जाना एक बहुत बड़ी भूल थी। सुमतिसागर और सरदारों ने उसे सलाह दी कि जनजातियों का विश्वास पुनः प्राप्त करने के लिए उसे तुरन्त यह समारोह छोड़कर चले जाना चाहिए।

यद्यपि राजकुमारी सरस्वती ने कल रात वह सारा वाद-विवाद सुना था जो समन्तभद्र की आपत्ति से शुरू हुआ था, तथापि उसका कोमल सरल हृदय यह कल्पना नहीं कर पाया था कि कलिंग की जनता दो वर्गों में बँट गयी है। वह समझ रही थी कि अन्य अनेक वाद-विवादों की तरह यह भी एक विवाद है, जो जैसे उठा है वैसे ही समाप्त भी हो जाएगा। किन्तु जब उसने जाना कि दोनों वर्गों के बीच गहरी दरार पड़ गयी है तो उसका आत्मसम्मान आहत हुआ। वह अपने सरदारों के साथ घोड़े पर सवार हो राजधानी के जनजाति-भवन में चली गयी।

सन्ध्या के भोज पर वह राज-निमन्त्रण पर राजमहल पहुँची।

उसे देखते ही दृष्टि ने कहा, ''राजकुमारी अस्वस्थ लग रही हैं जो समारोह से चली गयीं?''

सरस्वती ने उत्तर नहीं दिया।

दृष्टि फिर बोली, ''सचमुच बड़ा अजीब-सा लगा। जनजाति के सभी लोग एकाएक ही समारोह से चले गये। ऐसा तो हो नहीं सकता कि सभी अचानक अस्वस्थ हो गये हों। थोड़े भी उपस्थित रहते तो लोग समझ लेते कि बाकी लोग ज्यादा पी लेने के कारण अस्वस्थ हो गये और चले गये। मदिरा ज्यादा पी लेने से सिर में दर्द हो जाना स्वाभाविक है।''

दृष्टि ने यह बात सहज ढंग से कहने की चेष्टा की थी, किन्तु स्वर में उपहास था।

''नहीं महारानी! जनजाति के लोग बचपन से ही मदिरा पीने लगते हैं। उन्हें इससे सिरदर्द नहीं होता। वे कठोर परिश्रम करने के बाद पीते हैं। सिरदर्द उन धनाढ्य लोगों को होता है, जो कभी-कभी शौकिया पी लेते हैं।'' सरस्वती ने उत्तर दिया।

दृष्टि का मुख लाल हो गया। वह बोली, ''फिर तो कोई खास कारण होगा जो जनजातिवालों को पूजा से ले गया।''

''खास ही कारण था महारानी!'' सरस्वती बोली, ''वह खास कारण यह था कि सम्भ्रान्त लोगों की पूजा की विधि जंगली जनजातिवाले नहीं जानते। अतः उन्होंने निर्णय लिया कि वहाँ रहकर उसमें विघ्न न डालें।''

''वे देखते रहते। अशिक्षा के कारण भाग नहीं ले सकते थे तो भाग न लेते।''

इस बार सरस्वती का मुँह लज्जा से लाल हो गया। वह बोली, ''महारानी! जनजातिवाले कलिंगजिन की पूजा में दर्शक नहीं बने रह सकते। वे अपनी जंगली हर्षध्वनि से कलिंगजिन का बीच-बीच में सत्कार करने से स्वयं को नहीं रोक सकते थे। हजारों वर्ष पूर्व जब कलिंगजिन यहाँ आये थे, तब से यह परम्परा चली आ रही है।''

दृष्टि बोली, ''फिर उस परम्परा को निभाते।''

''कैसे निभाते महारानी?'' सरस्वती बोली, ''क्या कल रात यह फैसला नहीं हुआ था कि अब से कलिंगजिन की पूजा के दो समारोह हुआ करेंगे, एक जनजातियों का और दूसरा सम्भ्रान्त लोगों का?''

खारवेल बोला, ''वह तो रत्नों के व्यापारी का मात्र एक विचार था। उस विचार को शासन ने स्वीकार नहीं किया था।''

''हर परम्परा को शासन की स्वीकृति की आवश्यकता नहीं होती महाराज!'' सरस्वती बोली, ''सामाजिक परम्पराएँ और रिवाज जनता की इच्छा से शुरू होते हैं,

शाही फरमान से नहीं। सीधा और सपाट सत्य यह है कि कलिंग के सभ्य लोगों ने अपने जंगली भाइयों को भाई मानने से इनकार कर दिया है।''

खारवेल का हृदय दुःख से भर गया। वह बोला, ''तो क्या जनजातियाँ भी इस मूर्ख विभाजन को मान बैठी हैं?''

''वे मानने या न माननेवाले कौन होते हैं महाराज! उन्हें पूछता ही कौन है?'' सरस्वती ने कहा, ''जनजाति के लोग तो केवल युद्ध में मरने-खपने के लिए हैं। हमारा काम है यूनानियों और बर्बर हमलावरों को खदेड़ना, ताकि सम्भ्रान्त नागरिकों की सुखद नींद में बाधा न पड़े। उनकी पूजा बड़ी शास्त्रीय विधि से पवित्रता के साथ होती है। हम उसमें भाग लेंगे तो वह अपवित्र हो जाएगी।''

''विष उगलने से क्या लाभ राजकुमारी?'' दृष्टि बोली, ''महाराज को समझ लेना चाहिए कि उनके वफादार जनजाति के सैनिकों ने उन्हें त्याग दिया है।''

''हम अशिक्षित वनवासी तो हैं महारानी, किन्तु देशद्रोही नहीं।''

''किन्तु आपकी अशिक्षा चतुर अवश्य है और देशप्रेम की आड़ में राजा के हृदय को अपने वश में करना खूब जानती है।''

इस आरोप से सरस्वती तिलमिला उठी। फिर अपने को संयत करते हुए बोली, ''हम चतुराई से हृदय पर अधिकार करना नहीं जानते महारानी। हमारे हृदयों में एक सहज उल्लास है। वह उल्लास हम चारों ओर बिखेरते हैं, जैसे जंगली फूल अपनी शोभा को बिखेर देते हैं, जिन्हें इस बात की चिन्ता नहीं होती कि कोई सराहना करता है या नहीं।''

दृष्टि को ईर्ष्या के कारण सरस्वती का उत्तर अत्यन्त चतुराई से पूरित लगा। वह बोली, ''जो कलिंगजिन के स्थापना समारोह का बहिष्कार कर सकते हैं वे राजा के प्रति निष्ठावान कैसे हो सकते हैं?''

''कलिंगजिन की स्थापना तो कल रात हो चुकी महारानी! देवता की स्थापना तो रोज-रोज नहीं होती। स्थापना का बहिष्कार तो आपने किया था।''

दृष्टि क्रोध से आगबबूला हो गयी और बोली, ''आप मर्यादा का उल्लंघन कर रही हैं राजकुमारी! आप राजा पर आरोप लगा रही हैं कि उन्होंने स्थापना का बहिष्कार किया।''

''महारानी!'' दृष्टि की आँखों में देखती हुई सरस्वती बोली, ''कृपया बात को न बढ़ाएँ। सम्भ्रान्त नागरिकों ने अपनी पूजा अलग से करने का निश्चय किया। कृपया वहीं तक इस बात को रहने दें। वे अलग से पूजा करना चाहते हैं, तो हमें क्या आपत्ति हो सकती है?''

दृष्टि बोली, ''विद्रोह की चिनगारी को रेशम में छुपाने से वह बुझेगी नहीं। राजा का कर्तव्य है कि उसे समय रहते पहचान ले, इससे पहले कि वह भयंकर

ज्वाला बन जाए।''

''महारानी!'' अत्यन्त दुःख से कातर हुई सरस्वती बोली, ''महाराज की उपस्थिति में आप मुझ पर राजद्रोह का आरोप लगा रही हैं और महाराज चुप हैं। अतः मुझे राज्य के कर्त्तव्यनिष्ठ सैनिक के चिह्न धारण करने का कोई अधिकार नहीं रह गया है। मैं इस महान उत्तरदायित्व से स्वयं को मुक्त करती हूँ, यह तलवार वापस लौटाकर, जो महाराज ने एक दिन स्वयं मुझे दी थी।'' यह कहते हुए उसने तलवार खींची और उसे अपनी दोनों हथेलियों पर रखते हुए खारवेल के समक्ष प्रस्तुत कर दिया।

खारवेल ने दुःख और आश्चर्य से विस्फारित हुए नेत्रों से सरस्वती की ओर देखा। सरस्वती ने पहले नेत्रों से प्रार्थना की और फिर शब्दों से, ''इसे ले लीजिए महाराज! एक वनवासी जनजाति की कन्या के कन्धों पर यह उत्तरदायित्व बहुत भारी है। आशा है मैंने मातृभूमि के लिए युद्ध करके अपना धर्म निभा दिया। कलिंगजिन की बहुत कृपा रही कि उन्होंने मुझे यह सुअवसर दिया। अब मेरा कार्य पूरा हो गया। अब मुझे विदा दीजिए, ताकि घने वनों और ऊँचे पर्वतों के पीछे मैं अपना लज्जित मुख लेकर छिप सकूँ।'' उसके नेत्र भर आये।

एक चुप्पी छा गयी भोजनशाला में। परिचारिकाएँ, जो भोजन परोस रही थीं, कई कदम पीछे हट गयीं, ताकि इस दृश्य की साक्षी होने का दोष उन्हें न लगे। इस दारुण दृश्य को सह पाना उनके लिए अत्यन्त कठिन था। यह अशुभ घटना उस समय हुई थी, जब वे भोजन कर रहे थे। आधा खाया भोजन सोने की थालियों में पड़ा रह गया। दृष्टि, खारवेल और राजकुँवर भी भोजन छोड़, हाथ धोकर उठ खड़े हुए।

खारवेल का हृदय टूट गया। वह गौरव, जो उसने और सरस्वती ने मिलकर कलिंग के लिए प्राप्त किया था, उसे धूल में मिलता नजर आया। सरस्वती जैसी योद्धा से यह आशा नहीं थी। दृष्टि को तो ईर्ष्या ने विभ्रमित कर दिया था, परन्तु सरस्वती क्यों ईर्ष्या के उस असत्-आवेग से प्रभावित हो गयी? क्या यह प्रारब्ध था जिसने उसके हृदय को भी पलट दिया था? क्या देवता कलिंग को एक महान राष्ट्र के रूप में देखना नहीं चाहते? क्या देवताओं ने अपना वरदहस्त ठीक उस समय हटा लिया है जब शताब्दियों तक सहे अपमान की धूल को गौरव के जल से धोकर कलिंग चमक रहा है? क्या मेघवाहन वंश के अस्त होने का समय आ गया है?

खारवेल ने अवसाद की उस घड़ी में सहारे के लिए दृष्टि की ओर देखा, किन्तु उसे स्थिर और निश्चल पाया। उसके चेहरे पर कठोरता थी और शालीनता। उसके चेहरे पर नारी सुलभ कोमलता और पति की अवसादित अवस्था में संवेदना का कोई चिह्न नहीं था। उसकी आँखों में विजय की एक गर्वीली चमक थी। उस स्त्री का

ज्ञान भी था जो अपने अधिकारों के प्रति सचेत हो गयी थी और भूल गयी थी कि विवाह पति और पत्नी की आत्माओं को एक करनेवाला आत्मयज्ञ है। उसकी दृष्टि में विवाह स्त्री के लिए पति पर एकाधिकार और पति की उच्छृंखल कामुकता के बीच संघर्ष के अलावा कुछ नहीं रह गया था।

खारवेल सरस्वती की ओर देखा और वह उसे अपने से खींचकर पृथक् की हुई बहुत दूर खड़ी लगी। वह दूरी हजारों मील से भी ज्यादा लगी। वह ऐसी दूरी थी जिसे नापने का कोई यन्त्र नहीं था। वह सरस्वती, जिसने सदैव स्वयं को उसकी आत्मा का ही नहीं, शरीर का भी वामांग माना था, आज अचानक एक ही दिन में इतनी दूर कैसे चली गयी, जितनी दूर वे ठण्डे तारे थे जो आकाश पर निकल आये थे?

खारवेल को बहुत थकान और भारीपन महसूस हुआ। वह भारी कदमों से कक्ष से बाहर चला गया।

दृष्टि उसके पीछे-पीछे महल के पुस्तकालय में गयी, जहाँ जाकर वह एक कुर्सी पर बैठ गया। उसके सामने आकर वह बोली, "तुमने अच्छा नहीं किया प्रियतम! चुपचाप विद्रोह को पी लेना तुम्हारे जैसे प्रतापी राजा को शोभा नहीं देता। कलिंगजिन के समक्ष तुम्हें राजद्रोहियों को दण्ड देना चाहिए था।"

रानी दृष्टि की बुद्धि को ईर्ष्या और द्वेष ने आच्छादित कर दिया था। उसे खारवेल का दुःख, दुःख नहीं लग रहा था। उल्टे यह लग रहा था कि काम ने उसे कमजोर कर दिया है। उसकी कल्पना में सरस्वती की अमर्यादित, आदिवासी असभ्यता से सीखी, उच्छृंखल काम-क्रीड़ा के दृश्य उभर रहे थे। उसे विश्वास था कि अपनी मोहक क्रीड़ाओं से उसने खारवेल को अत्यन्त सन्तुष्ट और अनुगृहीत कर दिया है। अनुग्रह के कारण ही वह सरस्वती को दण्ड देने से हिचक रहा है और उसकी काम-कलुषित बुद्धि से न्याय और राजसी कर्तव्य-बोध जा चुके हैं।

दृष्टि का हृदय अपने पति में एक कामुक-कायर को देख क्रोध से जलने लगा। उसे खारवेल एक लम्पट और अविवेकी पुरुष लगा, जिसे एक चतुर स्त्री ने अपना दास बना लिया था। उसका क्रोध बढ़ता ही गया। क्रोध की इस अग्नि में उसे लगा वह मेघवाहन वंश के प्रतापी राजाओं की आवाज सुन रही है। वे सभी उससे मानो कह रहे थे कि कलिंग के गौरव की रक्षा का भार अब कलिंग की महारानी के कन्धों पर है, क्योंकि उस राजा की शक्ति, जो विद्रोह की उपेक्षा करता है उस राजा को त्यागकर उसके शत्रु के शरीर में चली जाती है।

"क्या हो गया है तुम्हें राजन्?" उसके दोनों कन्धों पर हाथ रखते हुए वह बोली। "तुम बोलते क्यों नहीं? इतना विद्रोह और अपमान तुमने पी कैसे लिया? मत भूलो कि किसी के प्रेमी होने के अलावा तुम एक राजा भी हो। तुम्हारा सम्मान

ही कलिंग का सम्मान है। तुम कलिंग के सम्मान को इतना सस्ता नहीं कर सकते।''

''तुम चाहती क्या हो महारानी?'' राजा परेशान होकर बोला, ''मुझे अकेला छोड़ दो।''

''किन्तु यह शान्त बैठने का समय नहीं है। तुम्हें एक राजा के कर्तव्य का पालन करना है।''

''मैं तुम्हारी बुद्धि के पीछे नहीं चलूँगा। क्या तुम सुन रही हो दृष्टि? तुमने कैसे मान लिया कि खारवेल अपनी बुद्धि को छोड़, ईर्ष्या के कोहरे से ढँकी बुद्धिवाली स्त्री के कहे में चलेगा? मोटी बुद्धिवाली किसी स्त्री के भड़काने से भड़ककर कार्य करेगा?''

''मैं मोटी बुद्धिवाली स्त्री हूँ तो वह क्या है? वनों की खाक छाननेवाली एक गँवार!''

''वह कोई गँवार नहीं, जनजातियों के राजा की पुत्री है, जैसे तुम बंगराज की पुत्री हो।''

''अब तो पानी सिर से ऊपर आ गया है,'' दृष्टि एक क्रुद्ध सर्पिणी की तरह फुफकारती हुई बोली। ''मैं तुमसे प्रार्थना करती हूँ, मेरा त्याग कर दो। मुझे और मेरे पुत्र को जाने दो। अपने पुत्र के लिए भोजन और शिक्षा का प्रबन्ध मैं स्वयं कर लूँगी। मुझे तुम्हारे राज्य की आवश्यकता नहीं है।''

अचानक सरस्वती ने पुस्तकालय में प्रवेश किया।

''तुम तो बिना पूछे ही घुस आयी हो,'' दृष्टि ईर्ष्या से पागल होकर बोली। ''क्या तुम मुझे बता सकती हो कि बिना आज्ञा के राजा के कक्ष में घुसने का अधिकार तुम्हें किसने दिया?''

''उसी ने, जिसने आपको अधिकार दिया है।'' कुछ देर दृष्टि को चुपचाप निहारकर सरस्वती बोली।

''मैं एक विवाहिता पत्नी के अधिकार से राजा के कक्ष में घुसी हूँ।''

''मैं भी एक विवाहिता पत्नी के अधिकार से इस कक्ष में घुसी हूँ।''

''तुम विवाहिता कैसे हो गयी? तुमने अग्नि के समक्ष फेरे नहीं लिये।''

''मैं अनार्य बाला हूँ देवि! मैंने वन में बने प्रणय-कक्ष में वायुदेव और चन्द्रदेव के समक्ष अपना सर्वस्व अपने पति को समर्पित किया है। हमारी संस्कृति में यह विवाह किसी भी विवाह से कम पवित्र नहीं है।''

''तुम तो कलिंग के प्रति वफादारी की तलवार वापस करके चली गयी थीं। फिर वन जाने के लिए राजाज्ञा की क्या आवश्यकता है?''

''मैंने सर्वोच्च सेनाध्यक्ष के पद की तलवार लौटायी है। कलिंग के प्रति देशभक्ति या कलिंग के राजा के प्रति वफादारी कोई पद नहीं, जो

लौटाया जा सके।"

दृष्टि को यह वाग्जाल लगा। स्वयं को हतप्रभ होते देख उसने सरस्वती पर मर्मान्तिक प्रहार कर डाला, यह सोचकर कि इसके बाद वह कभी उससे आँख मिलाकर बात नहीं कर सकेगी। वह बोली, "एक पद और है राजकुमारी, जो जाने से पहले लौटाना तुम भूल गयी हो। वह पद है रखैल का।"

"मैंने आपका शब्दकोश नहीं पढ़ा महारानी! किन्तु उस सम्बन्ध के लिए जो मेरे और इनके बीच है, यदि यही शब्द है आपके शब्दकोश में, तो किसी मूढ़ ने ही आपका शब्दकोश बनाया होगा।"

सरस्वती अचानक मुड़ी और चली गयी। कुछ क्षणों बाद घोड़ों की टापों की आवाज सुनाई दी। राजकुमारी अपने सरदारों के साथ पर्वतों को चली गयी।

17

इसके बाद खारवेल रोगी हो गया। पेट की किसी ऐसी बीमारी ने उसे पकड़ लिया, जिसका इलाज वैद्य नहीं कर पा रहे थे। खारवेल की भूख चली गयी थी और उसे हरदम तन्द्रा घेरे रहती थी। वैद्यों को आश्चर्य था कि उसकी आँतें हृदय की तरह संवेदनशील हो गयी हैं। मानो हृदय ने अपना साम्राज्य फैलाना शुरू कर दिया है और सबसे पहले उदर को जीत लिया है। उदर अब अपने नियमों से नहीं, हृदय के नियमों से चलने लगा है। उदर का काम था भोजन को पचाकर शरीर को पुष्ट करना। किन्तु हृदय की तरह, खारवेल का उदर भी मानो सरस्वती की याद में स्वयं को भूल गया था और अपना काम छोड़ सरस्वती की याद में खो गया था।

खारवेल की जीवन-शक्ति ने ही मानो बेड़ियाँ बनकर उसे जकड़ लिया था। उसकी जीवन-शक्ति उसके नाड़ी-मूल, नाभि से उठती और उसके यकृत, फेफड़ों, हृदय और मस्तिष्क को नागिन की तरह अपनी कुण्डलियों में जकड़ती चली जाती। प्रधानमन्त्री और सभासद, सेनापति और नगर के प्रतिष्ठित लोग अपने धीर-वीर नायक की यह दुर्दशा देख इसे किसी रहस्यमय शक्ति का प्रकोप समझ मन्त्र-विदों से मन्त्रणा करने लगे थे। महारानी दृष्टि खारवेल की इस दुर्दशा के लिए सरस्वती को दोषी ठहराने लगी थी। उन्हें विश्वास था कि अपने अपमान का बदला लेने के लिए उसने प्राचीन जनजातियों के जादू-टोने का कोई प्रयोग राजा पर करा दिया है।

राजा को यह बात अच्छी नहीं लगी, परन्तु उसमें इसका विरोध करने की समर्थ दृढ़ता नहीं रह गयी थी। दृष्टि ने बंगाल और कामरूप के कई जादूगरों को बुलाया, पर कोई भी राजा को स्वस्थ न कर सका। राजा का विचार था कि दृष्टि ने उसके हृदय में रहकर जो निष्ठुरता बरती थी, उसने उसके मर्मस्थल को आहत कर दिया था। राजा जानता था कि रोग कुछ नहीं था, उसकी जीवनेच्छा ही मर गयी थी।

यह विचित्र बात थी कि खारवेल की अस्वस्थता का प्रभाव केवल स्त्री-प्रेम तक ही सीमित था। उसे एक अन्धविश्वास घेरने लगा, जिसका उसके विचारों से कोई सम्बन्ध नहीं था, कि स्त्री के प्रेम से अधिक अस्थिर लौकिक-जगत् की कोई भी मूल्यवान वस्तु नहीं है। इस लोक में स्वर्ण और हीरे, राज्य, यश और कीर्ति स्त्री-प्रेम की अपेक्षा अधिक स्थिर-मूल्य वाली वस्तुएँ हैं।

राजा के राज-काज पर इस रोग का कोई प्रभाव नहीं था। राज-दरबार में लोगों को न्याय पूर्ववत् मिल रहा था। राज्य में निरन्तर भ्रमण करके खारवेल अपने अधिकारियों पर नियन्त्रण बनाये हुए था, जिससे प्रजा उसके न्यायप्रिय शासन से प्रसन्न थी। बाहरी आक्रमण का भय नहीं था। कलिंग के गुप्तचरों का जाल भारत के बाहर और भीतर के अन्य राज्यों में फैला हुआ था। शत्रु की थोड़ी-सी सैन्य गतिविधि की सूचना भी खारवेल को मिल जाती थी। स्त्री-प्रेम को निस्सार बतानेवाले अन्धविश्वास के कारण मानो राजा का निजी-जीवन नाम की वस्तु से ही मोहभंग हो गया था।

खारवेल का निजी जीवन स्त्री से सच्चे प्रेम के अभाव में नष्ट हो रहा था। निजी जीवन की नींव कभी बहुत दृढ़ लगती थी, जब उसे विश्वास था कि उसे दृष्टि और सरस्वती का सच्चा प्रेम प्राप्त है। किन्तु अब कोई बाहरी शक्ति उससे कहती रहती कि उनका प्रेम सच्चा नहीं था। यदि सच्चा होता तो इस तरह अचानक गायब न हो जाता। स्त्री का सारा ध्यान केवल इस बात पर लगा होता है कि वह कैसे अपने पति को अन्य स्त्रियों के प्रति विमुख रखे। दृष्टि और सरस्वती दोनों ने उसे हृदय से त्याग दिया था, क्योंकि प्रत्येक यही समझ रही थी कि वह दूसरी से अधिक प्रेम करता है। यह बाहरी शक्ति उससे कहती कि दोनों उससे प्रेम नहीं करतीं, अन्यथा प्रत्येक का हृदय उसे बता देता कि वह उससे कितना प्रेम करता है। दोनों जान जातीं कि वह दोनों से समान प्रेम करता है।

निजी जीवन की नींव चलायमान हो गयी थी, जैसे जल या रेत। सामाजिक जीवन की नींव दृढ़ थी। अतः खारवेल का पूरा समय सामाजिक और राजकीय कार्यों में बीतने लगा। इससे कलिंग राज्य की हर क्षेत्र में प्रगति होने लगी।

एक दिन कोणार्क के एक उच्च राजकीय अधिकारी के विरुद्ध स्वयं छद्मवेश

में जाँच करके खारवेल लौट रहा था। उसके साथ न सैनिक थे न अधिकारी, जिससे लोग जान पाते वह राजा है। उसका वेश किसान का था।

कोणार्क के पास ही घने वन में उसे एक यति मिला, जो पेड़ पर उल्टा लटका हुआ घोर तप कर रहा था। खारवेल को कौतूहल हुआ, क्योंकि यह यति जैन, बौद्ध, भागवत, शैव सभी आर्य परम्पराओं से भिन्न लग रहा था। अपना घोड़ा पास के एक पेड़ से बाँधकर खारवेल वहीं लेट गया और सुस्ताने लगा।

लगभग एक घण्टे बाद यति पेड़ से नीचे उतर आया। खारवेल ने पूछा, ''यति! आप उल्टे लटककर क्यों साधना करते हैं?''

यति बोला, ''क्योंकि सीधे बैठकर अन्य उल्टी साधना करते हैं। मैं सीधी साधना करना चाहता हूँ।''

खारवेल ने कहा, ''मुझे उपदेश दो यतिवर! मुझे पारिवारिक जीवन निस्सार लगने लगा है।''

यति बोला, ''जैन, बौद्ध, सनातनी साधुओं को जीवन निस्सार लगता है और वे शरीर को कष्ट देनेवाला तप करने लगते हैं। सब अपनी जीवन-शक्ति को सताते हैं और फिर भी स्वयं को अहिंसक कहते हैं। पार्थिव-जीवन को क्षणभंगुर कहकर उन्होंने सत्य की श्रेणी से निकाल दिया है। किन्तु बिना जीवन को सत्य माने, कैसे कोई सत्य को प्राप्त कर सकता है?

''सभी प्रचलित पद्धतियाँ आत्मा, प्रकृति और योगमाया को सत्य मानती हैं, पर मैं क्षण-क्षण बदलते क्षणभंगुर जीवन को चौथा सत्य मानता हूँ। बिना क्षणभंगुर जीवन की क्षणभंगुरता की साधना किये अमर जीवन कौन प्राप्त कर सकता है? सभी हिंसक और अहिंसक क्षणभंगुर जीवन को अपना शत्रु मान उसकी चंचलता का नाश करने में लगे हैं, इसलिए उन्हें कुछ प्राप्त नहीं हो रहा है।''

खारवेल बोला, ''किन्तु महाराज, जब जीवन है ही क्षणभंगुर तो इस पर विश्वास कैसे करे वह व्यक्ति जो अमर जीवन का ग्राहक है?''

''जैसे मेरी और तुम्हारी इस क्षणभंगुर भेंट पर विश्वास करके तुम मुझसे सत्य जानना चाहते हो। मैं तुम्हें बताता हूँ वह रहस्य जो तुम्हें किसी ने नहीं बताया होगा। जिस साधु को देखो वह अपने जीवन को कष्ट देने को ही तपस्या कहता है। यदि तप आत्मा को करना है तो आत्मा स्वयं को कष्ट क्यों नहीं देती? क्यों जीवन को सताती है? इसका कारण है इन सभी धर्मों में बसा घोर अन्याय।''

''ये अन्याय-न्याय कुछ नहीं करते। ये तो मोक्ष मार्ग को ढूँढ़ते हैं।''

यति बोला, ''वह इसलिए कि जितना अन्याय ये कर सकते थे, यक्षों के प्रति कर चुके हैं। कभी इस संसार में केवल यक्ष-धर्म प्रचलित था। लोग यक्षों की पूजा किया करते थे और यक्ष क्षणभंगुर जीवन को आनन्दित करनेवाले देवता थे। वेदों

से पहले आर्यावर्त के लोग लक्ष्मी-विष्णु, शिव-पार्वती और सरस्वती-ब्रह्मा को भी यक्ष मानकर पूजा करते थे। उसके बाद ब्रह्म और आत्मा आदि सूक्ष्म तत्त्वों को सत्य मानने का प्रचलन हुआ।

''यह मनुष्य का दुर्भाग्य है कि नया सत्य विदित हो जाने पर वह पुराने सत्य को कुचल देता है। यदि वह पुराने सत्य का समन्वय नये सत्य में करे तो धर्म के नाम पर लोग एक-दूसरे का विरोध नहीं करेंगे। जैन, बौद्ध, सनातन धर्मवाले यदि यक्ष-धर्म से अपने सत्य का समन्वय कर लें तो उन्हें इस लोक में भी सुख मिलेगा और परलोक में भी।

''भारतीयों ने यक्षों के साथ विश्वासघात किया। इस कारण उनका जीवन निस्सार और अस्थिर हो गया, क्योंकि निजी जीवन यक्षों का अंश है। निजी जीवन क्षणभंगुर होकर भी शाश्वत जीवन से कम नहीं है। शाश्वत जीवन और क्षणभंगुर जीवन समान है—जो इस रहस्य को नहीं जानता वह सत्य को नहीं जान सकता। संसारी भोगों के अनित्य सुख और मोक्ष के नित्य सुख को जो समान नहीं समझ सकता, वह मोक्ष प्राप्त नहीं कर सकता। केवल शिशु क्षणभंगुर जीवन को पूरी निष्ठा से जीता है। वह उसके अनित्य सुखों को झूठा नहीं कहता। क्षणभंगुर जीवन के छोटे-छोटे झूठ और छल शिशु को हँसाते हैं, क्रुद्ध नहीं करते। शिशु ही सच्चा यति है। तू जीवन से छला हुआ या जीवन की डगर से भटका हुआ मुसाफिर लगता है मुझे। अपने हृदय में शिशु को जगा ले। शिशु न तो झूठ को जानता है, न विश्वासघात को, न घृणा को। इस क्षणभंगुर जीवन को जिस क्षण में वह जीता है उस क्षण उसी क्षण से मिले अनुभव को सत्य मानता है। जो अनित्य जीवन के अनित्य सत्य को अनित्य सत्य नहीं मानता और अनित्य जीवन को झूठ मानता है, वह शाश्वत जीवन को प्राप्त कर ही नहीं सकता।'' इतना कहकर यति उठा और घने वन में प्रवेश कर गया। यति की बात सुनकर पहली बार खारवेल को अपने व्यथित, निरन्तर चलायमान, क्षणभंगुर जीवन में कुछ शान्ति महसूस हुई।

प्रधानमन्त्री से राजा की यह दशा देखी नहीं जा रही थी। उन्हें विश्वास था कि राजा के रोग का कारण भी सरस्वती थी और उपचार भी। सरस्वती उस दिन जो गयी तो किसी को पता नहीं था कि वह कहाँ चली गयी। महल से वह अपने सरदारों के साथ गयी थी, किन्तु पर्वतों में लौटने के बाद वह अचानक एक दिन अपने सरदारों को यह निर्देश देकर गायब हो गयी थी कि कोई उसे ढूँढ़ने की चेष्टा न करे। अफवाह थी कि संसारी जीवन का त्याग करके वह संन्यासिनी हो गयी है। जिनसेन ने सैनिकों की टुकड़ियाँ भेजनी चाहीं सारे कलिंग में सरस्वती को ढूँढ़ने के लिए किन्तु सरदारों ने इसका विरोध किया। सरस्वती के महल छोड़ने के बाद से जनजाति-सरदारों और कलिंग राज्य के बीच एक ठहराव-सा आ गया था, जिसे

न तो मैत्री कहा जा सकता था न शत्रुता। जिनसेन इस ठहराव को छेड़ना नहीं चाहता था। उसका अनुभवी मस्तिष्क प्रतीक्षारत था। उसे विश्वास था कि सरस्वती के मिलने के साथ ही फिर से जनजातियों के सम्बन्ध कलिंग राज्य से उतने ही प्रगाढ़ मैत्रीपूर्ण हो जाएँगे जितने पहले थे। अतः जिनसेन ने, सैनिकों की टुकड़ियाँ न भेजकर, गुप्तचरों को सरस्वती की खोज का काम सौंप दिया था।

सरस्वती ने संन्यास नहीं लिया था। जनजातियों के सरदार जानते थे कि वह कहाँ है। उन्होंने उसके कहने पर साल के एक घने वन में उसके लिए एक छोटा-सा लकड़ी का एक कमरे का घर बनवा दिया था। वहाँ केवल एक परिचारिका के साथ वह रह रही थी। उसे पता नहीं था कि जनजाति वीर उस वन में निरन्तर उसकी रक्षार्थ तैनात रहते हैं।

उस घर में वह रह रही थी, क्योंकि उसका हृदय टूट गया था और वह नहीं चाहती थी कि कोई भी उसकी इस आहत दशा का साक्षी हो। वह शक्ति जो दो प्रेमियों में परस्पर अविश्वास पैदा करके दोनों को जुदा कर देती है, दोनों की एक-दूसरे की वेदना के प्रति संवेदना को ही मार देती है। दोनों में से किसी को लगता ही नहीं कि बिछुड़ा साथी उसे याद कर रहा होगा। इस तरह दूरी बढ़ती जाती है। उस रात कलिंगजिन के स्थापना-उत्सव से खारवेल के चले जाने का जनजाति-सरदारों ने इतना बुरा माना था कि उनके बार-बार कहने के कारण, सरस्वती को भी खारवेल सम्भ्रान्त लोगों में से ही एक नजर आने लगा था। उसे विश्वास हो गया था कि उसका प्रेम झूठा था। वह भी सम्भ्रान्त समन्तभद्र की तरह जनजातियों को अपने से भिन्न समझता था। वह सच्चाई, जो कभी खारवेल के लिए प्रेम बनकर उसके हृदय में उमड़ती थी, अब उससे दूर रहने की लगन बन गयी थी।

इस बीच कलिंग के सम्भ्रान्त वर्ग और जनजाति वर्ग के बीच के सम्बन्धों की सारी हवा ही बदल गयी। अब दोनों के बीच एक-दूसरे के प्रति छुपी घृणा पल रही थी। कलिंग के सभी नागरिक, जो जनजाति के नहीं थे, जनजातियों को शत्रु लगने लगे थे। किन्तु ये भाव उनकी क्षणभंगुर जीवनशक्ति के थे। क्षणभंगुर जीवन के विचारों और भावों में एक अच्छी बात यह होती है कि एक क्षण में घृणा प्रेम में बदल जाती है।

इस दूरी के साथ सरस्वती को लगने लगा था कि उसके जीवन के सारे अर्थ उड़ गये थे। अकेले वन में रहते-रहते वह मनुष्यों को देखकर चौंकने लगी थी, मानो वह कोई वन्य पशु हो।

इस बीच जनजातियों में देवी के चिर-प्रसविनी रूप की पूजा का चलन बहुत बढ़ गया था। उनके लिए प्रकृति वह नहीं थी जैसा उसे सांख्य और वेदान्त में बताया गया है। प्रकृति उनके लिए वह वनस्पति थी, जो हर मौसम में उनके भरण-पोषण

के लिए फसलों को जन्म देती है। फसलें, फूल, पौधे, पानी और हवा ये सब चिर-प्रसविनी माता की सन्तान हैं। वे इस चिर-प्रसविनी माता को ही तीर्थंकरों की माता के रूप में हमेशा से पूजते रहे थे। सम्भ्रान्त लोग इस देवी की मूर्ति को मन्दिरों में नहीं रखते थे। अतः इसकी पूजा पहले घट गयी थी। किन्तु अब इसकी पूजा का चलन बहुत बढ़ गया। वनों में प्राचीन पूजा के अवशेष, यक्ष-यक्षियों की मूर्तियाँ, बहुत मिल जाती थीं। यक्षियों की मूर्तियों की वनों में जनजाति के लोग स्थापना करने लगे। उनके पीन पयोधरों, विशाल श्रोणियों और विलास-पोषित अंगों में जनजाति के लोग अपनी पूज्य चिर-प्रसविनी माता के दर्शन करते थे। वह माता उन्हीं जैसी थी। वह पुस्तकें नहीं पढ़ती थी, न उसके नैतिक नियम कड़े थे। वह उदार थी, यक्षियों की तरह, जो नश्वर जीवन की भोग-कामना को तृप्त करने को धर्म का अंग समझती थी। वह माता नाचती थी, गाती थी, मदिरा पीती थी और रति-क्रीड़ा में निमग्न रहती थी। यह बहुत जल्दी अपने बच्चों के अपराध क्षमा कर देती थी। वह कर्मों का लेख नहीं लिखती थी। वह सबकी कामनाएँ पूरी करती थी।

18

मगध की राजकुमारी पद्मावती, बृहस्पतिमित्र शुंग की बहन, एक अल्हड़ युवती थी। उसकी आँखें बड़ी-बड़ी और चेहरा विकसित कमल जैसा मोहक था। वह स्वभाव से अत्यन्त भावुक थी। जब खारवेल ने डिमेट्रियस को मगध से दूर खदेड़ा था, तब पद्मावती केवल बारह वर्ष की थी। उसके हृदय को खारवेल की निःस्वार्थ और निःस्पृह वीरता ने बहुत प्रभावित किया था। खारवेल मगध के लोकगीतों और गाथाओं का नायक हो गया था। उसकी वीर गाथाओं को सुनते-सुनते पद्मावती जवान हो गयी। खारवेल उसके सपनों में बस चुका था।

जब डिमेट्रियस को खदेड़कर खारवेल तीन वर्ष बाद मगध पर आक्रमण करने दोबारा आया था तब भी पद्मावती ने उसे देखा था। उसने लोगों के उस विचित्र उत्साह को देखा था, जिसने उन्हें निर्भीक कर दिया था। वह राजगृह पर आक्रमण करने आया था, किन्तु राजगृह की जनता ने उसके लिए द्वार खोल दिये थे। द्वार खोलनेवालों में स्वयं मगध का राजा भी था। जनता के उस उत्साह ने मैत्री और शत्रुता के बीच की रेखा को ही मिटा दिया था। उस दिव्य-प्रेम भावना के साथ जो

मित्र और शत्रु में भेद नहीं करती, पद्मावती ने यौवन में प्रवेश किया था।

वह महल की अटारी में खड़ी वह दृश्य देख रही थी जिसने खारवेल को उसके हृदय में उतार दिया था। सम्राट अशोक जिस रथ में बैठते थे, और जो रथ उनके बाद संग्रहालय की शोभा रहा था, लकड़ी की शानदार नक्काशी से सजे उस रथ को बृहस्पतिमित्र शुंग ने खारवेल के लिए तैयार कराया था। उसमें सात सफेद घोड़े जुते थे। उस रथ में खारवेल की सवारी निकाली जा रही थी। दो शताब्दियों से अधिक समय से उस रथ में कोई नहीं बैठा था। खारवेल पहला व्यक्ति था जिसे मगधवासियों ने अशोक के स्तर का महापुरुष माना था। ऐसे महापुरुष के सम्मान के लिए अशोक का रथ ही उपयुक्त सवारी हो सकती थी।

लोगों की भीड़ उमड़ी पड़ रही थी। लोग खारवेल को अपनी आँखों से देख लेने को आतुर थे। लोगों का उत्साह इतना बढ़ गया था कि देखते ही देखते उन्होंने रथ से घोड़े हटा दिये थे। जनता ही नहीं, बड़े-बड़े सभासद और सेनाध्यक्ष रथ में घोड़े की जगह लगने के लिए एक-दूसरे से होड़ लगाये हुए थे। यह दृश्य देखकर हर्षातिरेक और श्रद्धा से पद्मावती की आँखें भर आयी थीं। उस दिन से वह आस लगाये हुए थी, किसी दिन खारवेल से मिलने की। खारवेल ने उसका चित्त चुरा लिया था। वह उसकी कामना पति रूप में करने लगी थी।

एक दिन उसने अपने भाई राजा बृहस्पतिमित्र शुंग से कहा कि वह भारत-भ्रमण करके लौटी सरस्वती की मूर्ति और कलिंगजिन के दर्शन के लिए कलिंग जाना चाहती है। राजा को उसकी इच्छा में विधि की कोई गुप्त योजना नजर आयी और उसने सहमति दे दी। वह यह सुन चुका था कि पद्मावती खारवेल के व्यक्तित्व से अत्यन्त प्रभावित है। उसने सोचा कि यदि पद्मावती खारवेल को भा जाती है और वह उसे अपनी एक रानी बना लेता है तो मगध और कलिंग की मैत्री बहुत दृढ़ हो जाएगी। उस स्थिति में मगध को शत्रुओं का कोई भय नहीं रह जाएगा। उन दिनों खारवेल की ख्याति इतनी बढ़ चुकी थी कि भारतवर्ष का कोई भी राजा ऐसा नहीं था जो सहर्ष अपनी पुत्री या बहन का विवाह खारवेल से करने को तैयार न हो जाता। यूनानी, पार्थियन, शक और हूण राजा उसके भय से भारत की ओर देखना भूल गये थे। बृहस्पतिमित्र स्वयं विद्वान था और प्रेम की अबाध गति से परिचित था। उसे अपनी बहन बहुत प्रिय थी। उसके निर्दोष हृदय में प्रेम की प्रस्फुटित कोपलों ने बृहस्पतिमित्र के हृदय को कोमलता से भर दिया। उसकी भावना को कुचलने की अपेक्षा, उसने उसे अपना भाग्य आजमाने का यह अवसर देना हितकर समझा। यदि वह अपनी इस प्रणय-यात्रा में असफल हो गयी तो भी अपमान की आशंका नहीं थी। उसे विश्वास था कि खारवेल जैसा वीर उसकी बहन के स्त्रीत्व को लज्जित नहीं करेगा। खारवेल की अस्वीकृति भी वीरोचित होगी, जो

उसकी बहन के कोमल हृदय को निराशा का अँधेरा नहीं देगी। इस अनुभव में यदि उसे प्रेम न मिला तो उसका चरित्र एक और ऊँचाई प्राप्त कर लेगा, जो उसके भावी जीवन को सफल बनाने में सहायक होगी।

उन दिनों भारतवर्ष के राजघरानों में ही नहीं, सामान्य परिवारों में भी कन्या का बहुत सम्मान किया जाता था। वह अपने पिता के वंश के सभी उत्तम गुणों से विभूषित हो, इसका ध्यान रखा जाता था। कन्या को आर्य संस्कृति का वाहन समझा जाता था, जो एक वंश के उत्तम संस्कार दूसरे वंश में ले जाती थी। इस तरह कन्याएँ उस महान भारतीय संस्कृति का पोषण कर रही थीं जो सत्यम् शिवम् सुन्दरम् के स्वर्गिक आदर्शों का पृथ्वी पर खिला सर्वोत्तम फूल थी।

कन्याओं की शिक्षा में यह ध्यान रखा जाता था कि वह पुरुष के समान न बनें, वरन् पुरुष की पूरक बनें। पुरुष और स्त्री के सद्गुण सन्तान में समन्वित हों और पूर्ण मनुष्य का स्वप्न धरा पर साकार हो।

उन दिनों बौद्ध पुरुष के उत्थान के लिए स्त्री का त्याग करने का प्रचार कर रहे थे। यह विचार एक सफल और सुखी समाज का निर्माण नहीं कर सकता था। बुद्ध का विचार था कि स्त्री अपने विचित्र और अगम्य स्वभाव के कारण मोक्ष नहीं प्राप्त कर सकती है। जैनों में दो विपरीत विचार-धाराओं के बीच वाद-विवाद चल रहा था। श्वेताम्बर जैनों का विश्वास था कि स्त्री मोक्ष प्राप्त कर सकती है। प्रमाण स्वरूप वे मल्लिबाई का उदाहरण देते थे जो उनके अनुसार एक स्त्री थी जिसने तीर्थंकर पद प्राप्त किया था। दिगम्बर जैन कहते थे कि वे मल्लिबाई नहीं मल्लिनाथ थे जिन्होंने तीर्थंकर पद प्राप्त किया था। उनके अनुसार स्त्री मोक्ष प्राप्त नहीं कर सकती थी। इन दोनों धर्मों के विपरीत, सनातन धर्म का विश्वास था कि स्त्री मोक्ष प्राप्त कर सकती है। वे दाम्पत्य जीवन को एकल जीवन से श्रेष्ठ समझते थे। उनके विचार से स्त्री और पुरुष एक-दूसरे के पूरक बनकर यदि प्रेमतप और कर्म करें तो दोनों साथ-साथ आसानी से मोक्ष प्राप्त कर सकते हैं।

स्त्रियों के प्रति इस उदारता ने सनातन धर्म के स्वर्णिम-काल का आरम्भ कर दिया था। पाँच शताब्दियों तक बौद्ध और जैन धर्मों का प्रभाव, बुद्ध और महावीर के उदात्त व्यक्तित्वों के कारण बहुत बढ़ा था। अब सनातन-धर्म के पुनर्जागरण का समय आया था। स्त्री को पुरुष का पूरक मानने की उसकी प्राचीन मान्यता रंग लाने लगी थी। स्त्रियों के इस बढ़ते सम्मान ने मैत्रेयी, गार्गी, अनसूया, अरुन्धती, सावित्री, राधा और सीता की महान परम्परा को नया जीवन दे दिया था। पद्मावती भी स्त्री के इस आदर्श को हृदय में धारण कर कलिंग-यात्रा पर निकल गयी।

बृहस्पतिमित्र शुंग ने उसे सहर्ष विदा किया। पद्मावती के साथ ग्यारह परिचारिकाएँ थीं। एक धनुर्धर और तलवार आदि शस्त्र चलाने में प्रवीण सैनिकों

की टुकड़ी भी थी। पद्मावती सैनिकों को साथ नहीं ले जाना चाहती थी। बृहस्पतिमित्र अपनी प्राणों से भी प्रिय बहन को बिना अंगरक्षकों के भेजने में हिचक रहा था। भाई को दुविधा से मुक्त करने के लिए पद्मावती ने अंगरक्षकों को साथ ले लिया।

पतझड़ की एक सुन्दर सुबह थी जब राजकुमारी की प्रणय-यात्रा शुरू हुई। राजगृह से निकलकर दो रथों में सवार राजकुमारी और परिचारिकाओं का दल घुड़सवार अंगरक्षकों की सुरक्षा में कलिंग की ओर चल दिया।

बृहस्पतिमित्र शुंग का हृदय बहन की इस प्रणय-यात्रा के दूरगामी परिणामों को सोचकर भविष्य की सुनहरी कल्पनाओं से भर गया था। उन दिनों मगध में 'देवीभागवत पुराण' की बहुत चर्चा थी। इस पुराण को सनातन धर्म के पुनरुत्थान का मेरुदण्ड समझा जा रहा था। इसमें ईश्वर को एक स्त्री माना गया था। यह विश्व में अपनी तरह की एकमात्र मान्यता थी ईश्वर के सम्बन्ध में। यह उस युग की आवश्यकताओं के अनुकूल थी। भागवत और शैव सम्प्रदायों में ब्रह्मा, विष्णु, महेश को ईश्वर के तीन रूप मानकर उनकी उपासना की गयी थी और सरस्वती, लक्ष्मी और दुर्गा को उनकी शक्ति माना गया था। 'देवी भागवत' में तीनों देवियाँ शक्तिमान ईश्वर मानी गयी थीं और ब्रह्मा, विष्णु और महेश को उनकी शक्ति माना गया था। इस नये चिन्तन के कारण सनातन धर्म पूरी तरह इस विवाद से परे हो गया था कि ईश्वर स्त्री है या पुरुष। अन्य देशों में स्त्री को पुरुष से नीचा स्थान दिया गया था। यूनानी, शक, हूण आक्रमणों के साथ यह दूषित विचार भी भारतवर्ष में आ गया था। इसके दुष्प्रभाव से भारत में भी स्त्रियों का स्थान नीचा होने लगा था। उस विकृति पर 'देवी भागवत' के कारण रोक लग गयी थी। बृहस्पतिमित्र स्त्री को पुरुष की अपेक्षा उच्च स्थान देने का पक्षधर था। वह स्त्री-पुरुष के बीच समानता पर जोर नहीं देता था। उसके विचार से समानता पर जोर देने से दोनों के विपरीत गुण परस्पर विरोधी हो जाते हैं। एकता पर जोर देने से दोनों के विपरीत गुण परस्पर समन्वित होकर आदर्श मानव-चरित्र की रचना करते हैं।

19

खारवेल अपने टूटे व्यक्तित्व को जोड़ने का अथक प्रयास कर रहा था। वह शरीर को स्वस्थ रखने के लिए योग, व्यायाम और घुड़सवारी पर प्रतिदिन काफी समय

व्यय करने लगा था। वह प्रायः अकेला अपने प्रिय घोड़े पर घने वनों में निकल जाता था और अंगरक्षकों को अपने साथ नहीं रखता था।

एक सुबह खारवेल घुड़सवारी पर निकला हुआ था। उसने दो रथों में सवार युवतियों और घुड़सवारों का एक कारवाँ अपनी ओर आते देखा। रथों पर मगध का ध्वज फहरा रहा था।

उसने कारवाँ को रुकने का आदेश दिया। तलवार की मूँठ पर दायाँ हाथ धरे, बिना तलवार खींचे, अपने सामने उस सजीले युवक घुड़सवार को देखते ही राजकुमारी पद्मावती पहचान गयी। उसके सपनों का स्वामी, उसकी चढ़ती उमंगों और भावनाओं का नायक, एक ईश्वरीय वरदान की तरह, स्वयं उसके सामने खड़ा था। उसे इस तरह अकेले, बिना राजसी आडम्बर के, पतझड़ के पेड़ों से छनकर आती धूप में, अपने प्रिय नायक से मिलने की आशा नहीं थी। वह उसे देख अवाक् रह गयी। उसके सैनिकों के समक्ष खारवेल की निर्भीक मुद्रा और तलवार न खींचनेवाला आत्मविश्वास देख राजकुमारी के हृदय में हूक-सी उठी। वे सुन्दर फूल जो उसने अपनी यात्रा में जगह-जगह खिले देखे थे, एकाएक उसकी आँखों के आगे मानो एक साथ, एक ही जगह आ गये, उसके और खारवेल के बीच की दूरी में। पतझड़ के सफेद, स्वच्छ बादलों में वह मस्ती नहीं थी जो उसे खारवेल की आँखों में मिली। न उन झरनों में वह रवानगी थी जो उसे खारवेल के शान्त स्थिर घोड़े पर बैठे शरीर में नजर आयी।

यह सब राजकुमारी के निष्पाप युवा हृदय का ही वैभव था जो वह खारवेल में देख रही थी, क्योंकि खारवेल तो एक थका-हारा मुसाफिर था जो जीवन के सफर में टूट चुका था। उसके जीवन में न फूल थे, न उमंगें, न आशाएँ और न कामनाएँ। कर्तव्य थे, कर्तव्य ही कर्तव्य थे, कर्मठता थी, कर्मयोग था और कुछ नहीं।

कुछ देर बाद जब राजकुमारी की अवाक् हुई वाणी खुली तो वह बोली, ''आर्यावर्त के महान नायक, अपने जीवनकाल में ही गाथा बन चुके, कलिंग के महाराज को मगध के महाराज बृहस्पतिमित्र शुंग की बहन राजकुमारी पद्मावती का प्रणाम स्वीकार हो!''

''मगध तो मैं गया था। तब मुझे आप जैसे दुर्लभ रत्न के दर्शन नहीं हो सके। सम्भवतः आप तब बालिका रही होंगी।''

''निस्सन्देह!'' कहते हुए राजकुमारी रथ से कूद पड़ी और खारवेल के निकट आ गयी। ''किन्तु महाराज, यदि तब मैं युवती होती, तो भी इतनी आभा मुझमें न होती जो आप जैसे सूर्य की दृष्टि खींच सके।''

खारवेल का हृदय उसकी निर्दोष, क्षुद्रघण्टियों की तरह मधुर और अकारण उल्लास से हुलसती आवाज सुनकर प्रसन्नता से भर गया। महीनों से उसके मुँह पर

मुस्कुराहट नहीं आयी थी। कौमार्य के तेज से राजकुमारी का माथा एक विशाल हीरे की तरह दमक रहा था। अपने ऊपर पवित्र यौवन का यह चमत्कारी असर देखकर खारवेल का हृदय आश्चर्य से भर गया। जो काम इतने वैद्य, जादूगर और तान्त्रिक न कर सके थे, वह एक बाला ने कर दिया था।

मुस्कुराता हुआ खारवेल घोड़े से नीचे उतर गया। उसे उसके बोलने का किंचित् नाटकीय ढंग खूब भाया। वह बोला, "राजकुमारी, आपका कलिंगदेश में स्वागत है। सुन्दरियों की पदचाप की अभ्यस्त कलिंग की यह पवित्र धरती न जाने क्यों आपके सुन्दर चरणों का स्पर्श पाकर धड़कने लगी है। क्या पतझड़ की यह ऋतु राजकुमारी को बहलाकर कलिंगदेश में ले आयी है? कलिंग में पतझड़ बहुत सुहाना होता है राजकुमारी! जरा सतर्क रहिएगा। कहते हैं वसन्त ऋतु तो बदनाम है केवल। पवित्र हृदयों को भी विह्वल कर देनेवाले बाण हैं पतझड़ के तूणीर में।"

राजकुमारी का हृदय उल्लास से कमल की तरह फूल गया, इतने सुन्दर और सुसंस्कृत शब्दों को सुनकर। खारवेल को भी आश्चर्य हुआ, अवसाद के क्षणों में, कैसे उसका हृदय इतने सुन्दर शब्द, बिना प्रयास के ही व्यक्त कर गया। राजकुमारी को भी आश्चर्य हुआ, जिसे वह केवल एक धीर-वीर योद्धा समझती थी, वह शब्दों का भी स्वामी था, जिसके इशारे पर शब्द उठते थे, चलते थे और दूसरों के हृदयों में उतर जाते थे।

राजकुमारी बोली, "आश्चर्यजनक! हे राजन्! आश्चर्यजनक है आपकी प्रतिभा। आप धन्य हैं कि आपके अधीन है सुन्दर भाषा, उपमा और अलंकार। यह सब बिना सरस्वती की कृपा के नहीं प्राप्त किया जा सकता। क्षण भर को तो मैं भूल ही गयी कि मैं पृथ्वी पर हूँ या स्वर्ग में। मुझे लगा कोई यक्ष बोल रहा है। मानव-कण्ठ से निकले शब्दों से सर्वथा भिन्न हैं आपके शब्द।"

खारवेल ने शुरू के दो वाक्य तो बड़े उत्साह के साथ सुने। किन्तु तीसरे वाक्य में सरस्वती का नाम सुनते ही सरस्वती का वह तेजस्वी रूप उसके हृदय में उठ खड़ा हुआ, जिस रूप में राजतिलक के दिन उसने वह स्थान दिखाया था, जहाँ कलिंगजिन की मूर्ति स्थापित थी। फिर सरस्वती उसकी आँखों में भर गयी और उसे राजकुमारी पद्मावती धुँधली और दूर दिखाई देने लगी। इसके साथ ही उसके हृदय को फिर से अवसाद और तिमिर ने बन्द कर दिया।

पद्मावती बोली, "हे राजन्! मैं देवी सरस्वती की उस मूर्ति के दर्शन करना चाहती हूँ, जिनकी शोभा-यात्रा सारे भारत में निकालकर आपने समस्त भारतीयों को एक सांस्कृतिक सूत्र में पिरोया है। मैं कलिंगजिन के भी दर्शन करना चाहती हूँ, जिन्हें आप मगध से तो ले आये किन्तु मगधवासियों के हृदयों में छोड़ आये हैं। इसी उद्देश्य की पूर्ति के लिए मैं अपने महाराज की आज्ञा लेकर इस यात्रा

पर निकली हूँ।''

इतना कहकर पद्मावती ने कुछ ऐसी आँखों से खारवेल को देखा मानो कह रही हो कि इतना तो मैंने कह दिया। शेष तुम समझ लेना। खारवेल को अचानक लगा, राजकुमारी उसे बहुत समय से जानती है। राजकुमारी का प्रेम खारवेल से छुपा न रह सका। राजकुमारी अपनी विशाल पलकों की कोर से उसे देख रही थी, यह जानने को कि वह उसके मनोभावों को समझ सका या नहीं।

लम्बी बीमारी का भार और मानसिक तनाव राजकुमारी से बातें करके चले गये थे। सरस्वती का नाम आते ही उसका हृदय फिर बन्द होने लगा था। किन्तु उसे ऐसा लगा जैसे राजकुमारी पद्मावती में कोई दिव्यशक्ति थी जो उसके हृदय को बन्द होने से रोक रही थी। उसने मन ही मन राजकुमारी को इस कृपा के लिए धन्यवाद दिया। अवसाद से उभर आयी इस मनःस्थिति में स्थायी रूप से रहने का वह इतना इच्छुक था कि बोला, ''राजकुमारी! इन दोनों के दर्शन करने की मेरी भी अभिलाषा है। मैं आपको लेकर चलूँगा। आप हमारी अतिथि हैं। आप यदि हमारे साथ राहजमहल में रहना चाहेंगी तो हमें बहुत प्रसन्नता होगी। किन्तु यदि आप अलग रहना चाहें तो आपके लिए किसी उपयुक्त प्रासाद में प्रबन्ध कर दिया जाएगा।''

खारवेल को लगा मानो निरन्तर अवसाद में गिरते उसके मन को राजकुमारी का सान्निध्य उभार सकता है। दूसरे ही क्षण उसे लज्जा आयी यह सोचकर कि वह बाहरी सहारा ढूँढ़ रहा था, जबकि प्रभु ने उसे रोग इसलिए दिया था कि वह स्वयं अपने हृदय की शक्ति से इस अँधेरे से बाहर निकले।

राजकुमारी ने खारवेल के साथ चलने की लालसा से रथ छोड़ दिया और एक सैनिक से घोड़ा ले लिया। उनके ठहरने का प्रबन्ध राजमहल के उत्तरी हिस्से में कर दिया गया।

कुमारी पर्वत पर सरस्वती देवी की प्रतिमा के दर्शन करने राजकुमारी पद्मावती के साथ महाराज और महारानी दोनों गये। जब वे दर्शन कर रहे थे तो खारवेल ने देखा कि पद्मावती का एक अंगरक्षक मूर्ति के रेखाचित्र बड़ी तीव्रता से बना रहा है। मूर्ति के ये रेखाचित्र विभिन्न कोणों से बनाये जा रहे थे। खारवेल समझ गया कि वह कोई शिल्पकार था, सैनिक नहीं और उसे आश्चर्य हुआ कि राजकुमारी के साथ एक शिल्पकार अंगरक्षक के रूप में क्यों है। उसे बृहस्पतिमित्र शुंग का यह आचरण अच्छा नहीं लगा। वह शिल्पकार को शिल्पकार के रूप में पद्मावती के साथ भेज सकता था। उसे छद्मवेश में भेजने का अर्थ तो यही था कि कोई योजना बृहस्पतिमित्र के मन में थी जो वह गुप्त रखना चाहता था।

खारवेल छद्मवेश शिल्पकार के पास गया जो एक विशाल खम्भे की आड़

में बैठा रेखाचित्र बना रहा था। वह आश्वस्त था कि उसे किसी ने नहीं देखा। उसे पता नहीं था कि मन्दिर में प्रवेश करते ही खारवेल ने उसे देख लिया था। खारवेल यह भी जानता था कि वह मन्दिर में आने के बाद तीन खम्भों की आड़ से चित्र बना चुका है।

खारवेल ने शिल्पकार से पूछा, "क्या तुम शिल्पकार हो?" शिल्पकार खारवेल को सामने देख घबरा गया और बोला, "नहीं महाराज! मैं चित्रकार हूँ।"

"तुम अंगरक्षक हो या चित्रकार?"

"दोनों महाराज! अंगरक्षक जीविका के लिए हूँ, चित्रकार अपनी रुचि की तृप्ति के लिए।"

"चित्र किसके कहने से बना रहे हो?"

"किसी के कहने से नहीं महाराज!" शिल्पकार घबराहट में झूठ बोल रहा था। उसे बृहस्पतिमित्र शुंग ने मूर्ति देखने के लिए भेजा था, ताकि वह मगध लौटकर सरस्वती की उससे भी सुन्दर मूर्ति बनाए। बृहस्पतिमित्र शुंग महत्त्वाकांक्षी था। खारवेल ने सरस्वती-आन्दोलन चलाकर भारत की एकता की जो शुरुआत की थी, बृहस्पतिमित्र चाहता था कि उस आन्दोलन की बागडोर मगध के हाथ में हो।

खारवेल की भेदती दृष्टि का चित्रकार सामना न कर सका। अपने झूठ को मोम की तरह पिघलते देख, उसे इस बात पर ग्लानि हुई कि उसके मुँह से स्वतः झूठ क्यों निकला? उसे झूठ बोलने की कोई आवश्यकता नहीं थी, क्योंकि वह कोई अपराध नहीं कर रहा था।

स्वयं को सत्य से आवृत करने का उसी क्षण उसने एक निर्णय लिया और बोला, "जो कुछ भी बनाऊँगा महाराज मेरी इच्छा है कि उसे महर्षि पतंजलि को भेंट स्वरूप दूँ। सरस्वती का ऐसा आराधक मगध में तो कोई दूसरा है नहीं। यह मूर्ति इतनी सुन्दर है महाराज कि इससे सुन्दर आकृति शायद ही बना पाऊँ। किन्तु जब पतंजलि ऋषि को भेंट कर दूँगा, तो आपसे निवेदन करूँगा कि आप भी कभी एक नजर उसे देख लें। आप कला-पारखी हैं महाराज! आप दो शब्द कह देंगे तो मेरी कला को प्रोत्साहन मिल जाएगा।"

पतंजलि का नाम सुनते ही खारवेल सोच में पड़ गया। उसे आश्चर्य हुआ कि अपने उपचार के लिए उसे पतंजलि का ख्याल क्यों नहीं आया। थके-हारे मन का उनसे बड़ा वैद्य और कौन होगा?

पद्मावती के भ्रमण, मनोरंजन और विश्राम का उचित प्रबन्ध कर, और इसके लिए जिम्मेदारी अपने एक विद्वान मन्त्री अक्रूर को सौंपकर, खारवेल महर्षि पतंजलि के तपोवन की ओर चल दिया।

भारत में, स्मृति से बहुत परे किसी अति प्राचीन काल से योग चला आ रहा

था। सांख्य, जैन, वेदान्त, बौद्ध आदि प्रत्येक दर्शन की अपनी ही ध्यान-पद्धति थी, क्योंकि सभी भारतीय दार्शनिक धाराएँ एक बिन्दु पर पूरी तरह सहमत थीं—दर्शन केवल चिन्तन का विषय नहीं है। दर्शन साक्षात्कार का विषय है। जब तक साधक सत्य को अपने शरीर में एक जीवित शक्ति की तरह महसूस नहीं कर लेता, कोरा चिन्तन व्यर्थ है। कोरा चिन्तन मनुष्य को शून्य में ले जाता है और असत् की ओर भी ले जाता है। सत्य के साक्षात्कार को महत्त्व देने के उद्देश्य से ही भारत में दार्शनिक चिन्तन को दर्शन कहा जाता था।

पतंजलि 'योगसूत्र' लिखने के बाद पूरे भारतवर्ष में प्रसिद्ध हो गये थे। उन्होंने दर्शनिकों की वह सेवा की थी जो आज तक किसी ने नहीं की थी। उन्होंने योग के क्रियात्मक पक्ष पर संसार की पहली पुस्तक लिखी थी। उनके समय तक योग क्रियाएँ गुरुजन अपने शिष्यों को मौखिक रूप से समझाते रहे थे। योग की अनेक पद्धतियाँ, शैलियाँ और क्रियाएँ मौखिक होने के कारण गुरुओं के साथ ही लुप्त हो गयी थीं। पतंजलि अपने समय में जितना जान पाये, उसे उन्होंने लिपिबद्ध कर दिया था।

पतंजलि नदी में स्नान करके लौट रहे थे, जब खारवेल उनके तपोवन में पहुँचा। पतंजलि की जटा और दाढ़ी में पानी की बूँदें ओस की तरह अटकी हुई थीं। उन बूँदों को देखकर ऐसा भ्रम हो रहा था मानो ऋषि पतंजलि रात भर बाहर खुले आकाश के नीचे समाधिस्थ रहे हों और ओस की बूँदें उनके सफेद केशों और दाढ़ी को कुमुदिनी के फूल समझ उन पर बैठ गयी हों।

खारवेल ने कहा, "महर्षि! मैं आपसे एक निजी और गुप्त विषय पर वार्ता करने आया हूँ। मुझे आपके मार्गदर्शन की अभिलाषा है।"

ऋषि खारवेल को लेकर वन के एक निर्जन कोने में चले गये। वहाँ एक विशाल न्यग्रोध वृक्ष के नीचे उन्होंने राजा से आसन ग्रहण करने को कहा और स्वयं भी राजा के समीप बैठ गये।

ऋषि बोले, "राजन्! यह एकान्त है। यहाँ आप निश्चिन्त होकर अपनी गुप्त निजी बात मुझसे कह सकते हैं।"

खारवेल ने उन्हें स्पष्ट शब्दों में अपने, दृष्टि और सरस्वती के बीच उत्पन्न हुई गुत्थी बतायी। फिर खारवेल ने विनम्र निवेदन किया, "महात्मन्! इस प्रणय-त्रिकोण ने मेरे सम्पूर्ण व्यक्तित्व को हतप्रभ कर दिया है। मुझे लगता है कि मेरे अन्तःकरण, इन्द्रियों और शरीर को किसी अदृश्य नाग ने जकड़ लिया है। प्रेम और काम में मुझे सदैव सुख शान्ति प्राप्त होते रहे हैं। किन्तु अब मुझमें वितृष्णा जाग गयी है। दृष्टि को देखते ही मुझे एक अज्ञात भय आक्रान्त कर देता है। मेरे प्राण सूख जाते हैं। अंग निश्चल हो जाते हैं। किस भी स्त्री के निकट आने की मुझमें कामना नहीं

रह गयी है। स्त्री से किसी भी तरह का हार्दिक सम्बन्ध बनाते हुए भय लगता है। मुझे स्त्री एक अत्यन्त चतुर और क्रूर पशु लगने लगी है, जो पहले प्रेम करके हृदय को जीत लेती है और जब पुरुष का हृदय उसके वश में हो जाता है तो वह उस पर शासन करने की महत्त्वाकांक्षा से उन्मत्त हो जाती है। वह पुरुष के प्रति अपने कर्तव्य को भूल, उसे एक नीच कामी-पशु समझकर अदृश्य जंजीरों से जकड़ लेती है। घोर ईर्ष्या ही उसका चरित्र बन जाता है।''

पतंजलि बोले, ''राजन्! काम एक शक्ति है, जिसे प्रेम की दिशा देकर पुरुषार्थ में बदल लेना मनुष्य का कर्तव्य है। किन्तु जबरदस्ती कोई नियम या अनुशासन लादने से काम वश में नहीं आता। ऐसा करने से यह या तो उद्दण्ड और चरित्रहीन हो जाता है या शिथिल और निश्चेष्ट। इसकी शिथिलता और निश्चेष्टता भ्रमात्मक है, क्योंकि यह चुपचाप प्रतीक्षा करता है किसी घोर पाप के अवसर की।''

''कैसा पाप प्रभो?''

''सम्पन्न लोगों और राजघरानों के लोगों में नयी-नयी किशोरियों को अपने कुत्सित विलास का साधन बना लेने की प्रवृत्ति जाग जाती है। ऐसे लोग काम-पुरुषार्थ को सिद्ध नहीं कर पाते और निरी कामुकता में अपनी कामशक्ति का अपव्यय करने लगते हैं। प्रकृति का नियम है कि जो पतन के मार्ग पर पग बढ़ाते हैं उन्हें वह पतन के साधन उपलब्ध कराती है और जो उत्थान के मार्ग पर चलते हैं उन्हें उत्थान के।''

खारवेल ने कहा, ''यह सत्य है प्रभो! मेरा मन दृष्टि और सरस्वती के ईर्ष्या युद्ध से इतना त्रस्त हो गया था कि मैं दोनों का त्याग कर देने को उद्धत हो गया था। तभी एक दिन मगध की राजकुमारी पद्मावती कलिंग आ गयीं। वे राजमहल में ही ठहरीं, और मुझे उनसे एकान्त में वार्ता करने के कुछ अवसर मिले। उन वार्ताओं से मुझे यह समझते देर नहीं लगी कि वे मुझमें अत्यन्त आसक्त हैं और मुझे एक महान नायक समझ अपने सुन्दरतम स्वप्नों में बसाये हुए हैं। मैं समझता था कि मेरी काम-वासना मृत हो गयी। किन्तु उनका मेरे प्रति पूर्ण विश्वास देख मेरे हृदय में काम-वासना के अंकुर फूटने लगे। मेरे काम-कलुषित हृदय को अत्यन्त हर्ष हुआ, यह देखकर कि अनुभवविहीन और निष्पाप राजकुमारी स्वयं कौतूहलवश मुझे कामक्रीड़ा हेतु उद्दीप्त करने लगी थीं। पतन की उस घड़ी में ही कलिंगजिन ने मेरी रक्षा की। खिड़की से उनकी समुद्र-तल पर खड़ी आनन्दमग्न मूर्ति दिख रही थी। उनके विशाल नेत्र मुझे ही देख रहे थे। उनकी प्रेरणा से ही मेरे हृदय में एक विचार आया जिसने मुझे पाप से बचाया। मेरे हृदय ने कहा—यह सत्य है कि मेरे कहने पर राजकुमारी पद्मावती आत्मसमर्पण कर देंगी। यह भी सत्य है कि उनका विवाह मुझसे हो जाएगा। परन्तु यह सत्य नहीं है कि मैं उनसे जीवन भर प्रेम कर

सकूँगा। मेरा मन उनसे शीघ्र भर जाएगा। तब मैं अन्य किसी किशोरी को रानी बनाऊँगा। यह क्रम चलता रहेगा और मेरा रनिवास रानियों से भर जाएगा। उनमें प्रत्येक के साथ कुछ काल तक कामक्रीड़ा करके मैं ऊब जाऊँगा और तब मुझे किसी नयी किशोरी की कामना सताने लगेगी। इस तरह मैं एक चरित्रहीन कामी होकर रह जाऊँगा। मेरा काम-पुरुषार्थ सिद्ध नहीं होगा।''

पतंजलि बोले, ''राजन्! यही वह कुत्सित काम-वासना है जिसकी निन्दा ऋषियों ने की है। आप धीर और वीर हैं। इस कारण आपने अपनी इच्छाशक्ति को काम-कलुषिता से संयुक्त होने नहीं दिया। जो यह संयम नहीं करते उनमें काम-वासना तृष्णा की ज्वाला बन जाती है। यह कभी तृप्त नहीं होती। ऐसे लोगों को काम-वासना भटका देती है, उनके काम-पुरुषार्थ की सिद्धि में सहायक नहीं होती।''

''किन्तु महात्मन्! मेरी स्थिति विचित्र है। न तो मैं कलुषित काम-वासना के पथ पर चल सकता हूँ, न काम-पुरुषार्थ की सिद्धि के पथ पर। ईर्ष्या के इस भयानक प्रपंच को देखने के बाद दृष्टि और सरस्वती के प्रति मेरे मन में रतिभाव उद्दीप्त नहीं होता।''

महर्षि पतंजलि मौन हो गये। कुछ देर विचार करने के उपरान्त उन्होंने पूछा, ''राजन्! क्या आप बता सकते हैं कि जब आपमें किशोरावस्था में कामभाव उत्पन्न हुआ था तो आपकी मनोदशा कैसी थी?''

''महात्मन्! उस समय मेरे हृदय में चार भावनाएँ मुख्य रूप से प्रकट हुई थीं—1. मेरी काम-वासना अत्यन्त लज्जाशील थी और किसी ऐसी स्त्री की प्रतीक्षा में रत थी जो मेरी कामक्रीड़ा को अत्यन्त गुप्त रखे। अपनी सखियों पर भी प्रकट न करे। 2. मेरी काम-वासना की दूसरी प्रमुख विशेषता थी कि वह अत्यन्त संवेदनशील थी और यह चाहती थी कि जिस स्त्री से भी मेरा काम-सम्बन्ध हो, वह जीवन-पर्यन्त केवल मुझसे काम-सम्बन्ध रखे और मैं जीवन भर उसके सम्मान और शरीर की रक्षा करूँ। उसके भरण-पोषण का पूर्ण उत्तरदायित्व मेरा हो। 3. मेरी काम-वासना का तृतीय प्रमुख गुण रचनात्मकता था। मुझमें साहित्य-कला, संगीत-कला, चित्र-कला, शिल्प-कला और नगरों को सुन्दर और सुव्यवस्थित करनेवाली वास्तु-कला के अंकुर उन्हीं दिनों फूटे थे। इनके साथ ही मेरा हृदय विशाल होने लगा था। मुझे लगने लगा था कि काम-क्रीड़ा प्रथम चरण था किसी स्त्री से एक हो जाने का। मुझे लगा था कि यह एकता केवल शरीर तक सीमित नहीं थी। मेरी आत्मा और उस स्त्री की आत्मा का एक हो जाना ही इस क्रीड़ा का अन्तिम चरण था। मुझे प्रेम की शक्ति का अनुभव होने लगा था। मुझे लगने लगा था कि प्रेम में एक शक्ति है जो दो आत्माओं के अभिमान को विगलित करके उन्हें एक प्रेमात्मा में बदल देती

है। मुझे विश्वास हो गया था कि दो आत्माओं की पूर्ण एकता ही काम-वासना का उद्देश्य है। 4. इस विश्वास के साथ मेरी काम-वासना को अन्य लोकों का भास होने लगा था। मुझे स्पष्ट महसूस होने लगा था कि पृथ्वी लोक के अलावा अनेक लोक हैं, जहाँ दिव्यजन रहते हैं और वे सच्चे प्रेमी-युगल की सहायता करते हैं। उन्हें प्रेम की शक्ति से सभी लोकों पर विजय प्राप्त करने का मार्ग दिखाते हैं।''

''राजन्!'' ऋषि पतंजलि बोले, ''इसी रूप में काम-वासना सभी किशोरों में प्रकट होती है। सभी किशोर इन्हीं चार मनोदशाओं का अनुभव करते हैं। जो सामान्य शक्ति सम्पन्न किशोर हैं उनमें ये भावनाएँ इतनी प्रबल नहीं होतीं, जितनी विशेष शक्ति से सम्पन्न किशोरों में। जिनकी आत्मा ने पूर्वजन्मों में तप किया है उनकी आत्मा में ये शक्तियाँ बहुत प्रबल होती हैं। उनका कार्यक्षेत्र केवल उनका निजी-जीवन नहीं, वरन् समस्त राष्ट्र का जीवन होता है। जिनकी आत्मा सर्वाधिक विकसित हो जाती है उनमें ये शक्तियाँ समस्त मानवता को उत्थान की ओर ले जाने का प्रयत्न करती हैं।''

खारवेल ने कहा, ''किन्तु महर्षि, मेरी काम-शक्ति के ये चारों गुण जो कभी बहुत प्रबल थे अब क्षीण हो चले हैं। ऐसा लगता है कि इनसे भी प्रबल तीन काम-विकृतियाँ मुझमें प्रवेश कर गयी हैं, जिन्होंने चारों काम-शक्तियों को छिन्न-भिन्न कर दिया है। कभी ये समन्वित थीं और एक निश्चित दिशा में बढ़ रही थीं। अब ये बिखर गयी हैं और बाहर से आने वाली इन विकृतियों को परास्त नहीं कर सकतीं।''

पतंजलि ने पूछा, ''ये विकृतियाँ कौन-सी हैं जो आपकी काम-शक्ति को बिखरा रही हैं?''

''महर्षि! मेरी इन चार काम-शक्तियों में तीन विकृतियाँ बाहर से आकर मिल गयी हैं। मुझे ऐसा लगता है कि इन तीन शक्तियों को दृष्टि और सरस्वती की पारस्परिक ईर्ष्या ने उद्दीप्त किया है। ऐसा तो नहीं लगता कि उनकी ईर्ष्या से इन तीन विकृतियों का जन्म हुआ है, बल्कि ऐसा लगता है कि उनकी ईर्ष्या से क्षुब्ध होकर, उनकी ईर्ष्या के आगे स्वयं को दुर्बल पाकर मैंने ही इन विकृतियों का आह्वान किया है। मुझे लज्जा है यह स्वीकार करते हुए कि शत्रु राजाओं को परास्त करने के लिए जिस खारवेल ने डिमेट्रियस की शक्ति से गठबन्ध नहीं किया, उसी खारवेल ने अपनी पत्नियों की ईर्ष्या-शक्ति से व्यथित होकर इन तीन बाहरी विकृतियों से गठबन्धन कर लिया। इस गठबन्धन का ही यह दुष्फल है कि इन तीनों ने मेरी काम-शक्ति को जकड़कर वितृष्णा में बदल दिया है। ये तीनों मेरी सहायता करने के बजाय, मुझे अपने पीछे खींच रही हैं। मैं इनके पीछे नहीं जाना चाहता, और ये मेरे पीछे नहीं चलना चाहतीं। इस तरह मेरे व्यक्तित्व में एक जटिल गिरह पड़

गयी है। एक गतिरोध आ गया है। मैं न आगे जा सकता हूँ, न पीछे हट सकता हूँ।''

''राजन्! अब मुझे विस्तार से इन तीनों विकृतियों के विषय में बताइए। आपकी सत्यवादिता से मैं अत्यन्त प्रसन्न हूँ। मुझे लगता है कि ईश्वर अनुकूल है, और आप शीघ्र ही काम-विकृतियों के इस प्रपंच पर विजय प्राप्त कर लेंगे।''

''महर्षि! शरीर में चार ईश्वरीय शक्तियाँ अंशरूप में रहती हैं—यक्ष, आत्मा, प्रकृति और योगमाया। यक्ष मेरी जीवन-शक्ति है, जिसका केवल एक लक्ष्य है आनन्द प्राप्त करना। आनन्द-प्राप्ति के लिए जीवन-शक्ति से कामशक्ति उत्पन्न होती है। जीवन-शक्ति का स्वभाव यक्षों जैसा है, क्योंकि यह शरीर से आनन्द प्राप्त करने को ही जीवन का एकमात्र लक्ष्य समझती है। किन्तु मेरी आत्मा परमानन्द प्राप्त करने को ही एकमात्र लक्ष्य मानती है। प्रकृति मेरे मन, बुद्धि, चित्त, अहंकार और इन्द्रियों का संगठन है। प्रकृति मानसिक और ऐन्द्रिक आनन्द प्राप्त करना चाहती है। चौथी शक्ति योगमाया मेरी आत्मा, प्रकृति और जीवनशक्ति को आनन्द प्राप्त करने से रोकती है और निष्काम कर्म और कर्तव्यपालन की ओर उन्मुख करती है।

''महात्मन्! पहली काम-विकृति, जिसने बाहर से आकर मेरी चार काम शक्तियों को उद्वेलित किया है, उसने मेरी आत्मा, प्रकृति, योगमाया और यक्ष को भी एक गठबन्धन में बाँधकर उनके विवेक का हरण कर लिया है। इसके प्रभाव में मुझे अपना व्यक्तित्व संगठित तो लगता है किन्तु नेत्रविहीन और विवेकहीन भी लगता है। यह विकृति अभिमानी और शक्तिशाली है। इसका केवल एक लक्ष्य है—सभी जीवों पर आधिपत्य प्राप्त कर लेना और सब पर शासन करना।''

पतंजलि बोले, ''जिस शक्ति का तुम वर्णन कर रहे हो, इसे यूनानी विद्वान लिबिडो कहते हैं। यह लेटिन भाषा का शब्द है जिसका उपयोग यूनानी दार्शनिक भी करते हैं। यह शक्ति विवेक को नष्ट कर देती है। इसी शक्ति ने रोमनों और यूनानियों को अन्य देशों पर आक्रमण करके वहाँ के मनुष्यों पर शासन करने की प्रेरणा दी है। आत्मा, यक्ष, प्रकृति और योगमाया को रोमनों की तरह संगठित करना देवताओं को बन्दी बनाने जैसा है। लिबिडो शब्द का पर्यायवाची संस्कृत में नहीं है। आत्मा, यक्ष, प्रकृति और योगमाया में अन्तर्निहित एकत्व है। इस एकत्व का अनुभव इन्हें संगठित करने या जोड़ने से नहीं होता। इन्हें संगठित नहीं, समन्वित किया जाता है। ये एक ईश्वर के चार रूप हैं। समन्वित होकर ये ईश्वर की शक्ति बन जाते हैं। संगठित होकर ये राक्षसी हो जाते हैं।

''समन्वित करने के लिए साधक चारों पर अपनी आत्मा की बलि देता है। आत्मा अपनी बलि देकर चारों में प्रवेश पा जाती है। आत्मा के प्रकाश में चारों को वह अनुपात याद आ जाता है जिस अनुपात में होने पर वे समन्वित हो जाते हैं

और ईश्वरीय शक्ति बन जाते हैं।

"यूनानी सम्पर्क के प्रभाव से तुममें इन चारों का संगठन बन गया है। अपनी आत्मा का आह्वान करो जो तुम्हारे हृदय में ऐसे छिपी हुई है जैसे काष्ठ में अग्नि। अपनी आत्मा से कहो कि इस राक्षसी-शक्ति लिबिडो पर आत्मबलि दे और इससे पुनर्जन्म ले। अब दूसरी काम-विकृति के बारे में बताओ।"

खारवेल ने कहा, "ऋषिवर! यह काम-विकृति अत्यन्त निकृष्ट है। यह सम्प्रदाय के नाम पर अन्य सम्प्रदाय के लोगों की हत्या करके हर्षित होती है। यह प्रेरित करती है कि जो तुम्हारी बात न माने उसका वध कर दो। यह स्त्रियों का अपहरण करती है और उनके साथ बलात्कार करती है। इसे राक्षसी कहना राक्षसों का अपमान करने जैसा है, क्योंकि राक्षस भी बलात्कार नहीं करते थे। वे केवल अपहरण करते थे।"

पतंजलि बोले, "यह काम-विकृति अरब के लोगों ने विकसित की है। तुम्हारी आत्मा आत्मबलि देकर इससे भी पुनर्जन्म ले।"

"महात्मन्! तीसरी काम-विकृति जो मुझमें आयी है, वह उन संन्यासियों की है जो काम-दमन को मोक्षमार्ग समझते हैं। वे किसी भी अंकुश से क्रूरतापूर्वक काम-दमन करने का समर्थन करते हैं।"

ऋषि पतंजलि ने कहा, "इन्द्रिय-दमन या काम-दमन से कुछ लोगों ने बड़े गलत अर्थ निकाल लिये हैं। कामशक्ति ब्रह्मा की शक्ति है, जो उन्होंने मनु और शतरूपा को दी थी। वे दोनों प्रथम मानव-युगल भगवान ब्रह्मा के शरीर के दो टुकड़े थे। ब्रह्मा ने कर्म मार्ग का उन्हें उपदेश दिया था। 'दो होते हुए भी हम एक हैं' ऐसा महसूस करने के लिए कामशक्ति दी थी।

"ब्रह्मा की किसी शक्ति का नाश नहीं किया जा सकता। 'नाश' शब्द के अर्थ काम के सन्दर्भ में बदल जाते हैं। कामनाश के अर्थ हैं शरीर में काम से भी प्रबल ऊर्ध्वरेता शक्ति को जाग्रत कर लेना। यह ऊर्ध्वरेता शक्ति सनकादि ऋषियों ने, महामुनि शुकदेव ने, तीर्थंकरों ने, बुद्ध ने और अन्य लाखों ऋषियों ने पूर्वकाल में अपने शरीरों में जगायी थी। जिस व्यक्ति में ऊर्ध्वरेता शक्ति जाग जाती है उसे कामशक्ति प्रभावित नहीं करती। इसे ही 'कामनाश' व 'इन्द्रियदमन' कहा गया है। जो संन्यासी कामशक्ति का नाश किसी अन्य विधि से करते हैं वे अपने शरीर में शून्यशक्ति को जाग्रत कर लेते हैं और भ्रमवश इसे अपनी काम पर विजय समझने लगते हैं।

"अब तुमने कामशक्ति के चार प्राकृतिक रूपों और कामशक्ति की तीन विकृतियों—इन सातों को जान लिया है। प्रथम चार ब्रह्माकृत हैं, शेष तीन मानवकृत। जिस तरह इन्द्रधनुष के सातों रंग एक-दूसरे में विलीन होकर सफेद धूप में बदल जाते हैं, उसी तरह कामशक्ति के ये सातों रूप भी एक-दूसरे में विलीन होकर तुम्हारे

शारीरिक बल में बदल सकते हैं। अपने अमर तत्त्व आत्मा से कहो कि इन सातों पर आत्मबलि दे और सातों से पुनर्जन्म ले। ब्रह्मादत्त कामशक्ति के चारों प्राकृतिक रूप मानवकृत तीन विकृतियों से मिलकर दूषित हो गये हैं। अतः सातों को अपने शारीरिक बल में परिवर्तित करके ही तुम इस व्याधि से मुक्त हो सकते हो।

"जब कामशक्ति के ये सातों रूप तुम्हारे शारीरिक बल में परिवर्तित हो जाएँगे तो समय-समय पर तुम्हारी शारीरिक बल से पुनः ब्रह्माकृत कामशक्ति प्रकट होती रहेगी और अपना कार्य करके स्वतः शारीरिक बल में लीन होती रहेगी।"

ऋषि पतंजलि मौन हो गये। उन्होंने अपनी आत्मा की बलि इस कामज्ञान पर दी, जो उन्होंने खारवेल को दिया था। इस तरह ये कामज्ञान आत्मबलि के बल से वापस योगमाया को चला गया, जहाँ से आया था।

आत्मबलि की प्रक्रिया पूरी करने के बाद उन्होंने आँखें खोलीं और खारवेल से कहा, "राजन्! यदि कोई प्रश्न आपको पूछना हो तो संकोच न करें, पूछ लें।"

खारवेल ने कहा, "महात्मन्! मेरे आने का दूसरा उद्देश्य था आपसे कुण्डलिनी जागरण की विधि सीखना। कलिंग में अनेक योगियों ने मुझसे कहा कि मानव-शरीर के मूलाधार में कुण्डलिनी शक्ति सो रही है। इसे जाग्रत कर लेने से मनुष्य जीवन के दुःखों के पार निकल जाता है।"

"राजन्! कुण्डलिनी को जाग्रत करने के लिए ज्ञानीजन किसी भी प्रत्यक्ष शक्ति का प्रयोग नहीं करते। किसी यौगिक व्यायाम से इस शक्ति को कभी मत जगाना। सामान्य जीवन के सभी कर्तव्य निष्ठापूर्वक करने से यह शक्ति स्वतः शनैः-शनैः जाग्रत हो जाती है। जोर-जबरदस्ती से और अचानक जाग्रत करने पर यह शक्ति व्यक्तित्व का नाश कर देती है। मानव-व्यक्तित्व का नाश हो गया तो तुम स्वाधीनता और स्वच्छन्दता, मोक्ष और शून्य के बीच अन्तर को समझने वाला यन्त्र खो दोगे।

"दुःखों से घबराकर दुःखों के पार चले जाना आसान है। संवेदना-शक्ति खो दो तो दुःख तुम्हें नहीं छुएँगे। किन्तु संवेदना चली गयी तो मनुष्यत्व चला जाएगा। यह मनुष्यत्व ही तो वह सेतु है जो आत्मा को परमात्मा से जोड़ता है। मनुष्यत्व के कारण ही मनुष्य-योनि को आवश्यक माना गया मोक्ष-प्राप्ति के लिए। जो देवयोनि में नहीं हो सकता वह मनुष्य-योनि में होता है। मोक्ष, अर्थात् पूर्ण स्वाधीनता मनुष्य-योनि में ही प्राप्त होती है। मनुष्य-योनि की विशेषता है दूसरे के दुःख ऐसे महसूस करना मानो वे दुःख मेरे हों। दूसरा है कौन पुरुष के लिए सिवा स्त्री के? स्त्री ही तो वह दूसरा मनुष्य है जो पुरुष से सर्वथा भिन्न है। जिस दिन राजकुमारी सरस्वती की या महारानी दृष्टि की पीड़ा तुम्हारे हृदय में ऐसे टीसने लगेगी मानो तुम्हारी पीड़ा हो, जान लेना कुण्डलिनी जागरण शुरू हो गया। जिस दिन तुम्हारे हृदय

में राजकुमारी सरस्वती और महारानी दृष्टि, दोनों की पीड़ा एक साथ टीसने लगेंगी उस दिन जान लेना कुण्डलिनी का मिलन सदाशिव से हो गया। यही मोक्ष प्राप्त करने का शारीरिक मार्ग है।''

खारवेल की आँखों में एक बिजली-सी कौंधी। उसे लगा, पतंजलि ने उसके जीवन का दुःखमय रहस्य जान लिया। वे जान गये हैं कि उसकी प्रेयसी और पत्नी दोनों ने उसे ऐसे छोड़ दिया है जैसे पतझड़ में वृक्ष सूखे पात को छोड़ देता है। उसे लज्जा लगने लगी कि ऋषि जान गये हैं कि खारवेल, जिसे सारा संसार चाहता है, दो स्त्रियों द्वारा ठुकराया हुआ पुरुष है।

महर्षि बोले, ''कुण्डलिनी रूठा हुआ स्त्रीत्व है। यह वह महेश्वरी है जिसने महेश्वर से मुँह फेर लिया है। वह उनसे दूर जाकर मूलाधार में छिप गयी है। महादेव जान गये हैं कि सृष्टि के शीश पर, सहस्रार में विराजकर भी वे स्त्रीत्व के रूठ जाने से शवतुल्य हो गये हैं।''

खारवेल को अपमान महसूस हो रहा था कि ऋषि जान गये हैं कि दो स्त्रियों के त्याग देने से वह रोगी हो गया है। उनका ध्यान स्त्रीत्व के महत्त्व से हटाकर वह इस सत्य पर लगाना चाहता था कि अकेला पुरुष, बिना स्त्री के सहयोग के, मोक्ष प्राप्त कर सकता है। वह बोला, ''ऋषिवर! अनेक मुनि कलिंग में स्त्री का त्याग करके योग द्वारा कुण्डलिनी जागरण कर रहे हैं।''

''मूर्खों को विनाश के मुख में जाने से कौन रोक सकता है। कभी भी योग या तप द्वारा कुण्डलिनी को मत जगाना। कुण्डलिनी के जागने से मोक्ष नहीं मिलता। कुण्डलिनी का जाग जाना एकमात्र लक्षण है जो मोक्ष प्राप्त होने के बाद स्वतः प्रकट हो जाता है।''

खारवेल बाहर चरते हरिणों को देखने लगा। पतझड़ की धूप पिघले सोने की तरह सूखी पीली पत्तियों पर पड़ी थी। उसे लगा ऋषि से और बात करना व्यर्थ है क्योंकि वे भागवत हैं। वे मानते हैं कि स्त्री-पुरुष युगल प्रेमपथ पर साथ-साथ चलकर श्री राधा-कृष्ण के लोक में पहुँचते हैं, जो मोक्ष है। वे ज्ञान मार्ग से प्राप्त किये उस मोक्ष को नहीं समझ सकते जिसे निर्ग्रन्थ मुनि अकेले केवलज्ञान से प्राप्त करते हैं।

महर्षि शायद उसके हृदय की बात जान गये। वे बोले, ''यदि ज्ञान मार्ग से मोक्ष प्राप्त करना है तो कुंडलिनी को भूल जाओ। कुंडलिनी-मार्ग उनके लिए है जो इस क्षणभंगुर शरीर के माध्यम से मोक्ष प्राप्त करते हैं। स्नायु-मण्डल में भी सृष्टि की सारी विपरीत शक्तियाँ घड़ियालों और विषधर जन्तुओं की तरह पड़ी हुई हैं। जो इनके पारस्परिक विरोध को समाप्त कर देते हैं वे शारीरिक मार्ग से मोक्ष प्राप्त करते हैं। उनका मार्ग ऊर्जा से मोक्ष प्राप्त करने का मार्ग है। शारीरिक ऊर्जा बड़ी और छोटी मछलियों की तरह है। जब बड़ी मछलियाँ छोटी मछलियों को खाना छोड़

दें तुम्हारे स्नायु-सागर में, तो जान लेना तुम्हें शारीरिक मार्ग से मोक्ष हो गया।

"शारीरिक मार्ग में स्त्री ही मोक्ष प्राप्ति में सबसे बड़ी बाधा है और वही स्त्री मोक्ष का द्वार भी है। जो स्त्री के प्रति आसक्ति का त्याग नहीं कर सकते, उन्हें शारीरिक मार्ग से मोक्ष नहीं मिल सकता।"

"स्त्री यदि मेरा त्याग कर सकती है तो मैं स्त्री का त्याग क्यों नहीं कर सकता महामुनि? मुझे वह याद भी नहीं आती। स्त्री-रमण की ओर ध्यान भी नहीं जाता।"

"यह घृणा है, स्त्रीमोह से मुक्ति नहीं। यह घृणा और प्रेम, द्वेष और राग का चक्र है जो चलता रहेगा। इसे ही संसार-चक्र कहते हैं। इस चक्र से कामी पुरुष को तब मुक्ति मिलती है, जब वह स्त्री से घृणा नहीं करता, सिर्फ प्रेम करता है, चाहे वह स्त्री उसका त्याग कर दे। चाहे वह स्त्री कुलटा हो या वृद्धा या असाध्य रोग से पीड़ित हो, प्रेम पथ को अपनाने वाला प्रेमी प्रेम करता रहता है।" ऋषि कुछ क्षणों के लिए रुके और बोले, "वह सुन्दर राजकुमारी कहाँ है जो पिछली बार तुम्हारे साथ आयी थी?"

"मैं नहीं जानता ऋषिवर!"

"मोक्ष को ढूँढ़ रहे हो और वह मार्ग छिप गया है घनी झाड़ियों से जो मोक्ष को जाता है। निवृत्ति-मार्ग और प्रवृत्ति-मार्ग दोनों मार्ग जाते हैं मोक्ष को। मनुष्य को अपने स्वभाव के अनुसार अपना मार्ग चुनना चाहिए। तुम रसिक हो महाराज खारवेल। तुम्हें जीवित होने की अनुभूति गन्ध, रस, रूप, स्पर्श, शब्द से ही होती है। तुम्हारी तन्मात्राएँ आकर्षणहीन हो गयी हैं और तुम समझ रहे हो कि यह हानि नहीं ज्ञान-मार्ग की प्राप्ति है। तुम्हारा प्रेमपथ खो गया है, तुम्हें ज्ञान-पथ नहीं मिलेगा। प्रकृति एक पथ बीच में छोड़कर दूसरा बदलने की आज्ञा नहीं देती।

"मुझे तुम्हारे संसारी कर्म में भारतवर्ष की मुक्ति का मार्ग दिख रहा है। तुम्हीं अकेले वह योद्धा हो जो आज भारतवर्ष को बर्बर आक्रमणों से बचा सकते हो। बर्बर-जातियाँ भारतीय संस्कृति का शोषण करने के लिए ऐसे ललचा रही हैं, जैसे प्रसव करती गाय के बच्चे की ओर लकड़बग्घे ताक लगाये देखते रहते हैं। जो अपने देश को भयविहीन करते हैं वे भी मोक्ष प्राप्त करते हैं। यह जानना अत्यन्त आवश्यक है कि वह राजकुमारी कहाँ है। उसे और महारानी को तुच्छ स्त्रियाँ समझकर ज्ञानमद में उनका तिरस्कार मत करो। तुम्हारा मोक्ष-मार्ग है दोनों को मनाना। तुमने स्वयं दो स्त्रियों का साथ चुनकर अपने लिए कठिन मार्ग चुना। तुम्हारा मोक्ष स्त्री को मोहजाल समझने में नहीं, स्त्री को मोक्षमार्ग समझने में है। तुम तीनों की आत्माओं का एक हो जाना ही तुम्हारा मोक्ष है। अपने स्वभाव को मारकर मोक्ष नहीं प्राप्त कर सकता मनुष्य।"

खारवेल खिड़की से बाहर देखने लगा। जो मृग चर रहे थे, अब नहीं थे।

महर्षि बोले, ''देख रहे हो राजन्! एक राजा कितना दुर्बल हो जाता है अपनी हृदय-सम्राज्ञी के बिना। पिछली बार तुम आये थे एक अदृश्य अग्निरथ पर चढ़े हुए। तुम्हारे घोड़ों के पंख अग्नि थे। कोई भी विपरीत शक्ति तुम्हें शक्ति नहीं लगती थी। जनसमूह तुम्हारी भेड़ें थीं और तुम उनके चरवाहे। जानते हो वह ऐश्वर्य कैसे सुलभ हो गया था? तब स्वयं प्रकृति प्रेयसी बन तुम्हारे गले में बाँहें डाले झूम रही थी। कर्ममार्ग से मोक्ष ढूँढ़ने वालों की आत्मा बिना प्रकृति के सहयोग के दुर्बल हो जाती है। सामान्य जनों के लिए प्रकृति कठोर, हृदयहीन, अभावग्रस्त संसार बन जाती है। तुम पर कृपा थी भगवती की कि वह दो प्रेयसियाँ बनकर तुम्हारे सपनों को आकार दे रही थीं। उस जनजाति-बाला को और महारानी को नगण्य समझ विस्मृत मत करो।''

खारवेल का चेहरा अब उसकी आत्मा के सन्ताप को और न छिपा सका। वन्य-पशुओं के जल जाने के बाद भी, धू-धू कर जलती वन में लगी अग्नि की तरह उसकी आत्मा जल रही थी। वह बोला, ''मैं कुछ नहीं कर सकता महर्षि! वह बात नहीं रही। न वह दोनों वह रहीं जो वह थीं, न मैं 'मैं' रह गया। हमारे मन में बहुत-से काँटे उग आये हैं। वह एकता फिर नहीं आ सकती। हम मिल लें, तब भी नहीं।''

''वह जिसे भगवती ने चुना था चक्रवर्ती का मुकुट पहनाने के लिए, वह तो ऐसे टूट गया जीवनचक्र से जैसे जोश से भरी लहर चट्टान से टकराकर टूट जाती है। कोई आदमी तो दिखाओ मुझे जिसे कभी नारी ने अपना कुपित चेहरा न दिखाया हो। वह जो चिरआनन्ददायिनी माँ है, वही मृत्यु भी तो है। फर्क सिर्फ सात्त्विक तामसिक का ही तो है। धूप खिली या साँझ ढली, संवत्सर की गिनती से तो एक ही दिन हुआ। उस एकता को देखो अपनी प्रेयसियों के क्रोध में, क्योंकि उस कोप को प्रेम में फिर से बदल देना ही भवसागर को तर जाना है। उनके कोप को सुअवसर समझो। उनका प्रेम फिर से प्राप्त करके तुम उस शक्ति को पा जाओगे जो उफनते समुद्र को और चक्रवाती तूफान को एक झोंपड़ी में कैद कर लेती है।

''एक चक्रवर्ती को वह अध्यात्मिक कला आनी चाहिए जिससे वह स्त्री से उसके हर भाव में प्रेम कर सके। यही प्रकृति पर आत्मा की विजय है। स्त्री के चेहरे पर क्रोध की एक ज्वाला देखकर तुम्हारा पौरुष अभिमान से भर गया। सोचो, महादेव ने पार्वती का क्रोध कितनी बार सहा होगा! प्रकृति एक मानिनी नायिका है, जिसे बार-बार मनाना पड़ता है। तब तक रूठने और मनाने का खेल चलता रहेगा जब तक आत्मा में अभिमान रहेगा। जिनकी आत्मा का अभिमान आहत हो जाता है प्रेयसी के क्रोध और तिरस्कार से और जो प्रेयसी का त्याग कर देते हैं, उनका पीछा करती हैं क्रोध और तिरस्कार रूपी राक्षसियाँ''

खारवेल बोला, ''आप स्त्री को इतना महत्त्व क्यों दे रहे हैं महर्षि? स्त्री को

मूर्ख भी तो कहा है ज्ञानियों ने।''

''वह ज्ञानमार्गियों का कथन है। वह सन्दर्भ दूसरा है। तुम्हारा सन्दर्भ और है। तुम और हो। याद रखो, स्त्री पुरुष के अंश को गर्भ में धारण कर उसे केवल एक आत्मज ही नहीं देती। वह उसके स्वप्न और महत्त्वाकांक्षा को भी गर्भ में धारण करके पृथ्वी पर चलने योग्य बना देती है। स्त्री के स्वभाव में ही ईश्वर ने वह स्थूलता रखी है जो एक स्वप्नद्रष्टा के कोरे स्वप्न को मिट्टी से सानकर, पृथ्वी पर कटु यथार्थों के बीच, सर ऊँचा करके चलने योग्य बना देती है।''

खारवेल किंचित् रोषपूर्वक बोला, ''आप मुझे एक असम्भव कार्य करने के लिए क्यों प्रेरित कर रहे हैं महर्षि? मैं स्त्रियों के चरणों में नहीं गिर सकता। गिर गया तो मेरी आत्मा से मेरा गौरव उड़ जाएगा और मेरे सपने मुझे छोड़कर चले जाएँगे। आप यह क्यों नहीं मानते कि नारी प्रेम के अलावा भी कोई अन्य परोक्ष मार्ग होगा कुण्डलिनी को जगाने का?''

पतंजलि के हृदय को छू लिया खारवेल की उदासी और उलझन ने। उन्होंने पहले अपना हाथ उसके सहस्रार पर रखा और फिर हृदय-चक्र पर। खारवेल को लगा मानो वह बहुत तेजी से भँवर में फँसे फूल की तरह घूम रहा हो। उसे लगा वर्तमान से सारे नाते टूट गये। अबाध गति से वह ऊपर उड़ रहा है अन्य लोकों में, जहाँ कहीं बहुत जगमगाता प्रकाश है और कहीं अमावस्या से भी घना अन्धकार। उसे लगा सितारों के एक झुण्ड ने उसे घेर लिया है। तब उसने देखा सप्तऋषियों और ध्रुव को मुस्कुराते हुए। सूर्य के पास वह स्वयं खड़ा था और उसकी अग्नि उसे जला नहीं रही थी।

उजालों और अँधेरों के इस खेल में उसने एक छोटी-सी काली नागिन को देखा, जो एक अँगूठे के आकार के दमकते हीरे को अपनी काली गुँजलकों से कभी पूरा ढँक देती है, कभी थोड़ा-सा प्रकाश उससे आने देती है।

वह उस नागिन को देखता रहा और वह हीरे को कुण्डली में जकड़े निश्चेष्ट पड़ी रही। फिर वह आहिस्ता-आहिस्ता सरकने लगी। उसने देखा उसका फण नहीं है। फण की जगह कभी महारानी, कभी सरस्वती का चेहरा है। दोनों बहुत हल्के से मुस्करायीं। परन्तु उनकी आँखों से ऐसा नहीं लग रहा था कि वे उसे पहचान रही हैं।

वह द्रष्टा चला गया जिसके ज्ञानचक्षु किसी और के तपोबल से कुछ क्षणों के लिए खुल गये थे। खारवेल इसी ऊँची-नीची, ऊबड़-खाबड़ डगर वाली, मिट्टी और पत्थरों से भरी दुनिया में लौट आया। महर्षि मुस्कुरा रहे थे। एक क्षण को उसने महर्षि की आँखों में देखा। उसे अपने मृत पिता की सूरत नजर आयी। पिता को देखते ही उसकी आँखें भर आयीं और वह अस्फुट स्वर में बोला, ''आपका आधा

स्वप्न तो पूरा हो गया पिताजी! अब और आगे नहीं चल सकता।''

महर्षि का हृदय करुणा से भर गया। उन्होंने सारे प्रयत्न कर लिये थे, किन्तु अवसाद क्यों पीछा नहीं छोड़ रहा था? करुणा से भरकर उन्होंने कहा, ''तुम चलोगे राजन्, हिम्मत मत हारो।''

खारवेल ने श्रद्धा से शीश नवाया, ''मैं चलूँगा महर्षि! मेरी बातें तो आशा के शिखर पर मुँह से निकल आया अनर्गल है। मेरे पिता और पितामह का मेघवाहन वंश अवसाद के बादलों को उड़ाकर ले गया है। मैं प्रण करता हूँ कि दोनों का प्रेम पुनः प्राप्त करने के लिए आत्मबलि दूँगा।''

महर्षि बोले, ''तुम्हारा निर्णय प्रशंसनीय है वत्स! आत्मयज्ञ ही पहला और अन्तिम यज्ञ है। जब जीवन एक कमण्डल की तरह टूट जाता है, जिसे जोड़ा नहीं जा सकता, तो मुनि आत्मयज्ञ करते हैं। इसी आत्मयज्ञ को जैन परम्परा सल्लेखना कहती है। वे सुन्दरम् का ध्यान करते हैं उस तेजस् शरीर की प्राप्ति के लिए, जो आत्मा के प्रयाण के बाद भी पृथ्वी पर रहता है। आत्मयज्ञ एकतरफा प्रेम है। जो प्रेम करता है, वह उत्तर में प्रेम चाहता है। किन्तु आत्मयज्ञ करनेवाला प्रेम का उत्तर भी नहीं चाहता। ऐसे आत्मयाज्ञिक का प्रेम कभी अनुत्तरित नहीं रह सकता।''

खारवेल बोला, ''महामुने! कुण्डलिनी के साक्षात् दर्शन आपने करा दिये, लेकिन रहस्य, रहस्य ही बना रहा। यह कुण्डलिनी क्या है और क्यों मानव-शरीर के मूल में बैठी है?''

पतंजलि बोले, ''प्रकृति मनुष्यों की आवश्यकताओं से अधिक उदार है। जब वह देती है, तो बहुत देती है। आम्रवृक्ष पर थोड़े से फल लगते हैं, किन्तु प्रकृति तो आम्रवृक्ष को बौर से लाद देती है। एक ही वृक्ष पर लाखों फूल आते हैं, जिनमें प्रत्येक से फल उत्पन्न हो सकता है। इसी तरह जब खेत को जल की आवश्यकता होती है तो सावन के बादल खेत को जल से प्लावित कर देते हैं। इतने जल की आवश्यकता नहीं होती। मानव शरीर की रचना के समय भी बहुत ऊर्जा प्रकट होती है। ऊर्जा के उस अथाह सागर का एक छोटा-सा भाग ही मानव शरीर की रचना के काम में आता है। शेष ऊर्जा को एक छोटी-सी नागिन में बदलकर प्रकृति शरीर के मूलाधार में रख देती है। यह ऊर्जा-नागिन मानव-व्यक्तित्व को अपने शीश पर धारण किये रहती है। जो योगी यौगिक-क्रियाओं से उसे समय से पहले जगा देते हैं, उनमें यह जगती तो है, पर प्रलयंकारी संकर्षण बनकर। असमय जगने के कारण यह क्रुद्ध होकर ऐसे योगी के व्यक्तित्व को खा जाती है। उस योगी के जीवन में मानसिक प्रलय आ जाती है। उसे न सुख की अनुभूति होती है, न दुःख की। भ्रमवश वह इसे मुक्ति मान लेता है। वह यह समझने लगता है कि वह सुख-दुःख से आगे निकल गया।

"किन्तु जिस व्यक्ति में यह सही समय पर जागती है, उसका व्यक्तित्व कुण्डलिनी के प्रकाश से आलोकित हो जाता है। निजी जीवन के दुःख उसे अति व्यग्र नहीं करते, और सुख उन्मत्त नहीं करते। वह इन अनुभवों को उनके सही रूप में महसूस करता है। सही रूप में सुख-दुःख के अनुभव उसके लिए पार ले जानेवाला सेतु बनाते हैं।

"राम के जीवन को देखो तो तुम्हारी समझ में आ जाएगा। वे ईश्वर के अवतार थे। यदि वे ईश्वरीय ज्ञान का उपयोग करते तो उन्हें पता चल जाता कि सीता को कौन हरकर ले गया और वे ईश्वरीय शक्ति से सीता को एक क्षण में वापस ले आते, परन्तु वे मनुष्य के रूप में अवतरित हुए थे। अतः उन्होंने मनुष्य-योनि की मर्यादा निभायी। साधारण मनुष्य की तरह पशु-पक्षियों और वृक्षों से पूछते फिरे कि उन्होंने सीता को देखा कहीं। उन्होंने प्रेम की पीड़ा सही। प्रेम की पीड़ा से जन्मा ज्ञान ही मनुष्य के काम आता है। यह उसे इस लोक में सुख देता है और परलोक में मोक्ष की प्राप्ति कराता है।

"प्रेम की पीड़ा से कुण्डलिनी का जागरण होता है। केवल प्रेम की पीड़ा से हुआ जागरण ही कुण्डलिनी का प्राकृतिक जागरण है। इसी तरह जगी कुण्डलिनी अपने समय पर धीरे-धीरे जगती है, समय से पहले नहीं। धीरे-धीरे जगने के साथ ज्ञान भी धीरे-धीरे कुण्डलिनी से निकलकर व्यक्तित्व को धीरे-धीरे आलोकित करता है और व्यक्तित्व में समाता जाता है। बाढ़ की तरह निकलकर ज्ञान व्यक्तित्व के बाहर प्लावित नहीं होता।

"ज्ञान का धीरे-धीरे मानव-व्यक्तित्व में लीन हो जाना ही मनुष्य की मोक्षयात्रा का परिचायक है। यही मनुष्य-योनि की विशेषता है। इस विशेषता के कारण ही मनुष्य-योनि को मोक्षप्राप्ति के लिए आवश्यक माना गया है। इस तरह जगी कुण्डलिनी मनुष्य के अधीन होती है। वह सहस्रार में बसे शिव से नहीं, आत्मा में बसे शिव से संयुक्त हो जाती है। धीर पुरुष अपनी आत्मा में बसे शिव से कुण्डलिनी का मिलन कराते हैं, सहस्रार में बसे शिव से नहीं। ऐसा पुरुष दो भुजाओं के होते हुए भी सहस्रबाहु हो जाता है। वह पुरुष रूप में जन्म लेता है और महापुरुष बन जाता है। वह करोड़ों मनुष्यों का नेतृत्व करता है और उन्हें मार्ग दिखाता है। अपार ऊर्जा उसके अधीन रहती है। वह जब चाहे मानवता के हित में उसका उपयोग कर सकता है। वही सच्चा चक्रवर्ती है। अन्य देशों को क्रूर-कर्मों से जीतनेवाला कायर होता है, चक्रवर्ती नहीं। जो दूसरों की स्वतन्त्रता का अपहरण करता है वह स्वाधीन हो ही नहीं सकता।

"कुण्डलिनी तो मात्र आत्मा की सोयी हुई प्रेम-शक्ति का प्रतीक है। जिसे कुण्डलिनी-जागरण कहा गया है, वह वास्तव में आत्मा का जागरण है। आत्मा प्रेम

के आवेग से जगती है। आत्मा का अभिमान शरीर के अभिमान से कहीं अधिक कठोर और अभिमानी है। केवल प्रेम का आवेग ही अभिमान के पत्थर को आत्मा के ऊपर से हटा सकता है। अभिमान के हटते ही आत्मा से ज्ञान प्रवाहित होने लगता है। यही कारण है कि आत्मा के तल पर प्रेमशक्ति और ज्ञानशक्ति दोनों एक ही तत्त्व के दो नाम हैं।

"यह ईश्वर का खेल है। ईश्वर क्रीड़ामय है। इसी तरह खेल-खेल में उसने मनुष्य योनि की रचना की है। जो मनुष्य योनि के इस रहस्य को नहीं जानते, वह मनुष्य-जीवन वृथा ही गँवा देते हैं।

"इस संसार का सच्चा रूप प्रत्येक मनुष्य की आत्मा में स्वप्न बनकर सोया हुआ है। इसी कारण सभी मनुष्य एक ऐसे संसार का स्वप्न देखते हैं और कामना करते हैं जहाँ न्याय हो, स्वाधीनता हो, आनन्द हो, प्रेम हो और करुणा हो। धीर और वीर नायक केवल स्वप्न नहीं देखते। वे संसार की कलुषित और भ्रष्ट शक्तियों को तीलियों की तरह तोड़कर उस स्वप्न को समाज में स्थापित करते हैं। जैसे कुम्हार मिट्टी से सुन्दर बर्तन बनाता है, ऐसे ही वे पृथ्वी पर संसार की शक्तियों से स्वर्ग जैसा सुन्दर संसार बनाते हैं।"

खारवेल के हृदय की ग्रन्थियाँ खुलने लगीं। उसके उदर-स्थित सूर्यचक्र में जो कठोर नैराश्यमय मानसिक शक्तियों का जाल बन गया था, वह गलने लगा। उसका हृदय मुक्त हुआ और फिर से उन्नत आकांक्षाओं और कर्मप्रेरणा से भर गया। वह समझ गया कि प्रेम का युद्ध हारकर वह गलती से मनस के अँधेरे में घुस गया है। वह जान गया कि ऐसे व्यक्ति के लिए न पृथ्वी पर शान्ति है, न स्वर्ग में सुख।

खारवेल समझ गया था कि उसका संसार प्रेम का और उदात्त आकांक्षाओं का संसार है। उसे उस संसार को पुनः जीतना है और वह तभी सम्भव है जब सरस्वती और दृष्टि पारस्परिक ईर्ष्या-द्वेष त्यागकर उसके साथ सहयोग करें। ईश्वर ने उसका कार्य कुछ कठिन अवश्य बनाया था, पर असम्भव नहीं।

पतंजलि के आश्रम से एक नया जन्म लेकर वह बाहर निकला। उसकी शक्तियाँ अब बिखरी हुई नहीं थीं। एक निश्चय ने उसकी सभी शक्तियों को एक सूत्र में पिरो दिया था। उसे अपनी आत्मा में बसे स्वप्न को अपने बल से साकार करना था। इस तरह वह भारतवर्ष की समस्त जनता को जाग्रत कर सकता था। हमलावरों के हौसले पस्त करने का यही एकमात्र तरीका था। इस तरह भारत की जनता उस संस्कृति की रक्षा करेगी, जिसे हजारों धीर वीर नायकों ने अपने बलिदान से हजारों वर्षों में बनाया था। कुलकरों के युग के बाद यही संस्कृति प्रकाश में आयी थी। यही मानवजाति की सच्ची संस्कृति थी और उसे अक्षुण्ण रखना था।

20

खारवेल के जाने के बाद दृष्टि का हृदय दुःख और पश्चात्ताप से भर गया। उसे बोध हुआ कि उसकी ईर्ष्या ने खारवेल की शक्तियों को ग्रसित कर लिया है। ईर्ष्या की ज्वाला ने उसे कुछ नहीं दिया सिवा धू-धू कर जलते हृदय के। ईर्ष्या से क्रोध और घृणा जन्मे थे। क्रोध और घृणा ने मिलकर हृदय को उन्मत्त कर दिया था। वह भूल गयी थी कि उसका काम जीवन को हर स्थिति में प्रेम और सहज उल्लास की दिशा में मोड़ना है। इस कर्तव्य को भूल जाने के कारण उसकी भावनाओं का स्तर गिरता चला गया था।

दृष्टि विदुषी थी। खारवेल की अनुपस्थिति में एक दिन उसने उपनिषदों में पढ़ा कि परमात्मा के आचरण का अनुसरण ही ब्रह्मचर्य है। आत्मा से दोनों तरह की भावनाएँ प्रकट होती हैं--सत् भावनाएँ और असत् भावनाएँ। ब्रह्म से भी सत्/असत् दोनों उत्पन्न होते हैं, किन्तु ब्रह्म असत् से कोई सम्बन्ध नहीं रखता। जिस तरह बढ़े नखों को काटकर मनुष्य उनसे कोई सम्बन्ध नहीं रखता, उसी तरह असत् भावनाएँ प्रकट हो जाएँ तो भी सच्ची आत्मा उनसे सम्बन्ध नहीं रखती। उसने निश्चय किया कि उसकी आत्मा असत् भावनाओं से कोई सम्बन्ध नहीं रखेगी। आत्मा का बल जब असत् भावनाओं को नहीं मिलेगा, वे स्वतः ही मुरझा जाएँगी।

महारानी दृष्टि और राजकुमारी पद्मावती में पुरुषों के स्वभाव पर बात हो रही थी। दृष्टि पद्मावती से बोली, "मेरे पिता मेरा विवाह वर्द्धमान राज्य के राजकुमार से करना चाहते थे। वह वीर और विद्वान था, किन्तु उसमें कोई असाधारण गुण नहीं था। वह नायक नहीं था। उन दिनों मैं खारवेल के सपने देखा करती थी। राजा बनने से पहले ही उनकी कीर्ति हमारे राज्य में पहुँच चुकी थी। जिसे देखो वह उनकी प्रशंसा करता था। उनकी गणना भारत के सर्वश्रेष्ठ नायकों में होने लगी थी। लोक-गीतकारों ने उन्हें एक अलौकिक पुरुष के रूप में चित्रित किया था। जब मैंने अपने पिता के समक्ष अपनी इच्छा व्यक्त की तो वे बोले, 'दृष्टि! यवनों में एक मान्यता है कि नायक कथाओं और लोकगीतों में ही एक सच्चा प्रेमी होता है, वास्तविक जीवन में नहीं। वह मानव-मर्यादा का अतिक्रमण करके ही नायक बनता है। उसकी सभी बातें अनोखी होती हैं। उसके सपने और वासनाएँ भी अलौकिक होती हैं। यदि उसे कोई स्त्री भा जाए तो वह यह नहीं देखता कि उसकी इस इच्छा का उसकी पत्नी पर क्या प्रभाव पड़ रहा है। उसका हृदय विशाल होता है। वह अपनी पत्नी और उस दूसरी स्त्री को अपने हृदय में रख सकता है। किन्तु नारी स्वभाव ऐसा है कि वह किसी दूसरी स्त्री के साथ अपने पति के हृदय में नहीं रह

सकती। वह एकाधिकार चाहती है।' ''

''अधिकार तो प्रेम में नहीं होता महारानी,'' पद्मावती बोली, ''महारानी क्षमा करें, यह सत्य यवन-स्वभाव का सत्य है, क्योंकि यवन तामसिक प्रकृति को व्यक्तित्व का आधार मानते हैं। भारत में राजसिक प्रकृति को व्यक्तित्व का आधार माना गया है। राजसिक प्रकृति वाला पुरुष मानव-मर्यादा का अतिक्रमण करके नायक नहीं बनता। वह पहले अपनी तामसिक प्रकृति का विलय अपनी राजसिक प्रकृति में करता है। रही स्त्री की बात! अधिकार की बात आ गयी तो प्रेम कहाँ रहा? प्रेम की दुनिया में तो कोई दूसरा आ ही नहीं सकता। दो पत्नियाँ होना या न होना तो लौकिक बातें हैं। यदि कोई पत्नी सचमुच प्रेम करती है तो दूसरी पत्नी उसे प्रतिद्वन्द्वी नहीं लगेगी।''

''तुम्हें अनुभव नहीं है, इसलिए तुम ऐसा कह रही हो। सुनने में लगता है कि सच्चा प्रेम ऐसा ही होता है। किन्तु यह व्यावहारिक नहीं है। प्रेम के पीछे-पीछे न चाहते हुए भी अधिकार आ ही जाता है।''

''महारानी! आप ठीक कह रही होंगी। किन्तु मैंने तो यह देखा है कि अधिकांश स्त्रियाँ प्रेम करतीं ही नहीं, वह चाहती हैं कि उनका पति उनसे प्रेम करे। ईर्ष्या वहीं पैदा होती है जहाँ स्त्री पुरुष का प्रेम चाहने लगती है। जो प्रेम चाहने लगेगी वह तो भिखारिन हो जाएगी। प्रेम करने वाली स्त्री ही यह समझ सकती है कि प्रेम केवल प्रेम देना है। प्रेम पाने की इच्छा करना प्रेम नहीं है। प्रेम तप है, इच्छा नहीं। जो प्रेम को तप समझती है और प्रेम देती है, उसे इस बात से कोई फर्क नहीं पड़ता कि उसका पति किस-किस को प्रेम दे रहा है।''

दृष्टि को उसकी बात सुनकर अपने प्रति ग्लानि महसूस हुई। उसे लगा पद्मावती बिना लाग-लपेट के सत्य बोल रही है और उस सत्य को सुनने की सामर्थ्य उसमें नहीं है। इस सत्य से उसे भय लग रहा था। वह इस सत्य को कुचल देना चाहती थी। वह इसे अव्यावहारिक और काल्पनिक कहकर मानवों की दुनिया से दूर कर देना चाहती थी। उसकी आँखों में विष उतर आया। जिस ईर्ष्या का उसने त्याग कर देने का संकल्प किया था, वह असत् की गहराई से निकल फिर उसके हृदय पर छा गयी थी।

वह बोली, ''प्रेम में स्त्री एकाधिकार न जमाए तो पति भटक जाता है। एकाधिकार उसे सचेत कर देता है कि पत्नी अन्य स्त्री को बर्दाश्त नहीं करेगी। यह चेतना उसे किसी अन्य स्त्री की ओर बढ़ने से रोक देती है।''

पद्मावती ने प्रतिवाद किया, ''महारानी! चेतना रही तो प्रेम कैसे रहेगा। प्रेम तो चेतना से ऊपर के स्तर का प्रकाश है। वह स्वयं प्रकाश है। चेतना का प्रकाश प्रेम को प्रेम नहीं रहने देता। प्रेम ही तो वह तत्त्व है जो स्त्री को चेतना से मुक्ति

देता है और फिर भी अचेत नहीं करता। प्रेम में स्वयं इतना प्रकाश है कि उसे चेतना के प्रकाश की आवश्यकता नहीं होती। हृदय में चेतना आ गयी तो संसार आ जाएगा। जिस हृदय में चेतना और संसार रहेंगे, उसमें प्रेम नहीं रह सकेगा।''

दृष्टि बोली, ''यदि प्रेम ऊँचे स्तर का प्रकाश है तो उसे चेतना के प्रकाश से कोई हानि नहीं होगी। सूर्य के होते हुए दीपक जलाओ तो सूर्य का प्रकाश प्रभावित नहीं होगा।''

''मैं आन्तरिक प्रकाश की बात कर रही हूँ महारानी! यहाँ सूर्य और दीपक की उपमा उचित नहीं। आन्तरिक प्रकाश का स्वभाव बाहरी प्रकाश का उल्टा होता है। यहाँ नीचे के स्तर का प्रकाश बहुत दीप्त होता है, ऊपर के स्तर का प्रकाश धुँधला होता है। चेतना का प्रकाश बहुत दीप्त है। वह प्रेम के प्रकाश को निगल लेता है।''

दृष्टि कुछ खीझकर बोली, ''महावीर की चेतना ने महावीर के प्रेम को नहीं निगला। फिर चेतना का प्रकाश प्रेम को कैसे निगल लेगा?''

पद्मावती मन्द-मन्द मुस्कुरायी। उसे आश्चर्य हुआ विवाहिता स्त्रियाँ क्यों साधारण सत्य को नहीं समझ पातीं। उसे अपनी माँ याद आयी, वह भी इसी तरह के तर्क किया करती थीं। समझाने की प्रबल इच्छा से प्रेरित हो, प्रेम भरे स्वर में वह बोली, ''देवि! आप भूल कर रही हैं। चेतना दो प्रकार की होती है—संसार की चेतना और मोक्ष की चेतना। मोक्ष की चेतना प्रेम का प्रकाश है जो घनीभूत हो गया है। संसार की चेतना वह अग्नि है जिसमें प्रेम के फूल झुलस जाते हैं। संसार की चेतना मैदान की जलवायु जैसी है, जिसमें देवदार नहीं उगते।''

दृष्टि बोली, ''तुम जो कह रही हो, उसमें तर्क तो है ही नहीं।''

पद्मावती ने विस्मय से पूछा, ''प्रेम में तर्क होता है क्या महारानी?''

दृष्टि ने उत्तर दिया, ''यह प्रश्न तब करना जब तुम्हारा विवाह हो जाए। तब तुम जानोगी कि बिना तर्क का प्रेम किशोरियों के अज्ञान से जन्मी वस्तु है। इसमें कोई सार नहीं है। विवाह के बाद प्रेम तर्क की कठोर भूमि पर खड़ा भवन है, जो जीवन के तूफानों को झेल सकता है।''

पद्मावती बोली, ''प्रेम झेलने वाली वस्तु नहीं है महारानी! न कुछ झेलने के लिए बना है प्रेम। तितली के पंखों से भी नाजुक है प्रेम। और यही प्रेम पूरी सेना से भी शक्तिशाली है। आप ही बताइए, क्या इतना तर्क-ज्ञान और चेतना प्राप्त करके आप संसार रूपी अँधेरे को भेद पायीं? संसार की चेतना संसाररूपी भ्रम को सत्य बनाये रखने की चेष्टा है, जो हर संसारी करता है। जिन्हें प्रेम करना है वे चेतना के प्रपंच में नहीं पड़ते। महारानी, यदि सारे संसार के छल-कपट को पकड़ने वाली चेतना प्राप्त कर भी ली तो क्या उस चेतना से एक बूँद उल्लास की पैदा की जा

सकेगी? उस चेतना से क्या लाभ जिससे उल्लास न उत्पन्न हो?''

दृष्टि को लगा, उसका हृदय पद्मावती से सहमत था। बस अपनी बात ऊपर करने के उद्देश्य से वह तर्क कर रही थी। उसे लगा, सचमुच उसके हृदय का पतन हो चुका है। उसकी आँखों में आँसू भर आये। वह बोली, ''मैं भी कभी तुम्हारे जैसी ही थी। प्रेम के प्रकाश से भरा था मेरा हृदय। सरस्वती आयी और प्रेम के सारे दीये एक ही झोंके में बुझ गये। स्त्री सब कुछ सह सकती है, लेकिन अपने पति का बँटवारा नहीं।''

''क्षमा करें महारानी!'' पद्मावती बोली, ''मुझे दुःख है कि ऐसे अनर्थपूर्ण वाक्य आप जैसी विदुषी को अर्थपूर्ण लगने लगे। बँटवारा निर्जीव वस्तुओं का होता है, जीवित मनुष्यों का नहीं। एक भाई को दो बहनें प्यार करती हैं तो भाई का बँटवारा नहीं हो जाता। पूरा भाई एक को मिलता है, और पूरा ही भाई दूसरी को भी। महारानी! तर्क से बाहर निकलिए तो आप मेरी बात समझ लेंगी। तर्क स्वयं एक चतुराई है और चतुराई बुद्धि का हरण कर लेती है।''

''वह कैसे?''

''देखिए, तर्क ने आपसे दो बातें भुलवा दीं। एक तो यह कि मन की दुनिया में ऊँचे स्तर के प्रकाश को नीचे के स्तर का प्रकाश निगल लेता है, जबकि बाहरी दुनिया में इसका उल्टा होता है। दूसरी यह कि जीवित प्राणी का बँटवारा नहीं होता।''

दृष्टि उतना ही स्वयं से बोली जितना पद्मावती से। ''पिताजी ठीक ही कहते थे कि नायक श्रेणी के पुरुष में चेतना नहीं होती, जो उसकी पत्नी की पीड़ा उसे महसूस करा दे। नायक में वासना होती है। सर्प की तरह उसके पैर नहीं होते। वह अपने पेट के बल चलता है, जिसमें वासना भरी होती है।''

''महारानी!'' पद्मावती कुछ देर उसे प्रेम से निहारती रही, फिर बोली, ''छोटे मुँह बड़ी बात हुई जा रही है। कैसे कहूँ कि स्त्री का दुःख पुरुष की चेतना नहीं समझ सकती, संवेदना समझती है। एक राजा हरदम संसारियों से घिरा रहता है, जिनमें संसारी चेतना और स्वार्थ बहुत उग्र होते हैं। वह रानी से अपेक्षा करता है संवेदना की, चेतना की नहीं। यदि घर पर भी उसे चेतना मिली तो उसका हृदय सांसारिक बातों से भर जाएगा। स्त्री का हित तो इसमें है कि वह उसे चेतना के संसार से प्रेम की दुनिया में ले जाए, जहाँ दो हृदय मिल सकें। प्रेम के दो बोल उसकी सारी थकान उतार देंगे महारानी, विश्वास कीजिए। यदि स्त्रियाँ ऐसा नहीं कर सकतीं तो उन्हें पुरुषों का नहीं, देवताओं का वरण करना चाहिए।''

दृष्टि को यह बात बुरी लगी। पद्मावती को महसूस हो गया कि दृष्टि को उसकी कोई भी बात अच्छी नहीं लगी। वह जो सपने लेकर आयी थी, वे बिखर

गये। उसे लगा दृष्टि के हृदय में जो दुःख था उसमें उल्लास का तनिक स्पर्श भी नहीं था। बिना उल्लास की एक किरण के वह दुःख अमानवीय हो गया था। पद्मावती का हृदय खिन्न हो गया। ऐसे वातावरण में वह नहीं रह सकती थी। दृष्टि को दुःख देकर वह अपने सुख की कल्पना भी नहीं कर सकती थी।

दृष्टि से बात करने के बाद उसकी समझ में आ गया कि खारवेल क्यों अनमना-सा हो गया था। उसका हृदय अपने नायक के लिए पीड़ा से भर उठा। किन्तु वह नहीं समझ सकी कि अपने नायक के दुःख को कैसे दूर करे। खारवेल ने उससे केवल एक मित्र जैसा व्यवहार किया था। यह सोचकर उसका रूप, लावण्य, कौमार्य और मौन प्रेम, उसके व्यक्तित्व की सभी अमूल्य निधियाँ लज्जित हो गयीं। वह समझ गयी कि दृष्टि ने सरस्वती के अस्तित्व को ही बरदाश्त नहीं किया था। उसे खारवेल के जीवन से दूर करने की चेष्टा में वह स्वयं को भी उससे दूर कर बैठी थी।

महल के उदास वातावरण में उसका हृदय घुटने लगा। उसने अनुभव से जान लिया था कि नायक का जीवन फूलों की शैया नहीं होता। नायक के हृदय में कोई एक दुःख नहीं होता, जिसे कोई दूर कर दे। वह जिस ऊँचाई पर जीता है वहाँ कठोर चेतना से भरे दुनियावी लोग बड़ी आसानी से वार कर देते हैं। नायक की दुनिया सफेद कोहरे से ढँकी पर्वत की चोटी जैसी होती है। उसे लगा वह खारवेल को सुख न दे सकेगी। इस महल में चेतना के प्रहार उसके प्रेम को आहत कर देंगे। वह किशोरी थी, प्रेम के सपनों से भरी। उसका प्रेम नाजुक था। आते ही आते इतने तूफानों का सामना करने की शक्ति उसमें नहीं थी। उसी दिन दोपहर के समय वह मगध के लिए चल दी।

खारवेल जब लौटकर आया तो उसका मुँह प्रसन्नता से बालरवि की तरह दमक रहा था। रात्रि के समय शयनकक्ष में दृष्टि का आलिंगन कर वह बोला, ''प्रिये! तुम क्या चाहती हो?''

''सिर्फ आपका प्यार,'' दृष्टि ने अपनी लम्बी सुन्दर पलकें झुकाते हुए कहा।

''प्यार तो आत्मा में प्यार जगाने से मिलेगा।''

''मेरी आत्मा प्यार से भरी है।''

''वह प्यार नहीं है प्रिये, प्यार की चेतना है। वह प्यार को सिर्फ पहचानती है, प्यार कर नहीं सकती। वह यह चिन्ता कर सकती है कि मेरा प्यार किसी और को तो नहीं मिल' रहा है। चेतना प्रेम की ज्वाला नहीं बन सकती, जो मेरी आत्मा में भी प्रेम की अग्नि को जगा दे।''

''क्या बात है प्रिय? तुम तो दार्शनिकों जैसी बातें करने लगे। क्या ऋषि पतंजलि से दीक्षा ले ली।'' दृष्टि हँसते हुए बोली।

"ज्ञान प्राप्त किया है उनसे प्रिये," खारवेल ने कहा, "और ज्ञान प्राप्त करने के लिए दीक्षा नहीं लेनी पड़ती।"

"मैं भी तो सुनूँ, यह कौन-सा ज्ञान तुम्हें मिल गया।"

"तो आओ, इस नीरव रात्रि में खिड़की के पास बैठें और कुछ देर चन्द्रमा को देखें, जो इस पातविहीन वृक्ष के ऊपर उग आया है। पतझड़ की यह शीतल, मन्द बयार कितनी सुहानी है। कुछ देर चुपचाप इसे साँसों में आ जाने दो। चित्त बदल लें, तो फिर दार्शनिक चर्चा आरम्भ हो।"

कुछ देर दोनों चुपचाप बैठे रहे। नीरव चाँदनी हवा में उड़ते सूखे पत्तों के कोरों को कटार की धार की तरह चमकाती रही। जब भीतर-बाहर शान्ति हो गयी तो खारवेल ने पूछा, "अच्छा, यह बताओ दृष्टि, आत्मा के प्रधान गुण क्या हैं?'

दृष्टि कुछ देर सोचकर बोली, "चेतना और अमरता, प्रियतम!"

"बहुत सुन्दर!" खारवेल बोला, "अब यह बताओ, क्या कोई आत्मा से उसकी चेतना और अमरता छीन सकता है?"

"नहीं!"

"फिर आत्मा हरदम अपनी चेतना को ही क्यों पकड़े रखती है? क्या यह अधिक हितकर नहीं है कि आत्मा अपने सुप्त गुणों को विकसित करे? चेतना और अमरता तो कहीं जाते नहीं। वे तो आत्मा में रहेंगे ही। क्या यह श्रेय और प्रेय नहीं कि आत्मा उन गुणों को विकसित करे, जो उसमें सुप्त हैं और जिन्हें जगाया जा सकता है? उन्हें जगाये बिना आत्मा का विकास नहीं होता?"

"कौन से गुण हैं वे?"

"प्रेम और ज्ञान।"

"जब तुम यह जानते हो तो आत्मा, जो सनातन तत्त्व है अवश्य ही यह बात जानती होगी। पकड़े गये न तुम! वह जानती है तो विकसित भी कर रही होगी।"

"नहीं प्रिये! क्या तुमने नहीं सुना, महावीर ने गौतम गणधर से क्या कहा था? गौतम! इस आत्मा से बड़ा कोई शत्रु नहीं और यह साथ दे तो इससे बड़ा कोई मित्र भी नहीं। यह शत्रु है, क्योंकि यह प्रमादी है। प्रेम और ज्ञान प्राप्त करने के लिए तप करना पड़ता है, जो यह करना नहीं चाहती। अतः हरदम स्वयं को चेतना से भरे रहती है।"

"तो क्या चेतना को सुला दें?"

"नहीं चेतना पर आत्मबलि दें और उससे पुनर्जन्म लें। पुनर्जन्म लेने से यह आत्मा की शक्ति चेतना, पुनः आत्मा में लीन हो जाती है। तब आत्मा हमसे छल नहीं कर पाएगी। जब चेतना इसमें भरी नहीं होगी तो आत्मा को अपनी रिक्तता का भान होगा। तब यह प्रेम जगाने के लिए उद्यम करेगी।"

दृष्टि उसकी ओर श्रद्धा और प्रेम से देखने लगी। उसने फिर झुककर उसकी चरणधूलि ली और आँखों में आँसू भरकर बोली, "तुम सचमुच चक्रवर्ती हो प्रियतम। युगों तक चन्द्रमा की तरह तुम्हारी कीर्ति खिली रहेगी। तुमने दो शब्दों में ही मेरे हृदय का तिमिर धो दिया।"

"देखो प्रिये!" उसका चुम्बन लेता हुआ खारवेल बोला, "चेतना नहीं रही तो आत्मा स्वयं व्यथित है कुछ पाने को। हमारी आत्मा मचल रही है प्यार के लिए। क्या सब वैसा नहीं हो गया जैसा विवाह के आरम्भ में था? मिलने की उत्कण्ठा और एक-दूसरे के प्रति कौतूहल! वह तो चेतना थी जिसने कुछ दिनों बाद कहना शुरू कर दिया था कि हम एक-दूसरे को जान गये। बस इस उक्ति के साथ ही प्रेम भी शिथिल होता चला गया। क्योंकि जानना और प्रेम करना एक ही क्रिया के दो रूप हैं। जब एक-दूसरे में जानने को कुछ नहीं रहा तो प्रेम भी रुक गया। आज क्यों लग रहा है कि मैं तुम्हें नहीं जानता, तुम अगम्य हो, अथाह हो। जो कुछ मैंने तुम्हारे बारे में जाना वह तुम्हें जानने के लिए पर्याप्त नहीं है। तुम परिचित होकर भी इतनी अनजानी और नयी क्यों लग रही हो? कारण स्पष्ट है, अब आत्मा आत्मा को जानना चाहती है। आत्मा जितना दूसरी आत्मा को जानेगी, उतना ही उसे लगेगा वह कुछ नहीं जान पायी क्योंकि आत्मा चिर नूतन है, अनन्त है।"

"प्रेम-यात्रा तो अब शुरू हुई प्रियतम! वर्षों से स्थिर पड़े आत्मा के जल में हिलोरें तुमने उठायीं। तुम धन्य हो मेरे स्वामी!" और वह उसके कण्ठ से लिपट गयी।

वह रमण वेला थी। सुरति-क्रीड़ा स्वतः ही आत्मा की गहराई से प्यास बनकर उठी थी। एक नया अनुभव था आत्मा के रमण का आत्मा से। यह कैसी एकता थी जो दो होकर भी एक किये दे रही थी! यह कैसा आलोक था, जिसमें पौरुष और स्त्रीत्व पृथक् दिखते हुए भी एक लग रहे थे! भाषा विपरीतों से भर गयी थी, मानो विपरीतों को समन्वित किये बिना सच बोलना ही सम्भव नहीं रह गया था।

यह कैसी क्रीड़ा थी! इसे काम-क्रीड़ा कहें या काम-मुक्ति! यह अन्तरतम की प्यास को तृप्त कर रही थी और नयी गहराइयाँ आत्मा में खोदती जा रही थी, जहाँ आश्चर्य थे, ऐसे उजाले थे जो अँधेरों से भिन्न नहीं थे।

दृष्टि चकित थी—इतना प्रेम खारवेल के हृदय में भरा पड़ा था और उसके अपने हृदय में भी। जो प्रेम उसने देखा था उसकी चेतना इसी बात से चिन्तित थी, कि वह बँट गया। यहाँ तो प्रेम का अक्षय स्रोत फूट आया था, जो चिर नूतन था। किसको चिन्ता थी इसकी बूँदें किस-किसको मिलीं? प्रेम के इस प्रपात ने किस-किस को भिगोया? इतना प्रेमधन होते हुए भी उसे चेतना ने निर्धन कर दिया था। एक कृपण की तरह वह उस प्रेमधन को छीनने को विह्वल हो गयी थी जो सरस्वती को मिल गया था। उसे स्वयं अपने उस आचरण पर लज्जा आयी।

21

यह कोई अनोखी बात नहीं है कि अक्सर सेवक स्वयं को स्वामियों से अधिक चतुर समझते हैं। शायद स्वामी-सेवक का अर्थ और बल पर आधारित सम्बन्ध ही अप्राकृतिक है। इस कारण इससे अनेक तरह के झूठ और उलझनें मानवीय सम्बन्धों के रूप में आ गये हैं। स्वामी-सेवक का सम्बन्ध तभी सच्चा हो सकता है, जब मनुष्यों के बीच यह श्रद्धा, स्वेच्छा और प्रेम पर आधारित हो, जैसा श्रीराम और हनुमान के बीच था। बुद्ध और आनन्द दोनों चचेरे भाई थे, लेकिन उनके बीच स्वामी-सेवक का सम्बन्ध न अर्थ पर आधारित था न बल पर। स्वेच्छा से आनन्द स्वयं को भगवान बुद्ध का सेवक बनाये हुए थे। उनके बुद्ध के प्रति अगाध प्रेम और श्रद्धा ने ही उन्हें हृदय से बुद्ध का सेवक बना दिया था। इस तरह का सम्बन्ध स्वामी और सेवक दोनों की आत्माओं को ईश्वर की ओर बढ़ने में सहायता देता है। ईश्वर भी स्वामी तभी है जब मनुष्य उसे हृदय से स्वामी माने। यदि भय या स्वार्थवश वह ईश्वर को स्वामी मानता है तो वह पूजा को ही प्रपंच और धोखा बना देता है।

मानव-सभ्यता का आधार अधिकतर अर्थ और बल का दुरुपयोग रहा है। यही कारण है कि आज का मनुष्य स्वयं को एक ऐसी सभ्यता पर बैठा महसूस करता है जो ज्वालामुखी की तरह अविश्वसनीय है। मनुष्य को डर है कि यह न जाने कब धोखा दे दे।

महारानी दृष्टि का हृदय-परिवर्तन तो राजकुमारी पद्मावती से हुई वार्ता से ही हो गया था। उनका हृदय सरल और प्रेममय था। उनके हृदय में बड़े चतुर ढंग से सरस्वती के प्रति भय और वैर-भाव उनकी एक मुँहलगी परिचारिका सुचित्रा ने भरा था। जब दृष्टि और पद्मावती का वार्तालाप चल रहा था तो सुचित्रा भी वहाँ थी। वह ताजे फल काटकर दोनों राजसी महिलाओं को खिला रही थी और उनकी बातें सुन रही थी।

सुचित्रा ने पद्मावती की बातों का असर दृष्टि पर होते हुए देखा था। वह दृष्टि पर अपनी बातों का काला-जादू चला चुकी थी और उस कला में पारंगत थी। उसे पद्मावती का दृष्टि के हृदय पर असर डालना अच्छा नहीं लगा। उसका अभिमान इस बात से आहत हो गया था कि एक कल की लड़की ने दृष्टि पर उसके असर को फीका कर दिया था। यद्यपि दृष्टि और पद्मावती के दृष्टिकोण वार्ता के दौरान विपरीत थे, तथापि सुचित्रा की कुशाग्र बुद्धि को यह समझते देर न लगी कि दृष्टि के हृदय को पद्मावती की बातें भा रही थीं।

महाराज के लौटने के बाद एक ही रात में महारानी के चेहरे पर लौट आयी बालसुलभ मुस्कुराहट और उत्प्रफुल्लता देखकर सुचित्रा को और बुरा लगा। उसे इस परिवर्तन में अपनी पराजय नजर आने लगी। वह दुष्ट नहीं थी। उसके चरित्र की सबसे बड़ी दुर्बलता उसका अभिमान था। उसका अभिमान उसकी कुशाग्र बुद्धि की परछाईं था और उसकी हैसियत से मेल नहीं खाता था। इस कारण उसका अभिमान सदा आहत महसूस करता था और बदला लेने के लिए कुटिल योजनाएँ बनाता रहता था।

उसे आशंका हुई कि अब शीघ्र ही दृष्टि और सरस्वती के बीच पहले जैसी मैत्री हो जाएगी, और सरस्वती भी महल में आकर महाराज की दूसरी पत्नी के रूप में रहने लगेगी। उस स्थिति की कल्पना से ही उसे अपना अस्तित्व महत्त्वहीन होता नजर आने लगा। उसे चिन्ता सताने लगी और वह सरस्वती का पता लगाने में लग गयी।

जब पता लग गया तो वह अवकाश लेकर सरस्वती के पास गयी। उसने दो शस्त्रों से काम लिया—आँसुओं और छिपे दोषारोपण से। सरस्वती के आगे कुछ देर तो वह दृष्टि की दयनीय दशा का वर्णन करती रही और रोती रही। उसने दृष्टि का चित्रण कुछ ऐसे किया मानो सरस्वती के प्रति प्रेम के कारण महाराज ने दृष्टि का अनौपचारिक रूप से त्याग कर दिया हो। मानो केवल राजकुँवर की खातिर, लोक दिखावे के लिए, वे एक साथ रह रहे हों। उसने यह बात बड़ी चतुराई के साथ सरस्वती को समझायी कि उनके बीच प्रेम सम्बन्ध नहीं रह गये।

साथ ही सुचित्रा ने कहा, "राजकुमारी जी! महल में जितने मुँह उतनी बातें। मैं तो सुनती नहीं। जिसको देखो यही कहता है कि महाराज आपसे मिलने यहाँ आते हैं। उन्हें प्रेम सिर्फ आपसे है और किसी से नहीं। बस, एक राजकुमारी मगध से आयी थी। कुछ दिन महल में रही। उससे कुछ हो तो मैं कह नहीं सकती। उसकी सेविकाएँ कहती थीं कि महाराज उनकी राजकुमारी के नायक हैं। वे उन्हें आदर्श पुरुष मानती हैं। और माने भी क्यों न? हमारे महाराज हैं ही ऐसे। कितना ध्यान रखते थे राजकुमारी पद्मावती का! घुमाने भी अपने साथ ही ले जाते थे।"

ये सारी बातें बताकर सुचित्रा फिर आँसू बहाने लगी और दीन स्वर में बोली, "राजकुमारी जी! विश्वास कीजिए महारानी ने मुझे नहीं भेजा। मैं अपनी ही मर्जी से आयी हूँ। मुझसे महारानी की दशा देखी नहीं गयी। मुझे नहीं लगता कि वह ज्यादा दिन जी सकेंगी। आपको भगवान ने महाराज का सारा प्यार दिया है। महाराज को आप ही मना सकती हैं कि एक अंजली भर प्यार महारानी के आँचल में भी डाल दें। आपको बहुत दुआ लगेगी। वे भी तो आखिर आप ही की तरह उनकी पत्नी हैं। धर्म के नाते कुछ अधिकार तो उनका भी बनता है।"

इस तरह की बातें और रोना-धोना लगभग दो घण्टे तक करके सुचित्रा चली गयी। सुचित्रा की विषभरी वाणी ने अपना असर दिखाया। उसके छिपे तानों और आँसुओं ने सरस्वती के हृदय का बाँध तोड़ दिया। वह स्वयं अपनी दुनिया लुटाकर उस एकान्त में रहने आयी थी। वह एक भी शब्द प्रतिवाद में न कह सकी। उसका हृदय इस अपमान से गल गया कि उसने महाराज को महारानी से चुरा लिया। सुचित्रा ने अपनी गरम और नरम बातों के मिश्रण से सरल हृदय सरस्वती को स्वयं उसकी आँखों में गिरा दिया था। उसका हृदय ग्लानि से भर गया। पहले उसने आत्महत्या करने का विचार किया। प्रकृति ने उसे वे सारे गुण दिये थे, जो एक आदर्श प्रेमिका में होते हैं। ऐसे लोग, जिनके चरित्र को सुन्दरता, सत्य और अच्छाई के सभी तत्त्वों से प्रकृति गढ़ती है, बहुत नाजुक होते हैं। वे नीच आरोपों के बीच जीने की कला नहीं जानते। सुचित्रा के नाटकीय हावभावों और बहते आँसुओं ने सरस्वती के प्रेम को लज्जित कर दिया। वह सब कुछ छोड़कर चली जरूर आयी थी, परन्तु उसके हृदय में खारवेल के प्रति प्रेम कम नहीं हुआ था। न कभी वह उसे विस्मृत कर पायी थी। सुचित्रा की विषैली बातों ने उसके प्रेम के तप के अर्थ ही बदल दिये। स्वयं सरस्वती अपने प्रेम को दृष्टि की सुखी दुनिया में आग लगाने वाली चिनगारी समझने लगी।

शायद कोई भी प्रेम-कहानी उस कहानी से अधिक दुःखभरी नहीं होती, जिसमें नायिका स्वयं अपने प्रेम को प्रपंच, छल और धूर्तता समझने लगे। यह भी विचित्र विडम्बना है विधि की, कि वे जो निष्पाप होते हैं बहुत आसानी से स्वयं को दोष देने लगते हैं। हृदय की गहराई इतनी अथाह है कि सच्चा प्रेम भी इसमें पड़कर विश्वास के साथ यह नहीं कह पाता कि वह सच्चा है। कोई अगर झूठा आरोप भी लगा दे तो उसे अपने पर ही शक होने लगता है। ऐसे लोगों की बातें सुनकर सच्चे प्रेमियों में चेतना सक्रिय होकर उनकी प्रेमशक्ति को निगल लेती है। सरस्वती के साथ भी ऐसा ही हुआ।

पद्मावती और खारवेल के बीच प्रेम-सम्बन्ध का जब सुचित्रा ने बातों-बातों में इशारा किया तो सरस्वती के हृदय में भी ईर्ष्या की एक हल्की-सी टीस उठी। उसके बाद उसने ईश्वर को धन्यवाद दिया कि उसने उसे इतनी जल्दी दण्ड दे दिया और अगले जन्म पर नहीं डाला। सारा हिसाब इसी जन्म में ही बराबर कर दिया। उसने दृष्टि का प्यार चुराया था, पद्मावती ने उसका प्यार चुरा लिया। इतने बरसों के प्रेमतप को मलिन कर देने के लिए ईर्ष्या की वह हल्की-सी टीस पर्याप्त निकली।

सुचित्रा ने सरस्वती के प्रेम को नैतिक प्रश्नों से उलझा दिया था। सरस्वती भूल गयी थी कि प्रेम तो नैतिकता की भी नैतिकता है। सदाचार और सच्चरित्रता जब अपने चरम को छू लेते हैं तो सच्चे प्रेम की एक सिहरन हृदय में पैदा होती

है। यौवन को पता नहीं होता कि प्रेम सच्चरित्रता से बहुत ऊँची डाल पर खिला फूल है। सरस्वती का यौवन यह नहीं जानता था कि जहाँ सच्चा प्रेम है, वहाँ सदाचार और सच्चरित्रता की बातें फिजूल हैं। वह नहीं जानती थी कि प्रेम तभी तक जीता है जब तक वह नैतिक प्रश्नों की दलदल में नहीं फँसता। जब तक प्रेम में आत्मविश्वास रहता है वह नैतिकता के प्रश्नों को फालतू और अनावश्यक समझता है। नैतिक प्रश्नों का उत्तर देने के लिए प्रेम जैसे ही प्रवृत्त होता है इसका स्वतः उठता प्रेमावेग क्षीण हो जाता है। स्वतःता का मिट जाना ही प्रेम की मृत्यु है। जिस नैतिक शक्ति का उद्‌गम ही प्रेम है वह यदि प्रेम की बराबरी करे तो हृदय में द्वैत आ जाता है। किन्तु प्रेम तो सृष्टि का अन्तिम, सूक्ष्मतम, सारतत्त्व है। जिस तल पर हृदय में प्रेम रहता है उस तल पर न कोई अन्य भावना रखी है ईश्वर ने, न विचार। यह तो दुनियावी लोग हैं, जो नैतिकता को प्रश्न बनाकर हृदय में प्रेम के तल पर पहुँचा देते हैं। नैतिकता अपनी मर्यादा छोड़ दे तो छोड़ दे। प्रेम नहीं छोड़ता। वह एकल तत्त्व है जिससे सारी भावनाएँ, विचार, नैतिकता और सारे विश्वास जन्म लेते हैं। ईश्वर ने रहने के लिए इन सबको प्रेम से नीचे का तल दिया है। उसने प्रेम की मर्यादा रखी है कि वह अकेला हृदय की सबसे ऊपर की मंजिल में रहे। जब नैतिकता प्रेम के स्तर पर अनधिकृत रूप से आ जाती है और ईश्वर द्वारा बाँधी मर्यादा का उल्लंघन कर देती है, तब भी प्रेम अपनी मर्यादा नहीं छोड़ता। वह नैतिकता को तिरस्कृत करके नहीं धकेलता उसके निचले तल पर। प्रेम स्वयं मर जाता है, ताकि एकलता की मर्यादा बनी रहे। ताकि यदि नैतिकता इस तल पर रहे तो सिर्फ नैतिकता ही रहे। जो भी रहे एकल रहे। प्रेम वह एकल रूप है आद्याशक्ति का, जिसके लिए शास्त्र कहता है—'एकैव सर्वत्र वर्तते तस्मादुच्यते एका।'

क्या कोई गंगा को उल्टे हिमालय में गोमुख ले जाएगा, जो गंगा का उद्‌गम है? इस संसार को ही सत्य माननेवाले संसारी ही वे विचित्र जीव हैं जो ऐसा करते हैं।

बेचारी सरस्वती की शिक्षा इस स्तर की नहीं थी कि वह सुचित्रा से दार्शनिक प्रश्न पूछती। यदि वह पूछती तो सुचित्रा के चेहरे से मुखौटा उतर जाता। सरस्वती तो प्रेमजोगन थी। प्रेम को हृदय में पा जाने के बाद ज्ञान पाने की अभिलाषा ही नहीं रह गयी थी।

प्रेम उसके हृदय में न तो आहिस्ता से दबे पाँव आया था और न ढोल-बाजों के साथ। प्रेम तो ऐसे ही, बिना किसी विशेष चिह्न के, सरस्वती के हृदय में आ गया था उस रात, जैसे उत्सव के दिन मेहमान घर में आते-जाते रहते हैं। राजतिलक की रात खारवेल नाचा था जनजाति की बालाओं और युवकों के साथ। बस इतना-सा हुआ था और सरस्वती के हृदय ने उसके घुसते ही दरवाजे बन्द कर लिये थे। अब

कोई आने को नहीं रह गया था। अब कोई आए या जाए, सरस्वती को क्या लेना था। उसके हृदय की ऊपरी मंजिल भर गयी थी।

सुचित्रा के आने से पहले कभी उसके प्रेम के आगे नैतिकता प्रश्न बनकर नहीं आयी थी। अब उस नैतिक प्रकाश में जो उसके प्रेम पर सुचित्रा ने डाला था, सरस्वती को अपना प्रेम काई लगी चट्टानों पर वसन्त में खिले उन जंगली फूलों जैसा लग रहा था जो बस एक शाम के लिए खिलते हैं और रात होते-होते मुरझा जाते हैं। प्रेम उन जंगली फूलों की तरह दोनों के हृदयों में एक साथ खिला था, इतनी जल्दी मुरझा जाने को! ऐसा न होता तो खारवेल के हृदय से वह क्यों इतनी जल्दी चली जाती? खारवेल ने अच्छा ही किया जो हृदय को खाली नहीं रहने दिया और पद्मावती को बसा लिया।

अक्सर प्रेमी एक-दूसरे को बेवफाई का दोष देते हैं। सरस्वती कुछ अलग थी। खारवेल में नहीं, उसे अपने प्रेम में सुचित्रा की बातों से खोट नजर आने लगा था। वह सोच रही थी, उसका प्यार खारवेल के लिए सच्चा होता तो क्या इतनी जल्दी मुरझा जाता?

ज्ञानी जन कहते हैं कि नैतिकता का स्पर्श ही प्रेम के प्राण हर लेता है। प्रेम तभी तक रहता है जब तक इसे नैतिकता नहीं सताती, क्योंकि प्रेम नैतिकता और अनैतिकता के द्वैत से परे है। एक सच्चा हृदय स्वतः ही बिना चेष्टा के, अनजाने ही इस द्वैत के पार निकल जाता है। किन्तु वही सच्चा हृदय इतना अज्ञानी और भोला भी है कि यदि उससे कहो कि तुम नैतिकता को लाँघकर आये हो तो वह अपराधी की तरह काँप उठता है। सच्चे हृदय नैतिकता के पार एक बार चले तो आते हैं किन्तु बहुत कम सच्चे हृदय हैं जो वहाँ टिके रहते हैं। नैतिकता का हौव्वा इतना बड़ा है सच्चे हृदय के आगे कि बहुत बड़ा, व्यास जैसा, ज्ञानी चाहिए उसे समझाने के लिए कि प्रेम की एक किरण के आगे नैतिकता अश्लीलता के अलावा कुछ नहीं है।

सुचित्रा अपना उद्देश्य पूरा करके चली गयी थी। जितना सरस्वती उसकी बातों पर विचार करती रही, उतना ही उसे विश्वास होने लगा कि खारवेल के लिए उसका प्यार पाप था। उसकी समझ में नहीं आ रहा था कि अपना पापी हृदय लेकर जाए कहाँ। सुचित्रा ने आकर इस निर्जन लकड़ी की बँगलिया को भी चौराहा बना दिया था। उसका एकान्त अब सरस्वती को एकान्त नहीं, कोलाहल लगने लगा था। जितना वह अपनी स्थिति पर विचार करती उतना ही उसका मन एक पवित्र, निष्पाप जीवन के लिए मचलने लगता। कहाँ था वह निष्पाप जीवन? कौन-सा वह तीर्थ था, कौन-सा वह जल था जिसके स्पर्श से वह निष्पाप हो सकती थी?

आत्महत्या का विचार उसके मन में नहीं टिक पाया। उसने सोचा, आत्महत्या

के बाद पुनर्जन्म होगा। अगले जन्म में भी जीवन इसी तरह की गुत्थियों में उलझ जाएगा। जब तक यह कर्मबन्ध नहीं कटेगा तब तक उसका हर नया जन्म इसी गुत्थी पर आकर अटकता रहेगा। इसलिए अच्छा है कि वह इसी जन्म में इस गुत्थी को सुलझाने की भरपूर चेष्टा कर ले, ताकि अगला जीवन इस गुत्थी से मुक्त हो। कुछ दिन इस पर सोचने के बाद उसने संन्यास लेने का निर्णय किया। वह कुन्दकुन्दाचार्य के संघ में एक आर्यिका (संन्यासिनी) बन गयी।

22

खारवेल स्वयं सरस्वती को ढूँढ़ने निकला। बड़े प्रयत्न के बाद उसे पता चला बाँस और काष्ठ की उस बँगलिया का, जिसमें वह एकान्तवास कर रही थी। जग के कोलाहल से दूर, किसी तरह यहाँ उस लांछन को मिटाने का उसने बहुत प्रयत्न किया था। किन्तु जब खारवेल उसे ढूँढ़ता-ढूँढ़ता बँगलिया में पहुँचा, वह उसे छोड़कर जा चुकी थी। अब उसके जनजाति वीर भी नहीं जानते थे कि वह कहाँ चली गयी। कुछ सोचते थे कि वह कलिंग छोड़कर चली गयी। कुछ को भय था कि उसने आत्महत्या कर ली।

सरस्वती सीधी कर्नाटक गयी थी और वहाँ चन्द्रगिरि पर कुन्दकुन्दाचार्य के समक्ष वह विधिपूर्वक आर्यिका बन गयी थी।

खारवेल ने आशा नहीं छोड़ी। शीत ऋतु जा रही थी। शीत ऋतु में कुमारी पर्वत इतना नहीं तपता, जितना अन्य मौसमों में। वसन्त पंचमी के दिन यहाँ सरस्वती-उत्सव आयोजित करने की बात उसके मन में आयी। वसन्त ऋतु में भीड़ जुटायी जा सकती थी क्योंकि तब यात्रियों को सुविधा होने और रोगों के फैलने का भय नहीं था। सरस्वती-उत्सव के लिए उसने दूर-दूर राज्यों में ढिंढोरा पिटवा दिया। उसे विश्वास था कि कहीं भी हो, सरस्वती उस उत्सव में अवश्य आएगी। यही एक मार्ग रह गया था सरस्वती से मिलने का।

मुनिजन, विद्वान और सामान्यजन सरस्वती-उत्सव में सम्मिलित होने भारतवर्ष के कोने-कोने से कुमारी पर्वत पर आये। उनमें कुमारनन्दी, पतंजलि, भद्रबाहु, मनु और कुन्दकुन्दाचार्य भी थे।

जिन नैतिक प्रश्नों का सहारा लेकर दृष्टि ने सरस्वती और खारवेल के प्रेम

पर आघात किया था, वे ही प्रश्न अब दृष्टि को भी परेशान करने लगे थे। मानो उन्हीं नैतिक प्रश्नों से कर्मगति उसे भी बाँध रही थी। उसे तरह-तरह के नैतिक प्रश्न सताने लगे थे। वह अक्सर, बिना चाहे, स्वयं को इस चिन्ता में डूबा हुआ पाती कि क्या सरस्वती के निश्छल प्रेम पर आघात करना नैतिक-कर्म था? क्या विवाह-संस्कार के अभाव के कारण, सच्चे प्रेम को पाप कहना नैतिक कर्म था? सरस्वती ने यक्ष-विधि से खारवेल के साथ विवाह रचाया था, यह बात दृष्टि जानती थी। वह यह भी जानती थी कि उसने हठधर्मिता के कारण उस विवाह को मान्यता नहीं दी थी। अब यह प्रश्न भी उसके सामने उठता कि क्या यक्ष-विवाह को मान्यता न देकर उसने जनजातियों में प्रचलित विवाह-पद्धतियों पर प्रश्न-चिह्न नहीं लगाया था? कलिंग की जनता में जनजातियों के लोग भी थे। क्या उनकी परम्परा को पाप कहकर उसने महारानी होने के कर्तव्य का निर्वहन किया था? खारवेल ने दृष्टि के प्रेम के प्रति हिंसा न करने के उद्देश्य से ही उस हिंसा को चुपचाप सह लिया था जो दृष्टि ने सरस्वती और खारवेल के प्रेम के प्रति की थी। अब यह प्रश्न भी सरस्वती के हृदय को मथने लगा था कि अपने पति को ईर्ष्यावश इतना दुःख देकर क्या उसने पत्नी धर्म की अवहेलना नहीं की थी?

खारवेल की अहिंसा उसे अपने ईर्ष्यालु प्रेम से कहीं अधिक उच्च लगने लगी थी। अब उससे खारवेल के चेहरे पर सरस्वती से विछोह के कारण उपजा मौन विषाद देखा नहीं जाता था। उस विषाद में एक विचित्र-सी शान्ति आकर बस गयी थी। उसे चिन्ता होती, यह शान्ति थी या कोई रोग जो खारवेल की आत्मा को लग गया था?

खारवेल ने कभी उसे दोष नहीं दिया था इस अन्याय के लिए। उसने उससे कभी इस विषय पर तर्क भी नहीं किया था। केवल इस कारण कि उसके अपने प्रेम का जो हो सो हो, दृष्टि का प्रेम आहत न हो। दृष्टि के मन में अब यह प्रश्न उठता कि अपने पति की प्रेम भावना को एक ऐसा दुःख देकर, जो वह उससे बाँट नहीं सकता था, क्या उसने अपनी प्रेम भावना और खारवेल की प्रेम भावना को विभाजित नहीं कर दिया था? प्रेम तो एक ही तत्त्व था, चाहे वह सरस्वती का प्रेम था या उसका या खारवेल का। क्या प्रेम में दीवारें खींचकर उसने अपनी प्रेमक्षमता को संकीर्ण नहीं कर लिया था? प्रेम के झगड़े तो प्रेमधर्म से हल किये जाते हैं, नैतिकता से नहीं। प्रेम में तो केवल एक बात देखी जाती है कि किसका प्रेम सच्चा है और किसका झूठा। प्रेम में तो केवल यह बात देखी जाती है कि किसका प्रेम देना जानता है और किसका सिर्फ लेना। इस प्रश्न के सच्चे उत्तर को वह दबा नहीं पा रही थी। एक विद्रोही की तरह स्वयं उसका प्रेम उससे कहने लगा था कि सरस्वती और खारवेल का प्रेम उसके प्रेम से बहुत ऊँचा था।

खारवेल ने सब कुछ चुपचाप सहन कर लिया था। किन्तु इस सहनशीलता में छिपी एक बात अब दृष्टि को बहुत पीड़ा देने लगी थी। वह यह कि खारवेल ने उससे यह अपेक्षा करनी ही छोड़ दी थी कि वह उसके प्रेम को समझेगी। उसने उसके प्रेम से न्याय की आशा ही छोड़ दी थी। उसने यह चेष्टा करनी ही छोड़ दी थी कि दृष्टि का प्रेम भी उसके प्रेम की तरह उन्नत हो। केवल इस कारण कि खारवेल का प्रेम बहुत स्वाभिमानी था। वह दृष्टि से अपने और सरस्वती के प्रेम की भीख नहीं लेना चाहता था। उसकी आत्मा प्रेम की यात्रा में किसी अनजानी मंजिल की ओर निकल गयी थी जहाँ दृष्टि की ईर्ष्या वार नहीं कर सकेगी। जहाँ उसकी ईर्ष्या अर्थहीन हो जाएगी।

दृष्टि ने यह चाहा था कि खारवेल केवल उसका हो। वह उसे प्राप्त हो गया था। किन्तु अब वह देख रही थी कि उसके प्रेम से भी ऊपर प्रेम की एक दुनिया है। वहाँ भी खारवेल है और उसके साथ वहाँ सिर्फ सरस्वती है। वह ऐसी दुनिया है प्रेम की जहाँ उसका ईर्ष्याग्रस्त प्रेम पहुँच ही नहीं सकता। अब एक और लगन उसकी आत्मा में लग गयी थी। वह अपनी ईर्ष्या से पूरी तरह मुक्त हो जाना चाहती थी। वह चाहती थी कि उसके प्रेम में भी वह मजबूत डैने निकल आएँ जो ईर्ष्या की बर्फीली चोटियों से बहुत ऊपर उसे प्रेम के उस गोलोक-धाम में पहुँचा दें, जहाँ आत्माएँ तेरा-मेरा भूलकर, अपनापा भूलकर, नित्य रमण करती हैं। जहाँ प्रेम ईश्वर हो जाता है। अब वह चाहती थी कि उसकी आत्मा, सरस्वती की आत्मा और खारवेल की आत्मा अपनापा खोकर एक प्रेमात्मा में बदल जाएँ। जहाँ उनके बीच त्रिकोण न हो, एक बिन्दु हो, जिसमें तीनों समा जाएँ।

उसे लगता कि खारवेल का प्रेम उसके प्रति एक धर्म हो गया था। वह चाहे जैसी भी हो, कुछ भी करे, वह उससे प्रेम करेगा। किन्तु अब वह चाहती थी कि खारवेल उसे उसके किसी गुण के कारण प्यार करे और गुण जब वह ढूँढ़ती तो कोई गुण उसे अपने में न मिलता जिससे रीझकर वह उससे प्रेम करे। ईर्ष्या ने उसके सभी गुणों पर कालिख पोत दी थी।

एक उल्लास था इस पराजय में जो दृष्टि को गुदगुदाये रखता। उसने ईर्ष्या की सीमा को जान लिया था। उसने प्रेम की उस शक्ति का अनुभव कर लिया था जो ईर्ष्या से बिना लड़े उसे निरर्थक कर देती है। यह मनुष्य की विजय थी अँधेरे पर। ध्रुव-तारे की तरह यह शक्ति उसे मंजिल दिखा रही थी। अब तक जो सिर्फ सुना था उसने, उसे खारवेल के व्यक्तित्व में देख लिया था। वह जान गयी थी कि क्यों और कैसे प्रेम सभी बुरी शक्तियों से ऊपर है। इतना नाजुक और अहिंसक होकर भी प्रेम क्यों सबसे बड़ा योद्धा है। अब वह खारवेल को देखती तो उसे लगता कि उसकी ईर्ष्या में चुपचाप तपकर खारवेल के प्रेम से एक तेजस् शरीर निकल आया

है, जो उसके पार्थिव शरीर में ऐसे बस गया है जैसे फूल में खुशबू। इस तेजस् शरीर को समय नहीं छुएगा। यह तब भी रहेगा जब वह और खारवेल खाक में मिल जाएँगे। वह प्रेम का अमर योद्धा हमेशा भारत की हवाओं में रहेगा और आनेवाले प्रेमियों को प्रेमतप का मार्ग दिखाता रहेगा।

एक विचित्र बात थी। यह तेजस् शरीर, जो अदृश्य होकर भी उसे दिखता था, कभी खारवेल लगता, कभी सरस्वती, कभी दोनों। अब दृष्टि के मन में केवल एक साध थी। वह भी इस तेजस् शरीर का हिस्सा बन जाना चाहती थी। उसकी इच्छा थी कि आने वाले युगों में प्रेमियों को यह तेजस् शरीर कभी खारवेल लगे, कभी सरस्वती, कभी दृष्टि, कभी तीनों।

वह जान गयी थी प्रेम के उस रहस्य को, जिसके सहारे दो आत्माएँ ही एक नहीं होतीं, तीन आत्माएँ भी एक हो जाती हैं। तीन ही नहीं, अनेक आत्माएँ एक आत्मा में बदल सकती हैं। आत्मा का गणित कुछ और था, पदार्थ का कुछ और। आत्मा के गणित में एक ही अनेक था और अनेक एक था।

दृष्टि का हृदय कहता कि जब वह ईर्ष्या पर विजय प्राप्त कर लेगी तो उसकी आत्मा में वह गुण उपजेगा जो खारवेल को प्रेमधर्म भुलवा देगा। तब खारवेल की आत्मा उसकी आत्मा से प्रेमधर्म नहीं निभाएगी। तब खारवेल की आत्मा उसकी आत्मा के गुणों पर रीझकर, उसकी आत्मा के सौन्दर्य से मुग्ध होकर, उससे प्रेम करेगी। यही वह प्रेम था जो उसकी आत्मा को खारवेल की आत्मा से एक कर सकता था।

उतरते माघ की एक रात थी। वसन्त अभी आया नहीं था, किन्तु उसके बाणों का प्रहार शुरू हो गया था। यह विचित्र बात थी कि वसन्त ने अपना पहला प्रहार पत्थरों की दरारों पर, वृक्षों की जड़ों पर और पुराने मकानों में आयी तरेड़ों पर किया था और वहाँ पीले-पीले जंगली फूल निकल आये थे। दृष्टि उस रात खारवेल के चरणों में गिर पड़ी और बोली, "मुझे क्षमा कर दो प्रियतम!"

"क्षमा किस अपराध के लिए?" खारवेल ने उसे उठाते हुए पूछा।

दृष्टि ने देख लिया था, वह अनजान नहीं बन रहा था। वह एक देवता जैसा लग रहा था जो उसकी मानवी-व्यथा को नहीं समझ सकता था। वह अपराध और क्षमा के मानवीद्वन्द्व से बहुत दूर जा चुका था। वह चुप खड़ा था, किन्तु उसके बदन का पोर-पोर मानो व्यथित था। दृष्टि को उस व्यथा से निकालने के लिए, जिसने उसे समग्र जीवन से अलग करके घेर लिया था, उस अकेले गाँव की तरह जिसे बाढ़ के पानी ने एक द्वीप बना दिया हो। दृष्टि को खारवेल उस घड़ी मृत्युदण्ड पाये उस अपराधिनी के पति जैसा लगा जो जानता था कि उसकी कोई भी चेष्टा उसकी पत्नी को मृत्युदण्ड से नहीं बचा सकती। दृष्टि का हृदय चीत्कार कर उठा, वह क्यों

इतना असहाय महसूस कर रहा था, उसके कर्मों से जकड़े अस्तित्व के आगे! वह क्यों भूल गया था कि पति होने के नाते उसे विधाता ने वह शक्ति दे रखी थी जिसका प्रयोग करके वह अपनी पत्नी को नरक के अँधेरों से भी बाहर निकाल सकता था? परन्तु क्या वह इस शिकायत को शब्द दे सकती थी? जीवन में अवसर आते हैं जब मनुष्य पूरी तरह गूँगा और शक्तिहीन महसूस करता है, जब केवल आँसुओं की भाषा रह जाती है। अनेक तरह के आँसू दृष्टि की आँखों से झर रहे थे, जो उसने पहले कभी नहीं जाने थे। पिछले कुछ दिनों से उसमें एक अनोखी प्रतिभा जग गयी थी। वह तरह-तरह के आँसुओं में भेद करना जान गयी थी।

खारवेल खड़ा था, रात के शीत से घिरा हुआ। उसका मस्तिष्क मानो उसके पास नहीं था और उसका हृदय नहीं जानता था कैसे बिलखती रानी के आँसू पोंछे।

"तुम्हें कौन-सा अपराध सता रहा है प्रिये?" आखिरकार वह बोला और स्वयं अपने शब्दों की भावहीनता पर चौंक उठा। यह वार्तालाप तो दो संन्यासियों के बीच हो रहे वार्तालाप जैसा था। इसमें कुछ भी व्यक्तिगत नहीं था। दृष्टि ने जल्दी-जल्दी आँसू पोंछ डाले।

तदन्तर एक चुप्पी छा गयी। परन्तु यह चुप्पी और भी असह्य थी। विचित्र गति हो गयी थी जीवन की। वह अपनी व्यथा को शब्द देने का इरादा करती तो सभी शब्द खोखले और मूर्खता भरे लगते। और यदि वह चुप रहना चाहती तो चुप्पी उसके हृदय को खाने लगती। उसे कुछ बोलना ही था। वह बोली, "मैं जानना चाहती हूँ प्रियतम, क्या कोई मार्ग है इससे बाहर निकलने का। क्या मैं तुम्हारे दुःख को जरा भी दूर नहीं कर सकती? क्या तुम मुझे क्षमा नहीं कर सकते?"

खारवेल का मस्तिष्क यह सुनकर अति रिक्तता से भर गया। उसने दृष्टि को अपनी बाँहों में भर लिया और उसके बालों को हथेली से सहलाने लगा। किन्तु दृष्टि को लगा इस आलिंगन में अग्नि नहीं थी। न तो इसमें चाहत थी, न मांसल अंगों में कोई स्फुरण। यह आलिंगन किसी आत्मा के आलिंगन जैसा था, जिसे महसूस करने के लिए बहुत ध्यान देना पड़ रहा था। दूसरे ही क्षण, अब यह दो शवों के आलिंगन जैसा लग रहा था, दो प्रेमियों के शव, जो मृत्यु से पहले किसी तरह एक दूसरे के आलिंगन में कैद हो गये थे।

उसने फिर एक चेष्टा की बोलने की, "मैं यह कहना चाहती थी मेरे प्राणपति, कि अब मुझमें कोई विरोध शेष नहीं रहा सरस्वती के प्रति। तुम उससे किसी भी तरह का सम्बन्ध बना लो, जैसा तुम्हें अच्छा लगे। मैं तुम्हारे साथ ही रहूँगी और तुमसे प्यार करती रहूँगी। मैं यह जान गयी हूँ कि मेरे और सरस्वती के प्रेम में परस्पर कोई भी विरोध नहीं है।"

"सचमुच!" बिना देखे, कोई भी नहीं जान सकता कि एक मृत व्यक्ति को

संजीवनी मिलने पर इतने रंग इतनी जल्दी उसके चेहरे पर आते-जाते हैं। किन्तु शीघ्र ही रंगों का आना-जाना रुक गया, जैसे ही खारवेल के हृदय में प्रश्न उठा, "कहाँ है सरस्वती?" अब बहुत देर हो गयी थी। खारवेल के आगे वह दृश्य उभरा जब वह तरह-तरह से दृष्टि को मनाने की चेष्टा कर रहा था और वह आशा की एक नन्ही-सी किरण भी उसे दान में देने को तैयार नहीं थी। और आज वह बिना माँगे ही सब कुछ दे रही है। अब तो उसके स्वाभिमानी हृदय ने एक और भी ऊँची दुनिया ढूँढ़ ली थी सरस्वती से संयुक्त होने के लिए, जहाँ कोई नहीं पहुँच सकता था। सभी भावों के ऊपर एक उपहास-भाव उसके हृदय में उभरा। क्या कोई बौरायी राक्षसी थी जो प्रेमियों के हृदयों को एक-एक कर तोड़ रही थी? एक दिन उसकी बारी थी, आज दृष्टि की। अब जब वह प्रेम साधना के पथ पर बहुत ऊपर निकल गया था, दृष्टि के द्वैतभाव को अपने प्रेम में खपाकर, तो दृष्टि उसी पुरानी दुनिया में उसे पुकार रही थी, और उस दुनिया में सरस्वती के साथ रहने को तैयार थी।

क्या यही कर्मचक्र था? उसने इसकी शक्ति देख ली थी। उस दिन उसने उसके आगे स्वयं को, भयानक उफनती लहरों में फँसे एक शिशु की तरह, असहाय पाया था। किन्तु आज प्रेम का कर्मचक्र एक ओर टूटा पड़ा था, रथ के पहिये की तरह, जिसे छोड़कर, दो नये पहिये लगाकर, रथी बहुत दूर निकल गया था।

आज एक दूसरा कर्मचक्र था। दृष्टि की असीम ईर्ष्या से दग्ध प्रेम का कर्मचक्र जो दृष्टि को अपने भँवर में खींच रहा था। इसने उसकी समस्त कामनाओं और मानवोचित्त ईर्ष्या को भी अपने भँवर में खींच लिया था। यह दृष्टि के उस निर्दोष नारी-सुलभ अभिमान को भी निगल रहा था, जिसके बिना स्त्री का नारीत्व ही टूट जाता है। वह उस स्त्री जैसी लग रही थी जो सारी रात चोरों से लड़ी थी और सुबह के समय उसने पाया था कि जो सम्पत्ति वह बचा पायी थी, वह सिर्फ कोयलों की एक बोरी थी। वह पूरी तरह छली हुई स्त्री की तरह लग रही थी, जो यह शिकायत करने की शक्ति भी खो चुकी थी कि किसी ने उसे छल लिया है। किसने किसको छल लिया है? कर्मचक्र आज उससे यह प्रश्न पूछ रहा है। यह प्रश्न एक आलसी बादल की तरह दृष्टि के मानस पर डोल रहा था।

कठपुतली के तमाशे की तरह वासनाओं का वह तुमुल नष्ट हो चुका था। शिकवों-शिकायतों का, मनुहारों, याचनाओं का वह लौकिक सम्बन्ध-जाल न जाने कहाँ गुम हो गया था। उसकी जगह आत्मा के कठोर और निर्मम संघर्ष ने ले ली थी। दृष्टि ने खारवेल को मानवीय प्रेम के संघर्ष से धकेलकर, आत्मा के कठोर संघर्ष में लगा दिया था। आज नियति ने दृष्टि को भी मानवीय भावनाओं के संघर्ष से धकेलकर आत्मा के संघर्ष में लगा दिया था। आज अपने पति की भावनाओं पर शासन करने की उसकी इच्छा जा चुकी थी। जिन भावनाओं को वह पहले सत्य

समझती थी वे आज तेजी से गुजरती परछाइयाँ बन गयी थीं। उसकी बुद्धि ने ही ईर्ष्या का सहारा पाकर स्वयं को छल लिया था।

किन्तु दृष्टि की टूटी मानवीय भावनाओं को कर्मचक्र अपने भँवर में खींच रहा था। यह खारवेल को अच्छा नहीं लग रहा था। वह चाहता था कि दृष्टि आत्मा का संघर्ष तो करे, पर उसकी मानवीय भावनाओं को, उनकी त्रुटियों के होते हुए भी, कर्मचक्र खींचकर अपने भँवर में न डुबाए। अनुभव ने दृष्टि को सिखा दिया था कि किस सीमा तक ईर्ष्या मानवीय है, जिसको लाँघकर ईर्ष्या दानवीय हो जाती है। खारवेल चाहता था कि दृष्टि दोनों तलों पर संघर्ष करे। उसकी आत्मा के साथ उसका स्त्रीत्व भी निखरे और उस स्तर तक पहुँचे जहाँ स्त्रीत्व ईश्वर हो जाता है।

तब मन ही मन खारवेल ने प्रण किया कि वह दृष्टि के स्त्रीत्व को टूटने नहीं देगा। इसके लिए कर्मचक्र को टूटना होगा। कर्मचक्र एक अन्धी मशीन है, जिसका काम है पीसना। जो भावनाएँ, विचार, इच्छाएँ, स्वप्न और वासनाएँ टूट जाती हैं, उन्हें महीन पीसकर, उनकी ऊर्जा वापस सृष्टि के विनाश-निर्माण-चक्र को लौटा देना। परन्तु जो जीवन का तप करना जानते हैं वे अपने टूटे तत्त्वों को कर्मचक्र में पिसने नहीं देते। वे उन्हें रोक लेते हैं और अपने श्रम से सुधारते हैं। दृष्टि के प्रति खारवेल का प्रेम असीम था। उसे लगा शायद अकेली दृष्टि इतना सब न कर सके। तब उसने कर्मचक्र को ललकारा, ''मेरी अर्धांगिनी है दृष्टि कर्मदेवता! उसने जो कुछ भी कर्म किये वे अर्धांगिनी होने के कारण मेरे भी कर्म हैं। उसे छोड़कर तुम मेरी ओर मुड़ो। इन कर्मों को मेरे कर्म समझ लो और मुझे आशीर्वाद दो कि मैं उन्हें तुम्हारे भँवर में जाने से रोक सकूँ। वह विद्या मुझे दो कि मैं उनसे उसके टूटे नारीत्व का पुनर्निर्माण करके उसे दे सकूँ।''

एक नीलाभा से दमकता, ठण्डा, हँसिये के आकार का चाँद तारों से भरे आकाश के छोर पर था। तारे अपने-अपने स्थान पर कीलित जीवनविहीन वस्तुओं की तरह चमक रहे थे। ऐसा लग रहा था मानो सृष्टि के आरम्भ में वे जिस स्थान पर प्रकट हुए थे वहीं स्थिर हो गये थे और करोड़ों वर्षों से हिले भी नहीं हैं। समय रुक गया था मानो। खारवेल को लग रहा था मानो उसके मस्तिष्क में शून्य भर गया है। जितने भी शून्य थे सृष्टि में मानो सब के सब पिघलकर उसके मस्तिष्क में आकाश बनकर भर गये हैं।

वह शैया पर बैठ गया। दृष्टि खिड़की के पास खड़ी थी। उसकी गोरी त्वचा संगमरमर की तरह लग रही थी, जिस पर शीत का कोई प्रभाव नहीं था।

''दृष्टि प्रिये!'' वह बोला, यह चेष्टा करता हुआ कि इस घड़ी जो सत्य उसके हृदय में बन रहा है उस पूरे सत्य को, बिना काट-छाँट के व्यक्त कर दे। उसे लगा यह रहस्यमय स्थिति जिसमें वे दोनों थे, जो भी थी यह, रोग थी या एक और भी

ऊँचे तल को प्राप्त करने से पूर्व की पीड़ा, इस स्थिति से मुक्ति उन्हें तभी मिल सकती है जब वह इसके पूरे सत्य को सच-सच व्यक्त कर दे। कर्मचक्र को ललकारने के बाद उसके पूरे व्यक्तित्व में प्रलय आ गयी थी। भूमि खिसक रही थी, उल्कापात हो रहे थे।

इस मानसिक प्रलय में सत्य के टुकड़ों को जोड़ता हुआ वह आगे बोला, ''हम दोनों प्रेम-संघर्ष में टूट गये हैं और किसी को भी इसका दोष नहीं दिया जा सकता। यह कर्मों का कोई सूक्ष्म खेल है, जिस पर मनुष्य का शासन नहीं चलता। यह कर्मचक्र है जो रहट के पहिये की तरह एक मशीनी गति से चल रहा है। इसे कोई चिन्ता नहीं किसके अरमान इसके पहिये के नीचे कुचल गये, कितने स्वप्न टूट गये।

''इस तामसिक चक्र को हमें अपने वश में करना है। आज से हम दोनों को एक-दूसरे की सहायता करनी है, इस पर विजय प्राप्त करने के लिए। एक-दूसरे को दोष नहीं देना है। न चिन्ता करनी है कि हमारा क्या हो गया। हमें अपनी-अपनी सम्पूर्ण शक्तियों से एक-दूसरे की सहायता करनी है, जिससे हमारी आत्माएँ कर्म-परमाणुओं के विरुद्ध इस युद्ध में विजय प्राप्त कर सकें। मुझे दिख रहा है कि ये कर्म-परमाणु विविध रंगों के हैं। ये अतिसूक्ष्म हैं, किन्तु अत्यधिक शक्तिशाली। इन्होंने अपने ताने-बाने से हम दोनों की आत्माओं को आच्छादित अवश्य कर लिया है। किन्तु कितना भी भयंकर समर हो, यह मत भूलना कि तुम्हारी आत्मा से अधिक शक्तिशाली तुम्हारा कोई कर्म नहीं है। उसके पाश को टूटना ही होगा।''

''मैं वह सब करूँगी जो तुम कहोगे।''

''मेरे पीछे चलो! मुझमें विश्वास रखो। यह हमारे जीवन का सबसे अँधेरा स्थान है जहाँ हम खड़े हैं। तुम संशय करोगी तो तुम्हें मेरी आवाज सुनाई देनी बन्द हो जाएगी। तुम्हें अन्धश्रद्धा रखनी है मुझमें। यहाँ सभी शक्तियाँ हमारे विपरीत हैं। यहाँ केवल अन्धश्रद्धा हमें एक-दूसरे से जोड़े रख सकती है। याद रखो, यदि हम जुड़े रहे तो यह आत्मयज्ञ सफल होगा। अन्यथा यह कर्मचक्र हमें अपनी गति से चलाएगा।

''कर्मपाश प्रेम की अग्नि में जल जाएँगे। केवल दो अग्नियाँ कर्म-परमाणुओं को जलाकर नष्ट कर सकती हैं, प्रेम की अग्नि और ज्ञान की अग्नि। प्रेम और ज्ञान एक ही तत्त्व के दो रूप हैं। यह युद्ध जो हम आज शुरू करेंगे, यही युद्ध हमें अगले जन्म में भी लड़ना होगा। अतः हमें संकल्प लेना होगा कि अगले जन्म में भी हम एक साथ होंगे।''

जीवन की गति कैसी विचित्र थी! आशाओं की बेल मुरझाकर फिर से हरी हो रही थी। यह देखकर दृष्टि की आँखें आँसुओं से भर गयीं और उसने मन ही मन ईश्वर को प्रणाम किया।

दृष्टि बोली, "मैं संकल्प लेती हूँ कि अगले जन्म में भी आप मेरे पति बनें और उससे अगले में भी। तब तक हम पति-पत्नी बनते रहें जब तक हमारा पुनर्जन्म होता रहे। मैं नहीं चाहती कि कोई भी अन्य पुरुष अब किसी भी जन्म में मेरे जीवन में आए। मेरी आत्मा ने आपकी आत्मा को पहचान लिया है। मुझे लगता है, किसी आत्मा को पहचान लेना मानव-जीवन की सबसे महत्त्वपूर्ण घटना है। आत्मा की पहचान किसी आत्मा से बड़ी मुश्किल से होती है। यह पहचान और आगे बढ़े। पहचान के बाद ज्ञान होगा हमारी आत्माओं को एक-दूसरे का। ज्ञान से हमारी आत्माएँ जानेंगी कि अन्ततः हम एक-सी हैं। इस ज्ञान से प्रेम जन्मेगा। प्रेम हमारी आत्माओं को एक कर देगा। मुझे लगता है कि दो आत्माओं का एक हो जाना ही निर्वाण है।"

खारवेल उसके निकट आकर बोला, "मैं भी संकल्प लेता हूँ कि मेरी आत्मा और तुम्हारी आत्मा का मिलन हर जन्म में पति-पत्नी के रूप में होता रहे। जो आपसी पहचान हमारी आत्माओं को हो गयी वह अगले जन्मों में आगे बढ़ेगी।"

दृष्टि बोली, "कर्मचक्र उलझा सकता है, परन्तु आत्माएँ सुलझा सकती हैं। इस तरह यह कर्मचक्र टूट जाएगा। फिर भी क्या हम तीनों की आत्माएँ इसी जन्म में प्रेम नहीं कर सकेंगी?"

"यदि हम दृढ़ रहेंगे," खारवेल बोला, "तो हम स्वयं अपना भाग्य लिखेंगे। देवताओं की कृपा हम पर रहेगी। सृष्टि की समस्त शक्तियाँ ऐसे मनुष्यों के साथ होती हैं। चौबीसों जिनेन्द्र कहते हैं कि जो आत्मा यह संकल्प करेगी कुछ भी उसके लिए असाध्य नहीं रहेगा। वह सर्वथा स्वाधीन होगी। कोई भी शक्ति उस पर शासन नहीं कर सकेगी।"

दृष्टि अत्यन्त भोलेपन के साथ बोली, "क्या मोक्ष में भी हम साथ रह सकेंगे?"

खारवेल प्रेम के आवेग से भरकर बोला, "मोक्ष कोई लोक नहीं है, स्वर्ग की तरह। पूर्ण स्वाधीनता ही मोक्ष है। पूर्ण स्वाधीन आत्माएँ सदा साथ रह सकती हैं। मोक्ष का अर्थ है वह रहस्यमय ज्ञान प्राप्त कर लेना जिसके बाद कोई भी शक्ति आत्मा पर शासन न कर सके। कर्म करने की शक्ति का अभाव मोक्ष नहीं है। कर्मों में आसक्ति न होना मोक्ष है। इस अनुपम प्रेम को प्राप्त कर लेने के बाद, जो कुछ चाहता नहीं, सिर्फ देता है, हम मोक्ष में भी साथ रह सकते हैं। ऐसी मुक्त आत्माएँ पृथ्वी पर भी आ सकती हैं, मनुष्य-योनि भी धारण कर सकती हैं। वे किसी आसक्तिवश कर्म नहीं करतीं। वे कर्मों में प्रेम, करुणा, सत्य, शिव और सुन्दर के अक्षय स्रोत को व्यक्त करती हैं, लोक-कल्याण के लिए। यह स्रोत स्वतः ही निर्झर की तरह उनकी आत्मा से बहने लगता है।"

23

सरस्वती-उत्सव समाप्त हो गया था। एक भूरी पहाड़ी थी कुमारी-पर्वत जिस पर वसन्त के पीले जंगली फूल दूर-दूर तक खिले हुए थे। उन फूलों के बीच देवी सरस्वती की एक सफेद मूर्ति स्थापित थी। अन्तिम प्रार्थना हो रही थी। शैव, शाक्त, जैन, बौद्ध, वैष्णव आदि आर्यावर्त के सभी सम्प्रदायों के साधु और गृहस्थ मिलकर पूजा कर रहे थे। यह अनोखा दृश्य था। जो वृद्धजन वहाँ मौजूद थे उन्हें भी याद नहीं था कि उन्होंने कभी ऐसी सामूहिक पूजा देखी हो। विभिन्न सम्प्रदायों के लोगों ने घी के एक हजार एक दीये एक साथ सरस्वती के आगे जला दिये थे। एक साथ संस्कृत, पालि और प्राकृतिक भाषाओं में मन्त्रोच्चारण हो रहा था। इससे एक भव्य अनर्गल का निर्माण हो रहा था, जो अनर्गल होकर भी लोगों के हृदयों को भक्तिभाव से उद्वेलित कर रहा था। भावनाओं का एक तूफान जनसमूह के हृदयों से उमड़-उमड़कर वातावरण पर छा गया था। ऐसा लगता था मानो योगमाया का अमूर्त अनर्गल रूप मूर्त हो गया था।

खारवेल एक सजीव-गाथा की तरह भक्तों की इस भीड़ में विचर रहा था। उसकी शौर्य-गाथाओं से बढ़कर उसका यह नव-योद्धा रूप लोगों के हृदयों में बस गया था। इस रूप ने जाति, वर्ण और सम्प्रदाय के आधार पर जन्मे वैमनस्य को परास्त करके, समस्त भारतवर्ष की आत्मा को शताब्दियों की नींद से जगाया था और आर्यावर्त के सिंहासन पर आसीन किया था। कौन-सा ऐसा योद्धा था जिसने उस समय चक्रवर्ती होने के मोह को त्यागा था, जब चक्रवर्ती का सिंहासन स्वयं उसकी बाट जोह रहा था! चक्रवर्ती पद छोड़कर उसने भारत की सांस्कृतिक एकता का नया युद्ध लड़ा था। लोगों के कृतज्ञ हृदय से स्वतः ही श्रद्धा की धारें उसके प्रति फूट रही थीं। जिस ओर भी वह जाता हजारों नेत्र उसकी ओर प्रेम और श्रद्धा से उठ जाते।

खारवेल की आँखें भीड़ में केवल एक छवि को ढूँढ़ रही थीं। उसका विश्वास झूठा नहीं हो सकता। जहाँ भी छिप गयी होगी, सरस्वती इस समारोह में अवश्य आएगी। क्यों नहीं आएगी? यह युद्ध उन दोनों ने मिलकर लड़ा था। इस सांस्कृतिक युद्ध की वह जितनी बड़ी नायिका थी उतना बड़ा नायक वह नहीं था। फर्क सिर्फ इतना था कि विजय प्राप्त करके वह छिप गयी थी। उसे यश और कीर्ति का भी मोह नहीं था। खारवेल को उसका त्याग अपने त्याग से कहीं ऊँचा लग रहा था। उसने इस विजय से जन्मे यश का सुख पाया था परन्तु सरस्वती ने तो यश की ओर आँख उठाकर भी नहीं देखा था। वह गुमनामी के अँधेरों में खो गयी थी।

निष्काम-कर्म का ऐसा योद्धा दूसरा कौन था! राष्ट्र सरस्वती को भूल सकता था, किन्तु खारवेल नहीं। सत्य की स्मृति बनाये रखने की इस योग्यता ने ही तो उसे खारवेल बनाया था। संसार की रीति रही है कि जब भी दो योद्धाओं ने मिलकर एक महान कर्म-यज्ञ किया और फलप्राप्ति के ठीक पहले एक योद्धा यज्ञस्थली छोड़कर कहीं खो गया, तो दूसरे योद्धा ने उसे कभी नहीं ढूँढ़ा। उलटे उसने उसके खो जाने को अपना सौभाग्य समझा और सारा शुभफल बटोर लिया। किन्तु खारवेल अनोखा योद्धा था। उसका हृदय इतने यश और जनश्रद्धा को पाकर लज्जित था। उसे ग्लानि हो रही थी। यह कैसा खेल था विधि का जिसने उसे यज्ञफल का चोर बना दिया था? उसका हृदय चीत्कार कर रहा था कि या तो इस यज्ञफल के दोनों अधिकारी थे या कोई नहीं।

इतिहास में पूर्णसत्य के ऐसे ग्राहक बहुत कम हुए हैं। सशरीर स्वर्ग जाते महाराज युधिष्ठिर को भी विधि ने कर्मयज्ञ का सारा फल देना चाहा था। उन्हें देवताओं ने भी समझाया था कि इस फल के वे अकेले अधिकारी थे, क्योंकि अन्य पाण्डवों ने पाप किये थे और वे नरक में जा चुके थे। परन्तु सत्यग्राही युधिष्ठिर ने देवताओं के तर्क को नहीं माना था और यज्ञफल लेने से इनकार कर दिया था।

ऐसा ही दूसरा नायक खारवेल था। जब यश और श्रद्धा उस पर चारों ओर से बरस रहे थे, उसके हृदय ने उन्हें लेने से इनकार कर दिया था। उसके नेत्र उस दूसरे योद्धा को ढूँढ़ रहे थे।

शायद यह उसकी परीक्षा ही थी जो ईश्वर ले रहे थे। इस परीक्षा में भी वह उत्तीर्ण हुआ। तभी उसकी दृष्टि पड़ी अनेक आर्यिकाओं और मुनियों पर, जो अपने गुरु कुन्दकुन्दाचार्य के पीछे नेत्र झुकाये चल रहे थे। उनके बीच खारवेल की दृष्टि पड़ी एक ऐसी काया पर जो कभी चट्टान की तरह दृढ़ थी, पर आज कृशकाय थी। एक सफेद वस्त्र में लिपटी, दीनता की मूर्ति बनी वह चल रही थी। ऊपर के अंग क्षीण हो चले थे, फिर भी टाँगें उसी तरह दृढ़ थीं। वे चरण किसी कोमलांगी कामिनी के नहीं थे। उन चरणों ने पृथ्वी के सारे विस्तार को नापकर त्याग दिया था। एक योद्धा की तरह वह दृढ़ पगों पर बढ़ रही थी। किन्तु वे चरण मानो पृथ्वी पर नहीं, अन्तःकरण में प्रकट हुए मोक्ष पथ पर पड़ रहे थे।

खारवेल के नेत्र ऊपर उठे और उस मुख पर जम गये। उसने नेत्र मले और फिर देखा। आनन्द और उत्साह का एक सागर हृदय से उठ उसके नेत्रों में आ गया। वह सरस्वती थी। एक बिजली उसके मस्तिष्क पर गिरी। उसके मस्तिष्क को फाड़ती, चेहरे को विकृत करती, उसकी सुषुम्ना को भेदती वह बिजली उसके चरणों पर उतर पृथ्वी में समा गयी। उसके शरीर और पृथ्वी को इस मानसिक बिजली ने एक कर दिया। किन्तु इस आघात में पीड़ा नहीं थी। वह इतनी मानसिक पीड़ा सह चुका

था कि इस पीड़ा में कुछ भी नया नहीं था जो वह महसूस करता। उसका व्यक्तिगत जीवन विभक्त हो चुका था। उसे चलना था, जो कुछ भी बचा था, उसी को सँवारकर जीवन-यात्रा पूरी करनी थी। कर्मचक्र के इस आघात से उसे टूटना नहीं था, न बिखरना था।

इस विजली ने उसके उदर में स्थित सूर्य-चक्र को फाड़ दिया था। सूर्य-चक्र से ही उसे यह आशा मिली थी कि वह पुरुपार्थों को सिद्ध करनेवाला लौकिक-जीवन जीकर भी मोक्ष प्राप्त कर सकता है। सूर्य-चक्र ने ही उसे वह मार्ग दिखाया था जो इस लोक से होता हुआ मोक्ष तक जाता है। आज सूर्य-चक्र टूट गया था। वह मार्ग भी लुप्त हो गया था जो पुरुषार्थ सिद्धि से मोक्ष सुलभ कर देता है। आज यह लोक छिन गया था, क्योंकि दृष्टि और सरस्वती दोनों में एक के भी साथ न होने से उसे इस लोक पर विजय नहीं मिल सकती थी। सरस्वती उसे गृहस्थ धर्म के पथ पर अकेला छोड़ संन्यासियों के पथ चली गयी थी। मगर उसे चलना था। इस लोक के छिन जाने पर भी धैर्यपूर्वक चलना था। आज इस विद्युत-प्रहार से नेत्रों के आगे अँधेरा छा गया था। लेकिन इस अँधेरे में भी मार्ग ढूँढ़ना था। यदि ईश्वर ने यह मार्ग उससे छीन लिया था तो अवश्य ही उसे कोई और मार्ग दिया होगा। उसे इस घुप्प अँधेरे में उस मार्ग को ढूँढ़ना था। उसे विश्वास था, ईश्वर की दया अपरिमित है। यदि वह एक मार्ग छीनता है तो दूसरा मार्ग देता भी है। उसे एक हल्की-सी खुशी इस दुःख के बीच हुई यह देखकर कि ईश्वर की अनुकम्पा में उसका विश्वास अब भी पूर्ववत् था।

उसने सरस्वती की ओर फिर नेत्र नहीं उठाये। उसे लगा सरस्वती ने उसे देख लिया है। अब उसकी ओर देखना उसे अनुचित लग रहा था। उसके मन में तीव्र इच्छा जगी देवी सरस्वती की मूर्ति के चरणों में कुछ देर मौन बैठने की।

जनसमुदाय सभास्थल की ओर बढ़ रहा था जहाँ भद्रबाहु, कुन्दकुन्दाचार्य और कुमारनन्दी का प्रवचन होनेवाला था। अब सरस्वती के मन्दिर में कोई नहीं था। वह मूर्ति की ओर बढ़ा तो उसके अंगरक्षक भी उसके पीछे आये। उन्हें वापस जाने का इशारा कर वह अकेला मूर्ति के चरणों में बैठ गया। बैठते ही उसे मूर्च्छा ने घेर लिया। उसका सिर देवी सरस्वती के चरणों में टिक गया। मूर्च्छित होने से पहले अन्तिम चेष्टा जो उसकी आत्मा ने की वह थी सरस्वती से मानसिक संवाद करने की। उसकी इच्छा थी कि कुमारी पर्वत छोड़ने से पहले वह एक बार उससे मिल ले।

जब उसकी मूर्च्छा टूटी तो उसने देखा मन्दिर सूना था। केवल दीप जल रहे थे। दृष्टि ने उसे मूर्ति के चरणों में सिर रखते हुए देख लिया था। अब वह मन्दिर के बाहर उसके अंगरक्षकों के साथ खड़ी उसकी प्रतीक्षा कर रही थी।

बहुत देर तक खारवेल मूर्ति के चरणों में आँखें मींचे बैठा रहा। न कोई भाव

थे, न विचार। एक सूनापन उसके भीतर था, जैसा सूनापन मन्दिर में था। किन्तु उसका मन उठने को नहीं कर रहा था। देवी के मुख पर एक मृदुहास चाँदनी की तरह छिटका हुआ था।

जब उसकी शून्य तन्द्रा टूटी तो दूध जैसे उज्ज्वल, केवल एक श्वेत वस्त्र में आर्यिका सरस्वती उसके पास खड़ी थी। उसका आधा मुँह उसकी ओर मुड़ा हुआ था और आधा देवी सरस्वती की ओर। फूलों की गन्ध फैलाती जलती अगरबत्तियों और जले कपूर की मिश्रित गन्ध, उसे देखते ही खारवेल को महसूस हुई। उसे क्षणिक आश्चर्य हुआ कि यह गन्ध उसे इससे पहले क्यों महसूस नहीं हो रही थी। शायद सूर्य-चक्र के टूट जाने से उसकी गन्ध तन्मात्रा सुप्त हो गयी थी, जो पूर्व प्रेयसी को पास देख जाग गयी थी। कृशकाय होकर उसकी त्वचा और भी दमक रही थी। शरीर के क्षीण हो जाने पर आत्मा का सौन्दर्य अंगों में उभर आया था। किन्तु उसकी दृष्टि कहीं और थी। खारवेल की इच्छा हुई कि सरस्वती उसकी ओर देखे और वह देखने लगी।

"तुमने मुझसे मिलने को क्यों कहा?"

"क्या तुम तक मेरी आत्मा की आवाज पहुँच गयी थी?"

"शायद!" सरस्वती बोली, "आर्य! मैं एक तपस्विनी आर्यिका हूँ। मुझसे बात करते हुए इसका ध्यान रखें। अब शीघ्रता कीजिए। आपको क्या कहना है?"

खारवेल की आँखें उसके दिव्य रूप से हट नहीं रही थीं। यही वह सूरत थी, जिसमें उसका सारा अस्तित्व समा गया था। एक प्रबल इच्छा उसमें उठ रही थी उसे बाँहों में भर लेने की और उसके अधरों को असंख्य चुम्बनों से रंग देने की। पृथ्वी की सारी अग्नि मानो उसके अंगों में भर गयी थी। वह अपने मन के आवेग पर लज्जित हो गया। वह उठा और बोला, "तुम ठीक तो हो सरस्वती?"

"मेरा नाम सरस्वती नहीं है आर्य! मैं आर्यिका पद्मावती हूँ।"

"यह नाम तुम्हें दीक्षा देते हुए गुरु ने दिया है?"

"नहीं, यह नाम मैंने स्वयं को दिया है। सरस्वती नाम दुनिया भूल गयी। पद्मावती नाम दुनिया को अच्छा लगा। मैंने यही नाम रख लिया।"

खारवेल समझ गया कि राजकुमारी पद्मावती के मगध से कलिंग आने की सूचना सरस्वती को मिल चुकी है और सूचना देनेवालों ने उसे कुछ और ही सूचना दे दी है। उसे एक हर्ष भी महसूस हुआ कि आर्यिका के हृदय में उसे लेकर ईर्ष्या की ज्वाला है। उसका संन्यास सच्चा नहीं है।

वह बोला, "मेरी एक बहन का नाम भी पद्मावती है, मगध की राजकुमारी पद्मावती!"

एक वेग के साथ सरस्वती की आँखें चंचल हुईं, यद्यपि चेहरा शान्त और

अविचलित रहा। सांसारिक भावों के इस संघर्ष ने उसे एक निस्पृह, तापरहित साध्वी से एक चंचल किशोरी बना दिया था, कुछ क्षणों के लिए। यह देखकर कि आज भी वह उतनी ही सरल थी, और भावों को छिपाना नहीं सीख पायी थी, हर्ष का एक और आवेग खारवेल के हृदय में उठा।

"हँसो मत मेघवाहन!" आहत स्वर में सरस्वती बोली, "कुछ होते हैं जिन्हें न घर रास आता है और न तपोवन। किन्तु यह आरम्भ है, अन्त नहीं। अभ्यास इसे भी सरल कर देगा। मुझे विश्वास है कि शीघ्र ही संन्यास पथ का सत्य मेरे हृदय में आ जाएगा।"

"ये हँस नहीं रहे हैं सरस्वती! इनकी हँसी तो तुम्हारे जाने के साथ चली गयी।" पीछे से प्रवेश करती हुई दृष्टि बोली। भीतर प्रवेश करते हुए उसने सरस्वती के आहत शब्द सुन लिये थे। "इस सबकी दोषी मैं हूँ। तुम्हारे उदात्त प्रेम को पापमय दृष्टि से देखा मेरे सूर्यचक्र में बैठे राक्षस ने। कहते हैं न कि भगवान सूर्य के रथ के पीछे एक राक्षस होता है।"

दोनों ने मुड़कर पीछे देखा।

"मैं तुम दोनों की अपराधिनी हूँ। और यह अपराध ऐसा नहीं है जो क्षमा पाकर कम हो जाए। मनुष्य में एक नहीं अनेक दृष्टियाँ होती हैं। एक दृष्टि ऐसी भी होती है जो सत्य को देखकर ही झूठा कर देती है। मेरे सूर्यचक्र में एक ऐसी ही दृष्टि है।"

सरस्वती दृष्टि की ओर बढ़ी और बोली, "धैर्य मत खोओ कलिंग की रानी! कोई किसी का बुरा नहीं करता। सब अपने कर्मों का दोष है। कलिंगजिन तुम्हारी सहायता करें! मेरे पूर्वजन्म के कर्मों ने मेरे लिए यह भाग्य रचा था। तुम तो नाहक निमित्तकारण बन गयीं।"

दृष्टि के प्रति असीम करुणा सरस्वती के हृदय में उमड़ आयी। उसने उसे गले से लगा लिया। "क्या हाल कर लिया है तुमने अपना कलिंग की महारानी! देखो तुमने अपने केश भी नहीं बाँधे हैं।"

"और तुम!" रानी सिसकने लगी। आँसुओं ने हृदय को ऐसे मथ दिया था कि शब्द नहीं निकल पा रहे थे। "तुम तो जीवन की बाजी हार गयीं मेरी पापी दृष्टि के कारण। ओह! बनजारों की सीधी सच्ची राजकुमारी! मेरी तो सभ्यता ने ही तुम्हारे जंगलीपन को लूट लिया। अब मैं जान गयी हूँ कि तुम्हारा जंगलीपन कितना पवित्र है और मेरी सभ्यता कितनी पापिन।"

वह सत्य बोल रही थी। उसने सब कुछ छीन लिया था उसके जीवन से और ये सफेद वस्त्र दे दिये थे। गरम आँसुओं का एक उबलता स्रोत सरस्वती के हृदय में फूटने को हुआ, किन्तु उसके कठोर स्तनों ने उसे कुचल दिया।

“ओम् अरिहन्ता!” वह बोली, और आँसू उसकी आँखों से ढुलक पड़े। स्तन अपनी कठोरता से भी उन्हें रोक न पाये। आँसू हुमक-हुमककर उसकी आँखों में भर रहे थे। एक नदी का प्लावन था गालों पर। किसी नदी में बाढ़ आ गयी थी या ज्वालामुखी का पिघला लावा था, कहना कठिन था, क्योंकि उन आँसुओं में गति एक नदी की थी, किन्तु ताप ज्वालामुखी का।

“अरिहन्ता तुम्हारी रक्षा करें।” कहते हुए सरस्वती मन्दिर के पूर्वी तोरण की ओर बढ़ने लगी।

“रुको सरस्वती!” एक घायल पशु जैसा स्वर था खारवेल का। इतना दर्द था उस पुकार में कि मन्दिर के पत्थर भी हिल गये होंगे। “कहाँ जा रही हो मेघवाहनों का राज्य दफनाकर, जिसे तुमने इतने उत्साह से बनाया था?”

“अब कुछ मेरे वश में नहीं है महाराज! मुझे क्षमा कर दो। शायद ऐसा ही होना था। शायद यही ब्रह्मा ने लिखा था। किन्तु हृदय मत हारो।” फिर आँसू उसकी आँखों में उबल आये। यही था उसके जीवन, स्त्रीत्व और सपनों का अकेला साथी और उसे ही वह इतना असहाय और दुःखी छोड़े जा रही थी। दर्द की मूरत बन गया था वह जो चक्रवर्ती था! किन्तु मैं कौन हूँ यह सब करनेवाली! एक दूसरा विचार उसके मन में उठा। ये सब तो ब्रह्मा के खेल हैं! उन्होंने भी वही किया जो मेरे कर्मों ने कराया।

“होनी को टाला नहीं जा सकता खारवेल! संसार-चक्र से मुक्त होने के लिए कठोर यत्न करो। मोक्ष के लिए यत्न करो। अब वहीं मिलेंगे। यह संसार सदा ही ऐसा रहा है, खाली और खोखला। इसे छूओ तो सेमल के फूल की तरह उड़ जाता है। कर्म ही यह खेल शुरू करते हैं और कर्म ही जब रीत जाते हैं तो यह खेल रुक जाता है।”

“रुको राजकुमारी! यह अधूरा सत्य है। यह बचा आधा सत्य भी सुन लो। कर्म नचाते हैं हमें जरूर, सच है, निस्सन्देह। किन्तु कोई बात है मनुष्य में जो कर्म को नचा सकती है। बात तो बस इतनी है कि कर्म हमें तोड़ते हैं या हम कर्मचक्र को। मोक्ष कोई लोक नहीं है स्वर्ग जैसा जिसके लिए प्रयत्न करूँ। क्यों न धरा को ही मोक्ष बना दें हम?

“केवल कर्म हमारे सपनों को नहीं उजाड़ सकते थे। क्या मुख्य अपराधी हमारी मूर्खता, हमारा अभिमान, और सत्य से हटकर जीने का दुस्साहस नहीं थे? कुछ विदुषी महिलाओं की बात तुम्हें सच लगी और एक राजा का वचन झूठा। उसकी बात भी झूठी लगी जिसके हृदय में रहकर तुमसे उसका कुछ छुपा नहीं रह गया था।”

सरस्वती खड़ी रह गयी, मानो उसी स्थल पर कील दी गयी हो। “तुमने सुना

तो होगा राजन्! जो महारानी ने कहा। सूर्य नेत्रों में रहते हैं और उनके साथ एक क्रूर राक्षस भी रहता है।''

''मैं तुमसे सिर्फ इतनी भिक्षा चाहता हूँ।'' खारवेल बोला, ''कि मैं तुम्हें प्यार करता रहूँ और तुम उसे पाप न समझो। तुम्हारे पवित्र चिन्तन में कभी मेरी सूरत आ जाए तो उसे धिक्कार मत देना। राजकुमारी, यह भीख इसलिए माँग रहा हूँ क्योंकि प्रेम न राजा है न धनवान। न पृथ्वी पर उसका कुछ अपना है न आकाश में। वह बार-बार अपनी प्रिय के द्वार पर जाता है। प्रिय द्वारा धिक्कारे जाने पर पता नहीं वह किस शून्य में भटक जाए। मैं अनजाने लोकों में घुटना नहीं चाहता।''

''यह कैसे हो सकता है? तुम एक आर्यिका से कैसे प्रेम कर सकते हो? धर्म इसकी आज्ञा नहीं देता।''

''क्या महावीर ने प्रेम का निषेध किया, कहीं भी? क्या उन्होंने चन्दनबाला से इतना गहन प्रेम नहीं किया कि निर्वाण प्राप्ति के बाद जो उन्हें सबसे पहले याद आयी वह चन्दनबाला ही थी? क्या उसका द्वार वह पहला द्वार नहीं था जहाँ निर्वाण के बाद वह गये?''

''किन्तु वह दूसरी तरह का प्रेम था।''

''तुम ऐसा कैसे कह सकती हो सरस्वती? औरों को छोड़ दो, तुमने तो प्रेम के सारे अँधेरे देख लिये। फिर तुम ऐसा क्यों कहती हो? क्या प्रेम भी कई तरह का होता है? प्रेम में उजाले होते हैं या कम उजाले, किस्में नहीं होतीं।''

''तुम इसे इस ढंग से कह सकते हो, परन्तु जितने उजाले होंगे उतना ही प्रेम का स्वभाव अलग होगा।''

''तुमने साधना की है। तुम बहुत कुछ जानती होगी। मैं संसारी हूँ। मैं तो सिर्फ अनुमति चाहता हूँ कि अर्हन्त के नाम पर, जिसका धर्म तुम मानती हो, मैं तुमसे प्रेम कर सकूँ।''

''यदि तुम सिर्फ इतना ही चाहते हो और तुम्हारा प्रेम शरीर की कामना नहीं करता, तो मुझे कोई आपत्ति नहीं है।''

''तो कहो कि तुमने मुझे अनुमति दी हृदय से प्रेम करने की। तुम्हें अपनी आत्मा का अंश, अपने अस्तित्व का अंश समझने की।''

''मैं कह चुकी हूँ, तुम मुझसे प्रेम कर सकते हो अपने हृदय में। चाहे मुझे अपनी आत्मा का अंश समझो या अस्तित्व का।''

''यह भी कहो कि तुम्हारे हृदय में मेरे लिए प्रेम उठा तो तुम उसे कुचलोगी नहीं।''

''ऐसा नहीं हो सकता। मेरे हृदय में कोई पुरुष नहीं रह सकता। मैं एक आर्यिका हूँ।''

"किन्तु तुम आधा वर दे सकती हो? आधा वर देना तो झूठ बोलना है। तुमने मुझे हृदय से पवित्र और सच्चा प्रेम करने की आज्ञा दे दी। जितना प्रेम पवित्र और सच्चा होगा, प्रिया के हृदय में भी वैसा ही पवित्र और सच्चा प्रेम जग जाएगा। क्या सच्चे और पवित्र प्रेम को कुचलना पाप नहीं होगा?"

सरस्वती सोच में पड़ गयी। फिर बोली, "मैं तुम्हारे प्रश्न का उत्तर आज नहीं दे सकती। मुझे कुछ समय दो। मेरे गुरु कुन्दकुन्दाचार्य कुछ देर पहले कर्नाटक चले गये हैं। मैं आचार्य भद्रबाहु से पूछकर उत्तर दूँगी।"

"वचन दो, कब?"

"मैं वचन नहीं देती, आर्य! मैं वह संसार छोड़ चुकी हूँ जहाँ वचन दिये जाते हैं। मुझे संसार-चक्र में खींचने की चेष्टा मत करो।"

"क्या सच्चे हृदय का प्रेम संसार-चक्र है? या संसार-चक्र से मुक्ति? क्या मोक्ष भी सच्चे प्रेम का फलमात्र नहीं है?"

"मैं इन प्रश्नों के उत्तर नहीं दे सकती।"

"तुम एक संसारी को दुविधा में भी तो नहीं छोड़ सकतीं। तुम एक आर्यिका हो। तुम्हारा धर्म है उसके प्रश्न का स्पष्ट उत्तर देना।"

"कल सन्ध्या के समय, मुनि भद्रबाहु के समक्ष तुम्हें अपने प्रश्न का उत्तर मिल जाएगा।"

अगली शाम, आचार्य भद्रबाहु ने खारवेल और दृष्टि को बुलवाया। उस गुफा में केवल सरस्वती थी भद्रबाहु के साथ।

मुनि बोले, "मैं जो जानता था मैंने तुम्हें बता दिया है सरस्वती! तुम स्वतन्त्र हो। अपने विवेक से महाराज के प्रश्न का उत्तर दो।"

सरस्वती बोली, "तुम्हारे प्रेम के उत्तर में यदि मेरे हृदय में सच्चा प्रेम उठा तो मैं उसका दमन नहीं करूँगी राजन्!"

वह धीरे-धीरे कुतरता शून्य जो खारवेल के हृदय में था, यह उत्तर सुनकर चला गया। वह बोला, "महामुनि! आपके चरणों के निकट बैठा, मैं खारवेल प्रण करता हूँ कि मैं प्रेम के सत्य को कभी मलिन नहीं करूँगा। दृष्टि और सरस्वती, सरस्वती और दृष्टि का प्रेम पाकर मेरा प्रेम प्रखर होगा। ईर्ष्या द्वेष से विहीन होगा। मेरा मार्ग संन्यासियों का मार्ग नहीं है, पर उद्देश्य मोक्ष ही है। मुझे कितने भी जन्म लेने पड़ें, मैं भारतवर्ष को ही मोक्ष बनाऊँगा। मार्ग कठिन है। किन्तु हर जन्म मुझे भारतवर्ष की भावनात्मक एकता के निकट ले जाएगा। हम तीनों किसी भी जन्म में अलग न हों, यही आशीर्वाद चाहता हूँ आपसे, हे पवित्र आत्मा भद्रबाहु! यह सत्य

है कि प्रेम की यह पवित्र अग्नि जो हम तीनों के हृदय में जलती रहेगी, एक दिन हमें इस तरह एक कर देगी कि आत्मा होने का अभिमान भी निकल जाएगा। हमारी तीन आत्माएँ एक प्रेमात्मा में बदल जाएँगी। उद्देश्य तो आत्मा को संकीर्णता से मुक्त करना है। संकीर्णता प्रेमतप से दूर हो या ज्ञानतप से या कर्मतप से, क्या फर्क पड़ता है। मुक्त होकर भी हमारी प्रेमात्मा भारतभूमि में ही रहेगी। हम यहीं रहकर अन्य आत्माओं को प्रेमात्मा में विकसित होने का मार्ग दिखाते रहेंगे।

"यह कोई भविष्यवाणी नहीं है महामुनि। यह मेरा संकल्प है। मुझे विश्वास है कि इन दोनों नारी-रत्नों का भी यही संकल्प है। कलिंगजिन हमारे सहायक हों। आज मैं जो कह रहा हूँ वह भले ही एक स्वप्न हो, पर कोई न कोई भावी पीढ़ी ऐसी भी होगी जो इसे सामान्य जीवन में, यथार्थ बनकर बसा हुआ देखेगी। तब न दरिद्रता होगी भारत में, न हत्याएँ, न मनुष्य द्वारा मनुष्य को दिये हुए दुःख।"

महामुनि भद्रबाहु खारवेल के हृदय से निकले इन सच्चे उद्‌गारों को सुन भावविभोर हो गये, "ऐसा ही हो राजन्! जिनेन्द्र तुम्हारी सहायता करें।"

"राजाओं के राजराजेश्वर भद्रबाहो! आपके सम्यक् ज्ञान ने एक पराजय को विजय में बदल दिया है। मेरा जीवन अब उद्देश्यविहीन नहीं रहा। निष्प्राण हुआ मैं, अब केवल कर्तव्य नहीं करूँगा। मेरा जीवन एक अर्थ से अनुप्राणित हो गया है। यह अर्थ मुझे केवल इस जन्म में नहीं, आनेवाले सभी जन्मों में मार्ग दिखाएगा।"

भद्रबाहु बोले, "मैंने कुछ नहीं किया महाराज! मैं कोई कर्म नहीं करता। मेरी आत्मा केवल वाहन है आदि जिनन्दा की। मेरे हृदय में जो सम्यक् भाव उठते हैं, उन्हें मैं जिनेन्द्र का आदेश मानता हूँ। उन्हें कर्मरूप में परिणत कर देता हूँ। मैं शुभ कर्म करता हूँ न अशुभ। शुभकर्मों से भी आगे आदि जिनन्दा हैं। उनका आदेश पालन करने से मुझे कर्मबन्ध नहीं होता।"

सरस्वती ने खारवेल की ओर देखा। उसके विशाल कमल-सरीखे उत्फुल्ल नेत्रों में कोई भाव था जो मनुष्य की बुद्धि से परे है। वह भी जीवन के युद्ध में छली गयी थी। एक और भार उसकी आत्मा पर था कि तब भी जब वह संसार त्याग चुकी थी और आर्यिका थी, सुचित्रा ने उसे छल लिया था। सुचित्रा ने उसके संन्यासी हृदय में ईर्ष्या जगा दी थी। ईर्ष्या की ज्वाला में प्रेम, जो मोक्षमार्ग था, उसे प्रपंच लगने लगा था। सचमुच आर्यिका होते हुए भी, सुचित्रा ने उसे जन्म-जन्मान्तरों के लिए भटका दिया था। जो हृदय प्रेम को ही प्रपंच समझने लगे, उसे पवित्रता के होते हुए भी गति कहाँ मिलेगी? पवित्रता ही प्रेम के प्रकाश के बिना अभिमान की महती गलियों में भटक जाती। यदि खारवेल में अपने राजसी अभिमान को गलाने की यह अद्‌भुत सामर्थ्य न होती, तो उसकी पवित्रता को प्रेम का प्रकाश कौन दिखाता? खारवेल अनोखा था जो संसारी होकर एक संन्यासिनी को मार्ग दिखा रहा था।

उसके निजी जीवन का सत्य, जो अँधेरा बन गया था, खारवेल के इस अनोखे तप से उजाले में बदल गया था। अब उसे अपने अतीत पर कोई क्षोभ नहीं था। संन्यास-मार्ग और गृहस्थ-मार्ग के भेद उसके हृदय से निकल गये। आज उसने अनुभव से जान लिया था कि गृहस्थ-मार्ग से भी मोक्ष प्राप्त किया जा सकता है।

जिस संन्यास से उसे कुछ नहीं मिल रहा था, उस संन्यास में प्रकाश भरकर खारवेल ने उसे विनाश से बचा लिया था। उसने मन ही मन कलिंगजिन को प्रणाम किया, "यह कैसा खेल है तुम्हारा जिनन्दा? गृहस्थ को प्रकाश दे दिया और संन्यासिनी को अँधेरा!"

"ओम् णमो अरिहन्ताणं!" दूर से संगीतमय सामूहिक स्वर आ रहा था। सन्ध्यार्चन के बाद ब्रह्मचारी, साध्वियाँ, क्षुल्लक, वर्णी, आर्यिकाएँ और साधु लौट रहे थे।

"ओम् णमो सिद्धाणं," सरस्वती के कण्ठ से स्वतः निकला और "ओम् णमो आयरियाणं!" इससे आगे वह न बोल सकी। भावों के आवेग ने कण्ठ को रुद्ध कर दिया था। तेजी से वह गुफा के बाहर चली गयी और उस यात्रा में सम्मिलित हो गयी जिसमें पचास हजार साधु और साध्वियाँ चल रहे थे, स्वरबद्ध, संगीतबद्ध, आत्म-नियन्त्रित एक सेना की तरह। उनमें कुछ बड़े-बड़े काँसे के भारी थाल जैसे घण्टे लिये हुए थे, जिन पर वे रह-रहकर चन्दन की मोटी छड़ से प्रहार कर रहे थे, एक लय में। वह मन्त्र संगीत के आरोह-अवरोह के साथ दोहराया जा रहा था :

"ओम् णमो अरिहन्ताणं! ओम् णमो सिद्धाणं! ओम् णमो आयरियाणं! ओम् णमो उवज्झायाणं! ओम् णमो लोए सव्वसाहूणं!"

(अर्हन्तों को प्रणाम! सिद्धों को प्रणाम! आचार्यों को प्रणाम! उपाध्यायों को प्रणाम! समस्त लोक में जो भी साधुजन हैं सबको प्रणाम!)

सरस्वती की आँखों में आँसू उमड़ते रहे। उन आँसुओं को देखनेवाला कोई नहीं था पचास हजार साधुओं की उस भीड़ में। उनके हृदय दूर, बहुत दूर, एक लक्ष्य पर लगे थे, जहाँ मानव-हृदय की व्यथा अर्थहीन थी। कुछ देर मन्त्रोच्चारण करने के बाद सरस्वती का हृदय शान्त हो गया। शान्ति और पवित्रता उसके मुँह पर उभर आये। सुनिश्चित दृढ़ पगों पर वह संघ के साथ चलती रही।

उसका हृदय स्वतः ही उस अँधेरे में प्रवेश कर रहा था, जहाँ उसके और उसके प्रेमी के कर्मों से बना कर्मचक्र घूम रहा था। उस चक्र को उसे तोड़ना था, जिससे प्रेम उसे संसार की ओर नहीं, मोक्ष की ओर ले जाए। उस मोक्ष की ओर जहाँ एक बार पहुँच जाने के बाद, संसार में रहते हुए भी, संसार-व्याधि नहीं व्यापती। प्रेम ही एकमात्र प्रकाश था, कर्म-पुद्गल से भरे उस अँधेरे में, जहाँ उसे कर्म-बीजों को

दग्ध करना था, सौ गुनी ध्यान की अग्नि से। कर्म-बीजों की इस होली पर ही आश्रित था वह विहान, जिसे देखने के लिए उसके प्रेमी के चेहरे पर वे चिर-प्रतीक्षारत, हृदय-विदारक आँखें उग आयी थीं।

24

यद्यपि साधुजन पचास हजार थे, लेकिन एक आर्यिका सरस्वती की व्यथा करुणामय भद्रबाहु के हृदय से छिपी न रह सकी। उनका ज्ञान किसी बर्फ जैसी ठण्डी समाधि से नहीं जन्मा था। उनका पथ था अन्य जीवों की व्यथा को अपनी व्यथा बना लेने का। केवल मनुष्य ही नहीं, वन्य पशु भी उनमें एक मित्र और व्यथा-उपचारक को पहचानते थे। वे अक्सर कहा करते थे कि करुणा से ऊपर कोई धर्म नहीं है, वह करुणा जो भीख में नहीं दी जाती, वरन् पशुओं की पीड़ा भी अपने अंगों में सहकर उपजती है। साधुओं ने देखा था भद्रबाहु को रात के अँधेरे में पशुओं से बात करते हुए, उन पशुओं से जो उनके पास आते थे अपने घावों पर जड़ी-बूटी लगवाने।

भद्रबाहु उनसे बात करते हुए मानवीय भाषा नहीं बोलते थे। वे सर्पों, सिंहों, चीतों, हरिणों और बाघों से भिन्न-भिन्न ध्वनियों में बात करते थे। ऐसा लगता था, वे पशु उन ध्वनियों को समझते थे। शायद वृक्षों और लताओं की भी भाषा होती है। एक दिन सरस्वती ने देखा था, एक प्यासी, आधी मुरझायी बेल के पास रुककर वे एक कोमल अनर्गल स्वर में उससे कुछ कह रहे थे। सरस्वती ने देखा था, उस बेल ने एक भगीरथ प्रयत्न करके अपना शीश थोड़ा उठाया था, मृत्यु की नींद झाड़ देने हेतु जो उस पर चढ़ आयी थी। भद्रबाहु ने तब उसके शीश को थपथपाया था, जैसे बहादुर बच्चों के सिर को कोई थपथपाता है। फूलों की तरह खिला उल्लास उस आधी मुरझायी बेल की टहनी में भर आया था और उसकी आधी मुरझायी पत्तियाँ जीवन और साहस के आवेग से फूल गयी थीं।

भद्रबाहु की आत्मा ने युवावस्था से ही एक ध्यान को अपने में पाया था, जो समाधिस्थ अवस्था में भी दूसरों के दुःखों तक पहुँच जाता था। मानो समाधि में लगे ध्यान-पुंज से ही छूटकर ध्यान की किरण दूसरों के दुःखों तक पहुँच जाती थी। यदि कोई जीव, भद्रबाहु के आसपास, किसी दुःख से कातर होता तो उसका दुःख भद्रबाहु से छिपा न रहता। अस्मिता-गर्व, जो विकसित आत्मा में स्वतः आ जाता है,

उनके किसी रहस्यमय तप की अग्नि में जल चुका था। माँ प्रकृति ने इसके लिए उन्हें भरपूर पुरस्कार दिया था, उनकी आत्मा में वह अद्‌भुत संवेदना भरकर, जो दूसरों के उल्लास और वेदना को उनका व्यक्तिगत उल्लास और वेदना बना देती थी।

वर्षा का एक दिन था और ऋतु वसन्त की थी। भोर सुनहरी हो गयी थी, उगते बालरवि और हल्के रंग वाले वसन्ती बादलों के बीच हो रहे संघर्ष के कारण। हजारों साधुओं और साध्वियों से एक आम्रकुंज में घिरे भद्रबाहु ने अपना प्रवचन शुरू किया ही था कि एक कोयल डैने फड़फड़ाती हुई उस घने आम्रवृक्ष की घनी पत्तियों के बीच आ गयी जिसके नीचे भद्रबाहु बैठे हुए थे, और गाने लगी। कोयल का गीत इतना मधुर और गहरा था कि उसने बादलों से झरती हल्की रिमझिम और सुनहरी धूप को अपने संगीत से जगमगा दिया था। ऐसी ही जगमगाहट उस गीत ने भद्रबाहु के हृदय में भी कर दी थी।

एक गहरी चुप्पी भद्रबाहु पर छा गयी, एक ऐसी चुप्पी जो मुखरता से भी अधिक मुखर होती है। यह उस दिव्य संगीत की शब्दहीन, अनहद ध्वनि जैसी थी, जिसे देवगण गाते हैं और राक्षस नहीं सुन पाते।

भद्रबाहु निश्चल बैठे रहे। उनके भीतर और बाहर प्रवाहित हो रही एक-सी अनहद ध्वनि-तरंगों ने, उनके शरीर को मानो कणों में तोड़कर प्रकृति के कणों से एक कर दिया था। शरीर के पुराने कण मानो निकलकर प्रतिक्षण नये कणों को स्थान दे रहे थे। कुछ भाव-तरंगें उनमें उठीं, सशक्त भाव तरंगें और हजारों साधु-साध्वियों ने उन्हें महसूस किया, और वैसी ही भाव-तरंगों से उनका उत्तर दिया। कुछ देर में ही सबके शरीर मानो प्रकृति के वाद्ययन्त्र बन गये, जिन्हें अदृश्य हाथ बजा रहे थे। पूरी सभा किसी अदृश्य संगीतज्ञ के संगीत का विस्तार हो गयी। सबके अस्तित्व से संगीत ऐसे बहने लगा जैसे माँ के स्तन से शिशु के लिए दूध बहता है। लगभग एक घण्टे बाद सभी साधु और आर्यिकाएँ उठे और अपनी-अपनी गुफा में, कुछ कुटियों में चले गये।

सुबह की सभा विसर्जित हो गयी, बिना प्रवचन के। भद्रबाहु क्या प्रवचन देते जब सर्वज्ञ प्रकृति माँ, जो ज्ञानमय होकर भी जड़रूप धारण किये हुए है, स्वयं आ गयी थी निःशब्द प्रवचन देने। उनका एक भी शब्द, चाहे कितना भी ज्ञान से दीप्त होता, खण्डित कर देता उस पवित्रता को जो प्रकृति ने रच दी थी, जिसने सुबह के सुनहरे प्रकाश को और मनुष्यों और पशु-पक्षियों के हृदयों को एक सूत्र में पिरो दिया था।

किन्तु सरस्वती के लिए सभा विसर्जित नहीं हुई थी। वह जा रही थी कि भद्रबाहु ने उसे पीछे से आवाज लगा दी, "भद्रे सरस्वती, रुको। तुमसे कुछ कहना है।"

सरस्वती के हृदय की कुछ धड़कनें खो गयीं। वह जानती थी एक दिन यह होना था। कुछ दिनों से वह महसूस कर रही थी, किसी को अपने हृदय में घुसते हुए। कस्तूरी, कमल और अमितवीर्य की मिली-जुली गन्ध से उसने अनुमान लगा लिया था कि यह भद्रबाहु का तेजस्-शरीर था, जो उसके हृदय की सुध ले रहा था। क्या उसका नारी-हृदय भद्रबाहु के लिए रहस्य हो गया था, जिसे समझने के लिए उन्हें इतना प्रयत्न करना पड़ रहा था?

सरस्वती को लगा कि शायद अब भद्रबाहु को उसका नारी-रहस्य ज्ञात हो गया था। उन्होंने जान लिया था कि विगत कुछ रातों से वह कैसे अपने पुआल के बिस्तर पर करवटें बदलती रही थी। नींद से छली हुई, कैसे वह असमंजस में थी, क्या करे? लोक-लज्जा को और संन्यास को त्याग कर, अपने हृदय में बसे एकमात्र सत्य, अपने प्रेमी से जाकर मिल ले या जब एक बार आर्यिका बन गयी है तो प्रेमी को हृदय से निकालकर अपने आर्यिका धर्म का निर्वहन करे। उस दिन भद्रबाहु से वार्ता करने के बाद उसे विश्वास हो गया था कि उसका प्रेम उसके आर्यिका धर्म की ही एक शक्ति बन जाएगा। किन्तु उसका प्रेम तो उसे आर्यिका-पथ से गृहस्थ-पथ की ओर खींच रहा था।

एक लज्जा उसके कानों से उठी और उसने उसकी सुभग नासिका, गालों और लाल होठों को मसल दिया। उसके चंचल नेत्रों को इस लज्जा ने अपनी मुट्ठी में भींच लिया। फिर भी वह आचार्य की ओर मुड़ी और संयत पगों पर उनकी ओर धीरे-धीरे चल दी। वह एक वीर योद्धा की प्रेयसी थी। कितनी ही बार उसने कटु सत्य का सामना किया था जीवन में। किन्तु यह सत्य अनोखा था जो उसके पैरों से लिपटकर उससे चुप रहने की अनुनय कर रहा था। आचार्य को कुछ न बताने को कह रहा था। भद्रबाहु के हृदय में उल्लास का एक समुद्र-सा उमड़ा, जब उन्होंने उसके सुन्दर चरणों को वर्षा की बूँदों पर ऐसे चलते हुए देखा, जैसे कोई वैरागी राजहंसिनी अपने पैरों से मोतियों को कुचलती हुई आ रही हो। आचार्य की दृष्टि से बचने को उसकी आँखों के काले रतन कनखियों में जा छिपे थे।

कुछ क्षण भद्रबाहु सरस्वती की आँखों में घूरते रहे, उसकी दृष्टि को पकड़कर, उस दृष्टि में झाँकने के लिए। लेकिन एक सलज्ज किशोरी की तरह जो एक अजनबी से बचने का मनोरम प्रयास कर रही हो, उसने आचार्य को अपनी आँखों के उस खास कोने में नहीं झाँकने दिया, जहाँ उस क्षण उसका गुप्त रहस्य छिपा हुआ था।

भद्रबाहु की पुकार सुनते ही खारवेल उसके नेत्रों में प्रकट हो गया था, मानो मुनि की आवाज में उसके छिपे सत्य को खींचकर बाहर प्रकाश में ले आने का बल था।

फिर भी उसने हर सम्भव कोशिश की कि मुनि उसके नेत्रों की काली गहराई

न देख सकें, जो उस समय उसकी आत्मा की गहराई जितनी गहरी हो गयी थी।

भद्रबाहु ने अपना हाथ उसके सहस्रार पर रखा और कुछ हुआ। उसकी लज्जा अचानक चली गयी। उसने अपनी आँखें भद्रबाहु की आँखों की ओर उठायीं। जैसे ही उसकी आँखें भद्रबाहु की परम पिता जैसी आँखों से मिलीं, तप्त आँसुओं का एक स्रोत उसकी आँखों में उमड़ आया। वह सुबकने लगी, रोती रही, और विचित्र था कि उसे अपनी पीड़ा छिपाने की कोई आवश्यकता महसूस नहीं हो रही थी।

कुछ देर चुपचाप मुनि भद्रबाहु उसका सिर थपथपाते रहे। जब आँसुओं का यह पहला प्रवाह रीत गया तो वह उस मिट्टी के चबूतरे के नीचे बैठ गयी, जो उस आम्रवृक्ष की जड़ के चारों ओर था। इसी चबूतरे पर भद्रबाहु बैठे थे। अत्यन्त आवेगपूर्ण भावों ने उसे उद्वेलित कर दिया था। किन्तु जो अभिन्नता भद्रबाहु ने उसे एक क्षण में दे दी थी, उसके रहते अब कुछ भी छिपाने का मन नहीं रह गया था। गुरु और शिष्या का सम्बन्ध भी सिमट गया था। मानो वह एक अबोध बालिका थी और अपने बंजारे पिता के पास बैठी थी। भावनाओं के प्रचण्ड आवेग से थका अपना सिर उसने मिट्टी के उस चबूतरे पर, गुरु के चरणों के निकट रख दिया।

"पिता, अब मैं शान्ति चाहती हूँ।" वह बोली, "और कुछ नहीं। तूने मेरे पाप जान लिये हैं। मेरे पास अपनी पापी आत्मा को ढँकने के लिए कुछ नहीं रहा। मुझे अनुमति दे पिता कि मैं तेरे साये में रहूँ। मैं यह प्रभंजन नहीं सह सकती। इसके आगे युद्ध कुछ भी नहीं है। यह प्रभंजन बहुत भयावना है। मुझे तप करने दे अपने साये में, जिससे चित्त में रहे-सहे कलुषित कामना के इन बीजों को तेरी कृपा से जला सकूँ। मैं वादा करती हूँ कि मैं कुछ भी नहीं करूँगी जिसके लिए तू मना करेगा। मुझे शान्ति चाहिए। केवल शान्ति।'"

भद्रबाहु कुछ नहीं बोले। वे उस गहरी चुप्पी में उतर गये जो उनके हृदय में थी।

सरस्वती बोलती रही और शायद अकेली स्वयं ही सुनती रही। "मैंने उससे बहुत प्यार किया। किसी से भी इतना प्यार नहीं किया, पिता से भी नहीं, माँ से भी नहीं, भाई से भी नहीं, किसी भी संगी-साथी से नहीं। अपने इस तन से भी नहीं, जिसमें काँटा चुभते ही मुझे चिन्ता होती है। उसने मेरा सब कुछ छीन लिया, मेरी शान्ति, मेरा कौमार्य, मेरा अज्ञानी भोलापन और मेरी ऐसी बुरी दशा कर दी कि अब उसके लिए तड़पती हूँ, मरती हूँ। किन्तु मैं अपने को वश में कर लूँगी तेरी छत्रछाया में, मैं जानती हूँ।"

"वह पुरुष है कौन?" भद्रबाहु ने पूछा।

उनका प्रश्न सुनकर उसकी भौंहें उलझ गयीं। उलझी भौंहें उठाती हुई वह बोली, "मैं सोचती थी तुम जानते हो। वह खारवेल है। मेघवाहन खारवेल!" उसकी

उलझी भौंहों ने, खोयी आँखों ने और वनों से मिले मनोहर-असभ्य हाव-भावों ने भद्रबाहु के हृदय को छू लिया। वेदना की इस घड़ी में एक प्रसिद्ध युवती होकर और एक जगत्प्रसिद्ध योद्धा होकर जो हावभाव उसने सीखे थे, एक भी नहीं रह गया था। हृदय-वेदना के आवेग में जो सीखा था वह बह गया था। बस वह रह गया था जो प्रकृति ने उसे दिया था।

''पुत्री!'' भद्रबाहु बोले, ''इतनी पवित्रता हृदय में लेकर तू कैसे स्वयं को दोष दे रही है? जो पाप तूने नहीं किये उनका दोष अपने हृदय को क्यों दे रही है? पगली! कलिंगजिन भी धन्य समझें यदि तेरे जैसा निष्पाप हृदय रहने को मिल जाए।''

''नहीं पिता! मैं एक पापिन हूँ। मुझे अपने शरीर की अनुभूतियों का पता कच्ची उम्र में ही चल गया था। तब मुझे आत्मा का भी पता नहीं था कि आत्मा भी रहती है मुझमें; कि कोई वस्तु होती है आत्मा भी। मेरी आत्मा ने मेरे शरीर के सुख पाये। यह पिघलती गयी शरीर के आवेगों में और आनन्द में। इसने मुझे कभी नहीं रोका। मेरी एक आत्मा हजार बनकर मेरी त्वचा के पोर-पोर में आकर बस गयी, प्रेम की चाह में। जब भी हम दोनों मिले, मेरी आत्मा फूल ही फूल बनकर मेरी देह पर खिल गयी।''

उसने एक गहरी साँस भरी। ''मैं जानती हूँ ऐसे पवित्र तपोवन में मुझ जैसी पापिन के लिए कोई जगह नहीं है। कितने दिन कोई अपने को छिपा सकता है ऐसी भेदती आँखों से, जैसी तेरे मुँह पर है। मैं चली जाऊँगी पिता, इससे पहले कि मेरा पाप मेरी बहन आर्यिकाओं और भाई ब्रह्मचारियों का मन मैला करे। अब तू जान गया तो सब जान जाएँगे।''

सरस्वती ने स्वयं को संयत किया। उसे लगा वह अपना सन्तुलन खोने लगी है। एक घड़ी उसे लगता भद्रबाहु उसके पिता हैं, और वह उनके बहुत निकट हो जाती। दूसरी घड़ी उसे लगता भद्रबाहु एक पवित्र आत्मा हैं, जो उससे बहुत दूर, बहुत ऊपर हैं। उसे लगा यह विक्षिप्त-अवस्था इस कारण है कि जिस प्रेम को वह पाप नहीं समझती उसे वह संन्यास-मार्ग अपना लेने के कारण पाप समझने लगी है। उसके मन-मस्तिष्क की शक्तियाँ परस्पर विरोधी हो गयी हैं।

स्वयं को पूरी तरह अनुशासित कर भक्तिभाव से शीश नवाती हुई वह बोली, ''मैं आज ही चली जाऊँगी। मुझे क्षमा कर दीजिए कि मैंने तपस्विनी का वस्त्र पहनकर आपको और अन्य तपस्विनियों को धोखा दिया। मैं आपकी क्षमा की अधिकारिणी हूँ, क्योंकि मैंने कोई पाप नहीं किया। पाप करने के इरादे से मैंने यह पवित्र वस्त्र नहीं पहना। सचमुच मैंने सोचा था कि आश्रम में रहकर मेरा हृदय संन्यास-मार्ग अपना लेगा। आचार्य कुन्दकुन्दाचार्य के आश्रम में सब ठीक चलता रहा। यहाँ खारवेल से भेंट होने के बाद मैं बहुत चेष्टा करके भी ध्यान नहीं लगा पायी। मैंने जान लिया

है कि आर्यिका के वस्त्रों में मैं अपनी पापी-आत्मा को नहीं बदल सकती।

"पितातुल्य आचार्य! प्रत्येक मनुष्य को यह अधिकार है, कि वह कामनाओं का संसार छोड़कर मुक्तिमार्ग अपना ले। उस समय मुझे लगा कि कलुषित कामनाओं से बचने का यही एक मार्ग है। इसलिए मैं खारवेल से दूर कर्नाटक गयी आचार्य कुन्दकुन्दाचार्य के आश्रम में। मैंने आपसे दीक्षा नहीं ली, क्योंकि मैं जानती थी कि यहाँ रहूँगी तो महाराज से दूर नहीं रह सकूँगी, पर नियति मुझे यहीं खींच लायी। यह सब जान लेने के बाद पवित्र आचार्य, मुझे क्षमा करने की कृपा करें।"

मुनि भद्रबाहु के नेत्रों से आँसू झरने लगे। सरस्वती की विनम्र और सत्यवादी आत्मा, उसके भव्य अतीत और यश-कीर्ति का मोह छोड़ संन्यास लेने के उसके संकल्प ने उनके हृदय में उसके प्रति मोहविहीन, परन्तु पितातुल्य प्रेम जगा दिया था। उनके नेत्र प्रेम के आवेग से लाल कमलों जैसे हो गये थे।

उनकी पवित्र आँखों में आँसू देख सरस्वती कुछ देर को अपना दुःख भूल गयी। उसने अपने आँचल का छोर उठाया उनके आँसू पोंछने को, किन्तु रुक गयी, क्योंकि मुनि के शरीर को छूना वर्जित था। स्त्रियाँ जैन मुनियों के चरण भी नहीं छू सकती थीं। वह देर तक अपने को न रोक सकी। उन आँसुओं ने एक पुत्री के प्रेम से उसके अन्तःकरण को प्लावित कर दिया था। उसने आँचल से उनके आँसू पोंछे और स्वयं भी रोने लगी। उसे पता नहीं रहा कि आँसू पोंछने के बाद वह आँचल से आचार्य का मुँह पोंछ रही थी, जैसे एक माँ अपने बच्चे का मुँह पोंछती है। फिर उसने उनके कन्धे पोंछे और वक्ष भी। अब आँसू केवल सरस्वती की आँखों से झर रहे थे। अब मुनि स्थिर बैठे हुए थे, जैसे तीर्थंकरों की मूर्तियाँ कलिंग के मन्दिरों में अभिषेक के समय निश्चल रहती हैं।

आँसू पोंछते हुए वह बोली, "हे पितातुल्य आचार्य! तलवार से मेरे टुकड़े कर दो या मुझे नरक में जाने का शाप दे दो! किन्तु एक भी पवित्र आँसू और मत गिराना। इनका बोझ मेरा पापी हृदय नहीं उठा पाएगा।"

भद्रबाहु ने अपने वात्सल्य से भरे नेत्र खोले और मुस्कुराये। सरस्वती विस्मित थी, जो दो लाल कमल उसने देखे थे उन आँखों में, अब नहीं थे। उनकी आँखों की सफेदी आँसुओं से धुलकर किसी शिशु की आँख की तरह, हल्की नीली हो गयी थी। यह सच था या भ्रम! आचार्य के वयोवृद्ध मुख की जगह उसे एक क्षण को किसी शिशु का चेहरा नजर आया, जो उसके भाई की तरह हँस रहा था।

इस झलक ने उसकी मनःस्थिति बदल दी। अब दुःख नहीं था। न स्वयं को पापिन कहकर क्षमा माँगने की इच्छा थी। उसे लगा कि वह शिशु जो हँस रहा था आचार्य के दाढ़ी भरे चेहरे में, उस शिशु ने उसकी पाप-अनुभूति हर ली है। कुछ भी कहना अब अर्थहीन है। कोई क्षण आया था अभी इतने क्षणों के बीच, जब

किसी अदृश्य शक्ति ने उसका चिन्तन बदल दिया था। अब उसे उन कामनाओं से कोई शिकायत नहीं है जो उसे संन्यास-पथ से डिगा गयी थीं। अब उसके हृदय में वह भावना नहीं थी कि उसका और खारवेल का प्रेम काम-कलुषित था।

इतनी देर के मौन के बाद अब भद्रबाहु बोले, "राजकुमारी सरस्वती! तुमने खारवेल से प्रेम किया। ऐसा प्रेम कोई पापी नहीं कर सकता। जिस प्रेम ने समूचे भारत को भावना की डोर से बाँध दिया वह पाप कैसे हो सकता है? लौकिक होकर भी तुम्हारा प्रेम अलौकिक है। जिस प्रेम ने रानी बनकर स्वयं को विधिवत् समाज में सम्मानित स्थान देना भी स्वीकार नहीं किया, उसे लौकिक नहीं कहा जा सकता। यही संसार से सच्ची विरक्ति है।"

सरस्वती कुछ नहीं बोली। यद्यपि उसके हृदय में भी उमंग थी यश और कीर्ति प्राप्त करने की, किन्तु जब भी ये वस्तुएँ मिलने लगतीं, और लोग उसे जनसमूह से ऊपर उठाने लगते तो उसे लज्जा आती थी। वैसी ही लज्जा उसे अब मुनि के प्रशंसा-भरे शब्दों से आ रही थी।

भद्रबाहु बोलते रहे, "याद रखो राजकुमारी! अनेक स्त्रियों ने केवल पतिव्रत धर्म के मार्ग से मोक्ष प्राप्त किया है। एक स्त्री जो अपने पति को इतनी पूर्णता के साथ प्यार करे, जिसका प्रेम ईर्ष्या न करता हो जैसे तुमने महारानी से ईर्ष्या नहीं की, जो अपने लिए संसार का कोई सुख न चाहती हो, जो राजमहल और कुटिया में समान भाव से रह सके, वह गृहस्थ-योगिनी है। तुम्हें आर्यिका बनने की आवश्यकता नहीं है। तुम्हारा प्रेम स्वयं एक पूजा है। संन्यास-मार्ग तुम्हारे लिए नहीं है। तुम प्रवृत्ति-मार्ग की योगिनी हो। निवृत्ति-मार्ग तुम्हारे लिए नहीं है। कोई भी मार्ग तुम्हें मुक्ति-द्वार तक इतना शीघ्र नहीं ले जा सकता जितना शीघ्र तुम्हारा प्रेम तुम्हें ले जाएगा।

"फिर भी तुम यदि इस तपोवन में रहना चाहो तो मुझे आपत्ति नहीं है। तुमने इस तपोवन की पवित्रता को किंचित् भी भंग नहीं किया है। केवल एक कारण से मुझे तुम्हारे यहाँ रहने में आपत्ति हो सकती है। वह यह कि तुम यहाँ रहकर अपने प्रेम और सतीत्व के प्रति हिंसा कर रही हो। आर्यिका बनकर और खारवेल से दूर रहकर तुम उस प्रेम शक्ति को नष्ट मत करो जो तुम्हारी आत्मा में पूर्वजन्मों के शुभकर्मों के फलस्वरूप उत्पन्न हुई है। तुम्हारे प्रेम ने तुम्हारी आत्मा के अभिमान को पुराने वस्त्रों की तरह उतारकर फेंक दिया है। आत्मा के अभिमान का नाश मुनिजन अत्यन्त उग्र तप से करते हैं। यह दुर्लभ फल तुम्हें सहज ही प्राप्त है। तुम्हारी आत्मा खारवेल की आत्मा से एक होकर प्रेमात्मा में बदल चुकी है। अब प्रकाश होने में देर नहीं है। यदि तुम संन्यास-पथ पर रहोगी तो तुम्हारी आत्मा और शरीर के बीच द्वैत आ जाएगा। आत्मा तो खारवेल के साथ रहेगी और शरीर तप करेगा।

आचरण में आये इस द्वैत से कुछ प्राप्त नहीं होगा। तुम्हें सतीत्व के पथ पर सुख, प्रेम और मोक्ष तीनों प्राप्त होंगे।''

''किन्तु आचार्य!'' सरस्वती बोली, ''न मैं सुख चाहती हूँ, न प्रेम। मैं केवल मोक्ष चाहती हूँ।''

''क्या तुम समझती हो कि अपने स्वधर्म का त्याग करके तुम मोक्ष पा जाओगी? क्या अर्हन्तों ने यह नहीं कहा कि मनुष्य का स्वभाव ही स्वधर्म है? तुम्हारी आत्मा का स्वभाव तुम्हारा स्वधर्म है। तुम्हारी आत्मा प्रेम का त्याग करके निष्क्रिय हो जाएगी। निष्क्रिय आत्मा मोक्ष नहीं प्राप्त कर सकती। महावीर ने कहा था कि अपनी आत्मा से बड़ा मित्र और अपनी आत्मा से बड़ा शत्रु कोई नहीं है। सौभाग्य से तुम्हारी आत्मा तुम्हारी मित्र है। इसके स्वभाव अर्थात प्रेम की हत्या करके उसे अपना शत्रु मत बनाओ।

''तुम एक लता जैसी हो, जिसका स्वभाव है एक वृक्ष का आलिंगन करना। प्रेम तुम्हारे लिए कुत्सित वासना के फूलों से भरा संसार नहीं है। तुम सौभाग्यशालिनी हो कि प्रेम तुम्हारा अस्तित्व हो गया है। तुम्हारी आत्मा ही प्रेम हो गयी है। प्रेम तुम्हारा आधार हो गया है। तुम्हारा स्वधर्म है प्रेम। प्रेम से ही केवलज्ञान उत्पन्न होता है। प्रेम के बिना केवलज्ञान उत्पन्न नहीं होता। मुनिजनों की आत्मा में भी पहले प्रेम ही उत्पन्न होता है—सभी जीवों के प्रति, फिर केवलज्ञान। प्रेम सब जीवों के प्रति उत्पन्न हो या एक जीव के प्रति, उद्देश्य दोनों तरह पूरा हो जाता है। उद्देश्य है आत्मा की संकीर्णता का, आत्मा के अभिमान का नाश।

''तुम्हारे प्रेम में कुछ भी लज्जाजनक नहीं है। प्रेमपथ पर तुम एक मुनि की तरह ही हो। तुम्हें किसी वस्त्र की, किसी आवरण की, किसी औपचारिक सम्बन्ध की, खारवेल की रानी के पद की भी आवश्यकता महसूस नहीं हुई। यही अनासक्ति योग है दो आत्माओं का, जो आत्मा को ईश्वर बना देता है।

''अपने प्रेमी के पास जाओ और एक सती की तरह सच्चे प्रेमव्रत का पालन करो। सच्चे प्रेम की अग्नि में कर्मों का आवरण तुम्हारी आत्मा के ऊपर से ऐसे उतर जाएगा जैसे भूर्जवृक्ष से छाल अलग हो जाती है। नये कर्मों का आना रुक जाएगा, क्योंकि सच्चा प्रेम कोई कर्म नहीं होता। कर्मों का आस्रव नहीं होगा तो कर्मबन्ध नहीं होगा। आत्मा में बाँध बन जाएगा। कर्म दूर रहेंगे। यही संवर है। पूर्वकर्मों का क्षय होता चला जाएगा। यही निर्जरा है। कर्मों के क्षय से आत्मा कभी वृद्ध नहीं होगी, निर्जर हो जाएगी, काल के अधीन नहीं रहेगी। मुक्त हो जाएगी। यही उस चिरयौवन की प्राप्ति है जो एक केवली के शरीर को वृद्धावस्था में भी यौवनदीप्ति से आलोकित रखता है।''

''किन्तु पिता, कुछ बुद्धिमानों ने मेरे प्रेम को पाप कहा है।''

"तुम्हारा प्रेम केवल झूठ और कामुक-कलुषिता के कारण पाप में बदल सकता है, इसलिए नहीं कि कुछ देखनेवालों को वह पाप लगता है। उनके कहने से चिढ़कर अपनी आत्मा का हनन मत करो। तुम्हारी आत्मा सम्यक्-विचार के उपरान्त यदि इसे पाप नहीं कहती तो अपनी आत्मा के सत्य को मत कुचलो। दूसरों के दोषारोपण का बदला अपनी आत्मा से मत लो।"

सरस्वती बोली, "मुनिवर, आप मुझे पिता की तरह प्रिय हैं। मैं सत्य कह रही हूँ, मैं किसी से बदला नहीं ले रही हूँ। मैं एक सैनिक हूँ। मैं शत्रु का संहार करती हूँ। मैं अपनी आत्मा का घात नहीं करती।"

"विधुमुखी पुत्री! मनुष्य के उदर में सूर्य-चक्र स्थित है। यद्यपि यह भी स्नायुओं में स्थित है, तथापि यह अन्य सात चक्रों की तरह विकसित होकर आत्मोत्थान में सहायता नहीं करता। इसे विधि ने राक्षसी कर्म सौंपा है, भोजन को पीसकर मांस, मज्जा, रुधिरादि में परिवर्तित करने का। किन्तु यह मस्तिष्क, हृदय और इन्द्रियों को तोड़कर उन्हें राक्षसी कर्म में लगा देता है। अपनी आत्मा से कहो कि इस चक्र पर आत्मबलि देकर इससे पुनर्जन्म ले। ऐसा करने से यह अपनी दुष्चेष्टा छोड़ विधि द्वारा निर्धारित कर्म करने लगता है।

"सूर्यचक्र आत्मा को भी विभ्रमित करके उसे आत्मघात में लगा देता है। प्रतिशोध एक अत्यन्त चतुर भावना है। हो सकता है महारानी दृष्टि को तुमने उनके कटुवचनों के लिए क्षमा कर दिया हो, और तुम्हारी आत्मा स्वयं से बदला ले रही हो। उन्नत आत्मा का प्रतिशोध भी बहुत उन्नत और सूक्ष्म होता है। उन्नत आत्मा दूसरों से बदला न लेकर सूर्यचक्र के प्रपंच में फँस जाती है और स्वयं से बदला लेने लगती है। तुम्हारा संन्यास भी इसी तरह तुम्हारी आत्मा का स्वयं से लिया गया बदला है। तुमने देखा तो होगा कि जब एक असहाय विधवा माता के पुत्र पर परिवार के अन्य लोग झूठा दोषारोपण करते हैं, और वह प्रतिवाद नहीं कर पाती, तो वह अपने पुत्र को ही पीटने लगती है।"

एक परदा सरस्वती के नेत्रों के आगे से उठा। उसने देखा, यह एक लोहे जैसे कठोर पदार्थ से बना परदा था, जो उसकी भौंहों से उतरकर उसकी आँखों को ढँके हुए था। इसने उसकी दृष्टि को ही विकृत कर दिया था। मुनि के शब्दों के सत्य के सम्मान में उसने झुककर प्रणाम किया।

कुछ क्षण चुप्पी में गुजरे। किन्तु वे क्षण उत्कण्ठा से भरे हुए थे। सरस्वती को लगा कि उसके मुख्य प्रश्न का उत्तर अभी तक मुनि भद्रबाहु नहीं दे पाये थे। उसे कुछ चेष्टा करनी पड़ी अपने प्रश्न को पुनः शब्द देने में। वह बोली, "मेरे पिता! मेरा प्रेम शारीरिक है। यह कैसे मुझे मोक्ष तक ले जा सकता है?" यह कहते हुए उसका मुँह लज्जा से लाल हो गया।

भद्रबाहु बोले, "समस्त प्रेम शारीरिक है, पुत्री। आत्मा का प्रेम भी शरीर में ही प्रकट होता है। प्रेम को महान कहा गया है क्योंकि आत्मा का सच्चा प्रेम भी शारीरिक अनुभूति बनकर ही प्रकट होता है। प्रेम करनेवाले शरीरजन्य प्रेम और आत्मजन्य प्रेम में अन्तर करना जानते हैं। दोनों की अनुभूतियों में अन्तर उन्हें विदित रहता है। यह अन्य बात है कि जानबूझकर दोनों के अन्तर को भुलाये रखें। कामुकता और प्रेम का अन्तर सभी प्रेमियों को विदित रहता है।

"तुम्हारा पथ बौद्धिक नहीं, अनुभूति-पथ है, इसलिए थोड़ा कठिन है। यही कारण है कि प्रेमपथ को ज्ञानियों ने तलवार की धार कहा है। जाओ और अपने प्रेमी के साथ सतीत्वपूर्ण और विवेकमय प्रेम के द्वारा सम्यग्ज्ञान प्राप्त करो। यह सम्भव है पुत्री, कि सच्चे प्रेम की अनुभूति का पथ अपनाकर ज्ञान प्राप्त किया जाए। यदि यह सम्भव न होता तो मैं कभी न कहता कि सच्चे प्रेम के पथ पर चलकर सम्यग्ज्ञान प्राप्त करो। क्योंकि यह सम्भव है इसलिए कहता हूँ पुत्री कि सच्चे प्रेम को अपनाकर अपने सतीत्व की शक्ति से निर्वाण प्राप्त करो। मेरी अल्पबुद्धि तुम्हारे स्वधर्म को देखते हुए तुम्हारे लिए कोई अन्य मार्ग निर्धारित नहीं कर सकी है। मैं जो कुछ जानता था तुम्हें बता दिया। अब तुम वह करो जो तुम्हारी इच्छा हो।"

मुनि भद्रबाहु ने इसके बाद कुछ नहीं कहा। सरस्वती कुछ देर उनके चरणों में बैठी रही और उनके शब्दों पर विचार करती रही। फिर वह उठी और उस विशाल आम्रकुंज में प्रवेश करती गयी और मुनि से कुछ दूर जाकर एक वृक्ष के नीचे बैठ गयी और विचार करती रही। बहुत से प्रश्न उसके मस्तिष्क में उठे। उसके नारीत्व ने भी विरोध किया। नारीत्व को अपमान महसूस हो रहा था खारवेल से अन्तिम वार्तालाप के बाद फिर उसके पास जाने में।

जब वह आम्रकुंज से बाहर जाने को उद्धत हुई तो सन्ध्या हो चुकी थी। मुनि अब भी निश्चल वहीं बैठे थे, जहाँ वह उन्हें छोड़ आयी थी। वह उनके पास रुकी। उसने अपना आधा चीर फाड़ डाला और उसे तह करके मुनि के चरणों में रखा और बोली, "मुनिवर! मैं संन्यास-पथ छोड़ रही हूँ। अतः आर्यिका का आधा वस्त्र आपके चरणों में समर्पित है। शेष आधा चीर मैंने अपनी लज्जा को ढँकने के लिए रख लिया है। अब मैं सरस्वती हूँ, जनजाति वाले बनजारों की राजकुमारी और खारवेल की प्रेमिका।"

निवृत्ति पथ पर लगी आर्यिकाओं में, संघ में रहते हुए भी, प्रत्येक का पथ एकाकी होता है। उनकी मैत्री आत्माओं की मैत्री होती है। तपोवन छोड़ते हुए वे संसारी मित्रों की तरह एक-दूसरे से विदा नहीं लेतीं। सरस्वती भी अपनी कुटिया में नहीं गयी। आगे चल दी वह, सन्ध्या के सूर्य की सुनहरी किरणों के नीचे, नदी की ओर।

विदा होते सूर्य की सुनहरी धूप घनी हरी भीगी पत्तियों के मुखड़े चूम रही थी। वह कच्चे पथ पर चलकर वन में प्रवेश कर गयी जहाँ कोई नहीं था चिड़ियों के सिवा, जो घोंसलों में लौट रही थीं अपने बच्चों के पास। चिड़ियों का उत्सुक स्वर और पंखों के फड़फड़ाने की आवाज से नीरव वन गूँज रहा था। उसके युवा शरीर में छुपा माँ का हृदय चिड़ियों की वात्सल्य भरी चहचहाहट से द्रवित हो उठा।

एक विचार उसके मन में आया। उसने कुछ फूल और साल के बड़े-बड़े हरे पत्ते इकट्ठे किये और कुछ पतली लताएँ तोड़ीं। एक बड़े काँटे से फूलों और पत्तों में छेद करके, पत्तों और फूलों को लताओं में पिरोकर, वक्ष से घुटनों तक लम्बा फूलों और पत्तों का एक वन्य परिधान, कुछ ही देर में, उस वनसुन्दरी के अभ्यस्त हाथों ने बना लिया। फिर वह उठी और उसने वह आधा सफेद वस्त्र भी उतार दिया, जिससे वह अपने वक्ष से जाँघों तक के कोमल अंगों को ढँके हुए थी।

नीरव वन में कोई नहीं था। सिर्फ चिड़ियों की आवाज आ रही थी। छिपते सूर्य की लाल-सुनहरी अन्तिम धूप उसके नग्न शरीर पर पड़ रही थी। स्वयं को वस्त्रविहीन करते हुए, एक साथ उसकी नाभि में एक मधुर पीड़ा, हृदय में एक मीठा भय और जाँघों में रसमय उल्लास सिहरे।

उसके मन में विचार आया, 'आर्यिका-जीवन से गृहस्थ जीवन में संक्रमण की इस वेला में नग्नता का एक विराम अनिवार्य है।' उसने पत्तों और फूलों का वह परिधान नहीं पहना। उसी तरह उठकर, उसने वह आधा बचा सफेद वस्त्र तपोवन की दिशा में एक वृक्ष की दो टहनियों पर बाँध दिया और बोली, "वह सफेद वस्त्र दिशाओं का प्रतीक था जिसे धारण कर मैंने दिशाओं को वस्त्रों की जगह पहना था। फूलों और पत्तों का यह परिधान प्रकृति का प्रतीक है। आज मैंने दिशाओं के वस्त्र त्याग दिये। आज से प्रकृति मेरा वस्त्र है।"

सफेद वस्त्र को सांकेतिक रूप से तपोवन को लौटाकर, जनजातीय-अन्धविश्वास से भरे उसके मन को शान्ति मिली। अब वह आश्वस्त थी कि संन्यासी-जीवन की कोई भी वस्तु वह अनधिकृत रूप से गृहस्थ-जीवन में नहीं ले जा रही थी।

किन्तु अब भी कोई कमी थी, जो उसे फूलों और पत्तों के उस परिधान को पहनने नहीं दे रही थी। वह नग्नावस्था में ही घने वन से निकलकर वनपथ पर आ गयी। "पत्तों के झुरमुट के पीछे नहीं छुपना है," वह स्वयं से बोली। यद्यपि वन निर्जन था, अपने सुडौल, दृढ़ स्तनों को लाल-सुनहरी किरणों में हर्ष-किल्लोल के साथ नहाते देख, और अपने नारी शरीर के पोर-पोर में पूर्ण स्वाधीनता की एक अद्‌भुत अनुभूति को उतरते महसूस कर, उसका हृदय रोमांच मिश्रित भय से प्रकम्पित होने लगा।

'नहीं मुझे इसका सामना करना चाहिए निर्भयता से।'

कुछ देर छिपती धूप में खड़ी रहकर वह लौट आयी। फूलों और पत्तों के उस परिधान को उसने अपने अंगों पर बाँध लिया और नदी की ओर चल दी।

नाव में बैठते ही उसने अन्तिम बार उस दिशा में देखा जिसमें वह मुनि भद्रबाहु को छोड़ आयी थी। उसे आश्चर्य हुआ, क्या मुनि तप द्वारा उस अनोखे कर्म से स्वयं को मुक्त कर रहे हैं जो उन्होंने किया था, एक आर्यिका को पुनः गृहस्थ धर्म में प्रवृत्त करके?

नाव चल रही थी। रात के काले आकाश पर धीरे-धीरे एक पीला चाँद निकल आया। खारवेल की सूरत उसके हृदय में उभरी। अब उसे अपने हृदय में देख लज्जा नहीं आयी। कोई अपराध-भावना नहीं थी। वे बाँध टूट चुके थे जो उसने स्वयं अपने हृदय में उठा लिये थे।

दूसरे तट पर खड़े एक पातविहीन सूखे वृक्ष की टहनियाँ बार-बार पीले चाँद को ढँक रही थीं। फिर खारवेल की छवि उसके हृदय में उभरी। मन-ही-मन वह उससे बोली, 'तुमने सच कहा था प्रियतम! तुम्हारी और मेरी मुक्ति जब भी होगी साथ-साथ ही होगी। हमारी आत्माएँ एक-दूसरे में खो गयी हैं। तुमसे अलग मेरे लिए न जीवन है, न मोक्ष, न शान्ति।'

उसका मुख एक अपार्थिव प्रकाश में दमक रहा था। खेबट ने उसकी ओर देखा। उसने दीपशिक्षा जैसा यह प्रकाश पहले भी तपस्विनियों के और आर्यिकाओं के मुख पर देखा था। अपने पूर्व अनुमान के आधार पर उसने अनुमान लगाया कि वह समाधि में चली गयी थी। श्रद्धावश उसने कुछ देर चप्पू पर से हाथ हटा लिये। नाव अपने ही सहारे चलने लगी, नदी की चंचल लहरों से ढँका नदी का श्यामल तन चन्द्रमा की पीली-सुनहरी किरणों और रात के काजल से बुने, प्रकाश और अँधेरे के सनातन वस्त्र से ढँक गया था। खेवट ने दोनों हाथ जोड़े और शीश चन्द्रमा की ओर झुकाकर बोला, "नमो अरिहन्ता!"

❐❐❐

I- 12 2004